D1256068

OBRAS REUNIDAS

I

ELENA PONIATOWSKA

OBRAS REUNIDAS

I

Narrativa breve

FONDO DE CULTURA ECONÓMICA

Primera edición, 2005
Primera reimpresión 2006

Poniatowska, Elena
Obras reunidas I. Narrativa breve / Elena Poniatowska. — México : FCE, 2005
307 p. ; 26 × 19 cm — (Colec. Obras Reunidas)
Contiene: Lilus Kikus / Querido Diego, te abraza Quiela / De noche vienes / Tlapalería
ISBN 968-16-7469-3

1. Narrativa mexicana 2. Literatura mexicana — Siglo XX I. Ser II. t.

LC PQ7298 Dewey M863 P649o

Distribución mundial para lengua española

De *Lilus Kikus:*
Primera edición: 1954, Los Presentes
Segunda edición: D. R. © 1985, Ediciones Era, S. A. de C. V.

De *Querido Diego, te abraza Quiela:*
Primera edición: D. R. © 1978, Ediciones Era, S. A. de C. V.

De *De noche vienes:*
Primera edición: 1979, Editorial Grijalbo
Segunda edición: D. R. © 1985, Ediciones Era, S. A. de C. V.

De *Tlapalería:*
Primera edición: D. R. © 2003, Ediciones Era, S. A. de C. V.

Comentarios y sugerencias:
editorial@fondodeculturaeconomica.com
www.fondodeculturaeconomica.com
Tel. (55)5227-4672 Fax (55)5227-4694

Empresa certificada ISO 9001:2000

Diseño de forro e interiores: R/4, Pablo Rulfo
Fotografía de portada: Ricardo Salazar

ISBN 968-16-7469-3 (tomo I)
ISBN 968-16-7812-5 (obra completa)

Impreso en México • *Printed in Mexico*

SUMARIO

A la más más
más más
más más
más Ajax,
Paula,
mi hija

PRÓLOGO

por Elena Poniatowska

En su libro de memorias *Nomeolvides,* publicado en 1996, mamá escribió:

> Supongo que el nombre de Dolores me fue dado por mi tía-madrina Lola Attristáin de Yturbe, una señora ya grande que vivía en la planta baja de la Place des États-Unis y llevaba velos negros. Más tarde, mis padres pensaron que Dolores no hacía juego con Amor y que más valía llamarme Paula y decirme Paulette. Sin embargo, pienso que Dolores es mi verdadero nombre porque sufrí mucho de amor. Creo también que fue bueno que Dolores se escondiera tras la pequeña Paulette.

Podría suscribir este párrafo de Paula Amor de Poniatowski porque también, al igual que ella, he sufrido mucho de amor. ¿Es su herencia? Mamá ya no sufre, sufro por ella. En su misal conservaba un recordatorio de una hermosa mujer: "¿Ves?, murió de amor", me señaló. Guillermo Haro decía que el amor lo inventamos y estaba de acuerdo con la frase de Esquilo que Luis Enrique Erro mandó grabar en griego en el observatorio de Tonantzintla: "Dios liberó a los hombres del temor a la muerte dándoles quiméricas esperanzas".

¿Era ése el amor?

Fui la primera de los tres hijos de Paulette y Jean Poniatowski, nací el 19 de mayo de 1932 en el número 4 de la Rue Berton, en París, casa a la que una horrible vigilancia policiaca no me permitió acercarme treinta años después porque es ahora la embajada de Turquía. Michel Poniatowski, mi primo, me dijo que ni lo intentara, que el permiso tomaría más de un mes. La casa además de grande tiene un jardín enorme. Amo los jardines. Me habría gustado ver de nuevo el de mi infancia. En el fondo del jardín había algo misterioso, un arbolito con el que hablaba yo. ¿Habría crecido como yo? No lo he vuelto a ver. En cambio descendí a las orillas del Sena donde mi hermana y yo caminábamos en la tarde *pour prendre l'air.* El Sena, para mí, era una gran amenaza. Ya no lo es.

De mi nacimiento sé poco porque mamá alega que ese día se fue de cacería al Mont Banni, pero una noche me confió: "Por ningún hijo he sentido la angustia que sentí por ti". Al año vendría mi hermana Kitzia y Jan mi hermano que murió en diciembre de 1968 a los veintiún años. A Jan le llevaba yo casi catorce años, era un poco como mi hijo. A mi hermana supongo que le sucedió lo mismo, las dos perdimos lo que más queríamos. Con él jamás nos peleamos; entre nosotras, sí.

Si de mi nacimiento tengo pocas noticias, en cambio las que tengo de los Poniatowski se remontan a la Casa de Sajonia en el año 800, lo cual resulta por lo menos sorprendente. Ese extraordinario árbol genealógico que debió representar un trabajo titánico lo hizo mi abuelo Andrés Poniatowski (con quien viví hasta los nueve años y me enseñó a leer y a escribir).

Hasta el año de 2001 pensé que yo quería ser un hecho aislado pero cuando murió mi madre supe que ella vivía en mí como seguramente su madre había vivido en ella, y mi bisabuela en su abuela y así hasta llegar a las generaciones que se remontan a Enrique el Pajarero, futuro rey de Alemania y padre de Enrique II de Baviera cuyo hijo Enrique III el Peleonero casó con Gisela, la hija del rey de Borgoña. Abadesas, obispos, militares, músicos (compositores de ópera) estrelleros, constelaciones y hasta rosas —hay una rosa Poniatowska pero no es roja— giran en mi celaje particular. La princesa Catherine Poniatowska se escapó el día de su boda, toda vestida de blanco, con la escandalosa marquesa Mathilde de Morny, descendiente de Luis XV, nieta de Napoleón III, educada por el duque de Sesto, gobernador de Madrid y tutor de Alfonso XIII, y a través de Colette se aficionó al Moulin Rouge. Proscrita por mi abuelo, Catalina me llamó la atención y mamá me contó que yo también a ella, porque vino a verme a la Rue Berton (mamá jamás ejerció censura alguna), se asomó a la cuna y dejó caer una lágrima sobre mi babero.

En el barco *Marqués de Comillas* que nos trajo a La Habana, donde nos querían poner en cuarentena en la isla de Triscornia, conocí a un niño español cuyo padre era el dueño de las cintas de máquina de escribir Kores, pero mamá decía que era el hijo del embajador de España en Cuba. Me gustó más lo de las cintas Kores y durante años cuando cambiaba la cinta de mi Olivetti pensaba en el niño, sobre todo cuando la escogía roja y negra. Me daba cita en la cubierta del barco y veíamos juntos las olas azotar contra los flancos del barco. Cuando él me seguía por las escalerillas huía yo despavorida. Dejó de hacerme caso y me entristecí muchísimo y le pregunté a mi madre:

—¿Es eso el amor? ¿Cuando uno ama ya no la aman a uno y cuando la aman a uno, uno ya no ama?

Rápido ruedan las ruedas del ferrocarril.

También me pusieron Dolores entre otros muchos nombres. Muchísimos. Cuando Jan mi hermano iba a marchar los domingos, una saludable rechifla de mentadas de madre coronaba sus dos apellidos, Poniatowski y Amor, después de sus ocho nombres de pila. "¿Por qué tantos nombres?", regresaba enojado a la casa. "Todos me mientan la madre."

A mí también me la han mentado en infinidad de ocasiones por escrito porque en el primer año de 1953 en *Excélsior* recibí una carta asegurándome que era una degenerada porque los Amor descendían de dos hermanos. Le pedí una explicación a Carito Amor de Fournier que me contó que una Escandón casada con un Amor no tuvo hijos sino hasta que regresó su hermano de Stoneyhurst y las malas lenguas aseguraron que el que iba a nacer era hijo del hermano. "Pura coincidencia", me tranquilizó Carito aunque a mí me gustó muchísimo más la historia del detractor. En su carta, dos hermanos, en un baile de disfraces, sintieron tal deseo el uno por el otro que hicieron el amor allí mismo en la oscuridad sin quitarse los antifaces. Cuando se descubrieron: "¡Ay hermano, ay hermana!"; viajaron a Roma. El papa no sólo los perdonó sino que los consoló: "Se llamarán Amor".

Según Carito, ése es un cuento chino.

A lo largo de mi vida siempre he asumido que todo lo que me dicen es verdad. Tampoco adivino la intención del otro. Otra constante es no tomar decisiones. La vida las toma por mí. Llega y se posesiona. Otra constante es el trabajo desde que tengo diecinueve años. El primer año en *Excélsior* hice trescientas sesenta y cinco entrevistas. La última es el asombro. Me sorprende que hombres y mujeres nunca se parezcan a lo que acaban de hacer.

La primera entrevista que me hicieron (la entrevistadora entrevistada) me la hizo Lya Kostakowsky de Cardoza y Aragón en 1957 para el suplemento *México en la Cultura*. Nunca adiviné que años más tarde cenaría en su casa todos los domingos con Guillermo Haro, gran amigo de ambos. Allí, en Coyoacán, en el callejón del Santísimo, veía a Natasha y a Pablo González Casanova que tomaba a Felipe, nuestro segundo hijo, en brazos y felicitaba a Guillermo. Guillermo era ferozmente inteligente y ponía a cada quien en su lugar. Yo sabía que me había casado con un genio y lo oía con reverencia a tal grado que me decía: "No me veas con esos ojos de borrego".

¿Era eso el amor?

En la entrevista, Lya Cardoza me pregunta qué me hubiera gustado hacer si no me dedico a las letras y al periodismo y le hablé de mi tendencia a soñar despierta, es decir, a no estar en la realidad. "A mí me llama mucho más la atención leer en el periódico que una niña africana embrujó a sus compañeros de la escuela, y que todos desaparecieron misteriosamente del salón y los encontraron subidos en los árboles, sentados en ramas que difícilmente podrían sostener el peso de un pájaro. Prefiero eso a cualquier otra cosa, a la Constitución del 57 y al tratado Clayton-Bulwer."

En 1955, en Roma, la tía Carito (Carito Amor de Fournier, la mejor amiga de mi madre y su prima hermana) me dio una saludable regañada: "Muchachita, te vamos a dejar escribir novelas, pero no vivirlas". Toda la vida he esperado que las soluciones vengan del exterior, que todos los dones caigan del cielo, creo en lo sobrenatural y tengo tendencia a enamorarme de personajes apocalípticos y a vivir sueños que nada tienen que ver con la realidad. Por ejemplo, quise irme a la guerra aunque fuera de soldada rasa bajo las órdenes del capitán Juan Poniatowski que tiene ocho medallas, la Croix de Guerre, la Legión de Honor Militar, Médaille des Evadés, Medalla de África del Norte, Medalla de la Campaña de Italia, la Legion of Merit, el Purple Heart, y me gustaría volver a hacer mi primera comunión, dormirme y ya no despertar nunca. Pero en el fondo no es cierto, menos lo de la primera comunión. Me gustaría mirar la vida a través de otros ojos, para ver las cosas, las calles, los rostros, no como yo los veo sino como son en realidad. Que los ojos me enseñaran una puerta y me dijeran: "Mira esta puerta. Es así, de madera, con clavos, pesada, pero además tiene esto y esto que tú no ves". Yo, claro, puedo imaginar miles de cosas acerca de la puerta. Que hay un chamán detrás convocando espíritus o que allí está María Victoria la que canta *Todavía no me muero* y *Es que estoy tan enamorada* tratando de meterse en un vestido entalladísimo, que un niño rubio con ojos graves va a abrirla y a salir lentamente, que una mujer teje un suéter con una manga, larga, larga, larga... mientras que esos ojos podrían crear un mundo nuevo, no necesariamente literario sino real, con la poesía de la vida de a de veras.

Tengo envidia de los niños que todavía no nacen y van a vivir lo que yo no podré ver, ir a la Luna y casarse con marcianas y tener hijos que respiren en el fondo del mar. Siento que tengo una inmensa ventaja sobre los que ya han vivido y no comprendo a los que quisieran haber pasado su juventud en la corte empalagosa de los Luises a la luz de enormes arañas de cristal y en compañía de falsas pastoras empelucadas. También quisiera que mis hijos no fueran literatos sino hombres de ciencia, astrónomos o biólogos y que se pasaran horas mirando algo en un microscopio. Siempre me acordaré del rostro de educada sorpresa del físico Louis de Broglie (pobre y gran entrevistado que a cada rato saco a relucir) cuando le pregunté por sus autores favoritos: "¿La literatura? Pero señorita, no tengo tiempo para esas cosas". (Hoy, a cuarenta y ocho años de la entrevista de Lya me doy cuenta que he tenido una suerte enorme. Hace cincuenta años soñaba con los marcianos y pude ver a Neil Armstrong pisar la Luna el 21 de julio de 1969 y decirnos que desde allá la Tierra se veía azul. Guillermo Haro y yo, sentados frente a la tele, nos abrazamos.)

Una vez le dije a mamá que quería ir a ayudarla con esas viejas todas torcidas (no de maldad sino de enfermedad), con esos hombres borrachos, esos niños que ni comen, ni viven ni nada, pero ella me dijo: "No, a ti no te toca todavía. Haz tus cosas, tu periodismo, haz lo que tienes enfrente, ahora". Y creo que es cierto. Podemos hacer lo que nos gusta; pero en algún tiempo de la vida nos tocará darnos cuenta que la miseria de los demás pesa sobre nuestros hombros, habrá que remediarlo, aunque sea en grado mínimo, para no sentir demasiados remordimientos. No creo que la miseria sea un problema de partidos políticos, de comunismo o de organizaciones mundiales. Creo que es un problema de conciencia personal que cada ser humano debe resolver. Los hombres dependen estrictamente el uno del otro, directamente el uno del otro. Yo no creo que haya que quitarles el dinero a los ricos, sino hacerle insoportable a cada uno su riqueza, hacer que les dé vergüenza atropellar con la pura insolencia de sus *cadillac* a los niños que pasan por la calle.

Eso del periodismo me viene quizá de un complejo. En mi casa todos son altos, menos mi bisabuela rusa, Elena Idaroff, quien vivió en la Casa de los Azulejos, trató pésimo a sus dos maridos y era una chaparrita bonita, voluntariosa pero cabroncita. A mis papás les preocupó que mi hermana menor empezara a crecer más que yo, y me pusieron inyecciones hasta que una radiografía de las muñecas reveló que los huesos ya estaban soldados y no crecería más, 1.57. Todos en la casa eran de 1.78 para arriba. El doctor dijo algo así como "de lo bueno poco" para consolarlos pero aquel día decidí servir para algo. Sé que todavía no he hecho nada valioso, pero por lo menos amo mi trabajo, me gusta escribir, quiero aprender, leer sí, sí, a Dostoyevski, a Tolstoi, a Proust, a Flaubert, a Stendhal, a Albert Camus y dar un buen palo de ciego, pero de veras bueno. Lo dio Marguerite Yourcenar, pero no fue de ciego. A la que más admiro es a Simone Weil aunque, claro, me preocupa que no haya sonreído nunca.

En esa época leía yo a Rilke, a Saint Exupéry y sobre todo a Katheryn Mansfield, la favorita de mi mamá, de más fácil lectura que Virginia Woolf aunque más tarde habría de deslumbrarme *Orlando*. (María Luisa Puga, mi amiga del alma, fanática de Virginia Woolf, habría de encandilarme.) Uno de mis libros predilectos sigue siendo el *Diario de Marie Bashkirtcheff* (con quien también se identificaba mi madre) que murió tuberculosa. ¡Ha de ser romántico morir tuberculosa, cubierta de camelias! También Rosario Castellanos enfermó de tuberculosis, murió de un accidente pero a lo mejor de lo que murió fue de amor.

Una noche oí hablar a Alfonso Reyes en el Fondo de Cultura Económica, aquella vez que testó a favor de los cachorros para entregarles el legado de su vocación literaria. La sala se llenó de murmullos que querían ser ladridos o rugidos. Don Alfonso apadrinó a Carlos Fuentes. Yo quería correr a abrazar a Reyes pero la tía Pita Amor retuvo mis ímpetus. "No te compares con tu tía de lava, no te compares con tu tía de fuego, yo soy la reina de la noche, soy la dueña de la tinta americana y tú, una pinche periodista."

Con los autores mexicanos me sucede que no puedo desligar a la persona de la obra, y me encantan frases sueltas de sus libros. Como ésta de Andrés Henestrosa: "Y estoy seguro de que ella lloró todas las lágrimas que ante mí contuvo. Estoy seguro porque yo me siento anclado, igual que una pequeña embarcación a un río de llanto". Recito como el avemaría la primera frase de Pedro Páramo.

En realidad me hubiera gustado ser mi mamá; es la persona que más me encanta sobre la Tierra. Es muy distraída y se asombra ante todas las cosas. Cree en el Espíritu Santo. Es una mujer que se hizo sola en un medio disparatado. Tiene unos ojos tristes que siempre interrogan, como de pájaro asustado. Y tiene los dientes de enmedio separados, como los niños chiquitos.

Hasta aquí Lya Cardoza y Aragón. Al releer la entrevista me sorprende que hace cincuenta años quisiera que mis hijos fueran científicos, y la Virgen de Guadalupe y el Niño de Atocha me lo cumplieron porque Mane es físico experto en rayos láser gracias a Guillermo; Felipe, economista de profesión, hoy hace documentales, y Paula, la más parecida a su padre, es fotógrafa y promueve a los artesanos de Izamal, Yucatán. Lo mejor de la vida proviene de mis hijos. ¡Qué buenos hijos! Jamás me causaron un problema, yo fui la que se los causé. Inteligentes y llenos de sentido del humor me han dado nueve nietos: Thomas, Andrés, Nicolás, Rodrigo, Inés y Pablo, Lucas, Cristóbal y Luna.

Eso sí es el amor.

¿Qué podía salir de una muchachita tan fuera de la realidad como yo? Hice todo por vivir en la vida cotidiana de mi país, México. Hice todo por conocerlo, entrevistarlo, cuestionarlo. Hice todo por forzar mi naturaleza. Compré zapatos de plan quinquenal y empecé a recorrer mi ciudad a pie y en camiones de boletitos de papel de china. Recuerdo que me costó admirar la pintura de Siqueiros, incluso la de Diego Rivera, porque me había quedado en *La Anunciación* de Simone Martini en la que el Ángel se le presenta a una virgen malhumorienta para advertirle que va a ser la madre de Dios. ¡Ah, cómo me fascina ese cuadro y cómo ansío volver a verlo en la Galería de los Uffizi en Florencia algún día! Me costó también oír la música de Carlos Chávez porque mi gran amor fue la de Francis Poulenc, vecino nuestro en

Touraine, quien nos recibió frente a su piano cuando éramos niñas de ocho años y nos dedicó la partitura de un pequeño vals.

Además de cursar tres años de primaria en el Windsor School y menos de un año en el Lycée, estudié en el Convento del Sagrado Corazón en Torresdale, un pueblito del estado de Pensilvania, Estados Unidos, con unas monjas alivianadas que esquiaban y se veían como cuervos con sus hábitos negros sobre la blancura de la nieve. En ese pueblo se levantaba nuestro convento, un manicomio, una cárcel y la estación del tren con una *drug store*. Era todo, pero una hija de María se las arregló para huir con un preso. ¿Cómo le hizo? Nunca he logrado dilucidarlo. Cuando se casó mi hermana, a los dieciocho años, mi familia dispuso que fuera a Francia de debutante y les dije que sí pero que quería trabajar en algo. No sabía bien en qué. Mi amiga, María de Lourdes (Maú) Correa, tenía un tío director de la sección de sociales de *Excélsior* y allí leía yo las entrevistas de Bambi y pensé que podría entrevistar como ella porque mi abuelo André Poniatowski había sido amigo de Débussy, de Paul Valéry, del general Weygand (que dicen era hijo de la emperatriz Carlota) y frecuentaba a Sacha Guitry, a Yvonne Printemps y a muchos más a quienes invitaba a la Rue Berton y más tarde a Speranza, su casa en el Midi.

En *Excélsior* permanecí un año haciendo un artículo diario y recuerdo especialmente a Carlos Pellicer, a Octavio Paz y a un señor que hacía de Santa Claus afuera de Sears Roebuck rodeado de niños que lo miraban extasiados. "Señor, seguramente usted adora a los niños." Y Santa Claus me respondió hecho un energúmeno: "Los detesto. ¡Son unos monstruos! Pero hay que ganarse la vida". También recuerdo a Juan Soriano sobre quien habría de escribir un libro años más tarde. Se me hace muy chispa la cara de caballo de Juan, sus trece tías, su abuelita que al morir se hizo del tamaño de una almendrita e iba de arriba abajo sonando en su cajón de muertos.

Decir bembadas o hacer que los pobres entrevistados las digan fue un poco la característica de mis entrevistas en los cincuenta. Tal vez se me puede decir que abuso del procedimiento de las preguntas tontas, pero yo puedo contestar que hacerlas es el mejor medio de adquirir sabiduría. Cuando le pregunté al sabio de Broglie por su flor predilecta, después de mirarme sorprendido me describió la nebulosa de Andrómeda que va como una rosa desmelenada por el espacio sideral y me habló de los doce pétalos infinitesimales que rodean el centro de la rosa magnética que se abre en el centro de la materia.

Lilus Kikus es un diario de impresiones de Eden Hall, el convento donde me eduqué. El personaje de *Lilus* es una mezcla de amigas de infancia: Eugenia Souza, que para mi desgracia murió joven; Kitzia, mi hermana, y sobre todo Antonio Souza, deslumbrante por su capacidad de inventar la vida, descubrir talentos, ser distinto. Cuando entré a *Excélsior* Elena Urrutia me dijo que mis artículos serían mejores si no los escribía en ruso y me recomendó llevarle a su maestro Arreola en la colonia Cuauhtémoc una botella de vino, un queso francés, unas galletas y pedirle que me corrigiera mi espantoso español. A él, el periodismo le parecía deleznable y me preguntó si no tenía algo mejor. Le llevé *Lilus Kikus* y decidió iniciar una colección a la que llamó Los Presentes en la que publicaron su primera obra Carlos Fuentes, José Emilio Pacheco y muchos otros escritores.

Lilus Kikus salió en septiembre de 1954, en la imprenta Juan Pablos, en papel *chamois* de sesenta y tres kilos. Para la portada, calqué del *Larousse* tres honguitos que pinté a mano con acuarelas de niño. Aunque algunos ejemplares se distribuyeron, repartí la edición entre tíos y tías, primos y primas, Magda, Tomasa, Feliza, Otilia, Simplicia, amigos, perros y gatos, canarios y, desde luego, mis emocionados papás.

Al libro le fue muy bien pero poco lo disfruté porque a la semana salí a Francia para volver un año más tarde. Cuando regresé, el papel periódico de las críticas se había amarillado y no conservo una sola salvo una de Carlos Fuentes en la *Revista de la Universidad,* más resistente al tiempo. Amigo, casi de la adolescencia, a Fuentes le debo un abrazo.

De *Lilus Kikus,* Juan Rulfo escribió un texto que atesoro, la contraportada del libro número 73 de la colección Ficción Veracruzana, que dirigía mi cuate del alma Sergio Pitol y quien la publicó en 1967, trece años después de la primera edición de Los Presentes. Como Rulfo no hacía prólogos, lo considero un enorme privilegio:

> Hace muchos años, tal vez trece o quizá un poco menos, apareció un libro de sueños: los tiernos sueños de una niña llamada Lilus Kikus para quien la vida retoñó demasiado pronto.
>
> Lilus sabía poner orden en el mundo sólo con estarse quieta, sentada en la escalera espiral de su imaginación, donde sucedían las cosas más asombrosas, mientras con los ojos miraba cómo se esfumaba el rocío y un gato se mordía la cola o crecía la sonrisa de la primavera. Luego, de pronto, sentía que los limones estaban enfermos y que sólo inyectándoles café negro con azúcar podía aliviarlos de su amargura.
>
> Pero Lilus era también endiabladamente inquieta: corría a preguntarle a un filósofo si él era el dueño de las lagartijas que tomaban el sol afuera de su ventana.
>
> También divagaba en cómo hacerle a Dios un nido en su alma sin cometer adulterio e investigaba con su criada Ocotlana de qué tamaño y sabor eran los besos que le daba su novio.

Todo en este libro es mágico, y está lleno de olas de mar o de amor como el tornasol que sólo se encuentra, tan sólo en los ojos de los niños.

También a Braulio Peralta, Octavio Paz le respondió en su libro *El poeta en su tierra* publicado por Grijalbo en la colección Raya en el Agua en julio de 1996:

> Me sorprende el lenguaje de Elena Poniatowska. No es un lenguaje puramente coloquial. El coloquialismo por el coloquialismo es un error literario. Pero cuando el escritor logra transformar el idioma de todos los días en la literatura, entonces se logra esa especie de musicalidad, que lleva esa cosa alada, cierta, como poética que observamos en el lenguaje de Elena Poniatowska.
>
> Usted me preguntó cuál es la función de Elena en la literatura mexicana. Pues bien: si uno está en un parque donde hay gente que pasea, niños que juegan, obreros que caminan, novios que se besan, gendarmes que vigilan, vendedores de esto y de lo otro, hay enamorados, hay nodrizas, hay mamás y señoras viejas que tejen, hay vagos que leen el periódico o que leen un libro, y hay pájaros... bueno, Elena es eso: un pájaro en la literatura mexicana.

A mí me tragó el periodismo. Nunca lo dejé. Nunca he podido dejarlo. Ojalá y no me haya cortado las alas. Carlos Fuentes exclamaba: "Miren nada más a la Poni, ya se va en su vochito al rastro para ver cómo matan a las reses, mírenla cómo corre a San Juan a preguntar cuál es el precio de los jitomates". Tenía razón. En un machete, Guillermo Haro vio la siguiente leyenda: "Cuando esta víbora pica no hay remedio en la botica". Lo mismo sucede con el periodismo. Pica. Muerde. Embruja. Además, como desde niña quería yo ser útil como me lo enseñaron en los *scouts,* pensé que documentar mi país, contarlo, reflejarlo, pertenecer, era mejor que contar mis estados de ánimo. Sepulté poemas de amor y confesiones. ¡Qué suerte tan grande la mía! Me tocó vivir en un México muy rico. Pude platicar con el jefe de la cardiología mexicana, Ignacio Chávez, ser amiga de sus hijos, Nacho y Celia, convertirme en la madrina de Ximena, hija de Celia y Jaime García Terrés, y vivir una larga amistad que los años acendra. Lo mismo sucedió con Luis Buñuel, Carlos Pellicer, María Izquierdo, Lupe Marín, Concha Michel, Diego Rivera, Luis Barragán, Arturo y Emilio Rosenblueth, Pablo O'Higgins, los grabadores Leopoldo Méndez y Alberto Beltrán, Lola Álvarez Bravo, Mariana Yampolsky y Graciela Iturbide. Amaban a México con pasión y me marcaron como más tarde habría de imprimir su sello indeleble Jesusa Palancares, la heroína de *Hasta no verte Jesús mío,* cuyo verdadero nombre era Josefina Bórquez, que parece haber reencarnado en Jesusa Liliana Rodríguez Felipe, ángeles diablos guardianes que pasan por mi casa cate de mi corazón, aguacatitos verdes, verduras del mercado mejor surtido de la Tierra.

¿Es eso el amor?

Más que conversa, soy fanática de mi ciudad, de mi país, de mi gente, de las Jesusas, la Palancares y la Rodríguez, del Santo, de los llaneros que juegan fut en los campos pelones de la Cuchilla del Tesoro, de los concheros, de las quesadilleras, de los cilindreros, sobre todo de uno de ellos que en la noche se mete a dormir en su cilindro.

Ningún aprendizaje más valioso que el del Negro Palacio de Lecumberri, la cárcel preventiva del Distrito Federal a la que pude entrar gracias a la bondad del general Carlos Martín del Campo y a la que acudí con frecuencia en el año de 1959. Allí entrevisté (y más tarde también en Santa Marta Acatitla) al ferrocarrilero Demetrio Vallejo, a Valentín Campa, a David Alfaro Siqueiros, al líder del Partido Obrero y Campesino (POC) Alberto Lumbreras y casi por casualidad a Álvaro Mutis, el poeta colombiano que me llamó a través de los barrotes. ¡Ah, y las mujeres! Su heroísmo, el de Cuca Barrón de Lumbreras, maestra, el de la esposa de Valentín Campa, Consuelo Uranga, y años más tarde, el de doña Rosario Ibarra de Piedra.

Carmen Gaitán de la editorial Océano me había pedido un prólogo para una nueva edición de dos libros de Lupe Marín, *La única* y *Un día patrio,* que nunca se hizo. Para ello, leí el libro de Bertram Wolfe, *The Fabulous Life of Diego Rivera,* y descubrí a una rusa blanca, Angelina Beloff, quien vivió con él durante diez años en París durante la primera Guerra Mundial y tuvo a su único hijo: Diego María Rivera, Dieguito, quien murió de meningitis. Harto de guerra y de cielo gris, Diego regresó a México y dejó a Angelina atrás con la promesa del reencuentro. Me puse en su lugar y escribí las cartas que pensé que ella le habría escrito a Diego. De allí salió *Querido Diego, te abraza Quiela* en 1978. En realidad, se las estaba escribiendo a Guillermo Haro. ¿Era eso el amor? Yo sufría de amor, otra vez el amor, la vuelta al amor como burra de noria, y cuando Guillermo lo leyó, exclamó: "¡Pero esto es un tarro de melcocha!" Sin embargo, a los hombres les gusta sentirse muy amados y de vez en cuando me decía: "A ver, enséñame de nuevo ese engendro que perpetraste". En Francia, Emmanuelle Riva, la actriz de *Hiroshima, mi amor* hizo un disco de *Querido Diego* con su voz admirable y algunas compañías de teatro francés la convirtieron en obra de teatro, en París, en Marsella, en Burdeos, en otras ciudades. En México también la montó Víctor Hugo Rascón como más tarde habría de hacer Tina Modotti con Ignacio Retes. Le debe mucho a Victor Hugo, el francés y el nuestro. Fui a ver la obra montada por otras compañías teatrales. Elea Bárcena es la última "Angelina". En esa época yo lloraba a todas horas pero ahora el glaucoma me ha secado las lágrimas. Al *Querido Diego* lo tradujeron a varios idiomas y Diego Rivera quedó muy mal en todos.

Los cuentos de *De noche vienes* y *Tlapalería* son posteriores aunque "La ruptura" se publicó por primera vez en una revista de la Cruz Roja llamada *Crinolinas* en 1956 y "El limbo" en la revista *Estaciones* que dirigía Elías Nandino más o menos por esas fechas. *Ábside* la dirigía Alfonso Junco, que me publicó porque creía que iba yo a ser monja. Sergio Pitol quiso unir varios cuentos a la segunda edición de *Lilus Kikus,* que gracias a su generosidad salió en 1967. En 1979, Grijalbo habría de publicar *De noche vienes* con un grabado de Gustave Doré (creo) de Caperucita y el lobo metidos en la cama. El título lo dibujó Paula, mi hija, quien escribió vienes con b de burro. Paula también me acompañó a la imprenta y pretendí darles las gracias a los linotipistas:

> *De noche vienes* se imprimió el día 30 del mes de noviembre del año 1979 en los Talleres de Ediciones Sol, Sánchez Colín número 20, México 16, D. F. A lo largo de sus páginas la autora, sin esconder sus limitaciones, pretende rendirle homenaje al amor, a la soledad, a los niños, a los árboles, a los que se han ido, a las piedras del camino y sobre todo a la paciencia y a la buena voluntad de los señores tipografistas, formadores, correctores, impresores y encuadernadores que hicieron posible este libro, terminado en los Talleres de Ecuadernación Sagitario, S. A., Benito Juárez 92 A, México 13, D. F., del cual se imprimieron 5 000 ejemplares.

La editorial ERA habría de recogerlos en *De noche vienes,* que se publica regularmente desde 1985 con una portada de Vicente Rojo.

ERA ha sido el *alma mater* de José Emilio, Carlos, Sergio y mío. A Neus, los cuatro la queremos bastantito. O como me dice mi hijo Mane: "Te quiero lo suficiente".

¿Es eso el amor?

Tlapalería apareció en 2003 y consta de ocho cuentos. Braulio Peralta podría reconocer fácilmente "Las pachecas" porque vivió el cuento conmigo. Mi abuela Elena Amor de Iturbe se reconocería en "Chocolate", yo me reconozco en "Los canarios" porque los escucho todos los días en el corredor de la casa. Los demás, "Tlapalería", "La banca", "Los bufalitos", "El corazón de la alcachofa", son ficción pero como estoy tan identificada con el periodismo, los lectores los relacionan con mi vida. "¿Verdad que es usted la loca que se quiere tirar por la ventana?" Mi gran amiga la doctora Sara Poot Herrera ha descubierto coincidencias entre Coatlicue y el Chac Mol del primer libro de Fuentes, *Los días enmascarados,* y me da mucho gusto porque admiro a Carlos.

Lo de ligar los cuentos a mi persona también sucedió con *De noche vienes* aunque jamás fui enfermera ni tuve cinco maridos ni me acosté cada noche de los llamados días hábiles con uno distinto sin confundirlos. "Métase mi prieta" se inspira en el mundo de los ferrocarrileros al que entré en 1959, pero ningún rielero lo ha leído ni se identifica con él y toda la investigación para conocer la vida de un maquinista la hice por mi cuenta. "El rayo verde" lo inspiró mi madre y como ella murió en 2001 no he querido releerlo. "De Gaulle en Minería" es un homenaje a mi padre. Resulta que nos invitaron a una recepción para el general De Gaulle que vino a México en 1960 en el Palacio de Minería y nos formamos para saludarlo, pero en determinado momento se interrumpió la cola porque se había hecho tarde para la cena y mi padre, que era el único que había peleado al lado de De Gaulle, no pudo estrechar su mano. Aunque no dijo nada estoy segura de que para él fue una gran decepción y por eso escribí el cuento. "La casita de sololoi" está basada en una anécdota que me contó Magda Solís a propósito de una madre de familia que estaba tan harta de desenredar el cabello largo de su hija que empezó a cepillarlo con verdadera furia cuando de pronto se dio cuenta que debía irse. "Canto quinto" refleja un amor triste, pero creo, como dice el poeta, que *Il n'y a pas d'amour heureux.* "La felicidad" también es otro amor y es más triste aún. Otra vez la burra al trigo, dándole vuelta a la rueda del amor.

En general, no releo el libro que escribo. Casi de inmediato me pongo a hacer otro con la esperanza de que sea mejor. Cuando algún lector me dice que le gustó algo, mi agradecimiento es tan desbordante que quisiera llevármelo a vivir a la casa. También, a una lectora.

¿Es la comunicación el amor?

LILUS KIKUS

I

Los juegos de Lilus

"¡Lilus Kikus... Lilus Kikus... ¡Lilus Kikus, te estoy hablando!"

Pero Lilus Kikus, sentada en la banqueta de la calle, está demasiado absorta operando a una mosca para oír los gritos de su mamá. Lilus nunca juega en su cuarto, ese cuarto que el orden ha echado a perder. Mejor juega en la esquina de la calle, debajo de un árbol chiquito, plantado en la orilla de la acera. De allí ve pasar a los coches y a las gentes que caminan muy apuradas, con cara de que van a salvar al mundo...

Lilus cree en las brujas y se cose en los calzones un ramito de hierbas finas, hierbabuena, romero y pastitos; un pelo de Napoleón, de los que venden en la escuela por diez centavos. Y su diente, el primero que se le cayó. Todo esto lo mete en una bolsita que le queda sobre el ombligo. Las niñas se preguntarán después cuál es la causa de esa protuberancia. En una cajita, Lilus guarda también la cinta negra de un muerto, dos pedacitos grises y duros de uñas de pie de su papá, un trébol de tres hojas y el polvo recogido a los pies de un Cristo en la iglesia de Nuestra Señora de la Piedad.

Desde que fue al rancho de un tío suyo, Lilus encontró sus propios juguetes. Allá tenía un nido y se pasaba horas enteras mirándolo fijamente, observando los huevitos y las briznas de que estaba hecho. Seguía paso a paso, con verdadera pasión, todas las preocupaciones del pajarito: "Ahora duerme... al rato irá a buscar comida". Tenía también un ciempiés, guardado en un calcetín, y unas moscas enormes que operaba del apéndice. En el rancho había hormigas, unas hormigas muy gordas. Lilus les daba a beber jarabe para la tos y les enyesaba las piernas fracturadas. Un día buscó en la farmacia del pueblo una jeringa de aguja muy fina, para ponerle una inyección de urgencia a Miss Lemon. Miss Lemon era un limón verde que sufría espantosos dolores abdominales y que Lilus inyectaba con café negro. Después lo envolvía en un pañuelo de su mamá; y en la tarde atendía a otros pacientes: la señora Naranja, Eva la Manzana, la viuda Toronja y don Plátano. Amargado por las vicisitudes de esta vida, don Plátano sufría gota militar, y como era menos resistente que los demás enfermos veía llegar muy pronto el fin de sus días.

Lilus no tiene muñecas. Quizá su físico pueda explicar su rareza. Es flaca y da pasos grandes al caminar, porque sus piernas, largas y muy separadas la una de la otra, son saltonas, se engarrotan y luego se le atoran. Al caerse Lilus causa la muerte invariable de su muñeca. Por eso nunca tiene muñecas. Sólo se acuerda de una güerita a la que le puso Güera Punch, y que murió al día siguiente de su venida al mundo, cuando a Lilus Kikus se le atoraron las piernas.

II

El concierto

UN DÍA DECIDIÓ la mamá de Lilus llevarla a un concierto en Bellas Artes, ese edificio bodocudo, blanco, con algo de dorado y mucho de hundido.

Lilus tenía tres álbumes de discos que tocaba a todas horas. Como era medio teatrera, lloraba y reía al son de la música. Y hasta en la *Pasión según san Mateo* hallaba modo de hacer muecas, sonreír y jalarse los pelos... Deshacía sus trenzas, se tendía sobre la cama abanicándose con un cartón sobre todo cuando fumaba en la pipa oriental de su papá...

A Lilus no le vigilaban las lecturas, y un día cayó en este párrafo: "Nada expresa mejor los sentimientos del hombre, sus pasiones, cólera, dulzura, ingenuidad, tristeza, que la música. Usted encontrará en ella el conflicto que tiene en su propio corazón. Es como un choque entre deseos y necesidades: el deseo de pureza y la necesidad de saber". Así que cuando su mamá le anunció que la llevaría al concierto, Lilus puso cara de explorador, y se fueron las dos...

Un pobre señor chiquito dormía en el concierto, un hombre chaparrito de sonora respiración. Dormía tristemente, con la cabeza de lado, inquieto por haberse dormido. Cuando el violín dejaba de tocar, el sueño se interrumpía y el señor levantaba tantito la cabeza; pero al volver el violín, la cabeza caía otra vez sobre su hombro. Entonces los ronquidos cubrían los pianísimos del violín.

Esto irritaba a las gentes. Unas jóvenes reían a escondidas. Las personas mayores se embebían en la música, aparentando que no podían oír otra cosa. Sólo un señor y una señora (esos seres que se preocupan por el bienestar de la humanidad) le daban en la espalda, a pequeños intervalos, unos golpecitos secos y discretos.

Y el pobrecito señor dormía. Estaba triste y tonto. Tonto porque es horrible dormirse entre despiertos. Triste porque tal vez en su casa la cama era demasiado estrecha, y su mujer en ella demasiado gorda. Y el sillón de pelusa que le servía de asiento en Bellas Artes debió parecerle entonces sumamente cómodo.

Muchas veces las gentes lloran porque encuentran las cosas demasiado bellas.

Lo que les hace llorar no es el deseo de poseerlas, sino esa profunda melancolía que sentimos por todo lo que no es, por todo lo que no alcanza su plenitud. Es la tristeza del arroyo seco, ese caminito que se retuerce sin agua... del túnel en construcción y nunca terminado, de las caras bonitas con dientes manchados... es la tristeza de todo lo que no está completo.

Lilus la exploradora se dedica a mirar a los espectadores. Hay unos que concentran su atención inquieta en la orquesta, y que sufren como si los músicos estuvieran a punto de equivocarse. Ponen cara de grandes conocedores, y con un gesto de la mano, o tarareando en voz bajísima algún pasaje conocido, inculcan en los vecinos su gran conocimiento musical. Otros oyen con humildad; avergonzados, no saben qué hacer con sus manos. Están muy pendientes de la hora del aplauso, vigilan su respiración, y se mortifican cada vez que a un desconocido se le ocurre sonarse, toser, o aplaudir a destiempo. Son los inocentes que participan en la culpa de todos. Los demás están muy conscientes de su humanidad, preocupados por su menor gesto, el pliegue o la arruga de su vestido. De vez en cuando alguien se abandona a sus impulsos. Con el rostro en éxtasis, los ojos cerrados y los agujeritos de la nariz muy abiertos, se entrega a sabe Dios qué delicias...

"¡Bravo!" "¡Bravísimo!" Entre aplausos, y con su cara sonriente, la mamá de Lilus Kikus se inclina para advertirle: "El andante estuvo maravilloso. ¡Ay, mi pobre niña, pero si tú no sabes lo que es un andante! Ahora mismo te voy a contar la vida de Mozart, y la de sus andantes y todo..."

Las dos se van muy contentas. Lilus porque cree que le van a contar un cuento. La mamá porque está convencida de que es una intelectual...

III

Lilus en Acapulco

¡SOL! ¡SOL! ¡SOL! No hay más que sol, arena y mar. ¡El mar! En la noche se oye el ruido que hace, en la mañana se le ve centellear ante la playa. A Lilus la trae trastornada. Le inquieta por las noches un mar negro, casi malvado, y piensa en el viento que lo castiga sin cesar.

Lilus camina por todos lados sobre sus largas piernas, con los ojos abiertos siempre y siempre temerosos de perder algo. Se ha vuelto nerviosa, inquieta, caprichosa. El mar la hace desatinar. Ahora Lilus es una niña de mar, de arena, de yodo, de sal y de viento. Es una niña de conchas y caracoles, de grandes golpes de agua, que dan en su rostro como puñados de lluvia.

Lilus está toda güera y toda tostada como un pan recién salido del horno. No es de esas niñas que van a la playa con palas, toallas, baldes, moldecitos y trajes para cambiarse, que estropean el paisaje marino con todo su equipo de bestezuelas mimadas. Lilus se divierte con lo que encuentra en la playa, conchas, estrellas de mar, agua y arena... Y con esas cosas que el mar deja en la orilla, que parecen tan bellas, y que no son más que un trozo de madera esculpido por las olas...

Lilus camina con un pie en el agua y uno en la arena seca... En la ciudad también camina así... Un pie arriba y otro abajo de la banqueta. Por eso anda siempre algo desnivelada. Mientras así se menea, Lilus sueña, y la arrulla ese modo de caminar como barco...

...Sueña que posee un castillo. "La Castellana lejana." Por primera vez piensa en señores; hay muchos en la playa. Unos flaquitos como ratones, con apretados trajes de baño. Otros gordos y colorados, brillantes de aceite. No le gustan a Lilus. Parecen grandes pescados rojos, en su desnudez escandalosa. Le recuerdan *Los romanos de la decadencia,* un cuadro de carnicería que vio en el museo. Lilus sueña que se pasea con los perros de Ivar. Ivar es su marido. Ella anda descalza y oye el ruido de la arena que cruje bajo sus pies. Está sola y tiene ganas de revolcarse en la playa y de saltar muy alto e indecorosamente entre las olas. No puede resistir. Si su marido lo sabe, diría que le hace falta ser más seria y más digna... (es un poco funcionario), y tal vez la amenace con encerrarla en un convento. Pero ella no le dejará acabar el regaño. Le echará sus brazos de agua y de sal al cuello; le enseñará sus collares de conchas azules pequeñísimas, tan tiernas que se parecen a los párpados de los niños dormidos y los de conchas duras que parecen dientes de pescados sanguinarios... o le dirá que Dios ha hecho la naturaleza no solamente para verla sino para que vivamos en ella, y que cada quien tiene su ola y que por favor él escoja la suya, y que desde lo alto del cielo Dios está viendo a sus hijos bañándose en el mar, igual que una pata mira nadar a sus patitos... Y le dirá... Y lo dejará sin aliento y sin protestas...

Lilus se despierta. Le acaban de gritar: "¡Ay, mamacita, quién fuera tren para pararse en tus curvas!" Eso le da en qué pensar. ¿Cuáles curvas? Lo de mamacita no le preocupa mucho, al fin y al cabo, ella no es la mamá del gritón.

Lilus se va muy contenta meneando la cola. ¡Qué éxito junto al mar! ¡Qué sol en el agua! ¡Qué agua en el cielo! ¡Qué arena en el calor! ¡Qué revuelo de alas blancas en el aire! Ya ni pensar puede, y prefiere cantar. Pero lo único que se le ocurre es *El cafetal:*

> Porque la gente vive criticándome,
> me paso la vida sin pensar en na...

Lilus tiene motivos para sentirse bonita. Se tira en la arena, estrechándose solita en sus brazos impregnados de mar, mirando ansiosamente las olas que crecen y se hinchan a lo lejos, que levantan su cabeza enorme y que parece que van a tragarla con su gran boca de león...

IV

Las elecciones

LILUS VA AL CENTRO DE LA CIUDAD. Trajo conchas del mar y tiene cuentas de mil colores. Se hará un collar. Va a comprar un hilo largo para ensartarlas. Se lo pondrá en el cuello, en la cintura, tejido en sus trenzas, amarrado a una pierna... Pero se encuentra con una manifestación.

¡Chole!, ¿por qué no dejan al mismo presidente y se quitan de líos? Pero no. Es una manifestación de muchos Siete Machos, y uno de ellos grita: "La voluntad del pueblo... el futuro de México... nuestros recursos naturales... el bienestar..." Y Lilus piensa en el pueblo. ¿En dónde está? El pueblo anda vendiendo en inglés billetes de lotería, allá por Madero y San Juan de Letrán, comprando pulque en la colonia de los Doctores y prendiendo veladoras en la Villa de Guadalupe. Lilus no es muy patriota, y lo sabe. En la escuela hay unos que pegan propaganda política y otros que la despegan. Y, según eso, hay mucho mérito en pegar y despegar. Lilus se limitó a preguntarle a uno de la Secundaria que con qué pegaban la propaganda, y él le contestó: "Con la lengua, babosa". Por la noche, Lilus soñó, con remordimiento, que tenía una gran lengua rosada, y que con ella pegaba enormes carteles. A la mañana siguiente despertó con la boca abierta y la lengua seca.

Lilus se cuela por entre los Siete Machos. Unos oyen con cara de ¡salvaremos a México! y sudan mucho. Son los hombres de buena voluntad. Otros se detienen a ver qué pasa. A ratos sacan su *Pepín* y le entran duro a *Rosa la Seductora.* Son los hombres de voluntad dividida. Además hay mujeres. Unas gordas y otras flacas, que saben mucho de leyes, es decir, de braceros, de refugiados y del Chacal de Peralvillo. Discuten entre ellas, comentan: "¡Ay, qué horrible horror! Fíjese, doña Ruquis, con estos hombres que son tan imitamonos. Lo que hace la mano hace la tras. Anoche le vi cara de chacal a mi marido". "Doña Felipa, qué barbaridad." Respecto a los refugiados, su veredicto es que se vayan a los Esteits, porque lo que es aquí, se dan mucho taco.

De pronto, una ola de movimiento sacude la manifestación de los de buena voluntad en contra de los de voluntad dividida. Todos comienzan a hablar más fuerte. Hay unos cuantos gritos, y a Lilus se le ocurre gritar también: "¡Que viva don Cástulo Ratón!" Y ¡pum pas pum!, que le aceleran un guamazo por detrás. Algunos de los Siete Machos levantan del suelo una Lilus Kikus tiesa pero patriota.

Una hora después el Ministerio Público toma la declaración de Lilus, que algo mustia contesta con voz temblorosa: "Pues al ver que los del colegio habían hecho tantas cosas, pensé que lo menos que podía yo hacer era pegar un grito".

Lilus se marcha a su casa, y por el camino se le ocurre que si le hubieran pegado más fuerte a la mejor la mandan al hospital. Don Cástulo Ratón habría ido entonces a visitarla en un coche negro para ofrecerle la medalla "Virtuti Lilus Kikus".

Los periódicos publicarían su retrato con la noticia: "Lilus Kikus seduce al pueblo". Y en la sección de sociales: "La guapa Lilus Kikus, luciendo un precioso vestido, defendió horrores a su partido. Se ve que lo ama en cantidades industriales..." Pero ni siquiera eso habría tenido importancia. Lilus está decepcionada. Siempre le pasan las cosas a medias...

V

Nada qué hacer...

LILUS SE DESPIERTA CON EL SOL. Como no hay cortinas en su cuarto de cuatro metros, el sol entra sin avisar y da grandes latigazos en la almohada. Lilus quisiera poseer uno de esos rayos, torcerlo y dejarlo resbalar entre sus dedos. ¡Qué chistoso sería tener uñas de sol! En la noche podría leer a la luz de sus uñas, a la luz de las chispitas proyectadas por sus dedos. Cuando se lavara las manos (lo que no hace muy seguido) cuidaría de no mojar demasiado la punta de cada dedo. Al tocar el piano tendría una linternita para cada nota. Al peinarse, salpicaduras de sol brillarían entre sus cabellos. A lo mejor la llevarían al circo como fenómeno para ponerla entre la mujer barbuda y la mujer tortuga.

Hoy no tiene nada qué hacer. ¡Qué bueno! Cuando Lilus no tiene nada qué hacer, no hace nada. Se sienta en el último peldaño de la escalera y allí se está mientras Aurelia hace la limpieza. Se abren muy grandes las ventanas, y el sol entra, y el polvo se suspende en cada rayo. Giran espirales de oro gris. Lilus sacude con sus manos las estrellitas de polvo, pero el sol las defiende y ellas vuelven a ocupar dócilmente su sitio en la espiral. Y allí siguen girando y calentándose en el rayo de luz.

Lilus platica con Aurelia y le pregunta: "¿Cómo te da besos tu novio?"

—Besos chichos, niña, besos chichos...

Lilus se queda pensando en cómo serán los besos chichos...

Al papá de Lilus no le gusta ver que su hija se quede sin hacer nada. "Vete a hacer ejercicio. ¡Corre! Te vas a embrutecer si te quedas así mirando quién sabe qué." El papá de Lilus no puede comprenderla cuando ella se queda horas enteras mirando a un gatito jugar con su cola, a una gota de rocío resbalar sobre una hoja. Lilus sabe por qué las piedras quieren estar solas... Sabe cuando va a llover, porque el cielo está sin horizontes, compasivo. Ha tomado entre sus manos pájaros calientitos y puesto plumas tibias en sus nidos. Es diáfana y alegre. Un día tuvo una luciérnaga y se pasó toda la noche con ella, preguntándole cómo encerraba la luz... Camina descalza sobre la hierba fría y sobre el musgo, dando saltos, riendo y cantando de pura felicidad. El papá de Lilus nunca camina sin zapatos... Tiene demasiadas citas. Construye su vida como una casa, llena de actos y decisiones. Hace un programa para cada día, y pretende sujetar a Lilus dentro de un orden riguroso. A Lilus le da angustia...

VI

El cielo

A LILUS le preocupa cómo entrar en el cielo. No es ninguna hereje. Sabe que el cielo es un estado, un modo de ser, y no un lugar y... Pero siempre, desde chiquita, pensó que Nuestro Señor está más allá de las nubes. Allá arriba. Y que para llegar hasta Él tiene uno que ser avión, ángel o pájaro. A medida que el pájaro Lilus subía al cielo, Dios lo seguía y en cierto punto de su vuelo la mirada de Dios era tan intensa que bastaba para convertirla en paloma de oro, más bella que un ángel.

Desde el día de su primera comunión, Lilus pensó que Nuestro Señor bajaba a su alma en un elevadorcito instalado en su garganta. Nuestro Señor tomaba el elevador para bajar al alma de Lilus y quedarse allí como en un cuarto muy acogedor. Para que le gustara, ella tenía que prepararle una habitación bien amueblada. Los sacrificios de Lilus componían el ajuar. Un sacrificio grande era el sofá, otro la cama. Los sacrificios chicos eran solamente sillones, floreros, adornos o mesitas.

Una semana en que Lilus se dejó ir por completo, Nuestro Señor bajó al cuarto de su alma y lo encontró todo vacío. Tuvo que sentarse y dormir en el suelo.

Pero así como se queda uno impregnado de alguien, después de que ese alguien se va, así se quedaba Lilus, llena de Nuestro Señor, que había bajado a su alma en un elevadorcito.

VII

La procesión

—NIÑAS, TODAS EN FILA, para la procesión...

—Sí, Miss... ¡Pero falta la Borrega!

—¿Dónde estará esa muchachita? Que me la vaya a buscar una hija de María... Mira, Marta, tu velo está todo chueco y se te asoma el fondo.

Unas doscientas niñas vestidas de blanco, con grandes velos de tul, se preparan para una procesión a la Virgen María. Se pellizcan la piernas, se ponen y quitan sus guantes blancos, y agitan febrilmente una frágil azucena de papel crepé.

—A ver, niñas... Vamos a ensayar. Repitan todas conmigo: "Oh, Madre, te ofrezco la azucena de mi corazón. Es tuya para toda la vida".

—...Oh, Madre, yo te ofrezco la azucena de mi corazón... Es tuya para toda la vida.

—¡Lilus!, ¿qué es lo que estás diciendo en voz baja? Exijo que lo digas en este preciso momento, frente a toda la escuela.

—Pues... Nomás dije que a Marta le queda muy mal el blanco y que su azucena...

—¡Lilus!, Escribirás ochenta veces: "No tengo que faltar a la caridad criticando a mis compañeras..." A ver, tú, hija de María, ¿dónde está la Borrega?

—Miss... no la hemos visto por ningún lado.

—Pues no la podemos esperar más. Ha llegado el momento de encaminarnos hacia la Imagen... No olviden su reverencia —por favor, lo más graciosa posible— antes de hincarse delante de la Santísima Virgen y depositen con cuidado sus azucenas en las canastas para ello dispuestas...

—¿Miss?

—¿Qué hay, Marta?

—Yo sí sé dónde está la Borrega. La vi hace unos minutos, pero no la quería acusar...

—¿Acusarla de qué?

—De que estaba metiendo su azucena en un tintero.

—¿Cómo? ¿En un tintero?

—Sí. Y en uno de tinta negra.

—¡Qué niña! ¡Dios mío! Tendré que hablar con la Superiora. Pero no podemos perder más tiempo. Vamos, niñas, marchen, todas a un mismo tiempo. Uno dos, uno dos, uno dos...

Lentamente arranca una procesión algo caótica, de elfas vestidas de transparentes blancuras, vaporosas muselinas, tules tiesos en la cabeza y zapatos limpios y brillantes. Caritas temblorosas de gran ceremonia. Uno, dos, uno, dos, uno, dos. Lilus camina junto a Marta, y Marta no sabe guardar el paso. Con razón, tiene pies como barcos. Para llegar hasta la Imagen hay que atravesar tres largos corredores y dos dormitorios. Y de repente, al abordar el primer dormitorio, ya con paso rítmico y medido, ¡la Borrega! La Borrega más bizca, más bizca que de costumbre, con un vestido supremamente arrugado y un velo terrible...

—¡Borrega, qué bárbara!

La Borrega para en seco toda la procesión y ante el estupor general ejecuta un baile diabólico, entre charlestón y cancán, con grandes ademanes de espantapájaros y blandiendo una azucena desprestigiada. Y la imprevista danza macabra tiene en sus labios este acompañamiento musical en tonos agudos:

¿Qué más da?
Yo no soy virgen...
Zambumba Mamá la Rumba
Mi azucena renegrida,
Zambumba Mamá que zumba
¿Qué más da?

Más tarde, frente a la Imagen, las niñas tratan de hacerle olvidar a la Santísima Virgen este penoso incidente y declaman con su voz más dulce:

"Oh, Madre, te ofrezco la azucena de mi corazón..."

VIII

La Borrega

—¿LILUS? ¡Lilus!

—¿Sí, Borrega?

—Vénme a ayudar a hacer la petaca...

—¿Ya viste a la Superiora?

—Sí, bruta... Y mañana me voy a mi casa...

—¿Qué te dijo la Superiora?

—Puras insolencias. Entre otras... que era yo "la oveja negra de este blanquísimo rebaño".

—¡Hijos! Te voy a extrañar, Borrega.

—Pues claro. Como ya no tendrás a quién preguntarle por qué tus faldas se abrochan de lado, y no de frente, con tres botoncitos grises... como los muchachos...

—¡Ay, Borrega! Yo nunca te he preguntado eso... Ni se me había ocurrido siquiera.

—Pues ya es tiempo de que se te ocurra. A ti y a la bola de estúpidas que aquí se instruyen no les enseñan lo mejor.

—Borreguita bonita... De veras... Instrúyeme, cuéntame el cuento.

—Óyeme, si no es cuento... Mira, Lilus, yo sé tantas cosas que ahora mismo te podría explicar cómo nacen los niños por el ombligo y todo lo demás, pero eres tan nangoreta que no entenderías nada. Y además nunca me das nada a cambio de lo que te platico...

—¿Unos chocolates de crema? De esos botijones. Anda, dime, Borreguita santa...

—Chocolates no. Se me desbaratan en el viaje.

—¿Unos lápices de colores puntiagudos, puntiagudos?

—No. Tengo prisa. Pásame mis blusas para ponerlas en la petaca.

—Borrega. Si no me dices me retuerzo de la desesperación. ¡Palabra de honor!

—Pues retuércete todo lo que quieras. Mira, Lilus, quizá a cambio de los chocolates no me sea del todo imposible contarte mi primer amor... Pero sólo mi primer amor...

—¡Borrega del cielo! Cuéntamelo.

Y la Borrega se lanza a una gran disertación acerca de un primer amor que defrauda a Lilus por completo.

"Las personas mayores creen que no se puede sufrir de amor a los trece años. Sí, se sufre, y esa pena está henchida de timidez y de tormentos. Atormenta el saberse incomprendido, el no arriesgarse y esperar. Atormenta oír a la hora de las presentaciones, en medio de los viejos amigos de la casa, estas palabras en labios de la mamá: 'Aquí está mi hija Laura Borrega. Era monísima el año pasado pero ya está en la edad de la punzada, sabe usted, cuando las niñas no son niñas ni mujeres'.

"Y yo, Laura Borrega, que estaba llena de nobles y sufridos pensamientos me rebelé contra tal injusticia.

"Los amores tempranos son los que esperan en la esquina para ver pasar y después irse a soñar. Son amores que no se tocan pero que se evocan mucho. A los trece años yo me enamoré. Estaba contenta al verlo de lejos, sin hablarle jamás. En las noches me dormía siempre pensando en él. No esperaba que me estrechara en sus brazos, ni nada. Mi falta de curiosidad era completa."

—¿Pero ahora?

—Ahora estoy completamente desilusionada del amor, Lilus, ahora solamente pienso en la maternidad, y ya he dado los pasos conducentes.

Expulsaron a la Borrega. Se fue con su petaca escocesa, y sus grandes anteojos negros eran como lágrimas postizas. Le sacó la lengua a la directora, le hizo dos estupendas muecas a Lilus y le avisó que muy pronto le mandaría una botella de champaña...

IX

La enfermedad

LILUS SIENTE FRÍO entre las dos sábanas húmedas. No sabe por qué está enferma. La enfermedad llegó sin aviso, traicionera, como una gran idea de soledad. La salud es un objeto perdido: "Pero si lo tenía yo en la mano; pero si hace un ratito lo vi". Así era su enfermedad: "Pero si ayer andaba yo corriendo por las escaleras".

La enfermedad de Lilus no era ni catarro, ni gripa, ni dolor de estómago. Solía enfermarse por algo que decían; al enterarse de algo inesperado, se asustaba. No recurría a nadie, ni quería que la mimaran. En secreto, acariciaba su enfermedad. Se dejaba invadir por el sufrimiento, y parecía que todo el mundo se adentraba en ella; su mamá, su papá, Aurelia, Ocotlana... Lilus los quería mucho más, viendo en ellos a los emisarios de su enfermedad. Esas personas presionaban sobre ella y le daban forma, una forma claramente definida. Gozosa, Lilus se encerraba en los límites de su enfermedad.

"Jesusito, Jesusito, ya no siento mis pies. Creo que tengo uno de ellos en un ojo, una mano en la garganta, y mi estómago, ¿será la almohada?" El doctor tardaba en llegar con todos sus instrumentos. Lilus veía aparecer y desaparecer figuras en la bruma. Gigantes rojos que les preguntaban cosas a unos enanos verdes, para luego disolverse en formas descompuestas. Sapos y ranas saltaban por el cuarto. Se deslizaban entre las sábanas, y ella alargaba la mano para cogerlos pero ellos huían resbaladizos. "Jesús, Jesusito, ¿por qué fue usted a las bodas de Canaan, a esa fiesta de borrachos? ¿Por qué hizo usted ese milagro tan raro?"

—Niña Lilus, Jesús no era rigorista y aquellas buenas gentes necesitaban divertirse, les hacía falta vino, mucho vino.

—Mamá, ¡quiero vino, vinito tinto!

—¡Lilusitingas, no seas boba!

—Es que estoy en una boda, mamá.

En sus sueños, Lilus bebe ávidamente, febrilmente. "Jesús en las bodas de Canaan. ¿Y la adúltera? ¿Qué se hará para ser adúltera?"

María Magdalena destapa sus ánforas de perfume.

Entre la neblina de su fiebre, Lilus ve pasar hileras de señoras tiesas y moralistas, que llevan negros letreros en el pecho y en la frente: "Prohibido", "Prohibido", y que la amenazan con expulsarla de la asociación "Almas en Flor"... Lilus, acosada, ve salir de un archivo las actitudes y oye a una vieja muy flaca que le dice: "Salvamos sin cobrar, te salvaremos aunque tú no quieras, pero no cruces una sola palabra con los del 'Perdón Inmediato' porque son irresponsables y publicitarios".

—Pero señora, si yo no estoy perdida. Sólo vine un ratito a las bodas de Canaan, que es una fiesta muy alegre y muy bien portada.

—Eres una virgen golosa, Lilus, y siempre te quedas a medias. Ni siquiera tienes el valor de perderte de veras, para que tu salvación valga la pena. Te quedas en la orilla, viendo tranquilamente ahogarse a los demás. Tu mamá no se da cuenta y piensa que eres un rayito de sol, un ángel sin alas aparentes. ¡Toma el escapulario!

El escapulario es de tela muy áspera y le lastima el pecho y la espalda como un cilicio de crin, a ras de la carne. ¡Y esa mujer de virtud garantizada que dice cosas tan extrañas! "No la entiendo, vieja flaca y fea." Lilus se siente mareada. Ahora va en un barco y tiene miedo de caerse al agua. "Es tu salvavidas, niña malvada." Así le dijo la vieja chupada cuando le puso el escapulario; el barco se bamboleaba. En la orilla de la cama se sienta un doctor con cara de diablo.

—Doctor, esta niña tiene muchísima calentura. No sé qué hacer...

—En efecto, señora, en efecto... ¿cómo se llama su hija?

—Lilus Kikus.

—Lilus Picus... Qué bonito nombre... Yo me haré cargo de ella. Se va a aliviar enseguida. Con esta receta le bajará la calentura.

Y el doctor le toma el pulso a Lilus con su mano peluda. Luego escribe en la receta una lista interminable de pecados mortales. Con ojos de niño que desconoce y todo quiere saber, la mamá de Lilus se queda viendo al doctor.

—Señora, no se preocupe usted. Yo voy a cuidarla, desde hoy en adelante seré el ángel de la guarda de su hija Pilus Liki.

—Lilus Kikus, doctor.

—Usted perdone, no tengo memoria para los nombres, pero voy a arreglarle las cuentas a Kilus Lukis.

Y el diablo guarda sus instrumentos y se echa a reír. "¿Cómo me llamo? ¿Dónde estoy y quién soy?" Las gentes miran a Lilus con aire de complicidad y cinismo. "Ah, sí, soy Kolis Liko, Kukis Piki, Fuchis Lokis, Lulis Kuakuas y voy en el barco de la fiebre..." Los pasajeros tienen ojos vidriosos, dulzones. Caminan como focas, lentas, húmedas y pesadas. Lilus trata de coger un objeto y de saciarse en su realidad, apretándolo con sus manos, pero sus manos son dos pescados muertos que no la obedecen. "Son las doce." Y se forman doce círculos concéntricos en el agua. Lilus corre a través de puertas y pasillos, mientras alguien la persigue. Pierde su zapato en una escalera, pero huye cojeando. "Santo Dios, Santo Fuerte, Santo Inmortal, ten misericordia de mí." De pronto la cubierta del barco se acaba y una Lilus Kikus de plomo se va al fondo del mar, pesada de secretos.

—¡Mamá! ¡Mamá! ¡Mamá, me estoy ahogando…!

—Cállate, niña, por fin te estabas durmiendo.

—Es que no te he contado muchas cosas, mamá. Mamá, mamita, mamota, soy muy culpable, manda llamar al Señor del Cuatro… Él no fue a las bodas de Canaan, y se va a enojar cuando sepa que yo sí fui. Él nunca va a fiestas, y allí sirvieron un vino muy rico… También le quería enseñar mi muñequito, aquel que me saqué en la rosca de Reyes…

—¿Qué estás diciendo?

—El Señor del Cuatro, mamá… mándalo llamar…

—Cuando te alivies, Lilus, cuando te alivies, mi perrita. Mira, ya te bajó la fiebre, te voy a abrir la ventana.

X

La tapia

—NIÑA, bájate de la tapia.

—No.

—Te estoy diciendo que te bajes

—Que no.

—Las niñas bonitas no se suben...

—Éjele...

—Te voy a acusar con tu mamá.

—Al cabo que ni me hace nada.

(Ocotlana echa a correr por el jardín.)

—Ándale, vieja gacha, chismosa, cochina. ¿La lagartija...? ¿Adónde se fue la lagartija? Esa tonta de Ocotlana la espantó. ¡Ocotlana! Cada vez que habla, de la esquina de la boca le sale un hilito de saliva. Se atora las medias con una especie de nudo que se hace justamente detrás de las rodillas. Cuando se sube a los camiones entre la falda y la media resalta su carne blanca y blanda. ¡Lagartija, almita! ¿Dónde estás? Lagartija rosa, ¡te traje un pañuelo!

Lilus se sube muy seguido a la tapia, se sube porque desde allí puede asomarse al cuarto de un extraño señor que vive en los departamentos de al lado. El señor está sentado interminablemente ante una mesa de trabajo y hojea grandes cantidades de libros envejecidos. El primer día Lilus se quedó observándolo durante una hora. Lo vio leer y releer sin moverse, como un adivino frente a su bola de cristal. Después se levantó y se puso a establecer cosas y cosas en el aire, categorías y órdenes invisibles, con sus dos manos veloces y casi transparentes.

Desde entonces Lilus volvió todos los días a su puesto de observación, a espiar una actividad tan incongruente. Hasta que no pudo más y se puso a aullar desde su tapia: "¡Señor del Cuatroooo, Señor del Cuatroooo!" Como no obtuvo respuesta recogió un puño de piedritas, y una por una las fue arrojando contra el cristal de la ventana. Pero nada. El Señor del Cuatro ni se movía. Tenía la cabeza profundamente metida en un gran libro de pastas rojas. Debió creer que estaba cayendo granizo, y sin darse cuenta incluyó a Lilus en el número de los meteoros. Completamente desesperada, Lilus pensó que la única solución era pedir auxilio y aumentar el calibre de los proyectiles. ¿Será sordomudo? "¡Señor del Cuatroooo! ¡Socorro! ¡SOS!" Y oh, sorpresa de sorpresas, cuando una de las pedradas de Lilus estuvo a punto de romper la ventana, el Señor del Cuatro volvió lentamente la cabeza, distrajo su mirada de los libros y la posó sobre Lilus.

—Señor del Cuatro... (El señor abrió la ventana bombardeada.)

—Perdone, Señor del Cuatro, ¿no es de usted esta lagartija?

—No, niña, no. Las lagartijas no son de nadie...

—Pues como siempre está frente a su ventana, pensé que usted la sacaba a asolear...

Y así fue como empezó la amistad de Lilus con el Señor del Cuatro. Tres veces por semana, cuando menos, allí estaba Lilus en la tapia. El señor iba perdiendo el hilo de su lectura, abría la ventana y se encontraba con Lilus.

—Señor del Cuatro, ¿qué tantas cosas estudia? Se le va a perder su cabeza... Parece un pajarito encerrado en su jaula. ¿Por qué no se va mejor a dar la vuelta?

—Estoy resolviendo las antinomias. Anoche me quedé otra vez en uno de los fragmentos, como en callejón sin salida. No, no es ese de "nuevas aguas fluyen hacia ti" sino el otro. Además, las geometrías no euclidianas. Y los textos de mis alumnos tan plagados de erratas espirituales. Me paso la vida corrigiéndolos...

—Señor del Cuatro, ¿se acuerda usted de la Borrega? ¿De la que le platiqué el otro día?

—La Borrega... La Borrega... Déjame pensar. Ah, sí, la feminista, la librepensadora.

—Ésa mero. Le fue retemal... La expulsaron de la escuela.

—Es que la vida comenzó muy pronto para ella. ¿Sabes, Lilus? Me gusta platicar contigo. Sobre todo porque entresaco de tu conversación muchos alejandrinos...

—¿Qué cosa es eso?

—Además, me has hecho tomar conciencia del otoño... este momento en que todo se consuma. Nunca me había dado cuenta desde que era pequeño. Nunca me había fijado en las estaciones... ¿Pero qué te pasa, Lilus? Hoy no hablas tanto como de costumbre...

—Es que estoy triste.

—¿Pero de qué?

—De que a la gente se le ocurran tantas cosas...

—¿Qué cosas?

—Pues ésas que se le ocurren a usted, como el teorema de Pitágoras, las antinomias que me dijo y las geometrías no eudiclianas...

—Eudiclianas, no, euclidianas, Lilus.

—Señor del Cuatro, ¿por qué no se va usted al campo? ¡Al campo, Señor del Cuatro! Allí nomás arribita de Las Lomas. A medida que se camina por un ladito que yo sé, los árboles son cada vez más verdes y cada vez más sombríos, casi negros de tan juntos uno con otro. Allí hay una fuente que sólo los pájaros conocen, y hierbas locas y pasto descuidado. Nadie hace ruido. El silencio es tan grande que se oyen los cuchicheos de las ramas y las huidas húmedas de las flores. Allí puede usted hacer geometría moral sobre la arena.

—Niña, ten piedad de mi rigor. ¿No te das cuenta? Las cosas han presionado sobre mí, me han devastado y pulido. Soy un experto en renuncias y un entendido en desdichas...

—¿Ah?

—Pero a veces tú tienes razón. Debería pedirle perdón a tantas cosas detrás de mi ventana, al árbol y a la planta, y si tú quieres, a los pájaros y a las nubes.

—Sí, sí. Le tiene que pedir perdón a la lagartija que diario viene a tomar el sol junto a su ventana, y a unas matitas de flores dormidas que usted nunca ha tomado en cuenta. Y sobre todo a los árboles. Es tan bonito estar debajo de un árbol viendo su copa verde y emborucada con grandes lagos de cielo y nubes enredadas. Está usted tan flaco. Me gustaría saber lo que come. Y tiene los ojos tan hundidos. Mi mamá hizo merengues. ¿Quiere que le traiga uno? ¿Me salto la tapia? ¿O voy mejor por la escalera?

—¡Lilus! ¡Lilus! ¿Dónde estás? ¿Otra vez subida en la tapia?

—¡Hijos, mi mamá!

—¡Niña! Bájate inmediatamente. Tienes que hacer tu tarea...

—No puedo. Mi pluma no sirve. Con ella le puse una inyección de tinta a Ocotlana.

—¡Qué niña! Bájate... Perdónela señor, no sé cómo aguanta usted a esta niña preguntona.

—Adiós, adiós, mañana nos vemos.

—Adiós, niña Lilus. Adiós, señora...

Por el camino su mamá la regaña:

—Lilus. ¿Cómo es posible que te pongas a quitarle el tiempo a este señor? Es un filósofo, y tú estás allí nomás sacándolo de sus casillas. Lilus, niña mía, ¿cuándo aprenderás a encontrar tú sola las respuestas a esa infinidad de preguntas que te haces?

XI

La amiga de Lilus

LILUS TENÍA UNA AMIGA: Chiruelita. Consentida y chiqueada. Chiruelita hablaba a los once años como en su más tierna infancia. Cuando Lilus volvía de Acapulco, su amiga la saludaba: "¿Qué tal te jué? ¿No te comielon los tibuloncitos, esos felochíchimos hololes?"

Semejante pregunta era una sorpresa para Lilus, que casi había olvidado el modo de hablar de su amiga, pero pronto se volvía a acostumbrar. Todos sus instintos maternales se vertían en Chiruelita, con máxima adoración. Además, Lilus oyó decir por allí que las tontas son las mujeres más encantadoras del mundo. Sí, las que no saben nada, las que son infantiles, y ausentes... Ondina, Melisenda...

Claro que Chiruelita se pasaba un poco de la raya, pero Lilus sabía siempre disculparla, y no le faltaban razones y ejemplos. Goethe, tan inteligente, tuvo como esposa a una niña fresca e ingenua, que nada sabía pero que siempre estaba contenta.

Nadie ha dicho jamás que la Santísima Virgen supiera griego o latín. La virgen extiende los brazos, los abre como un niño chiquito y se da completamente.

Lilus sabe cuántos peligros aguardan a quien trata de hablar bien, y prefiere callarse. Es mejor sentir que saber. Que lo bello y lo grande vengan a nosotros de incógnito, sin las credenciales que sabemos de memoria...

Las mujeres que escuchan y reciben son como los arroyos crecidos con el agua de las lluvias, que se entregan en una gran corriente de felicidad. Esto puede parecer una apología de las burras, pero ahora que hay tantas mujeres intelectuales, que enseñan, dirigen y gobiernan, es de lo más sano y refrescante encontrarse de pronto con una Chiruelita que habla de flores, de sustos, de perfumes y de tartaletitas de fresa.

Chiruelita se casó a los diecisiete años con un artista lánguido y maniático. Era pintor, y en los primeros años se sintió feliz con todas las inconsecuencias y todos los inconvenientes de una mujer sencilla y sonriente que le servía té salado y le contaba todos los días el cuento del marido chiquito que se perdió en la cama, cuento que siempre acababa en un llanto cada vez más difícil de consolar.

Pero un día que Chiruelita se acercó a su marido con una corona de flores en la cabeza, con prendedores de mariposas y cerezas en las orejas, para decirle con su voz más melodiosa: "Mi chivito, yo soy la Plimavela de Boticheli. ¡Hoy no hice comilita pala ti!", con gesto lánguido el artista de las manías le retorció el pescuezo.

XII

El convento

"LILUS, te vas a ir.

"Te vas a ir en un tren.

"Es bonito un tren, ¿verdad, Lilus?

"Tu padre y yo pensamos en tu futuro.

"Dentro de una semana estarás en el convento."

¡Un convento! Un convento de monjas. Lilus había visto horribles monjas en sus sueños. Caras de insensibilidad perfecta. Caras que ningún problema humano puede turbar. La inmovilidad de una cara es más terrorífica que las cicatrices y los ojos ciegos.

Lilus veía a las monjas de negro y con bigotes. Mujeres de piel seca y lenguas pálidas, que olían a quién sabe qué de muy rancio y viejito. Las imaginaba rezando triste y mecánicamente, como una sierra en un tronco de madera, mientras Jesús en el cielo se tapaba los oídos de desesperación. Luego las oía en la escuela dictando máximas sentenciosas: "Un tesoro no es siempre un amigo pero un amigo es siempre un tesoro" y "No hay nunca rosas sin espinas ni espinas sin rosas..." ¡Qué asco!, pensaba Lilus. "Mamá, yo no puedo ir al convento. ¡Mamita! ¿Cómo comen las monjas?" Las veía masticando un mismo pedacito de carne durante horas enteras, ella, ella que no puede soportar a la gente que come despacio. (En cambio, le gustan mucho los rusos que tragan a cucharadas soperas grandes fuentes de caviar.)

Pensaba que las monjas no la dejarían ir al campo, que ya no podría sentir el pasto frío bajo los pies, ni jugar con el agua verde y blanca y azul, ni aplastar zarzamoras en sus manos para luego ir diciendo que se había cortado. Ya no podría hacerse grandes heridas y cobrar por enseñarlas porque Lilus tenía la costumbre de caerse, y después del inevitable vendaje, iba con sus amigos:

—Si supieras qué feo me caí...

—Enséñame, Lilus, no seas mala.

—Enseño, pero cobro.

—¿Cuánto? Te doy un beso o un diez (si era hombre).

—Mejor el diez.

Lilus despegaba lentamente la tela adhesiva, y después de falsificadas muestras de dolor aparecía una llanurita de rojos, negros y blancos.

Y al recordar todo lo que iba a perder, Lilus aulló: "¡Mamá, yo no me voy al convento...!"

Pero Lilus se fue.

Se fue en un tren, un tren muy triste de silbidos desgarradores, un tren tan triste que se lleva en medio de la bruma niños que se pierden como Lilus. Tren de meseros negros con sonrisa llena de dientes, que comen sabe Dios qué cosas. Tren de señoras pálidas que juegan canasta y que piensan en el té de caridad que darán a su llegada. Tren de recién casados, muy bañaditos y avergonzados, que recuerdan el cuento de los inditos: "¿Nos dormimos u qué...?"

—"Mejor u qué".

Tren de tristes y felices, tren lleno de sonidos extraños, tren de Lilus, la niña atormentada que se va al convento.

¡Campos de trigo! ¡Campos verdes y árboles en flor!

Severa mansión rodeada de cosas que se ríen.

¡Casa con aspecto de viudita alegre!

Como esas mujeres que a veces se perciben en la calle, tiesas y enlutadas, pero con mejillas como manzanas, y verdes ojos que danzan, así son las monjitas. Dentro del negro tenebroso se adivinan interiores mucho menos horribles.

Así es el convento, una jaula llena de mujeres que andan como pájaros asustados, distintas al resto del mundo. Dan pasitos que resbalan, pasos dulces y quietos, blancos pasos de conejo que apenas rozan el suelo. Además, las monjas hacen siempre trabajos pequeñísimos y conceden a las menores cosas una gran importancia, como si de ellas dependiera el orden del mundo: "¡El mantel del altar no está bien extendido!" ¡Dios mío, qué crispación interior! "¡Hay que jalarlo a toda prisa antes de que empiece la misa!"

Con apariencia un poco fantasmal, las monjas del convento de Lilus eran delgadas, de muslos alargados, de ademanes nerviosos y dulces sobresaltos. De tan chiquitas y flaquitas parecen no tener sexo. Todas son Sebastianes, Luises o Tarcisios. Sin embargo, hay en ellas algo de valiente y enternecedor, una mezcla de decisión y de titubeo.

La primera monja que vio Lilus fue la madre portera. Madre ágil, danzarina y cantadora, a la que puso mentalmente pantalones de charro.

La madre portera se preocupaba mucho por un panal que tenía en el jardín.

Iba constantemente a verlo y siempre se quejaba de que la abeja reina le había picado en un dedo. Por un agujero en el techo, la lluvia entraba en el cuarto de la madre portera. A ella le daba risa: "Anoche se metió una rana, le hice una camita al lado de la mía". Sus ojos recordaban a los ojos de las estatuas, que nunca se posan en cosas feas. Cantaba con voz conmovida las lamentaciones de Semana Santa: *Jerusalem, Jerusalem, convertete ad dominum deum nostrum Jesum.* Y su voz era como de niña, y sonaba con esas entonaciones tristes e inocentes que tanto hacen pensar.

Y Lilus quiso a su convento.

Allí le enseñaron que en el mundo solamente los niños están cerca de la verdad y de la pureza. Le hablaron de astros y planetas, de la Vía Láctea. Le dijeron que hay hongos venenosos, saltimbanquis y viento austral y viento norte, ángeles de alas transparentes que vuelan por el espacio en órdenes armoniosos.

Supo de la virgen, se llenó de asombro y la coronó de flores.

Le anunciaron que un día iba a ser persona mayor, y que no podría ser un ropavejero, porque eso está mal visto. Entonces le explicaron lo "mal visto" y la honorabilidad. Si quería tener niños, en todo caso tenía que buscar primero un marido. Y le hablaron de las profesiones. Ser millonario es muy provechoso; ser jardinero no es digno de alabanza. Le prepararon para su noche de bodas. Debía bañarse en agua de rosas, y tomar una cucharada de miel. Esperar luego sobre el lecho a su marido, paciente y sumisa. Y, sobre todo, que fuera digna, digna. Que quisiera a los animales y que no juzgara... que no juzgara el adulterio, porque es lo que más se juzga y menos se entiende...

Le contaron una historia de la Biblia, la del siervo Oza y el arca que Dios hizo construir de madera de acacia chapada en oro a los más hábiles artesanos. El arca fue transportada en un carro de bueyes desde Carithiarim hasta Jerusalén, y en un momento en que el carro se inclinó peligrosamente a un lado del camino, Oza detuvo el arca con su mano. Y cayó muerto porque tocó la casa de Dios. "David se irritó de que Jehová hubiera castigado así a su siervo Oza y tuvo miedo de Dios en ese día."

Por este relato, Lilus comprendió que para ser de Dios había que darse completamente. Había que entenderlo y temerlo. Y creyó en los signos. Tal vez en esta vida, es lo más importante: creer en los signos, como Lilus creyó desde ese día.

QUERIDO DIEGO, TE ABRAZA QUIELA

19 de octubre de 1921

En el estudio, todo ha quedado igual, querido Diego, tus pinceles se yerguen en el vaso, muy limpios como a ti te gusta. Atesoro hasta el más mínimo papel en que has trazado una línea. En la mañana, como si estuvieras presente, me siento a preparar las ilustraciones para *Floreal*. He abandonado las formas geométricas y me encuentro bien haciendo paisajes un tanto dolientes y grises, borrosos y solitarios. Siento que también yo podría borrarme con facilidad. Cuando se publique te enviaré la revista. Veo a tus amigos, sobre todo a Élie Faure que lamenta tu silencio. Te extraña, dice que París sin ti está vacío. Si él dice eso, imagínate lo que diré yo. Mi español avanza a pasos agigantados y para que lo compruebes adjunto esta fotografía en la que escribí especialmente para ti: "Tu mujer te manda muchos besos con esta fotografía hasta que nos veamos. No salió muy bien, pero en ella y en la anterior tendrás algo de mí. Sé fuerte como lo has sido y perdona la debilidad de tu mujer".

Te besa una vez más

Quiela

7 de noviembre de 1921

Ni una línea tuya y el frío no ceja en su intento de congelarnos. Se inicia un invierno crudísimo y me recuerda a otro que tú y yo quisiéramos olvidar. ¡Hasta tú abandonabas la tela para ir en busca de combustible! ¿Recuerdas cómo los Severini llevaron un carrito de mano desde Montparnasse hasta más allá de la barrera de Montrouge donde consiguieron medio saco de carbón? Hoy en la mañana al alimentar nuestra estufita pienso en nuestro hijo. Recuerdo las casas ricas que tenían calefacción central a todo lujo, eran, creo, calderas que funcionaban con gas y cómo los Zeting, Miguel y María, se llevaron al niño a su departamento en Neuilly para preservarlo. Yo no quise dejarte. Estaba segura de que sin mí ni siquiera interrumpirías tu trabajo para comer. Iba a ver al niño todas las tardes mientras tú te absorbías en *El matemático*. Caminaba por las calles de nieve ennegrecida, enlodada por las pisadas de los transeúntes y el corazón me latía muy fuerte ante la perspectiva de ver a mi hijo. Los Zeting me dijeron que apenas se recuperara lo llevarían a Biarritz. Me conmovía el cuidado con que trataban al niño. María, sobre todo, lo sacaba de la cuna —una cuna lindísima como nunca Dieguito la tuvo— con una precaución de enfermera. Aún la miro separar las cobijas blancas, la sabanita bordada para que pudiera yo verlo mejor. "Hoy pasó muy buena noche", murmuraba contenta. Lo velaba, ella parecía la madre, yo la visita. De hecho así era, pero no me daban celos, al contrario, agradecía al cielo la amistad de los Zeting, las dulces manos de la joven María arropando a mi hijo. Al regresar a la casa, veía yo los rostros sombríos de los hombres en la calle, las mujeres envueltas en sus bufandas, ni un solo niño. Las noticias siempre eran malas y la *concierge* se encargaba de dármelas. "No hay leche en todo París" o "Dicen que van a interrumpir el sistema municipal de bombeo porque no hay carbón para que las máquinas sigan funcionando", o más aún: "El agua congelada en las tuberías las está reventando". "Dios mío, todos vamos a morir." Después de varios días, el médico declaró que Dieguito estaba fuera de peligro, que la pulmonía había pasado. Podríamos muy pronto llevárnoslo al taller, conseguir algo de carbón, los Zeting vendrían a verlo, nos llevarían té, del mucho té que traían de Moscú. Más tarde viajaríamos a Biarritz, los tres juntos, el niño, tú y yo cuando tuvieras menos trabajo. Imaginaba yo a Dieguito asoleándose, a Dieguito sobre tus piernas, a Dieguito frente al mar. Imaginé días felices y buenos, tan buenos como los Zeting y su casa en medio de los grandes pinos que purifican el aire como me lo ha contado María, casa en que no habría privaciones ni racionamiento, en que nuestro hijo empezaría a caminar fortalecido por los baños de sol, el yodo del agua de mar. Dos semanas más tarde, cuando María Zeting me entregó a Dieguito, vi en sus ojos un relámpago de temor, todavía le cubrió la cara con una esquina de la cobija y lo puso en mis brazos precipitadamente. "Me hubiera quedado con él unos días más, Angelina, es tan buen niño, tan bonito pero imagino cuánto debe extrañarlo." Tú dejaste tus pinceles al vernos entrar y me ayudaste a acomodar el pequeño bulto en su cama.

Te amo, Diego; ahora mismo siento un dolor casi insoportable en el pecho. En la calle, así me ha sucedido, me golpea tu recuerdo y ya no puedo caminar y algo me duele tanto que tengo que recargarme contra la pared. El otro día un gendarme se acercó: *Madame, vous êtes malade?* Moví de un lado a otro la cabeza, iba a responderle que era el amor, ya lo ves, soy rusa, soy sentimental y soy mujer, pero pensé que mi acento me delataría y los funcionarios franceses no quieren a los extranjeros. Seguí adelante, todos los días sigo adelante, salgo de la cama y pienso que cada paso que doy me acerca a ti, que pronto pasarán los meses ¡ay cuántos! de tu instalación en México, que dentro de poco enviarás por mí para que esté siempre a tu lado.

Te cubre de besos tu

Quiela

15 de noviembre de 1921

Hoy como nunca te extraño y te deseo, Diego; tu gran corpachón llenaba todo el estudio. No quise descolgar tu blusón del clavo en la entrada: conserva aún la forma de tus brazos, la de uno de tus costados. No he podido doblarlo ni quitarle el polvo por miedo a que no recupere su forma inicial y me quede yo con un hilacho entre las manos. Entonces sí me sentaría a llorar. La tela rugosa me acompaña. Le hablo. Cuántas mañanas he regresado al estudio y gritado: "¡Diego! ¡Diego!" como solía llamarte, simplemente porque desde la escalera atisbo ese saco colgado cerca de la puerta y pienso que estás sentado frente a la estufa o miras curioso por la ventana. En la noche es cuando me desmorono, todo puedo inventarlo por la mañana e incluso hacerles frente a los amigos que encuentro en el *atelier,* y me preguntan qué pasa contigo y a quienes no me atrevo a decir que no he recibido una línea tuya. Contesto con evasivas, estás bien, trabajas, en realidad me avergüenza no poder comunicarles nada. Jacobsen quiere ir a México y te envió tres cables dirigidos al cuidado de la Universidad Nacional con la respuesta pagada y ninguno ha sido contestado. Élie Faure estuvo un poco enfermo y se queja de tu silencio. Todos preguntan por ti, bueno, al principio, ahora cada vez menos y esto es lo que me duele, querido Diego, su silencio aunado al tuyo, un silencio cómplice, terrible, aún más evidente cuando nuestro tema de conversación has sido siempre tú o la pintura o México. Tratamos de hablar de otra cosa, veo cómo lo intentan y al rato se despiden y yo me voy metida de nuevo en mi esfera de silencio que eres tú, tú y el silencio, yo adentro del silencio, yo dentro de ti que eres la ausencia, camino por las calles dentro del caparazón de tu silencio. El otro día vi claramente a María Zeting y estoy segura de que ella me vio, sin embargo agachó la cabeza y pasó a un extremo de la acera para no saludarme. Quizá es por Dieguito, quizá es porque me tiene lástima o simplemente porque llevaba prisa y yo me he vuelto susceptible hasta la exacerbación. Ahora que ya no estás tú, pienso que nuestros amigos se han quedado a la expectativa. Me tratan *entre temps,* mientras regresas y entre tanto no me buscan sino para que les dé noticias. Yo acepto que no lo hagan por mí misma, después de todo, sin ti, soy bien poca cosa, mi valor lo determina el amor que me tengas y existo para los demás en la medida en que tú me quieras. Si dejas de hacerlo, ni yo ni los demás podremos quererme.

En otros tiempos tuve a Dieguito. En el taller ya no hacía tanto frío ¿recuerdas? pero había que ir por carbón todos los días. Incluso tú llegaste a ir en alguna ocasión abandonando tu trabajo a la mitad. Yo sentía que Dieguito no se recuperaba, al menos completamente. Siempre escuché ese pequeño resoplido en su respiración, nunca el aleteo parejo y silencioso de sus primeros días. Ansiosa, me asomaba a cada rato a la cuna y este gesto te irritaba: "No le pasa nada, Angelina, déjalo, le estás quitando el aire". ¡Pobre hijo nuestro! Una noche empezó a quejarse horriblemente. En París, en 1917, había una epidemia de meningitis.

Después todo fue muy rápido. El niño cuya cabeza antes se perdía entre las sábanas llegó a ser todo cabeza y a ti te horrorizaba ese cráneo inflado como globo a punto de estallar. No podías verlo, no querías verlo. El niño lloraba sin descanso. Aún puedo escuchar sus chillidos que fatigaban tanto tus nervios. Cuando oigo en la calle a un niño llorar me detengo: busco en su llanto el sonido particular del llanto de Dieguito. Los Zeting ya no estaban en París. Salías por carbón, yo creo, impotente ante el sufrimiento. Recuerdo que una tarde intentaste leer el periódico y se me grabó tu gesto de desesperación: "No puedo, Quiela, no entiendo nada de nada, nada de lo que pasa en este cuarto". Dejaste de pintar, Dieguito murió, fuimos casi solos al cementerio, a Marie Blanchard se le escurrían las lágrimas, siempre dijo que Dieguito era su ahijado, el hijo que jamás tendría. Ese día hizo un frío atroz o a la mejor yo lo traía adentro. Tú estabas ausente, ni una sola vez me dirigiste la palabra, ni siquiera te moviste cuando te tomé del brazo. Regalé la cuna a la *concierge,* le pasé todo lo de Dieguito; pensé que si se lo daba a ella podría tal vez pedírselo prestado más tarde, si acaso teníamos otro hijo. Siempre quise tener otro, tú fuiste el que me lo negaste. Sé que ahora mi vida sería difícil pero tendría un sentido. Me duele mucho, Diego, que te hayas negado a darme un hijo. El tenerlo habría empeorado mi situación pero ¡Dios mío cuánto sentido habría dado a mi vida!

Veo el cielo gris e imagino el tuyo bárbaramente azul como me lo describiste. Espero contemplarlo algún día y entre tanto te envío todo el azul de que soy capaz, te beso y soy siempre tu

Quiela

2 de diciembre de 1921

Ayer pasé la mañana en el Louvre, chatito (me gusta mucho llamarte chatito, me hace pensar en tus padres, siento que soy de la familia), y estoy deslumbrada. Cuando iba antes contigo, Diego, escuchaba admirativamente, compartía tu apasionamiento porque todo lo que viene de ti suscita mi entusiasmo, pero ayer fue distinto, *sentí* Diego y esto me dio una gran felicidad. Al salir del Louvre me dirigí a la Galería Vollard a ver los Cézanne y permanecí tres horas en su contemplación. Monsieur Vollard me dijo: *Je vous laisse seule* y se lo agradecí. Lloré mientras veía los cuadros, lloré también por estar sola, lloré por ti y por mí, pero me alivió llorar porque comprender, finalmente, es un embelesamiento y me estaba proporcionando una de las grandes alegrías de mi vida.

Al llegar a la casa me puse a pintar, estaba carburada y hoy amanecí con la cabeza caliente y me senté frente a tu caballete, bajé la tela que dejaste a la mitad —perdóname, chatito, luego volveré a ponerla— y tomé una blanca y comencé; es imposible no llegar a tener talento cuando se sienten revelaciones como la que experimenté ayer. Pinté con ahínco una cabeza de mujer que sorprendí en la calle ayer de regreso del Louvre, una mujer con ojos admirables, y, ahora que se ha ido la luz, te escribo mi conmoción y mi alegría. Por primera vez a lo largo de estos cuatro largos años siento que no estás lejos, estoy llena de ti, es decir, de pintura. Dentro de algunos días pienso ir al Louvre de nuevo: veré otra sala, la de los flamencos que a ti tanto te atraen; los veré contigo, asida de tu mano y volveré también a la galería de los Cézanne. El dueño fue muy amable y comprensivo conmigo y esto le dio alas a mi corazón. Siento que he vuelto a nacer, tantos años de entregarme a la pintura, tantas academias, tantas horas en el taller, tanto ir y venir contigo y sólo ayer tuve la revelación. Te escribo todavía con el temblor de la emoción, chatito adorado. Y espero que al tomar esta hoja blanca percibas esta vibración entre tus dedos y me veas conmocionada y agradecida y como siempre tuya

Quiela

17 de diciembre de 1921

No te escribí durante más de quince días, Diego, porque he estado enferma. A consecuencia de mi visita al Louvre, en medio de la mayor exaltación me puse a manchar una tela, agitada y con dolor de cabeza. Desatendiendo la tela, al poco rato tomé un lápiz y deseché un boceto tras otro y como se me había acabado el papel, recogí las hojas para dibujar tras de ellas. Nada me satisfizo. Me levanté a las cuatro de la mañana como tú lo hacías y traté de organizar la composición y seguí haciéndolo todo el día, luché como no te imaginas, ni siquiera me levanté para cocinar algo y recordé nuestros caldos de huesos y unas cuantas legumbres —"pucheros", los llamabas—, sonreí para mí misma al pensar que ojalá y hubiera una Angelina que cuidara de mí y me rogara interrumpir tan sólo un momento para comer un poco, y continué hasta la noche convulsivamente, empezando una y otra vez. Pensé que tu espíritu se había posesionado de mí, que eras tú y no yo el que estaba dentro de mí, que este deseo febril de pintar provenía de ti y no quise perder un segundo de tu posesión. Me volví hasta gorda, Diego, me desbordaba, no cabía en el estudio, era alta como tú, combatía en contra de los espíritus —tú me dijiste alguna vez que tenías tratos con el diablo— y lo recordé en ese momento porque mi caja torácica se expandió a tal grado que los pechos se me hincharon, los cachetes, la papada, era yo una sola llanta, busqué un espejo, estaba allí mi cara abotagada y ancha, palpitante como si la soplaran con un fuelle desde adentro, ¡cómo me latían las sienes! ¡Y los ojos!, ¡qué enrojecidos! Sólo entonces me toqué la frente y me di cuenta de que tenía fiebre ¡bendita fiebre! Había que aprovecharla, vivir esta hora hasta el fondo, te sentí sobre de mí, Diego, eran tus manos y no las mías las que se movían. Después no supe lo que pasó, debo haber perdido el conocimiento porque amanecí tirada junto al caballete con un frío tremendo. La ventana estaba abierta. Seguramente la abrí en la noche como tú solías hacerlo cuando sentías que tu cuerpo se agigantaba hasta cubrir paredes, rincones, abarcaba una mayor extensión sobre la tierra, iba más allá de sus límites, los rompía. Naturalmente pesqué una angina de pecho y si no es por la solicitud de la *concierge,* sus *bouillons* de *poule* diarios, ahora mismo estarías despidiéndote de tu Quiela. Me he debilitado mucho, no he salido y salvo Zadkin que vino a preguntar una tarde si tenía yo noticias tuyas, mi contacto con el mundo exterior es nulo. Mi mayor alegría sería ver entre mi escasa correspondencia una carta con un timbre de México, pero éste sería un milagro y tú no crees en los milagros. He estado muy excitada; la pintura es el tema central de mis meditaciones. Hace ya muchos años que pinto: asombraba yo a los profesores en la Academia Imperial de Bellas Artes de San Petersburgo, decían que estaba yo muy por encima de la *moyenne,* que debería continuar en París, y creí en mis disposiciones extraordinarias. Pensaba: todavía soy una extranjera en el país de la pintura, pero puedo algún día tomar residencia. Cuando gané la beca para la Academia Imperial de San Petersburgo ¡ay, Diego, entonces pensé que yo tenía en mí algo maravilloso, algo que a toda costa tendría que proteger y salvaguardar! Mi meta final sería París, l'Académie des Beaux Arts. Ahora sé que se necesita otra cosa. Darme cuenta de ello, Diego, ha sido un mazazo en la cabeza y no puedo tocarlo con el pensamiento sin que me duela horriblemente. Claro, prometo, prometo pero ¿prometo desde hace cuánto? Soy todavía una promesa. A veces me consuela tu propio sufrimiento a la hora de la creación y pienso: "Si para él era tan duro, cuantimás yo", pero el consuelo dura poco porque sé que tú eres ya un gran pintor y llegarás a serlo extraordinario, y yo tengo la absoluta conciencia de que no llegaré mucho más lejos de lo que soy. Necesitaría mucha libertad de espíritu, mucha tranquilidad para iniciar la obra maestra y tu recuerdo me atenaza constantemente además de los problemas que te sabes de memoria y no enumero para no aburrirte; nuestra pobreza, el frío, la soledad. Podrías decirme, como lo has hecho antes, que cualquiera envidiaría mi soledad, que tengo todo el tiempo del mundo para planear y llevar a cabo una buena obra, pero en estos días me he removido en mi cama torturada por el recuerdo de la muerte de mi hijo (y no envuelta como tú por las llamaradas del fuego sagrado). Sé que tú no piensas en Dieguito; cortaste sanamente, la rama reverdece, tu mundo es otro, y mi mundo es el de mi hijo. Lo busco, chatito, físicamente me hace falta. Si él estuviera vivo, si compartiera conmigo este estudio, tendría que levantarme por más mal que me sintiera, atenderlo, darle de comer, cambiarlo y el solo hecho de hacerle falta a alguien me aliviaría. Pero ahora él está muerto y yo no le hago falta a nadie. Tú me has olvidado allá en tu México que tanto deseé conocer, nos separa el Atlántico, aquí el cielo es gris y allá en tu país siempre azul y yo me debato sola sin tener siquiera el consuelo de haber trazado en estos días una línea que valga la pena.

Se despide de ti y te besa tristemente

Quiela

23 de diciembre de 1921

De nuevo me mandaron llamar de *Floreal*, quieren otros grabados, llegó un *pneumatique* y no sabes el ánimo que esa simple hoja de papel doblada en cuatro me proporcionó. Fui al día siguiente a la Rue de Rennes, era mi primera salida, monsieur Vincent me dijo al ver mi palidez cadavérica: *Voilà ce que c'est que l'amour.* Pide diez ilustraciones, le encantaron a él y al consejo editorial las que hicimos juntos antes de tu partida. Reí interiormente al recordar cómo pintamos el escudo ruso que me encargó el cónsul del zar en Barcelona y lo bien que nos pagó por ese trabajo que hicimos sobre lámina de cobre. Entraba el aire de mar por la ventana y tú te sentías bien; pintamos entre risas, nos pagó el equivalente de un año de mi pensión y al ir al banco no podíamos creerlo. Solicité de monsieur Vincent un plazo mayor, porque siento que sólo voy a poder trabajar muy poco a poco por los vapores del ácido en las placas de grabado. Si me costaba trabajo aguantarlos, ahora me resultará difícil por este agotamiento general sobrevenido a raíz de la pleuresía. Porque fue pulmonía la que tuve, chatito, no quise decírtelo para no preocuparte. Ahora ya salí y esta visita a *Floreal* me ha dado nuevos bríos. Me abre la posibilidad de ganar algo de dinero para reunirme contigo y el solo pensamiento es ya un anticipo del paraíso. No me atreví a pedir un anticipo (ése sí pecuniario), pero monsieur Vincent me lo ofreció espontáneamente. Le hubiera echado los brazos al cuello; en vez de ello me limité a agradecérselo en la forma más cortés que pude. Me parece ser un hombre que conoce a fondo la naturaleza humana y la ve con indulgencia. Pienso compensar la actual penuria económica con la gran ilusión que siento por instalarme frente a mi mesa de trabajo, mejor dicho, la tuya, e iniciar los proyectos. Gracias a monsieur Vincent tendré con qué comprar carbón, cuatro o cinco papas pesarán en mi *filet à provisions*. En estos últimos meses mis finanzas se deterioraron tanto que asistí a la Pascua Rusa sólo por lo huevos duros y el enorme pan que reparten. Me tocaron dos huevos, pero un anciano sin dientes y con un abrigo de piel me pasó los suyos asegurándome que no le gustaban. Así, llegué a la casa con un gran pan y cuatro huevos duros, lo suficiente para alimentarme durante cuatro días. Todavía pasé a la Rue Daru y compré pepinos en agua de sal. ¿Te acuerdas cómo te fascinaban los barriles de arenque, las aceitunas negras, los *pirushkis,* el salchichón, las cebollas, el *kulibiak,* los pepinos curtidos tan buenos para la cruda? En la casa hice té y comí lenta, deleitosamente el primer huevo duro... ¡Hubieras visto la maravilla de iconos que sacan una vez al año después de tenerlos guardados toda la vida! No hay ruso que salga de San Petersburgo sin su samovar y su icono; la procesión de iconos se hizo en torno a la iglesia mientras se desprendían de la nave los coros más fervorosamente violentos y sobrecogedores que he escuchado jamás. Aún veo la misa de medianoche con la transición de los cantos de duelo a los de resurrección y triunfo, los cirios que alumbraban desde abajo el desfile de los rostros, las mujeres con sus charolas de huevos pintados, sus pasteles de pascua, uno de queso fresco, otro de galleta llamado *kulitch* que la gente trae para que lo bendigan. Pero más me emocionaron los abrazos de los desconocidos que me tomaban entre sus brazos y estampaban grandes y ruidosos besos en mis mejillas. Necesitaba eso, Diego, sentir ese calor humano. Yo ya no pido sabiduría ni fuerza, sólo un poco de calor, sólo que me dejen calentar junto al fuego, y de buena gana me hubiera ido a la Ville de Petrograd a donde se dirigían todos a oír balalaicas y canciones gitanas. Extraño la comida rusa, el solo hecho de morder un huevo duro me devuelve a la infancia. ¿Recuerdas a aquel mendigo que estaba delante de la catedral, siempre borracho sea cual fuere la hora en que uno pasara y estiraba la mano para decir en ruso: "Denme para un vodkita", y que a ti te parecía el hombre más convincente del mundo? No lo vi y lo extrañé... Pregunté por él en la tienda pero no saben nada. Es una ausencia más en mi vida ¡quién me manda enfermarme y no salir a la calle durante tantos días! A mi regreso busqué las casas sucias y negras que observabas con detenimiento, me metí al pequeño patio húmedo y también negro y miré las ventanas iluminadas; hice un apunte, de ti he aprendido a tomar notas, a expresarme en vez de rumiar en secreto, a moverme, a dibujar todos los días, a hacer, a decir en vez de meditar, a no disimular la conmoción y me siento fuerte por esta abundancia de actividad, este sentimiento de expansión y de plenitud. De haberlo podido habría dibujado los coros rusos, su riqueza. Dibujé unos rostros de cera dentro de la oscuridad de la nave y los siento extrañamente vivos. Al regreso me vine por los *quais.* El agua muy clara reflejaba el firmamento claro también. Las *péniches* eran lo único negro y ennegrecían el agua con su sombra. De vez en cuando un barquito remolcaba a una *péniche* y su dueño la amarraba un poco más arriba, nunca entendí por qué. Me invadió entonces un sentimiento muy puro de exaltación religiosa, el mismo que resentía de joven en San Petersburgo, cuando después de la cena de media noche en que los sirvientes y los patrones se besaban y se abrazaban, yo me quedaba en mi cuarto sin poder dormir, viendo las cortinas que había lavado y planchado con las criadas y el icono en la esquina con su veladora que iluminaba suavemente a la virgen bizantina. Entonces yo rezaba, llena de amor sin objeto, porque no tenía a quién querer. ¿Tiene objeto mi amor ahora Diego?, Me haces falta, mi chatito, levanto en el aire mi boceto y te lo muestro, me pregunto si comerás bien, quién te atiende, si sigues haciendo esas exhaustivas jornadas de trabajo, si tus explosiones de cólera han disminuido, una cólera genial, productiva, creadora en que te arrastrabas a ti mismo como un río, te revolvías desbordante, te despeñabas y nosotros te seguíamos inmersos en la catarata, me pregunto si sólo vives para la pintura como lo hiciste aquí en París, si amas a una nueva mujer, qué rumbo has tomado. Si así fuera, Diego, dímelo, yo sabría comprenderlo, ¿acaso no he sabido comprender todo? A veces pienso que sería mejor dejar Montparnasse, abandonar la Rue du Départ, no volver a entrar jamás en La Rotonde, romper con el pasado, pero mientras no tenga noticias tuyas estoy paralizada. Unas cuantas líneas me ahorrarían días y noches de zozobra. Te abrazo, Diego, con la inquietud que solías ver con ternura.

Tu Quiela

P. S. Voy a mandarte por correo en sobre de cartón, uno por uno, los bocetos de los grabados para que los apruebes o hagas alguna sugerencia. Faltándome tú, me siento frágil hasta en mi trabajo.

29 de diciembre de 1921

Siento no haber empezado a pintar más joven, y ahora que ha pasado el tiempo, cómo añoro aquellos años de Universidad en San Petersburgo cuando opté por el dibujo. Al principio, mi padre iba por mí, todavía recuerdo cómo resonaban nuestros pasos en las calles vacías y regresábamos platicando y me preguntaba por mis progresos, si no me intimidaba el hecho de que hubiera hombres en el curso nocturno de pintura. Después, al ver mi seguridad, la gentileza de mis compañeros, me dejó venir sola a la casa. Cuando gané la beca para la Academia de Bellas Artes de San Petersburgo ¡cuánto orgullo vi en su rostro!

Desde el primer día en que entré al *atelier* en París, me impuse un horario que sólo tú podrías considerar aceptable, de ocho a doce y media del día, de una y media a cinco en la tarde y todavía de ocho a diez de la noche. Nueve horas de pintura al día ¿te imaginas tú lo que es eso? Diego, sí te lo imaginas tú que sólo vives para la pintura. Comía pensando en cómo lograr las sombras del rostro que acababa de dejar, cenaba a toda velocidad recordando el cuadro en el caballete, cuando hacía ensayos de encáustica pensaba en el momento en que volvería a abrir la puerta del taller y su familiar y persistente olor a espliego. Llegué incluso a ir a la Universidad, con el deseo de investigar a fondo en uno de los laboratorios la física y la química de la pintura. Para la encáustica, fundí mi primera cera, con un soplete, para después ponerle esencia de espliego y pigmentos y de vez en cuando los universitarios venían a preguntarme: "¿Cómo va el color?" A la hora de comer, me enojaba si alguien me dirigía la palabra, distrayéndome de mis pensamientos, fijos en la próxima línea que habría de trazar y que deseaba yo continua y pura y exacta. Entonces estaba poseída, Diego, y tenía sólo veinte años. Nunca me sentí cansada, al contrario, me hubiera muerto si alguien me obliga a dejar esa vida. Evité el teatro, evité los paseos, evité hasta la compañía de los demás, porque el grado de gozo que me proporcionaban era mucho menor que el placer intensísimo que me daba aprender mi oficio. Suscité envidias entre mis compañeros por los elogios que me prodigó André Lhote. Una vez se detuvo ante una cabeza vista desde abajo y me preguntó:

—¿Hizo usted esto sola?

—Sí.

—¿Cuánto tiempo lleva usted aquí?

—Diez días.

Tres compañeras, una danesa, una española y una francesa que estudiaban desde hacía tres años, se acercaron a oír.

—Tiene usted disposiciones extraordinarias.

—¿Quiere usted, maestro, que le enseñe otra cabeza?

—Enséñeme inmediatamente todo lo que ha hecho. Quiero ver hasta su más mínimo trazo.

Saqué todo y las demás nos hicieron rueda. Veía yo los ojos de la española, quien dibuja admirablemente (hacía notables academias con modelos magníficos e incluso entraba al Louvre a copiar), ennegrecerse a medida que él hablaba, su rostro se había vaciado de color mientras que mis mejillas estaban enrojecidas de placer. Fue tanto lo que me estimuló Lhote, que iba yo hasta los sábados en la noche y el director me miraba con simpatía. "Mademoiselle Biélova, es magnífico, trabaja usted cuando todos van a descansar o a divertirse." "Es que no tengo nada qué hacer, monsieur." De abrir el *atelier* los domingos, allí me hubieran encontrado. Los domingos subía yo a Saint Cloud, Diego, siempre me gustó ese paseo; caminar bajo los árboles frutales en medio del campo verde con mi cuaderno de apuntes. Parecía yo un fotógrafo con lápiz en vez de cámara. Cubría yo de apuntes las tres cuartas partes de la libreta y en un rincón de una hoja dibujada aún conservo un *Emploi du Temps* que ahora me hace sonreír, porque dividí las veinticuatro horas del día en tal forma que me quedaron cinco para dormir, una para vestirme y bañarme maldiciendo el agua que se hiela en las tuberías y hay que poner a calentar sobre la estufa, dos horas para las tres comidas del día (no por mí, sino por la tía Natasha, quien me reprochaba el no visitarla, no escucharla, cuidarme mal, no tomar aire fresco, no acompañarla de compras o de visita) y dieciséis horas para pintar. Los trayectos ¡qué lentos se me hacían, mi Diego! De haberlo podido me hubiera tirado a dormir junto a mi caballete, cada minuto perdido era un minuto menos para la pintura. Quería yo hacer en un año el trabajo de cuatro, ganarles a todos, obtener el Prix de Rome. A tía Natasha le sacaba de quicio mi apasionamiento. Una noche en que había quedado en acompañarla al teatro, al ver a toda la gente entrar con ese rostro expectante y vacío del que espera divertirse pensé: "¿Qué estoy haciendo aquí en vez de estar frente a mi caballete?" y sin más me di la vuelta y planté a la tía a la mitad de la explanada. A la mañana siguiente no quiso abrirme la puerta. Yo no entendía por qué, no recordaba nada. Yo creo que la pintura es así, se le olvida a uno todo, pierde uno la noción del tiempo, de los demás, de las obligaciones, de la vida diaria que gira en torno a uno sin advertirla siquiera. Una tarde que atravesé el *atelier* para tomar la botella de gasolina y limpiar mi paleta, oí que la española decía claramente y en voz alta de modo que yo la oyera: "Al principio se hacen progresos ex-tra-or-di-na-rios, fe-no-me-na-les, pro-di-gio-sos, al principio se deslumbra siempre a los maestros, lo difícil viene después, cuando se ha perdido la impunidad y la frescura y el atrevimiento de los primeros trazos y se da uno cuenta, con toda conciencia, de lo mucho que falta aprender, de que en realidad no se sabe nada". Me seguí de largo, mi paleta limpia, y la danesa que es muy buena persona seguramente pensó que estaba yo herida, porque me ayudó a arreglar mi naturaleza muerta, el vaso, las tres naranjas, la cuchara dentro del vaso de tal modo que le diera el reflejo exacto, la servilleta desdoblada, la rebanada de pan. Yo no estaba herida, pero las palabras de la española zumbaban dentro de mis oídos y en la noche no pude dormir pensando: "¿Y si de pronto fuera yo a perder esta facilidad? ¿Si de pronto me estancara consciente de que no sé nada? ¿Si de pronto me paralizara la autocrítica o llegara al agotamiento de mi facultad?" Sería tanto como perder mi alma, Diego, porque yo no vivía sino en función de la pintura; todo lo veía como un dibujo en prospecto, el vuelo de una falda sobre la acera, las rugosas manos de un obrero comiendo cerca de mí, el pan, la botella de vino, los reflejos cobrizos de una cabellera de mujer, las hojas, los ramajes del primer árbol. Yo nunca me detuve a ver a un niño en la calle por el niño en sí. Lo veía yo como el trazo sobre el papel; debía yo captar exactamente la pureza de la barbilla, la redondez de la cabecita, la nariz casi siempre chata, ¿por qué serán siempre chatos los niños, chatito?, la boca dulce, jamás inmóvil, y tenía yo que hacerlo en el menor tiempo posible porque los niños no posan ni cinco minutos sin moverse, pero yo no veía al niño, veía sus líneas, su contorno, sus luces, no preguntaba siquiera cómo se llamaba. A propósito ¿te acuerdas de esa modelo belga un poco entrada en años que lograba dormirse con los ojos abiertos?

Ahora todo ha cambiado y veo con tristeza a los niños que cruzan la calle para ir a la escuela. No son dibujos, son niños de carne y hueso. Me pregunto si irán suficientemente cubiertos, si dentro de la mochila su madre puso un *goûter* alimenticio, quizá *un petit pain au chocolat*. Pienso que uno de ellos podría ser nuestro hijo, y siento que daría no sé qué, mi oficio, mi vida de pintora por verlo así con su *tablier d'écolier* a cuadritos blancos y azules, haberlo vestido yo misma, pasado el peine entre sus cabellos, recomendado que no se manche los dedos de tinta, que no rompa su uniforme, que no... en fin, todo lo que hacen las madres dichosas que a esta hora en todas las casas de París aguardan a sus hijos para tomarlos entre sus brazos. La vida se cobra muy duramente, Diego, nos merma en lo que creemos es nuestra única fuente de vitalidad: nuestro oficio. No sólo he perdido a mi hijo, he perdido también mi posibilidad creadora; ya no sé pintar, ya no quiero pintar. Ahora que podría hacerlo en casa, no aprovecho mi tiempo. Como este invierno ha sido largo, oscurece a las cuatro de la tarde y entonces tengo que dejar de trabajar durante una hora y hasta dos, mientras mis ojos se acostumbran a la luz eléctrica. ¿Te acuerdas cuando decías que los ojos azules lo son porque no alcanzaron color, que el café es el color de las mujeres de tu tierra y que es rotundo y definitivo como el barro, como el surco, como la madera? Yo siento ahora que estos ojos tan deslavados se han debilitado y me cuesta muchísimo trabajo entrenarlos, volverlos a la hoja blanca, fijarlos. Me siento frente a la mesa con una cobija sobre las piernas, porque es la única manera de no entumirme y avanzo lenta, trabajosamente. Ahora que quisiera tener una tía Natasha a quien visitar, ha muerto y no sé a dónde volver la cabeza. Adiós, Diego, perdona a esta tu Angelina que hoy en la noche, a pesar del trabajo de *Floreal* que aguarda sobre la mesa, está desmoralizada. Te abrazo y te digo de nuevo que te amo, te amaré siempre, pase lo que pase.

Tu Quiela

2 de enero de 1922

En los papeles que están sobre la mesa, en vez de los bocetos habituales, he escrito con una letra que no reconozco: "Son las seis de la mañana y Diego no está aquí". En otra hoja blanca que nunca me atrevería a emplear si no es para un dibujo, miro con sorpresa mi garabato: "Son las ocho de la mañana, no oigo a Diego hacer ruido, ir al baño, recorrer el tramo de la entrada hasta la ventana y ver el cielo en un movimiento lento y grave como acostumbra hacerlo y creo que voy a volverme loca", y en la misma más abajo: "Son las once de la mañana, estoy un poco loca, Diego definitivamente no está, pienso que no vendrá nunca y giro en el cuarto como alguien que ha perdido la razón. No tengo en qué ocuparme, no me salen los grabados, hoy no quiero ser dulce, tranquila, decente, sumisa, comprensiva, resignada, las cualidades que siempre ponderan los amigos. Tampoco quiero ser maternal; Diego no es un niño grande, Diego sólo es un hombre que no escribe porque no me quiere y me ha olvidado por completo". Las últimas palabras están trazadas con violencia, casi rompen el papel y lloro ante la puerilidad de mi desahogo. ¿Cuándo lo escribí? ¿Ayer? ¿Antier? ¿Anoche? ¿Hace cuatro noches? No lo sé, no lo recuerdo. Pero ahora, Diego, al ver mi desvarío te lo pregunto y es posiblemente la pregunta más grave que he hecho en mi vida. ¿Ya no me quieres, Diego? Me gustaría que me lo dijeras con toda franqueza. Has tenido suficiente tiempo para reflexionar y tomar una decisión por lo menos en tu inconsciente, si es que no has tenido la ocasión de formularla en palabras. Ahora es tiempo de que lo hagas. De otro modo llegaremos a un sufrimiento inútil, inútil y monótono como un dolor de muelas y con el mismo resultado. La cosa es que no me escribes, que me escribirás cada vez menos si dejamos correr el tiempo y al cabo de unos cuantos años nos veremos como extraños si es que llegamos a vernos. En cuanto a mí, puedo afirmar que el dolor de muelas seguirá hasta que se pudra la raíz; entonces ¿no sería mejor que me arrancaras de una vez la muela, si ya no hallas nada en ti que te incline hacia mi persona? Recibo de vez en cuando las remesas de dinero, pero tus recados son cada vez más cortos, más impersonales y en la última no venía una sola línea tuya. Me nutro indefinidamente con un "Estoy bien, espero que tú lo mismo, saludos, Diego", y al leer tu letra adorada trato de adivinar algún mensaje secreto, pero lo escueto de las líneas escritas a toda velocidad deja poco a la imaginación. Me cuelgo de la frase: "espero que tú lo mismo" y pienso: "Diego quiere que yo esté bien" pero mi euforia dura poco, no tengo con qué sostenerla. Debería quizá comprender por ello que ya no me amas, pero no puedo aceptarlo. De vez en cuando, como hoy, tengo un presentimiento pero trato de borrarlo a toda costa. Me baño con agua fría para espantar las aves de mal agüero que rondan dentro de mí, salgo a caminar a la calle, siento frío, trato de mantenerme activa, en realidad, deliro. Y me refugio en el pasado, rememoro nuestros primeros encuentros en que te aguardaba enferma de tensión y de júbilo. Pensaba: en medio de esta multitud, en pleno día, entre toda esta gente; del Boulevard Raspail, no, de Montparnasse, entre estos hombres y mujeres que surgen de la boca del metro y van subiendo la escalera, él va a aparecer, no, no aparecerá jamás porque es sólo un producto de mi imaginación, por lo tanto yo me quedaré aquí plantada en el café frente a esta mesa redonda y por más que abra los ojos y lata mi corazón, no veré nunca a nadie que remotamente se parezca a Diego. Temblaba yo, Diego, no podía ni llevarme la taza a los labios, ¡cómo era posible que tú caminaras por la calle como el común de los mortales!, escogieras la acera de la derecha; ¡sólo un milagro te haría emerger de ese puñado de gente cabizbaja, oscura y sin cara, y venir hacia mí con el rostro levantado y tu sonrisa que me calienta con sólo pensar en ella! Te sentabas junto a mí como si nada, inconsciente ante mi expectativa dolorosa y volteabas a ver al hindú que leía el *London Times* y al árabe que se sacaba con el tenedor el negro de las uñas. Aún te veo con tus zapatos sin bolear, tu viejo sombrero olanudo, tus pantalones arrugados, tu estatura monumental, tu vientre siempre precediéndote y pienso que nadie, absolutamente, podría llevar con tanto señorío prendas tan ajadas. Yo te escuchaba quemándome por dentro, las manos ardientes sobre mis muslos, no podía pasar saliva y sin embargo parecía tranquila y tú lo comentabas: "¡Qué sedante eres, Angelina, qué remanso, qué bien te sienta tu nombre, oigo un levísimo rumor de alas!" Yo estaba como drogada, ocupabas todos mis pensamientos, tenía un miedo espantoso de defraudarte. Te hubiera telegrafiado en la noche misma para recomponer nuestro encuentro, porque repasaba cada una de nuestras frases y me sentía desgraciada por mi torpeza, mi nerviosidad, mis silencios, rehacía, Diego, un encuentro ideal para que volvieras a tu trabajo con la certeza de que yo era digna de tu atención, temblaba, Diego, estaba muy consciente de mis sentimientos y de mis deseos inarticulados, tenía tanto qué decirte —pasaba el día entero repitiéndome a mí misma lo que te diría— y al verte de pronto no podía expresarlo y en la noche lloraba agotada sobre la almohada, me mordía las manos: "Mañana no acudirá a la cita, mañana seguro no vendrá. Qué interés puede tener en mí" y a la tarde siguiente allí estaba yo frente al mármol de mi mesa redonda, entre la mesa de un español que miraba también hacia la calle y un turco que vaciaba el azucarero en su café, los dos ajenos a mi desesperación, a la taza entre mis manos, a mis ojos devoradores de toda esa masa gris y anónima que venía por la calle, en la cual tú tendrías que corporizarte y caminar hacia mí.

¿Me quieres, Diego? Es doloroso, sí, pero indispensable saberlo. Mira, Diego, durante tantos años que estuvimos juntos, mi carácter, mis hábitos, en resumen, todo mi ser sufrió una modificación completa: me mexicanicé terriblemente y me siento ligada *par procuration* a tu idioma, a tu patria, a miles de pequeñas cosas y me parece que me sentiré muchísimo menos extranjera contigo que en cualquier otra tierra. El retorno a mi hogar paterno es definitivamente imposible, no por los sucesos políticos sino porque no me identifico con mis compatriotas. Por otra parte me adapto muy bien a los tuyos y me siento más a gusto entre ellos.

Son nuestros amigos mexicanos los que me han animado a pensar que puedo ganarme la vida en México, dando lecciones.

Pero después de todo, ésas son cosas secundarias. Lo que importa es que me es imposible emprender algo a fin de ir a tu tierra si ya no sientes nada por mí o si la mera idea de mi presencia te incomoda. Porque en caso contrario podría hasta serte útil, moler tus colores, hacerte los estarcidos, ayudarte como lo hice cuando estuvimos en España y en Francia durante la guerra. Por eso te pido, Diego, que seas claro en cuanto a tus intenciones. Para mí, en esta semana, ha sido un gran apoyo la amistad de los pintores mexicanos en París, Ángel Zárraga sobre todo, tan suave de trato, discreto hasta la timidez. En medio de ellos me siento en México, un poco junto a ti, aunque sean menos expresivos, más cautos, menos libres. Tú levantas torbellinos a tu paso, recuerdo que alguna vez Zadkin me preguntó: "¿Está borracho?" Tu borrachera venía de tus imágenes, de las palabras, de los colores; hablabas y todos te escuchábamos incrédulos; para mí eras un torbellino físico, además del éxtasis en que caía yo en tu presencia, junto a ti era yo un poco dueña del mundo. Élie Faure me dijo el otro día que desde que te habías ido se había secado un manantial de leyendas de un mundo sobrenatural y que los europeos teníamos necesidad de esta nueva mitología porque la poesía, la fantasía, la inteligencia sensitiva y el dinamismo de espíritu habían muerto en Europa. Todas esas fábulas que elaborabas en torno al sol y a los primeros moradores del mundo nos hacen falta, extrañamos la nave espacial en forma de serpiente emplumada que alguna vez existió, giró en los cielos y se posó en México. Nosotros ya no sabemos mirar la vida con esa gula, con esa rebeldía fogosa, con esa cólera tropical; somos más indirectos, inhibidos, más disimulados. Nunca he podido manifestarme en la forma en que tú lo haces; cada uno de tus ademanes es creativo; es nuevo, como si fueras un recién nacido, un hombre intocado, virginal, de una gran e inexplicable pureza. Se lo dije alguna vez a Bakst y me contestó que provenías de un país también recién nacido: "Es un salvaje —respondió—; los salvajes no están contaminados por nuestra decadente ci-vi-li-za-ción, pero ten cuidado porque suelen tragarse de un bocado a las mujeres pequeñas y blancas". ¿Ves cuán presente te tenemos, Diego? Como lo ves, estamos tristes. Élie Faure dice que te ha escrito sin tener respuesta. ¿Qué harás en México, Diego, qué estarás pintando? Muchos de nuestros amigos se han dispersado. Marie Blanchard se fue de nuevo a Brujas a pintar y me escribió que trató de alquilar una pieza en la misma casa en que fuimos tan felices y nos divertimos tanto, cuando te levantabas al alba a adorar al sol y las mujeres que iban al mercado soltaban sus canastas de jitomates, alzaban los brazos al cielo y se persignaban al verte parado en el pretil de la ventana, totalmente desnudo. Juan Gris quiere ir a México y cuenta con tu ayuda, le prometiste ver al director del Instituto Cultural de tu país, Ortiz de Zárate y Ángel Zárraga piensan quedarse otro tiempo, Lipschitz también mencionó su viaje, pero últimamente le he perdido la pista porque dejó de visitarme. Picasso se fue al sur en busca del sol; de los Zeting nada, como te lo he escrito en ocasiones anteriores. A veces pienso que es mejor así. Hayden, a quien le comuniqué la frecuencia con la que te escribía, me dijo, abriendo los brazos: "Pero, Angelina, ¿cuánto crees que tarden las cartas? Tardan mucho, mucho, uno, dos, tres meses, y si tú le escribes a Diego cada ocho, quince días, como me lo dices, no da tiempo para que él te conteste". Me tranquilizo un poco, no totalmente, pero en fin, sentí que la naturaleza podía conspirar en contra nuestra. Sin embargo, me parece hasta inútil recordarte que hay barcos que hacen el servicio entre Francia y México. Zadkin en cambio me dijo algo terrible mientras me echaba su brazo alrededor de los hombros obligándome a caminar a su lado: "Angelina, ¿qué no sabes que el amor no puede forzarse a través de la compasión?"

Mi querido Diego, te abrazo fuertemente, desesperadamente por encima del océano que nos separa.

Tu Quiela

17 de enero de 1922

No me has mandado decir nada de los bocetos, así es que me lanzo sola porque *Floreal* no puede esperar. Primero hice naturalezas muertas, botellas y frutas, líneas curvas, círculos de color sobre una mesa angular para romper un tanto la redondez, porque mis figuras de estos últimos meses no son geométricas, al contrario, circulares y dulces, no puedo dislocar las líneas rectas como lo hacía antes, las mantengo y todo lo envuelvo en una luz azul, la misma que dices me envolvía cuando me desplazaba ante tus ojos. Después, y sin pensarlo dos veces, me puse a pintar paisajes urbanos y sin más pasé a hacer cabezas y caritas de niños que son, a mi juicio, las mejor logradas. Es mi hijo el que se me viene a la yema de los dedos. Dibujé a un niño de año y medio, dolido, y con la cabeza de lado, casi transparente, así como me pintaste hace cuatro años y esa figura me gusta mucho. Mis colores no son brillantes, son pálidos y los más persuasivos son naturalmente los azules en sus distintos tonos. ¿Ves que a pesar de todo he trabajado?; es el *métier,* me quejo pero fluye la mano, fluye la pintura suavemente. Entre tanto, tu voz bien amada resuena en mis oídos: "Juega, Angelina, juega, juega como lo pide Picasso, no tomes todo tan en serio" y trato de aligerar mi mano, de hacer bailar el pincel, incluso lo suelto para sacudir mi mano cual marioneta y recuerdo tu juego mexicano: "Tengo manita, no tengo manita porque la tengo desconchavadita" y regreso a la tela sin poder jugar, mi hijo muerto entre los dedos. Sin embargo, creo que he conseguido una secreta vibración, una rara transparencia.

Han venido algunos amigos rusos, Archipenko y Larionov, del tiempo de la guerra, pero no los acompaño a La Rotonde porque me remueve demasiado y como no puedo ofrecerles nada de comer, ni un vodka, se van pronto. Ven el papel blanco que aguarda sobre mi mesa y se despiden respetuosamente: "No queremos quitarle mucho tiempo, está usted trabajando". Zadkin, en cambio, me preguntó el otro día dónde estaban tus dibujos y se puso a hojearlos; saqué el óleo que no está firmado, parecido a *El despertador*, y me dijo que Rosenberg posiblemente se interesara en él. Me contó que Elías Ehrenburg le había vendido muy bien un cuadro tuyo en 280 francos; que Rosenberg tenía mucho ojo y compraba como loco. "Usted no debería estar padeciendo, Angelina, ¿por qué no vende algo de esto? Apuesto a que ni siquiera lo ha intentado." Le repuse que no, que eran mi vida misma, que de irme a México serían mi único equipaje. Sacudió la cabeza y me preguntó de nuevo: "¿Por qué no pone usted el samovar sobre la estufa?" Le dije que había perdido la costumbre. "¿No tiene usted té?" "No." Entonces salió y regresó con una caja de aluminio comprada en la Rue Daru y ordenó: "Ahora vamos a tomar té". Tiene una manera afectuosa y brusca de hacer las cosas y nada puedo tomarle a mal, ni siquiera cuando se detiene frente a uno de tus bocetos y habla de la fuerza perturbadora y arbitraria de tus trazos. "Es como él", grita; "abarca todo el espacio, no sabe lo que es el silencio". "Al contrario", le respondí, y le hablé de tu silencio anterior a la creación. Era la primera vez que hablaba yo de un solo impulso y durante un tiempo considerable, al menos para mí, y Zadkin me observaba en silencio, después me dijo sacudiendo la cabeza: "Se ha mexicanizado usted tanto que ha olvidado cómo hacer té". Es cierto, me las arreglé para que el té no fuera bueno. Ossip Zadkin se fue a las nueve de la noche. Me alegran sus cachetes rojos y sus cabellos hirsutos, sus ademanes breves y rápidos, su bonhomía. Y me acosté contenta porque tomé té, porque hablé de ti, porque su amistad me conforta.

Diego, te abrazo con toda mi alma, tanto como te quiero.

Tu Quiela

28 de enero de 1922

Sabía yo por amigos que también le mandas dinero a Marievna Vorobiev Stebelska (y en ello reconozco tu gran nobleza), pero hoy para que no me cupiera la menor duda le enviaste 300 francos conmigo, rogándome con tu letra presurosa que se los hiciera llegar porque según tú yo soy la persona más cumplida y más responsable sobre la Tierra. *C'est un peu fort* ¿no, Diego? Le pedí a Fischer que llevara el dinero. No las he vuelto a ver, ni a Marievna ni a la pequeña Marika, pero me han dicho que ella se te parece muchísimo. Aunque me hayas escogido como confidente y agradezco tu gesto, no puedo verlas porque siento celos y no logro reprimirlos. Hiciste bien en decírmelo, Diego, no te reprocho nada, después de todo Ehrenburg fue quien te presentó a Marievna cuando preguntaste en La Rotonde: "¿Y quién es esta admirable caucasiana?" y en ese momento, Marievna también buscó mi amistad, pero mis celos son ardientes y no tolero siquiera pensar en ellas, ni en la madre, ni en tu hija. Pienso en nuestro hijo muerto y me invade una gran desesperación. Cuando te pedí otro hijo, aunque te fueras, aunque regresaras a México sin mí, me lo negaste. Y Marievna tiene una hija tuya y está viva y crece y se parece a ti, aunque tú la llames la "hija del armisticio". Tú has sido mi amante, mi hijo, mi inspirador, mi dios, tú eres mi patria; me siento mexicana, mi idioma es el español aunque lo estropee al hablarlo. Si no vuelves, si no me mandas llamar, no sólo te pierdo a ti, sino a mí misma. A todo lo que pude ser. Para Marievna tú sólo fuiste uno más. Tú mismo me lo dijiste: "Era el armisticio y por ese solo hecho, con la loca alegría del fin de la guerra, todas las mujeres abrieron los brazos para recibir a todos los hombres". La vida se vengaba así de la muerte. Marievna Vorobiev Stebelska estuvo siempre entre nuestras amistades rusas, sentada en La Rotonde junto a Boris Savinkov. Una noche contó casi a gritos que había sido amante de Gorki; creíamos que lo era de Ehrenburg; en Montparnasse llamaba la atención por su forma desinhibida de llegar hasta nosotros. Por lo pronto yo no tenía tiempo para Marievna, lo único que me interesaba era ver tu evolución entre mis amigos, cómo te concretaste primero a escuchar, después, al calor de la discusión, a gritarles tus ideas en un español salpicado de palabras francesas, de palabras rusas; inventabas el idioma, lo torcías a tu antojo y rompías la barrera; tus ideas iban más allá de las limitaciones del lenguaje; eras tan claro que nos dejabas a todos sorprendidos, sobre todo a mí, que día tras día tomaba clases para aprender tu idioma y repetía la gramática con una puntualidad escolar sin aventurarme jamás. ¡Cómo recuerdo los ojos de nuestros amigos fijos en ti! Los de Marievna también, prodigiosamente atentos y por el solo hecho de admirarte la hice mi amiga, sí, era mi amiga y la embarazaste y sin embargo tú y yo seguimos. Sentí que las simpatías de los amigos eran para mí, no para Marievna. Ella era la amante, yo la esposa. Enfermaste a raíz de tu relación con ella. Fuimos al Périgueux a la cura de ostras. Después quisiste hacer la dieta de fresas. Tú y yo atravesamos juntos las mismas penalidades. Me lo contabas todo, la locura de Marievna, su persecución desquiciante, el peligro que según tú representaba. Yo te escuchaba y lo padecí todo; Marievna también fue mi verdugo.

Lo compartimos todo, Diego, cuando había un queso, una hogaza de pan, una botella de vino llamábamos a los amigos para gozar de estos manjares. ¿Recuerdas el salchichón que conseguí en el mercado negro y cómo por poco y se lo acaba Modigliani? ¿Y el camembert que Hayden trajo escondido entre los pliegues de su abrigo y que estuvo a punto de dejar caer por la ventana al asomarse? ¡Qué tiempos aquellos, chatito! ¡Nos reíamos como niños en medio del horror! ¿Recuerdas cómo Adam Fischer trajo a la casa *un litre de gros rouge* y en el camino no aguantó y le dio un sorbito, en la esquina otro y bajo la puerta de nuestro estudio otro y llegó mareado porque hacía tanto que no lo probaba? Marievna era parte de nuestra camaradería y en cierta forma nos traicionó a todos. El otro jueves seguí a los niños —a veces me sorprendo siguiendo a los *écoliers*— y me senté junto a ellos en el Jardin du Luxembourg para ver el *guignol*. Entre las figuras había una mujer muy alta, con un tupé rubio en forma de fleco sobre los ojos tremendamente azules y la marioneta me hizo pensar en Marievna. En la obra hacía lo mismo que Marievna; les propinaba a todos una tremenda cachetada, lo cual hacía reír hasta las lágrimas a los espectadores. Parecía una fiera. Todos los demás títeres se comunicaban entre sí por medio del habla, la única que lo hacía a golpes era la muñeca rubia y los niños empezaron a llamarla a gritos; querían ver cómo se liaba a sopapos con el primero que se le atravesaba. Era muy popular. También fue popular Marievna. Hasta conmigo. ¡Pero basta de Marievna! ¿Te acuerdas de ese frasco de arena de mar que trajimos de Mallorca, de Cala de San Vicente y que empezaste a pegar sobre la tela dejando intacta la textura de la arena? No lo he encontrado en ninguna parte y me duele porque recuerdo tu emoción ante el Mediterráneo y los movimientos del agua a nuestros pies. Quisiera encontrarlo porque justamente pinté un paisaje de agua y me gustaría recobrar algo de aquella playa.

Avanzo lentamente, estoy muy lejos de pintar como el pájaro canta, como lo pedía Renoir. Pero soy tu pájaro al fin y al cabo y he anidado para siempre entre tus manos.

Tu Quiela

2 de febrero de 1922

Por fin una carta con un sobre timbrado de México, la abrí con verdadera ansia, era de papá, cuánto lo quiero. Me duele mucho saber que estuvo malo y es verdadera mi aflicción al no poder verlo, pero acerca de mi deseo de verlos ya no te hablaré más, Diego, porque la iniciativa tiene que venir de ti y si no... es hasta chocante insistir. Ahora mismo pienso que podría estar al lado de papá, atendiéndolo, devolviéndole un poco del mucho cariño que me dio con sus letras. Le respondí a vuelta de correo y le pregunté por México, por tu madre y su trabajo tan agobiante, por la casa, por tu hermana María, por lo que tú haces, y confío en que me escribirá porque en sus breves líneas pude notar su gran corazón. El hecho de que tu padre me llame *hija* me exalta; él piensa que soy tu mujer, *sabe* que soy tu mujer, entonces es que no hay otra, sólo yo y esto, Diego, es para mí un infinito consuelo a pesar de tu silencio que atribuyo a tu exceso de trabajo, al cambio, a los proyectos emprendidos, a las largas discusiones que suscitas al atardecer; te imagino alrededor de una mesa intercambiando ideas, sacudiendo cabezas, obligándolos a pensar, inflamándolos con tu pasión, haciéndolos enojar también y luego explotando en cólera como explotaste cuando te dije que estaba embarazada y vociferaste, amenazaste tirarte desde el séptimo piso, enloqueciste y me gritaste abriendo los dos batientes: "Si este niño me molesta, lo arrojaré por la ventana". A partir de ese momento empezaste a vivir con rapidez como si quisieras comprimir toda una vida en una sola hora. Llegaste a pintar durante veinte horas reservando cuatro para dormir, estabas tan febril que te pusiste a hablar solo. Entonces tuve que llamar a un médico y él te dijo: "La señora es la embarazada, no usted". Tú reclamabas: "¿Cómo vamos a traer a un niño a este mundo inhumano? ¿Cómo puedo yo con mi pintura cambiar el mundo antes de que él llegue?" Me hablaste de los soldados franceses que desertaban o se amotinaban porque ya no querían guerrear y a quienes había que amenazar, incluso con fuego de ametralladora, para que siguieran en el frente y repetías incesantemente que en un mundo absurdo, inhumano y cruel como el europeo, traer a un hijo era equivalente a cometer infanticidio; me torturaste con esta idea como yo te torturé con mi embarazo, pero yo quise tener un hijo, Diego, un hijo tuyo y mío. Sin embargo, siempre te preferí a ti. Otras mujeres lo cuidaban, pero era mi hijo y bien pronto podría traérmelo al estudio, cuando ya no emitiera los chillidos que fatigaban tanto tus nervios. Vino el invierno. Todavía hoy oigo a gente que comenta: "¡Ah, el invierno de 1917!" El niño murió. Tú y yo, en cambio, pudimos resistir todas las privaciones. Apollinaire murió un año más tarde. Alguna vez te oí decir que "Apollinaire y mi hijo murieron de lo mismo; de la estupidez humana". Recuerdo un poema de Apollinaire, ahora mismo te lo transcribo: "En suma, oh reidores no habéis sacado gran cosa de los hombres, apenas habéis extraído un poco de grasa de su miseria, pero nosotros que morimos de vivir lejos el uno del otro tendemos nuestros brazos y sobre esos rieles se desliza un largo tren de carga".

Fue cuando empezaste a decir que era inconcebible que la humanidad siguiera tolerando un sistema que producía locuras como la guerra. Gritabas una y otra vez que pronto vendría una solución; yo tenía muchas discusiones con los rusos —mis amigos emigrados revolucionarios— sobre el papel de la pintura en el futuro orden social. Todos los días esperábamos a amigos que regresaban del frente. Y fue entonces cuando noté que tenías *le mal du pays*, volvías los ojos hacia el sol pálido en nuestra ventana y recordabas otro, en el fondo ya querías irte. Estabas harto. Europa y su frío y su gran guerra y las tropas regresando enlodadas arrastrando sus haberes y la muerte de Apollinaire irreconocible y con la cabeza vendada, una esquirla en el cráneo, todo te había asqueado. Era hora de irte. Lo único que quizá te hubiera retenido era tu hijo y él yacía bajo la nieve. Yo hubiera zarpado contigo, pero no había dinero más que para un solo boleto. Ya no recibía mi pensión de San Petersburgo; todo lo interrumpió la guerra; en el fondo la guerra rompió tu lazo con Francia y nuestro hijo al morir, conmigo. Lo presentí, Diego, y lo acepté. Creí firmemente que te alcanzaría después, que estos diez años de vida en común no habían sido en vano, después de todo fui tu esposa y estoy segura de que me amaste. No tengo más que ver el retrato que me hiciste para sentir tu ternura; la veo en la inclinación de mi cabeza, en la suavidad de las cejas arqueadas, en la frente amplia en todos sentidos, como queriendo expresar lo que percibías en mí de inteligencia y de sensibilidad, los ojos asombrados sugieren una actitud de admiración hacia la vida; la boca reflexiva con una leve sonrisa; veo a las tres Angelinas; antes, durante y después del embarazo, veo mi vientre abultado en que te has detenido morosamente: "Diego, hijo", escribiste, y en otro rincón de la tela: "La dulce Angelina".

Alguna vez me dijiste: "Aquí todos son rostros claros sobre fondos más oscuros. En mi país todos son rostros oscuros sobre fondos claros". Lo decías, ahora lo sé, porque añorabas esa luz que se clava en la retina, pero en ese momento creí que lo decías porque yo era la más transparente, la más diáfana. Un día comentaste: "De tan pálida, eres casi translúcida, puedo verte el corazón". Otro, al sentarme frente a ti, levantaste los ojos y escuché: "Qué prodigiosamente blanco es tu rostro. Parece siempre emerger de la oscuridad". Pensé que te fascinaba lo blanco hasta que una mañana alegaste para mi gran sorpresa: "Aquí sólo Juan Gris es mulato y lo esconde afirmando que es español. Lo que tiene de bueno es lo que tiene de negro, lo malo es lo que le queda de blanco. Se hace pasar por español porque los metropolitanos franceses malmiran a los hispanoamericanos, pero ya quisieran los pálidos, los arrugados europeos, caminar con la gracia felina del trópico; que un rayo de sol incendiara y coloreara su piel desabrida y lacia. ¡Qué vieja, qué polvosa, qué herrumbre la de Europa, Angelina!" Me sentí herida. No quise atribuirlo a mi persona y, sin embargo, no pude evitarlo. Europa te había colmado el plato con sus privaciones, su pan negro pasado, su cansancio y su hollín, tus críticas eran cada vez más frecuentes: "¡Qué lúgubres son las sirenas de las fábricas! ¡Qué triste, qué macabra es la industrialización! En mi país la gente se sienta a comer con una actitud hierática y pausada como deben hacerlo los dioses".

A menudo pienso que no me escribes ni envías dinero para el pasaje, porque tienes miedo de las dificultades o de las complicaciones de la vida *à deux*, en México. He pensado mucho en esto y creo que en tu país, donde nunca hemos vivido juntos, sería posible forjarse una vida en que no nos daríamos el uno al otro más de lo que pudiera darse espontáneamente. Tú estarías como siempre trabajando en lo tuyo, yo me mantendría ocupada con mis clases de dibujo, mis retratos, me ganaría la vida hasta donde fuera posible, por lo tanto estaría ausente la mayor parte del día, nos veríamos en la noche y nuestra unión se sustentaría sobre una base de trabajo y de buena voluntad, de compañerismo y de independencia. No creo nunca haber interferido en tu independencia, Diego, nunca, ni siquiera en lo de Marievna, ya ves que cuando me lo dijiste lo acepté; siempre traté de facilitar tu vida para que pintaras a pesar de la pobreza. Incluso ahora me conformaría con mezclar tus colores, limpiar tu paleta, tener los pinceles en perfecto estado, ser tu ayudante y no embarazarme. Aquí en París nuestra vida fue muy dura; allá bajo el sol mexicano quizá lo sería menos y yo trataría de ser una buena mujer para ti. Alguna vez me lo dijiste: "Quiela, has sido una buena mujer para mí. A tu lado pude trabajar como si estuviera solo. Nunca me estorbaste y eso te lo agradeceré toda mi vida". Tampoco en México te pesaría, Diego, te lo aseguro. Desde que salí de San Petersburgo, siempre supe arreglármelas sola. Tú mismo me llamabas en tu argot francés *débrouillarde* cuando llegaba con un kilo de papas o un cuartito de crema o me salía a la primera un arroz a la mexicana que engullías en menos que canta un gallo. Mis padres me enseñaron a bastarme a mí misma; les debo este inmenso regalo y nunca acabaré de agradecérselo. Pertenecí a una de esas familias de la clase media que son la fuente del liberalismo y del radicalismo en Rusia y mis propios padres me obligaron a tener una profesión. Al igual que un hijo varón, tuve que prepararme, ejercer y saber trabajar. ¡Qué sabios eran, porque al empujarme me estaban dando la clave de mi propia felicidad! El lograr mi independencia económica ha sido una de las fuentes de mayor satisfacción y me enorgullece haber sido una de las mujeres avanzadas de mi tiempo. Incluso cuando fui expulsada de la Academia de Bellas Artes por participar en una huelga estudiantil, mis padres no perdieron su confianza en mí, ni un reproche, y cuando el director me readmitió, comentaron los dos con la mirada orgullosa que siempre tuvieron cuando posaban sus ojos en mí: "No podía ser de otro modo, Angelina tenía razón, se está haciendo justicia". A la muerte de mis padres, supe que la única forma de honrarlos era seguir mi carrera y por eso vine a estudiar a París. Éramos muchos los rusos que arribábamos a la Gare du Nord. Diaghilev viajó el mismo día que yo y Zadkin tomó el tren una semana antes. Veníamos casi un ruso por día, un ruso anhelante, deslumbrado por el fulgor de París. Con mi modesta herencia pude alquilar un estudio-habitación con cuarto de baño minúsculo y cocinita sin ventilación, pero estaba yo mejor que muchos de mis compatriotas. Poco tiempo después habría de venir la tía Natasha, mi única relación familiar en París, quien semana tras semana me invitaba para que hiciera según ella "al menos una buena comida" y me fortaleciera para seguir "esa loca vida de artista que llevas".

Te conocí en La Rotonde, Diego, y fue amor a primera vista. Apenas te vi entrar, alto, con tu sombrero de anchas alas, tus ojos saltones, tu sonrisa amable y oí a Zadkin decir: "He aquí el vaquero mexicano", y otros exclamaron: *Voilà l'éxotique,* me interesé en ti. Llenabas todo el marco de la puerta con tu metro ochenta de altura, tu barba descuidada y ondulante, tu cara de hombre bueno y sobre todo tu ropa que parecía que iba a reventarse de un momento a otro, la ropa sucia y arrugada de un hombre que no tiene una mujer que lo cuide. Pero lo que más me impresionó fue la bondad de tu mirada. En torno a ti podía yo percibir una atmósfera magnética que otros después descubrieron. Todo el mundo se interesaba en ti, en las ideas que exponías con impetuosidad, en tus desordenadas manifestaciones de alegría. Recuerdo aún tu mirada sobre mí, sorprendida, tierna. Luego, cuando nos levantamos de la mesa y quedamos el uno junto al otro, Zadkin exclamó: "¡Miren qué chistosos se ven los dos juntos: el salvaje mexicano, enorme y llamativo, y ella, criatura pequeña y dulce envuelta en una leve azulosidad!" De una manera natural, sin votos, sin dote, sin convenio económico, sin escritura, sin contrato, nos unimos. Ninguno de los dos creíamos en las instituciones burguesas. Juntos afrontamos la vida y así pasaron diez años, los mejores de mi vida. Si se me concediera volver a nacer, volvería a escoger esos diez años llenos de dolor y de felicidad que pasé contigo, Diego. Sigo siendo tu pájaro azul, sigo siendo simplemente azul como solías llamarme, ladeo la cabeza, mi cabeza herida definitivamente y la pongo sobre tu hombro y te beso en el cuello, Diego, Diego, Diego, a quien tanto amo.

Tu Quiela

22 de julio de 1922

Parece haber transcurrido una eternidad desde que te escribí y sé de ti, Diego. No había querido escribirte porque me resulta difícil callar ciertas cosas que albergo en mi corazón y de las cuales ahora sé a ciencia cierta que es inútil hablar. Tomo la pluma sólo porque juzgaría descortés no darte las gracias por el dinero que me has enviado. No lo hice para agradecerte las tres últimas remesas de febrero 6, marzo 10 y principios de junio por 260, 297 y 300 francos, respectivamente, y han pasado más de cuatro meses. Te mandé, eso sí, los nuevos grabados aparecidos en *Floreal,* pero ni una línea tuya al respecto. Tampoco una sola línea en las remesas de dinero. Si te dijera que hubiera preferido una línea al dinero, estaría mintiendo sólo en parte; preferiría tu amor, es cierto, pero gracias al dinero he podido sobrevivir, mi situación económica es terriblemente precaria y he pensado en dejar la pintura, rendirme, conseguir un trabajo de institutriz, dactilógrafa o cualquier otra cosa que me ocupe durante ocho horas diarias, un *abrutissement* general con ida al cine o al teatro los sábados y paseo a Saint Cloud o Robinson los domingos. Pero no quiero eso. Estoy dispuesta a seguir en las mismas, con tal de poder dedicarme a la pintura y aceptar las consecuencias: la pobreza, las aflicciones y tus pesos mexicanos.

Ahora sé por Élie Faure de tu amor mexicano, pero mis sentimientos por ti no han cambiado ni me he buscado ni deseo yo un nuevo amor. Siento que tu amor mexicano puede ser pasajero porque tengo pruebas de que así suelen serlo. Sé que a Marievna tampoco le escribes; sólo remesas de dinero, pero ya no a través mío, para no herirme, sino de Adam Fischer. Ya ves que estoy bien enterada, no porque intente averiguarlo sino porque tus amigos y los míos me lo dicen de golpe y porrazo sin duda alguna porque creen hacerme un bien al sacarme del sueño en el que vivo. Élie Faure fue claro: "Angelina, usted siempre ha sido una mujer de un gran equilibrio y de buen sentido, tiene usted que rehacer su vida. Con Diego todo ha terminado y usted es demasiado valiosa..." Ya no recuerdo lo que siguió diciendo porque no quise escucharlo, ni lo creí siquiera. Cuando te fuiste, Diego, todavía tenía ilusiones. Me parecía que a pesar de todo seguían firmes esos profundos vínculos que no deben romperse definitivamente, que todavía ambos podríamos sernos útiles el uno al otro. Lo que duele es pensar que ya no me necesitas para nada, tú que solías gritar: "Quiela" como un hombre que se ahoga y pide que le echen al agua un salvavidas.

Pero ¡vamos! Podría seguir escribiendo indefinidamente, pero como tienes poco tiempo para desperdiciar, tal vez esta carta vaya resultando demasiado larga. Es inútil pedirte que me escribas, sin embargo deberías hacerlo. Sobre todo, contéstame esta carta que será la última con la que te importune, en la forma que creas conveniente pero *en toutes lettres.* No necesitas darme muchas explicaciones, unas cuantas palabras serán suficientes, un cable, la cosa es que me las digas. Para terminar te abraza con afecto.

Quiela

P. S. ¿Qué opinas de mis grabados?

(Bertram Wolfe, a quien estas cartas le deben mucho de su información, consigna en *La fabulosa vida de Diego Rivera* que, sólo en 1935, es decir, trece años después, impulsada por pintores mexicanos amigos suyos, Angelina Beloff logró ir a la tierra de sus anhelos. No buscó a Diego, no quería molestarlo. Cuando se encontraron en un concierto en Bellas Artes, Diego pasó a su lado sin siquiera reconocerla.)

DE NOCHE VIENES

La ruptura

Ella sintió que las palabras aleteaban en el cuarto antes de que él las dijera. Con una mano se alisó el cabello, con la otra pretendió aquietar los latidos de su corazón. De todos modos, había que preparar la cena, hacer cuentas. Pero las palabras iban de un lado a otro revoloteando en el aire (sin posarse) como mariposas negras, rozándole los oídos. Sacó el cuaderno de cocina y un lápiz; la punta era tan afilada que al escribir rompió la hoja, eso le dolió. Las paredes del cuarto se estrechaban en torno a ella y hasta el ojo gris de la ventana parecía observarla con su mirada irónica. Y el saco de Juan, colgado de la percha, tenía el aspecto de un fantasma amenazante. ¿Dónde habría otro lápiz? En su bolsa estaba uno, suave y cálido. Apuntó: gas $18.00; leche $2.50; pan $1.25; calabacitas $0.80. El lápiz se derretía tierno sobre los renglones escolares, casi como un bálsamo. ¿Qué darle de cenar? Si por lo menos hubiera pollo; ¡le gustaba tanto! Pero no, abriría una lata de jamón endiablado. Por amor de Dios, que el cuarto no fuera a oler a gas.

Juan seguía boca arriba sobre la cama. El humo de su cigarro subía, perdiéndose entre sus cabellos negros y azules.

—¿Sabes, Manuela?

Manuela sabía. Sabía que aún era tiempo.

—Lo sé, lo sé. Te divertiste mucho en las vacaciones. Pero ¿qué son las vacaciones, Juan? No son más que un largo domingo y los domingos envilecen al hombre. Sí, sí, no me interrumpas. El hombre a secas, sin la dignidad que le confieren sus dos manos y sus obligaciones cotidianas... ¿No te has fijado en lo torpes que se ven los hombres en la playa, con sus camisas estampadas, sus bocas abiertas, sus quemaduras de sol y el lento pero seguro empuje de su barriga? (¡Dios mío!, ¿qué es lo que digo? ¡Estoy equivocándome de camino!)

—¡Ay, Manuela! —musitó Juan—, ¡ay mi institutriz inglesa! ¿Habrá playas en el cielo, Manuela? ¿Grandes campos de trigo que se mezclan entre las nubes?

Juan se estiró, bostezó de nuevo, encogió las piernas, se arrellanó y volvió la cara hacia la pared. Manuela cerró el cuaderno y también volvió la cara hacia la pared donde estaba la repisa cubierta de objetos que se había comprado con muchos trabajos. Como tantas mujeres solteras y nerviosas, Manuela había poblado su deseo de *objetos maravillosos* absolutamente indispensables a su estabilidad. Primero una costosa reproducción de Fra Diamante, de opalina azul con estrellitas de oro. "¡El Fra Diamante, cielito santo, si no lo tengo me muero!" El precio era mucho más alto de lo que ella creía. Significó horas extras en la oficina, original y tres copias, dos nuevas monografías, prólogos para libros estudiantiles y privarse del teatro, de la mantequilla, de la copita de coñac con la cual conciliaba el sueño. Pero finalmente lo adquirió. Después de quince días jubilosos en que el Fra Diamante iluminó todo el cuarto, Manuela sintió que su deseo no se había colmado. Siguieron la caja de música con las primeras notas de la *Pastoral* de Beethoven, el supuesto paisaje de Velasco pintado en una postal con todo y sus estampillas, el reloj antiguo en forma de medallón que debió pertenecer a una joven acameliada y tuberculosa, el samovar de San Petersburgo como el de *La dama del perrito* de Chéjov. Manuela paseaba su virginidad por todos estos objetos como una hoja seca.

Hasta que un día vino Juan con las manos suaves como hojas tersas llenas de savia.

Primero no vio en él más que un estudiante de esos que oyen eternamente el mismo disco de jazz, con un cigarro en la boca y un mechón sobre los ojos, ¿cómo se puede querer tanto un mechón de pelo? De esos que turban a las maestras porque son pantanosos y puros como el unicornio, tan falso en su protección de la doncella.

—Maestra, podría usted explicarme después de la clase...

El tigre se acercó insinuante y malévolo. Manuela caló a fondo sus anteojos. Sí, era de esos que acaban por dar rasguños tan profundos que tardan años en desaparecer. Se deslizaba a su alrededor. A cada rato estaba en peligro de caerse, porque cruzaba delante de ella, sin mirarla pero rugiendo cosas incomprensibles como las que se oyen en el cielo cuando va a llover.

Y un día le lamió la mano. Desde aquel momento, casi inconscientemente, Manuela decidió que Juan sería el próximo objeto maravilloso que llevaría a su casa. Le pondría un collar y una cadena. Lo conduciría hasta su departamento y su cuerpo suave rozaría sus piernas al caminar. Allá lo colocaría en la repisa al lado de sus otros antojos. Quizá Juan los haría añicos pero ¡qué importaba!, la colección de *objetos maravillosos* llegaría a su fin con el tigre finalmente disecado.

Antes de tomar una decisión irrevocable, Manuela se fue a confesar:

—Fíjese, padre, que sigo con esa manía de comprar todo objeto al que me aficiono y esta vez quisiera llevarme un tigrito...

—¿Un tigre? Bueno, está bien, también los tigres son criaturas de Dios. Cuídalo mucho y lo devuelves al zoológico cuando esté demasiado grande. Acuérdate de san Francisco.

—Sí, padre, pero es que este tigre tiene cara de hombre y ojos de tigre y retozar de tigre y todo lo demás de hombre.

—¡Ah, ése ha de ser una especie de *Felinantropus* peligrosamente *erectus*! ¡Hija de mi alma! En esta Facultad de Filosofía y Letras les enseñan a los alumnos cosas extrañas... El advenimiento del nominalismo o sea la confusión del nombre con el hombre ha llevado a muchas jóvenes a desvariar y a trastocar los valores. Ya no pienses en tonterías y como penitencia rezarás un rosario y trescientas tres jaculatorias.

—¡Ave María Purísima!

—¡Sin pecado concebida!

Manuela rezó el rosario y las jaculatorias: "¡Tigre rayado, ruega por mí! ¡Ojos de azúcar quemada, rueguen por mí! ¡Ojos de obsidiana, rueguen por mí! ¡Colmillos de marfil, muérdanme el alma! ¡Fauces, desgárrenme por piedad! ¡Paladar rosado, trágame hasta la sepultura! ¡Que los fuegos del infierno me quemen! ¡Tigre devorador de ovejas, llévame a la jungla! ¡Truéname los huesitos! ¡Amén!"

Terminadas las jaculatorias, Manuela volvió a la Facultad. Juan sonreía mostrándole sus afilados caninos. Esa misma tarde, vencida, Manuela le puso el collar y la cadena y se lo llevó a su casa.

—Manuela, ¿qué tienes para la cena?

—Lo que más te gusta, Juan. Mameyes y pescado crudo, macizo y elástico.

—¿Sabes, Manuela? Allá en las playas perseguía yo a muchachas inmensamente verdes que en mis brazos se volvían rosas. Cuando las abrazaba eran como esponjas lentas y absorbentes. También capturaba sirenas para llevarlas a mi cama y se convertían en ríos toda la noche.

Juan desaparecía cada año en la época de las vacaciones y Manuela sabía que una de esas escapadas iba a ser definitiva... Cuando Juan la besó por primera vez tirándole los anteojos en un pasillo de la Facultad, Manuela le dijo que no, que la gente sólo se besa después de una larga amistad, después de un asedio constante y tenaz de palabras, de proyectos. La gente se besa siempre con fines ulteriores: casarse y tener niños y tomar buen rumbo, nada de pastelearse. Manuela tejía una larga cadena de compromisos, de res-pon-sa-bi-li-da-des.

—Manuela, eres tan torpe como un pájaro que trata de volar, ojalá y aprendas. Si sigues así, tus palabras no serán racimos de uvas sino pasas resecas de virtud...

—Es que los besos son raíces, Juan.

Sobre la estufa, una mosca yacía inmóvil en una gota de almíbar. Una mosca tierna, dulce, pesada y borracha. Manuela podría matarla y la mosca ni cuenta se daría. Así son las mujeres enamoradas: como moscas panzonas que se dejan porque están llenas de azúcar.

Pero sucedió algo imprevisto: Juan, en sus brazos, empezó a convertirse en un gato. Un gato perezoso y familiar, un blando muñeco de peluche. Y Manuela, que ambicionó ser devorada, ya no oía sino levísimos maullidos.

¿Qué pasa cuando un hombre deja de ser tigre? Ronronea alrededor de las domadoras caseras. Sus impetuosos saltos se convierten en raquíticos brinquitos. Se pone gordo y en lugar de enfrentarse a los reyes de la selva, se dedica a cazar ratones. Tiene miedo de caminar sobre la cuerda floja. Su amor, que de un rugido poblaba de pájaros el silencio, es sólo un suspiro sobre el tejado a punto de derrumbarse.

Ante la transformación, Manuela aumentó a cuatrocientos siete el número de jaculatorias: "¡Tigre rayado, sólo de noche vienes! ¡Hombre atigrado, retumba en la tormenta! ¡Rayas oscuras, truéquense en miel! ¡Vetas sagradas, llévenme hasta el fondo de la mina! ¡Cueva de helechos, algas marinas, humedezcan mi alma! ¡Tigre, zambúllete en mi sangre! ¡Cúbreme de nuevo de llagas deliciosas! ¡Rey de los cielos, únenos de una vez por todas y mátanos en una sola soldadura! ¡Virgen improbable, déjame morir en la cúspide de la ola!" Si las jaculatorias surtieron efecto, Manuela no lo consignó en su diario. Sólo escribió un día con pésima letra —seguramente lo hizo sin anteojos— que su corazón se le había ido por una rendija en el piso y que ojalá y ella pudiera algún día seguirlo.

Juan prendió un nuevo cigarro. El humo subió lentamente, concéntrico como holocausto.

—Manuela, tengo algo que decirte. Allá en la playa conocí a...

Ya estaba: el río apaciguado se desbocaba y las palabras brotaban torrenciales. Se desplomaban como frutas excesivamente maduras que empiezan a pudrirse. Frutas redondas, capitosas, primitivas. Hay palabras antediluvianas que nos devuelven al estado esencial: entre arenas, palmeras, serpientes cubiertas por el gran árbol verde y dorado de la vida.

Y Manuela vio a Juan entre el follaje, repasando su papel de tigre para otra Eva inexperta.

Sin embargo, Manuela y Juan hablaron. Hablaron como nunca lo habían hecho antes y con las palabras de siempre. A la hora de la ruptura se abren las compuertas de la presa. (A nadie se le ha ocurrido construir para su convivencia un vertedor de demasías.) Después de un tiempo, la conversación tropezó con una fuerza hostil e insuperable. El diálogo humano es una necesidad misteriosa. Por encima de las palabras y de todos sus sentidos, por encima de la mímica de los rostros y de los ademanes existe una ley que se nos escapa. El tiempo de comunicación está estrictamente limitado y más allá sólo hay desierto y soledad y roca y silencio.

—Manuela, ¿sabes lo que quisiera hoy de cena?

—¿Qué?

(En el silencio ya no hubo pájaros.)

—Un poquito de leche.

—Sí, gato, está bien.

(Había en la voz de Manuela una cicatriz, como si Juan la hubiera lacerado, enronquecido; ya no daría las notas agudas de la risa, no alcanzaría jamás el desgarramiento del grito, era un fogón de cenizas apagadas.)

—Sólo un poquito.

—Sí, gato, ya te entendí.

Y Manuela tuvo que admitir que su tigre estaba harto de carne cruda. ¡Cómo se acentuaba esa arruga en su frente! Manuela se llevó la mano al rostro con lasitud. Se tapó la boca. Juan era un gato, pero suyo para siempre... ¡Cómo olía aquel cuarto a gas! Tal vez Juan ni siquiera notaría la diferencia... Sería tan fácil abrir otro poco la llave antes de acostarse, al ir por el platito de leche...

Herbolario

1. La identidad

Yo venía cansado. Mis botas estaban cubiertas de lodo y las arrastraba como si fueran féretros. La mochila se me encajaba en la espalda, pesada. Había caminado mucho, tanto que lo hacía como un animal que se defiende. Pasó un campesino en su carreta y se detuvo. Me dijo que subiera. Con trabajos me senté a su lado. Calaba el frío. Tenía la boca seca, agrietada; en la comisura de los labios la saliva se me había hecho pastosa. Las ruedas se hundían en la tierra dando vuelta lentamente. Pensé que debía hacer el esfuerzo de girar como las ruedas y empecé a balbucear unas cuantas palabras. Pocas. Él contestaba por no dejar y seguimos con una gran paciencia, con la misma paciencia de la mula que nos jalaba por los derrumbaderos, con la paciencia del camino, seco y vencido, polvoso y viejo, hilvanando palabras cerradas como semillas, mientras el aire se enrarecía porque íbamos de subida —casi siempre se va de subida—, hablamos, no sé, del hambre, de la sed, de la montaña, del tiempo, sin mirarnos siquiera. Y de pronto, en medio de la tosquedad de nuestras ropas sucias, malolientes, algo nos atravesó blanco y dulce, una tregua transparente. Y nos comunicamos cosas inesperadas, cosas sencillas, como cuando aparece a lo largo de una jornada gris un espacio tierno y verde, como cuando se llega a un claro en el bosque. Yo era forastero y sólo pronuncié unas cuantas palabras que saqué de mi mochila, pero eran como las suyas y nada más las cambiamos unas por otras. Él se entusiasmó, me miraba a los ojos, y bruscamente los árboles rompieron el silencio. "Sabe, pronto saldrá el agua de las hendiduras." "No es malo vivir en la altura. Lo malo es bajar al pueblo a echarse un trago porque luego allá andan las viejas calientes. Después es más difícil volver a remontarse, nomás acordándose de ellas..." Dijimos que se iba a quitar el frío, que allá lejos estaban los nubarrones empujándolo y que la cosecha podía ser buena. Caían nuestras palabras como gruesos terrones, como varas resecas, pero nos entendíamos.

Llegamos al pueblo donde estaba el único mesón. Cuando bajé de la carreta empezó a buscarse en todos los bolsillos, a vaciarlos, a voltearlos al revés, inquieto, ansioso, reteniéndome con los ojos: "¿Qué le regalaré? ¿Qué le regalo? Le quiero hacer un regalo..." Buscaba a su alrededor, esperanzado, mirando el cielo, mirando el campo. Hurgoneó de nuevo en su vestido de miseria, en su pantalón tieso, jaspeado de mugre, en su saco usado, amoldado ya a su cuerpo, para encontrar el regalo. Vio hacia arriba, con una mirada circular que quería abarcar el universo entero. El mundo permanecía remoto, lejano, indiferente. Y de pronto todas las arrugas de su rostro ennegrecido, todos esos surcos escarbados de sol a sol, me sonrieron. Todos los gallos del mundo habían pisoteado su cara, llenándola de patas. Extrajo avergonzado un papelito de no sé dónde, se sentó nuevamente en la carreta y apoyando su gruesa mano sobre las rodillas tartamudeó:

—Ya sé, le voy a regalar mi nombre.

2. Las lavanderas

En la humedad gris y blanca de la mañana, las lavanderas tallan su ropa. Entre sus manos el mantel se hincha como pan a medio cocer, y de pronto revienta con mil burbujas de agua. Arriba sólo se oye el chapoteo del aire sobre las sábanas mojadas. Y a pesar de los pequeños toldos de lámina, siento como un gran ruido de manantial. El motor de los coches que pasan por la calle llega atenuado; jamás sube completamente. La ciudad ha quedado atrás; retrocede, se pierde en el fondo de la memoria.

Las manos se inflaman, van y vienen, calladas; los dedos chatos, las uñas en la piedra, duras como huesos, eternas como conchas de mar. Enrojecidas de agua, las manos se inclinan como si fueran a dormirse, a caer sobre la funda de la almohada. Pero no. La terca mirada de doña Otilia las reclama. Las recoge. Allí está el jabón, el pan de a cincuenta centavos y la jícara morena que hace saltar el agua. Las lavanderas tienen el vientre humedecido de tanto recargarlo en la piedra porosa y la cintura incrustada de gotas que un buen día estallarán.

A doña Otilia le cuelgan cabellos grises de la nuca: Conchita es la más joven, la piel restirada a reventar sobre mejillas redondas (su rostro es un jardín y hay tantas líneas secretas en su mano); y doña Matilde, la rezongona, a quien siempre se le amontona la ropa.

—Del hambre que tenían en el pueblo el año pasado, no dejaron nada para semilla.

—Entonces, ¿este año no se van a ir a la siembra, Matildita?

—Pues no, pues ¿qué sembramos? ¡No le estoy diciendo que somos un pueblo de muertos de hambre!

—¡Válgame Dios! Pues en mi tierra, limpian y labran la tierra como si tuviéramos maíz. ¡A ver qué cae! Luego dicen que lo trae el aire.

—¿El aire? ¡Jesús mil veces! Si el aire no trae más que calamidades. ¡Lo que trae es puro chayotillo!

Otilia, Conchita y Matilde se le quedan viendo a doña Lupe que acaba de dejar su bulto en el borde del lavadero.

—Doña Lupe, ¿por qué no había venido?

—De veras, doña Lupe, hace muchos días que no la veíamos por aquí.

—Ya la andábamos extrañando.

Las cuatro hablan quedito. El agua las acompaña, las cuatro encorvadas sobre su ropa, los codos paralelos, los brazos hermanados.

—Pues ¿qué le ha pasado, Lupita, que nos tenía tan abandonadas?

Doña Lupe, con su voz de siempre, mientras las jícaras jalan el agua para volverla a echar sobre la piedra, con un ruido seco, cuenta que su papá se murió (bueno, ya estaba grande), pero con todo y sus años era campanero, por allá por Tequisquiapan y lo querían mucho el señor cura y los fieles. En la procesión, él era quien le seguía al señor cura, el que se quedaba en el segundo escalón durante la santa misa, bueno, le tenían mucho respeto. Subió a dar las seis como siempre, y así, sin aviso, sin darse cuenta siquiera, la campana lo tumbó de la torre. Y repite doña Lupe más bajo aún, las manos llenas de espuma blanca:

—Sí. La campana lo mató. Era una esquila, de esas que dan vuelta.

Se quedan las tres mujeres sin movimiento bajo la huida del cielo. Doña Lupe mira un punto fijo:

—Entonces, todos los del pueblo agarraron la campana y la metieron a la cárcel.

—¡Jesús mil veces!

—Yo le voy a rezar hasta muy noche a su papacito...

Arriba el aire chapotea sobre las sábanas.

3. Canción de cuna

A una señorita bien educada
para que olvide a quien no le conviene.

Es preferible dejarse rodar de la cama para que no empiece el día ni con el izquierdo ni con el otro. Dos vueltas y ya está usted en el tapete. Las señoritas bien educadas tienen un tapetito al pie de su cama, el suelo está frío... ¿Recordar los gatos? No, ¡Dios mío! Parece que se tragaron la noche. ¡Cómo gritaban! ¡Qué gatos tan llenos de noche! La gata negra gemía despacio primero, luego más fuerte y de pronto su maullido reventó en mil oídos. Una vez los buscó en la azotea. Le costó trabajo, pero allí estaban los ojos debajo de un tinaco: ojos turbios con lentos canales amarillos que iban lejos, lejos. Obstinada en su miel, comenzó a dejarse ir; temblando, atrapada como un buzo; se alargaron los ojos, se hicieron múltiples, gato y gata, gato y gata agazapados, arqueándose, a punto de saltar, quejándose, unidos en el mismo alarido, gato y gata juntos en su cuerpo. ¡Dios mío!

Un desayuno sustancioso siempre apacigua. Si el cuarto de baño se espesa de neblina, tanto mejor pero ¿para qué detenerse ante el espejo, quitarle el vaho con la mano y ver el rostro de la mañana todo arañado de gatos? "¿Soy yo?" Le aconsejo salir a pisar el día con pasos de sargento, empujarlo hasta la noche, no dejar que se convierta en cadáver, porque cargarlo está muy por encima de las fuerzas de una señorita bien educada.

Después de las abluciones, puede usted entregarse a sacudimientos y acomodos. No es recomendable usar el plumero de plumas pintadas de violeta porque las nubecillas de polvo son todavía más melancólicas. Y por favor no repegue los muebles contra la pared, deje siempre un espacio para que detrás de las sillas quepa el Ángel de la Guarda. De un arreglo floral puede usted pasar a la cocina a ocuparse del pastel de los ahijados, sin más transición que un puñito de alimento a la pecera, casi como rociar un asado. Y por favor no teja al pie de la ventana, no se haga penélope, que no hay moros en la costa azul del cielo. Podría quedarse así ochenta años desmadejando sueños. Dé usted cuatro vueltas a la manzana oyendo el redoble de un tambor imaginario. ¡Atención! Una moción de orden, señorita. El día la está cercando. No se deje. No deje que se le monte encima. Cójalo usted con sus dos manos, como un bloque de topacio y arrójelo amortajado en el crepúsculo, óigalo caer como piedra en el pozo, dele la espalda y no se atreva a salirme con la zarandaja aquella de que usted no le hace falta a nadie y bien puede estrellar honestamente su vida contra el suelo.

Al atardecer, la luz cede conmovida. Los esfuerzos serán premiados. Pero todos los gatos son pardos. Por las dudas, échese usted en la cama y recite sus oraciones sin erratas. Archive usted todos sus desengaños. Una tacita de tila, de manzanilla o de té limón, con una pizca de valeriana y dos terroncitos de azúcar, para olvidar, dan muy buen resultado. La bolsa de agua caliente siempre reconforta, a falta de otra cosa. (Pero ¡qué cosas se le ocurren, criatura de Dios! ¡Dese un champú con agua bendita!) A las diez de la noche es de tomarse en cuenta, señorita de buena familia, que está por conciliar un sueño reparador.

A la rorro niña
a la rorrorró,
duérmete mi niña,
duérmete mi amor.

Ya que se está usted sintiendo vieja y buena y sana e irreprochable, los párpados caen pesados y comprensivos.

Gorrioncita hermosa
pico de coral,
te traigo una jaula
de puro cristal.

Bajo el cuerpo contrito yace la tierra con sus grutas, sus ríos que se mueven a grandes rayas, su cruce de caminos, su fuego, su oro, sus diamantes sumergidos en el carbón, y más abajo todavía, se percibe el sordo latido de la lava; el lento palpitar de la materia gelatinosa y grasienta que se hincha de lodo espeso de resinas, de espuma, de brea, de lúpulo, de felpas, de lagunas de fondo verdinoso, de sedimentos blancos, la tierra que estalla en volcanes como espinillas impúberes, la tierra que se cubre de vegetaciones capilares y sombrea su labio con un bozo de musgo insatisfecho. Éste es el momento decisivo. Sobre todo, no abra los ojos, porque la noche se mete hasta adentro y se pone a bailar en las pupilas. Y de golpe todo arde. Mi amor, te quiero. Mi amor, no puedo estar sin ti. No puedo. Este día ya no me cabe con su afán. Y los lirios del campo, desnudos. Día estúpido e inútil. Mi amor. Mis cabellos están tristes y los tuyos de tan negros son azules y se hacen más tiernos y más míos en tu nuca.

Para defenderse, sólo tiene usted, decentísima señorita, el blanco escudo de la almohada.

4. Esperanza número equivocado

Esperanza siempre abre el periódico en la sección de sociales y se pone a ver a las novias. Suspira: "Ay, señorita Diana, cuándo la veré a usted así". Y examina, infatigable, los rostros de cada una de las felices desposadas. "Mire, a ésta le va a ir de la patada...” “A esta otra pue que y se le haga...” “Ésta ya se viene fijando en otro. Ya ni la amuela. Creo que es el padrino...” Sigue hablando de las novias, obsesiva y maligna. Con sus uñas puntiagudas —“me las corto de triangulito, para arañar, así se las había de limar la señorita”— rasga el papel y bruscamente desaparece la nariz del novio, o la gentil contrayente queda ciega: “Mire, niña Diana, qué chistosos se ven ahora los palomos”. Le entra una risa larga, larga, larga, entrecortada de gritos subversivos: “¡Ji! ¡Ji! ¡Ji! ¡Ji! ¡Jiiii!”, que sacude su pequeño cuerpo de arriba a abajo. “No te rías tanto, Esperanza, que te va a dar hipo.”

A veces Diana se pregunta por qué no se habrá casado Esperanza. Tiene un rostro agradable, los ojos negros muy hundidos, un leve bigotito y una patita chueca. La sonrisa siempre en flor: es bonita y se baña diario.

Ha cursado cien novios: “No le vaya a pasar lo que a mí, ¡que de tantos me quedé sin ninguno!” Ella cuenta: “Uno era decente, un señor ingeniero, fíjese usted. Nos sentábamos el uno al lado del otro en una banca del parque y a mí me daba vergüenza decirle que era criada y me quedé silencia”.

Conoció al ingeniero por un *equivocado.* Su afición al teléfono la llevaba a entablar largas conversaciones. “No, señor, está usted equivocado. Ésta no es la familia que usted busca, pero ojalá y fuera.” “Carnicería La Fortuna.” “No, es una casa particular, pero qué fortuna...” Todavía hoy, a los cuarenta y ocho años, sigue al acecho de los equivocados. Corre al teléfono con una alegría expectante: “Caballero, yo no soy Laura Martínez, soy Esperanza...” Y a la vez siguiente: “Mi nombre es otro, pero ¿en qué puedo servirle?” ¡Cuánto correo del corazón! Cuántos: “Nos vemos en la puerta del cine Encanto. Voy a llevar un vestido verde y un moño rojo en la cabeza...” ¡Cuántas citas fallidas! ¡Cuántas idas a la esquina a ver partir las esperanzas! Cuántos: “¡Ya me colgaron!” Pero Esperanza se rehace pronto y tres o cuatro días después allí está nuevamente en servicio, dándole vuelta al disco, metiendo el dedo en todos los números, componiendo cifras al azar a ver si de pronto alguien le contesta y le dice, como Pedro Infante: “¿Quiere usted casarse conmigo?” Compostura, estropicio, teléfono descompuesto, 02, 04, mala manera de descolgarse por la vida, como una araña que se va hasta el fondo del abismo colgada del hilo del teléfono. Y otra vez a darle a esa negra carátula de reloj donde marcamos puras horas falsas, puros: “Voy a pedir permiso”, puros: “Es que la señora no me deja...”, puros: “¿Qué de qué?”, porque Esperanza no atina y ya le está dando el cuarto para las doce.

Un día, el ingeniero equivocado llevó a Esperanza al cine, y le dijo en lo oscuro: “Oiga, señorita, ¿le gusta la natación?” Y le puso una mano en el pecho. Tomada por sorpresa, Esperanza respondió: “Pues mire usted, ingeniero, ultimadamente y viéndolo bien, a mí me gusta mi leche sin nata”. Y le quitó la mano.

Durante treinta años, los mejores de su vida, Esperanza ha trabajado de recamarera. Sólo un domingo por semana puede asomarse a la vida de la calle, a ver a aquella gente que tiene *su* casa y *su* ir y venir.

Ahora ya de grande y como le dicen tanto que es de la familia, se ha endurecido. Con su abrigo de piel de nutria heredado de la señora y su collar de perlas auténticas, regalo del señor, Esperanza mangonea a los demás y se ha instituido en la única detentadora de la bocina. Sin embargo, su voz ya no suena como campana en el bosque y en su último *equivocado* pareció encogerse, sentirse a punto de desaparecer, infinitamente pequeña, malquerida, y respondió, modulando dulcemente las palabras: "No señor, no, yo no soy Isabel Sánchez, y por favor, se me va a ir usted mucho a la chingada".

5. La jornada

Creo que lo amé desde que lo vi.

Allí estaban los otros mirando mis piernas, mis pechos; invitándome a bailar, a tomar una copa; con sus risas calientes, sus miradas oblicuas y su cuatachonería, dándose recias palmadas en los hombros, en la espalda, en los riñones, en la cacha de la pistola, picándose la barriga, las costillas, en esa cachondez sospechosa de la parranda. Me sopesaban. Eran como tenderos que colocan sobre el mostrador un kilo de lentejas y otro de azúcar. Mis dos pechos.

Él me miró a los ojos y yo hubiera querido acariciar los suyos en agradecimiento. Ni siquiera se acercó y sentí que debía irme. Afuera me tomó de la mano para caminar tantas, oh, tantas calles. Llegamos hasta la tierra, cayeron las primeras gotas y la tierra se hizo potente, más negra, húmeda, como que se llenaba de ganas. La buena siembra se hace en la tierra suelta, bien penetrada por el agua. Dormimos bajo la bóveda de nubes. Cuando quise arropar las semillas, él dijo que se darían fuertes al aire, al viento, que sólo así arraigarían. Su mano era una raíz y la mía una semilla. Yo ignoraba que las raíces asfixian a las semillas y seguí caminando, confiada. Anduvimos varios años, oh, tantos años. Él me decía que la tierra sólo es buena cuando está abierta; entonces creí adivinar tras de sus gestos el cuchillo del hombre.

Deseé habitar casas como placentas, cuevas que se amoldaran tibias a mis deseos, pero me tocó un mundo de empistolados, de hombres que llevan su arma al cincho golpeándoles la cadera y otra pistola, más fea aún, boca abajo entre las piernas. Hombres cuyos pantalones caen mal sobre sus nalgas, lastrados por esas pistolonas. Escogí al único que no portaba arma, pero se me impuso con otra. Fue llenándome la boca de palabras, las horas de palabras, los días de palabras, la vida de palabras, palomas que revoloteaban como palabras golpeándose en contra de mi pecho, mi vientre, mis piernas jóvenes, duras al sol, que caminaban bien, lo seguían a él: chivitas buenas, brinque y brinque, hábiles en senderos escarpados, felices, ¡son bonitas las piernas felices!, livianas tras de sus palabras que ondeaban en el aire en círculos concéntricos, para luego detenerse ensimismadas, vueltas sobre sí mismas y lanzarse de nuevo agrandadas, sonar entreveradas en las ramas de los árboles, mecidas por las hojas, diciendo musgo, pastito, roca, hortensia, olivos, acacias, robles, calandrias, ardilla, montaña, muro, valle, castaño, amor, jazmines, hormiga, alondra, abedul, manzano, viento, hasta que un día amaneció y me miró con ojos fríos, sin brillo, para concluir fastidiado: "No tengo ya nada que decirte".

Vi cómo guardaba celosamente sus palabras, las volvía a meter en la cuenca de sus ojos. Supe que las sacaría brillosas, más tarde, ante otro carrizo igual a mí. Porque yo fui la varita hueca, el canutito por el cual fue devanando una a una todas sus palabras, silbándolas entre mis paredes. Encontraría otra flauta, todos la encuentran. A lo largo de nuestra jornada, dentro del agua andariega, habíamos contemplado juntos cómo se daban altos, verdes y maduros, cientos de carrizos.

6. Estado de sitio

Camino por las grandes avenidas, las anchas superficies negras, las aceras en las que caben todos y nadie me ve: nadie voltea, nadie me mira, ni uno solo de ellos. Ninguno da la menor señal de reconocimiento. Insisto. Ámenme. Ayúdenme. Sí, todos. Ustedes. Los veo. Trato de mirarlos; nada los retiene, su mirada resbala encima de mí, me borra, soy invisible. Sus ojos evitan detenerse en algo, en cualquier cosa, y yo los miro a todos tan intensamente, los estampo en mi alma, en mi frente; sus rostros me horadan, me acompañan; los imagino, los recreo, los acaricio. Nosotras las mujeres atesoramos los rostros; de hecho, en un momento dado, la vida se convierte en un solo rostro al que podemos tocar con los labios. Ámenme, véanme, aquí estoy. Alerto todas las fuerzas de la vida; quiero traspasar los vidrios de la ventanilla, decir: "Señor, señora, soy yo", pero nadie, nadie vuelve la cabeza, soy tan lisa como esta pared de enfrente. Debería gritarles: "Su sociedad sin mí sería incompleta, nadie camina como yo, nadie tiene mi risa, mi manera de fruncir la nariz al sonreír, jamás verán a una mujer acodarse en la mesa como lo hago, nadie esconde su rostro dentro de su hombro... señores, señoras, niños, perros, gatos, pobladores del mundo entero, créanme, es la verdad, les hago falta".

Me gustaría pensar que me oyen, pero sé que no es cierto. Nadie me espera. Sin embargo, todos los días, tercamente, emprendo el camino, salgo a las anchas avenidas, a ese gran desierto íntimo tan parecido al que tengo adentro. Necesito tocarlo, ver con los ojos lo que he perdido, necesito mirar esa negra extensión de chapopote, necesito ver mi muerte.

Cine Prado

SEÑORITA:

A partir de hoy, debe usted borrar mi nombre de la lista de sus admiradores. Tal vez convendría ocultarle esta deserción, pero callándome, iría en contra de una integridad personal que jamás ha eludido las exigencias de la verdad. Al apartarme de usted, sigo un profundo viraje de mi espíritu, que se resuelve en el propósito final de no volver a contarme entre los espectadores de una película suya.

Esta tarde, más bien, esta noche, usted me destruyó. Ignoro si le importa saberlo, pero soy un hombre hecho pedazos. ¿Se da usted cuenta? Soy un aficionado que persiguió su imagen en la pantalla de todos los cines de estreno y de barrio, un crítico enamorado que justificó sus peores actuaciones morales y que ahora jura de rodillas separarse para siempre de usted aunque el simple anuncio de *Fruto prohibido* haga vacilar su decisión. Lo ve usted, sigo siendo un hombre que depende de una sombra engañosa.

Sentado en una cómoda butaca, fui uno de tantos, un ser perdido en la anónima oscuridad, que de pronto se sintió atrapado en una tristeza individual, amarga y sin salida. Entonces fui realmente yo, el solitario que sufre y que le escribe. Porque ninguna mano fraterna se ha extendido para estrechar la mía. Cuando usted destrozaba tranquilamente mi corazón en la pantalla, todos se sentían inflamados y fieles. Hasta hubo un canalla que rió descaradamente, mientras yo la veía desfallecer en brazos de ese galán abominable que la condujo a usted al último extremo de la degradación humana.

Y un hombre que pierde de golpe todos sus ideales, ¿no cuenta para nada, señorita?

Dirá usted que soy un soñador, un excéntrico, uno de esos aerolitos que caen sobre la Tierra al margen de todo cálculo. Prescinda usted de cualquiera de sus hipótesis, el que la está juzgando soy yo, y hágame el favor de ser más responsable de sus actos, y antes de firmar un contrato o de aceptar un compañero estelar, piense que un hombre como yo puede contarse entre el público futuro y recibir un golpe mortal. No hablo movido por lo celos pero, créame usted, en *Esclavas del deseo* fue besada, acariciada y agredida con exceso. No sé si mi memoria exagera, pero en la escena del cabaret no tenía usted por qué entreabrir de esa manera sus labios, desatar sus cabellos sobre los hombros y tolerar los procaces ademanes de aquel marinero, que sale bostezando, después de sumergirla en el lecho del desdoro y abandonarla como una embarcación que hace agua.

Yo sé que los actores se deben a su público, que pierden en cierto modo su libre albedrío y que se hallan a la merced de los caprichos de un director perverso; sé también que están obligados a seguir punto por punto todas las deficiencias y las falacias del texto que deben interpretar, pero déjeme decirle que a todo el mundo le queda, en el peor de los casos, un mínimo de iniciativa, una brizna de libertad que usted no pudo o no quiso aprovechar.

Si se tomara la molestia, usted podría alegar en su defensa que desde su primera irrupción en el celuloide aparecieron algunos de los rasgos de conducta que ahora le reprocho. Es verdad; y admito avergonzado que ningún derecho ampara mis querellas. Yo acepté amarla tal como es. Perdón, tal como creí que era. Como todos los desengañados, maldigo el día en que uní mi vida a su destino cinematográfico. Y conste que la acepté toda opaca y principiante, cuando nadie la conocía y le dieron aquel papelito de trotacalles con las rayas de las medias chuecas y los tacones carcomidos, papel que ninguna mujer decente habría sido capaz de aceptar. Y sin embargo yo la perdoné, y en aquella sala indiferente y llena de mugre saludé la aparición de una estrella. Yo fui su descubridor, el único que supo asomarse a su alma, entonces inmaculada, pese a su bolsa arruinada y a sus vueltas de carnero. Por lo que más quiera en la vida, perdóneme este brusco arrebato.

Se le cayó la máscara, señorita. Me he dado cuenta de la vileza de su engaño. Usted no es la criatura de delicias, la paloma frágil y tierna a la que yo estaba acostumbrado, la golondrina de inocentes revuelos, el rostro perdido entre gorgueras de encaje que yo soñé, sino una mala mujer, hecha y derecha, un despojo de la humanidad, novelera en el peor sentido de la palabra. De ahora en adelante, muy estimada señorita, usted irá por su camino y yo por el mío. Ande, ande usted, siga trotando por las calles, que yo ya me caí como una rata en una alcantarilla. Y conste que lo de señorita se lo digo porque a pesar de los golpes que me ha dado la vida sigo siendo un caballero. Mi viejita santa me inculcó en lo más hondo el guardar siempre las apariencias. Las imágenes se detienen y mi vida también. Así es que... señorita. Tómelo usted, si quiere, como una despiadada ironía.

Yo la había visto prodigar besos y recibir caricias en cientos de películas, pero antes usted no alojaba a su dichoso compañero en el espíritu. Besaba usted sencillamente como todas las buenas actrices: como se besa a un muñeco de cartón. Porque, sépalo usted de una vez por todas, la única sensualidad que vale la pena es la que se nos da envuelta en alma, porque el alma envuelve entonces nuestro cuerpo, como la piel de la uva comprime la pulpa, la corteza guarda al zumo. Antes, sus escenas de amor no me alteraban, porque siempre había en usted un rasgo de dignidad profanada, porque percibía siempre un íntimo rechazo, una falla en el último momento que rescataba mi angustia y consolaba mi lamento. Pero en *La rabia en el cuerpo,* con los ojos húmedos de amor, usted volvió hacia mí su rostro verdadero, ese que no quiero ver nunca más. Confiéselo de una vez: usted está realmente enamorada de ese malvado, de ese comiquillo de segunda, ¿no es cierto? ¿Se atrevería a negarlo impunemente? Por lo menos todas las palabras, todas las promesas que le hizo, eran auténticas, y cada uno de sus gestos estaba respaldado en la firme decisión de un espíritu entregado. ¿Por qué ha jugado conmigo como juegan todas? ¿Por qué me ha engañado usted como engañan todas las mujeres, a base de máscaras sucesivas y distintas? ¿Por qué no me enseñó desde el principio, de una vez, el rostro desatado que ahora me atormenta?

Mi drama es casi metafísico y no le encuentro posible desenlace. Estoy solo en la noche de mi desvarío. Bueno, debo confesar que mi esposa todo lo comprende y que a veces comparte mi consternación. Estábamos gozando aún de los deliquios y la dulzura propia de los recién casados cuando acudimos inermes a su primera película. ¿Todavía la guarda usted en su memoria? Aquella del buzo atlético y estúpido que se fue al fondo del mar, por culpa suya, con todo y escafandra. Yo salí del cine completamente trastornado, y habría sido una vana pretensión el ocultárselo a mi mujer. Ella, por lo demás, estuvo completamente de mi parte; y hubo de admitir que sus *deshabillés* son realmente espléndidos. No tuvo inconveniente en acompañarme al cine otras seis veces, creyendo de buena fe que la rutina rompería el encanto. Pero ¡ay! las cosas fueron empeorando a medida que se estrenaban sus películas. Nuestro presupuesto hogareño tuvo que sufrir importantes modificaciones, a fin de permitirnos frecuentar las pantallas unas tres veces por semana. Está por demás decir que después de cada sesión cinematográfica pasábamos el resto de la noche discutiendo. Sin embargo, mi compañera no se inmutaba. Al fin y al cabo usted no era más que una sombra indefensa, una silueta de dos dimensiones, sujeta a las deficiencias de la luz. Y mi mujer aceptó buenamente tener como rival a un fantasma cuyas apariciones podían controlarse a voluntad, pero no desaprovechaba la oportunidad de reírse a costa de usted y de mí. Recuerdo su regocijo aquella noche fatal en que, debido a un desajuste fotoeléctrico, usted habló durante diez minutos con voz inhumana, de robot casi, que iba del falsete al bajo profundo... A propósito de su voz, sepa usted que me puse a estudiar francés porque no podía conformarme con el resumen de los títulos en español, aberrantes e incoloros. Aprendí a descifrar el sonido melodioso de su voz, y con ello vino el flagelo de entender a fuerza mía algunas frases vulgares, la comprensión de ciertas palabras atroces que puestas en sus labios o aplicadas a usted me resultaron intolerables. Deploré aquellos tiempos en que llegaban a mí, atenuadas por pudibundas traducciones; ahora, las recibo como bofetadas.

Lo más grave del caso es que mi mujer está dando inquietantes muestras de mal humor. Las alusiones a usted, y a su conducta en la pantalla, son cada vez más frecuentes y feroces. Últimamente ha concentrado sus ataques en la ropa interior y dice que estoy hablándole en balde a una mujer sin fondo. Y hablando sinceramente, aquí entre nosotros, ¿a qué viene toda esa profusión de infames transparencias, ese derroche de íntimas prendas de tenebroso acetato? Si yo lo único que quiero hallar en usted es esa chispita triste y amarga que ayer había en sus ojos... Pero volvamos a mi mujer. Hace visajes y la imita. Me arremeda a mí también. Repite burlona algunas de mis quejas más lastimeras. "Los besos que me duelen en *Qué me duras* me están ardiendo como quemaduras." Dondequiera que estemos se complace en recordarla, dice que debemos afrontar este problema desde un ángulo puramente racional, con todos los adelantos de la ciencia y echa mano de argumentos absurdos pero contundentes. Alega, nada menos, que usted es irreal y que ella es una mujer concreta. Y a fuerza de demostrármelo está acabando una por una con mis ilusiones. No sé qué va a ser de mí si resulta cierto lo que aquí se rumora, que usted va a venir a filmar una película y honrará a nuestro país con su visita. Por amor de Dios, por lo más sagrado, quédese en su patria, señorita.

Sí, no quiero volver a verla, porque cada vez que la música cede poco a poco y los hechos se van borrando en la pantalla, yo soy un hombre anonadado. Me refiero a la barrera mortal de esas tres letras crueles que ponen fin a la modesta felicidad de mis noches de amor, a dos pesos la luneta. He ido desechando poco a poco el deseo de quedarme a vivir con usted en la película y ya no muero de pena cuando tengo que salir del cine remolcado por mi mujer, que tiene la mala costumbre de ponerse de pie al primer síntoma de que el último rollo se está acabando.

Señorita, la dejo. No le pido siquiera un autógrafo, porque si llegara a enviármelo yo sería capaz de olvidar su traición imperdonable. Reciba esta carta como el homenaje final de un espíritu arruinado y perdóneme por haberla incluido entre mis sueños. Sí, he soñado con usted más de una noche, y nada tengo que envidiar a esos galanes de ocasión que cobran un sueldo por estrecharla en sus brazos y que la seducen con palabras prestadas.

Créame sinceramente su servidor.

P. D.

Olvidaba decirle que escribo tras las rejas de la cárcel. Esta carta no habría llegado nunca a sus manos si yo no tuviera el temor de que el mundo le diera noticias erróneas acerca de mí. Porque los periódicos, que siempre falsean los hechos, están abusando aquí de este suceso ridículo: "Ayer por la noche, un desconocido, tal vez en estado de ebriedad o perturbado de sus facultades mentales, interrumpió la proyección de *Esclavas del deseo* en su punto más emocionante, cuando desgarró la pantalla del cine Prado al clavar un cuchillo en el pecho de Françoise Arnoul. A pesar de la oscuridad, tres espectadores vieron cómo el maniático corría hacia la actriz con el cuchillo en alto y se pusieron de pie para examinarlo de cerca y poder reconocerlo a la hora de la consignación. Fue fácil porque el individuo se desplomó una vez consumado el acto".

Sé que es imposible, pero daría lo que no tengo con tal de que usted conservara para siempre en su pecho el recuerdo de esa certera puñalada.

El limbo

—¡NIÑA!

La voz se hizo apremiante.

—¡Niña, niña, niña!

Mónica, reblandecida por el sueño, se irguió poco a poco en la cama.

—¡Ay, niña! ¡Aaaaaaaaaaaaaaaay!

La joven abrió bien los ojos. Frente a ella, Hilaria comenzó a tronarse los dedos.

—¡Ay, niña, venga usted, apúrese usted, venga pero ahorita! Vamos al cuarto de la canija de Rosa. Que no la oiga su abuelita.

Hilaria le tendió la bata, acercó las pantuflas, bajaron por la escalera de servicio, los perros ladraron. ¿Serían las seis, las siete de la mañana? Con ademán friolento, Mónica cruzó aún más la bata sobre su pecho. Al llegar al último peldaño, Hilaria detuvo a la joven, tomándola del brazo.

—Niña, anoche se enfermó la mustia de Rosa y se alivió.

—Por fin, ¿se enfermó o se alivió?

—Se alivió de su niño, la muy mustia.

—¿De qué?

—De su criatura.

Mónica despertó de golpe o el sueño se le quedó congelado. Entraron al cuarto de la sirvienta. Rosa, vestida, yacía sobre el colchón, el rostro pálido, la respiración entrecortada; en la cama, ni una sábana, ni un sarape, nada. El puro colchón.

—Rosa.

Rosa no contestó. Al poner su mano sobre el hombro de la muchacha, Mónica pensó que ésta respondería, pero continuó inmóvil. Lo único que se agitó fue el tablero de las campanillas enorme que colgaba de la pared. "Este timbrazo es insultante", se molestó Mónica, "despertaría a un internado de proporciones gigantescas". El rrrrrrrrrrrín, rrrrrrrriiiiiiiiiiiiiiiín no cesaba.

—Dios mío, la señora, y ahora, ¿qué hacemos? Ya despertó la señora, tengo que subirle el desayuno.

Mónica siguió a Hilaria fuera del cuarto.

—Oye, Hilaria, estás loca, ¿dónde está el niño? ¿Lo soñaste?

Hablaba en un tono superior, enojado; después de todo, aunque Hilaria tenía treinta años en la casa, no era más que una sirvienta, no era nadie o casi nadie, por eso encajaba sus uñas en el brazo, para que la sintieran antes de desaparecer, la pura nada, un envoltorio, un costal de piel y huesos que echarían a la fosa común.

—No, niña, no, allí tiene que estar, nomás que esta mujer ya hizo la limpieza. ¿Qué no se fijó en la mancha café todita restregada? Parió y se puso a remover la moronga para que no se notara.

—Voy a avisarle a mi abuelita.

—Ay, niña; no, ay, qué apuración, no se le vaya a derramar la bilis a la señora grande, hoy le toca su huevo. ¿Cómo le irá a caer el desayuno si se entera?

Mónica adquirió una súbita conciencia de su propia importancia. Hilaria le había avisado sólo a ella y no a la señora grande. Apenas ahora estaba sucediendo algo emocionante, algo como se lee en las novelas de misterio de Carolyn Keene, los *thrillers* para jovencitas, que en la noche devoraba. A lo mejor no tendría que ir a la escuela. Regresó al cuarto de servicio.

—Rosa.

Olía mal. "Es el olor del pueblo", la cama desnuda con ese cuerpo tirado en el colchón daba una sensación de abandono, de chiquero. Con razón decían los de buena familia: "Estas gentes no tienen remedio; todo lo estropean, son unos salvajes". Allí estaba la mancha descrita por Hilaria, pero... ¿El niño? Hilaria siempre les levantó falsos a las nuevas sirvientas y ya la casa tenía fama en la cuadra de que ni las galopinas ni las mandaderitas duraban por culpa de sus celos.

—¿Rosita?

Se acercó. Curiosa, puso su cara junto a la de Rosa. La mujer se estremeció. Mónica le repitió en voz baja: "Rosita", y luego le sopló en la mejilla: "¿Es cierto eso, eso que dice Hilaria, de que tuviste un niño?"

Rosa, desplazando toda una serie de malos olores, se volvió hacia la pared para darle la espalda a la joven. Después de un momento, con mucha dificultad, a empujones, susurró:

—Sí.

Mónica se quedó fría. Rosa se había rendido, agotada.

—¿Dónde está?

—Se me murió.

—Y ¿dónde está?

—En el ropero.

¿Cómo te quedó la cara, catrina, hija de gente decente? A ver, trágate ésa, pollita de leche, a ver, reacciona bestiecilla de salón. Mónica gritó. De miedo. De horror. Los perros volvieron a ladrar, pero la otra en la cama no se movía. Mónica fue hacia el armario y con la inconsciencia de sus años niños lo abrió. Las sábanas ensangrentadas se amontonaban. Pero nada más.

—Y ¿el niño?

No tuvo respuesta. Seguramente Rosa sentía que ahora le tocaba a la otra, a la ternera cebada, a la cochinita pibil, a la niña bien, a la chica novicia. Ésta siguió buscando. Allí, en un rincón, envuelto en periódicos estaba un bultito rojo, blando, una materia floja. Mónica lo cogió como si fuera a desmoronársele entre los brazos. Rosa la miraba hacer con ojos apacibles. Puso el paquete en la cama, cerca de los pies cuadrados, chatos, groseros de Rosa. Levantó un poco el papel. Había una cabecita con el pelo muy negro pegado al cráneo.

—Tómalo, Rosa, cógelo.

Como siempre, la abuela estaba recargada en sus cinco cojines de funda de encaje. No pareció indignarle el relato de Mónica, sólo ordenó:

—Háblenle al doctor.

—Hay que dar parte —insistió Hilaria con aires de experta, la delegación, el certificado.

Todo sucedió dentro de un remolino febril como en las novelas de terror. Llegó el médico de la familia; llevaba en la boca un cigarro apagado que escupió a poca distancia de Rosa. Sus ojos beige miraban hostilmente a la criada, sus ojeras rosadas casi fosilizadas acentuaban el desprecio en su rostro. Exploró el contenido del envoltorio para exclamar con frialdad:

—¡Este niño vive!

Un borbotón de lágrimas se anudó en la garganta de Mónica y el apretado nudo se deshizo en sus ojos. ¡Esto era un milagro, un regalo del cielo! El niño, todavía en los periódicos, respiraba; de su boca abierta salía un pequeñísimo aliento, apenas un soplo. El doctor se puso a limpiarlo. En las aletas de la nariz brillaba un poco de sangre coagulada.

—Hay que ponerle una inyección para evitar una futura hemorragia. ¿Qué le pasó a su hijo?

Rosa gruñó como si estuviera mascando las palabras, pero en su voz había algo de sollozo.

—Se me cayó de cabeza.

—Pero ¿cómo lo tuvo?

—Me acuclillé aquí a un ladito.

Hilaria preguntó, como profesionalmente:

—¿No lo va usted a curar de su ombliguito?

El doctor no se dignó contestar y sólo procedió con manos rápidas. Luego, haciendo caso omiso de los presentes, inquirió por la señora de la casa.

"La mayoría de estas mujeres, mi admirada señora, no quieren al hijo. Les resulta... cómo diré... un estorbo oneroso. Lo sufren como un castigo y luego... no necesito decirle. ¡Ignorantes, supersticiosas, pobrísimas, no saben qué hacer con él!"

Con razón, pensó Mónica, había marcas violáceas en el pescuecito del niño, tan delgado, listo para desprenderse. El médico siguió hablando competente y rutinario. Todo tenía una explicación, y nada, en realidad, era importante.

—Quién sabe si el niño dure. Esa mujer le dio una buena maltratada. Voy a mandar a una enfermera para asear a la madre.

Al levantarse, besó la mano de la señora grande, tomó su maletín de la silla de bejuco y salió con su aire cansado de hombre que escucha las desesperanzas de los demás.

Mónica cogió las sábanas de su cama de muñecas. Era aquello lo que más se parecía a cosas de niño de que pudiera disponer. Las llevó al cuarto de Rosa y envolvió al niño de verdad. Rosa la miraba hacer, atenta como una perra que súbitamente reconoce al cachorro. El niño, tan a la mano, parecía una pobre maraña de tejidos, de venas, de trapitos.

"Dios mío, Dios mío, ayúdame", rezó Mónica. Se sentía torpe, sin recursos. Hubiera querido soplarle en la boca para que su pecho se ensanchara, hacerlo respirar, amacizarlo, recubrirlo con su propia carne. Tener tanta vida por dentro y no poder darla. Jaló la cobija en torno al tambache a que quedara lisita y de pronto se detuvo... Rosa la miraba entre desafiante y lastimera y de sus ojos rodaron gruesas lágrimas. Mónica, entonces, colocó aquel bultito a su lado, en el hueco del brazo materno. La mujer siguió llorando mientras atraía al hijo.

¡Había un niño en la casa, un niño chiquito! Se necesitaban pañales, camisitas, baberos, una almohada diminuta, una cobija con borregos pintados, qué ajetreo. Habría que sostener toda la frágil estructura de su cuerpo con frazadas. Mónica se puso a acomodar la canastilla en el aire; aquí las chambritas, allá el aceite y el algodón, todo limpio y blanco, imposible no conmoverse ante la pequeñez de las prendas: "¡Pero qué tiernito es, qué niño chiquito!" Todo lo salva por su condición de niño, Rosa tendría que quererlo al ver que otros se alegraban de su presencia.

Junto a lo blanco y lo azul danzaban otras imágenes: la sangre, la mancha en el piso que Mónica evitaba mirar, los cuajerones sanguinolentos envueltos en el papel periódico como las entrañas de un pollo, de una totola, de una guajolota, amarillas y verde espinaca, el cordón umbilical y la bolsa de la placenta, el cuerpo de Rosa, sus caderas, sus pechos, un niño que agita en vano una sonaja en el vientre de su madre, el cuerpo de Rosa que había contenido un niño sin que nadie se diera cuenta porque a nadie le importaba; sus paredes ensanchándose, y Rosa callada, callada: "Voy a barrer la azotea", "voy a un mandadito", "pos a ver si me dan permiso", "mañana me toca mi salida", Rosa en el teléfono, Rosa en el corredor, Rosa con una escoba en la mano, Rosa trenzando su pelo negro en el lavadero. Rosa desfajando en la noche el vientre que se abulta. Rosa acuclillada para dar paso a ese amasijo de carne: su hijo, ahora sí que el de sus entrañas porque al salir la había vaciado; allí estaba la carne en pedazos como la que el carnicero cortaba con tanto placer para los perros, "démela maciza", estipulaba Hilaria, "y envuélvamela bien para que no escurra", y el carnicero la amontonaba en varias hojas de periódico, apretándola en un tubo, así como Mónica había alisado la cobija en torno al cuerpo del niño.

—Señorita, ¿ya vio usted al inocentito?

—Sí. Está bien, ¿no?

—¡Ay, niña! Rosa es la que está sosiega... la muy ladina... pero el niño, ¿lo destapó usted?

—No —contestó Mónica con asombro.

—Pues venga usted a verlo, porque yo lo deviso grave.

En el cuarto de paredes vacías, salvo unos calendarios de Aspirina Bayer, la cama y el ropero de la Lagunilla que un mecapalero trajo a cuestas, la frente partida en dos por el mecate, Rosa luchaba contra el sopor. No pareció importarle que Mónica se inclinara de nuevo sobre el niño. Al bajar la cobija lo vio morado, los labios azules. ¿El milagro, dónde estaba el milagro? Su almita de educanda de monjas del Sagrado Corazón tuvo un brusco arrebato. ¿No que Dios había perdonado y se había decidido por el milagro?

—Hilaria, haz algo; Hilaria, ya se murió.

Mónica sintió que se paralizaba. ¿Sería por el pecado mortal que había cometido Rosa? ¿Así de duro era Dios, así el juicio divino? "Jesús, Jesús intercede frente a tu padre que no deje caer su mano de tres dedos, que no se vengue en esa forma."

—Hilaria, ¿qué hacemos?

—Cálmese, señorita. No está muerto. Nada más se ha puesto algo malito; está como tuturusco, chin, pinche Rosa, tenía que pasar orita que es hora de su comida de la señora y Rosa allí tiradota, sería bueno, ultimadamente que el doctor...

El hospital, eso era... El médico de cabecera ya no podría hacer nada porque no le importaba, pero en una institución especializada en que los doctores fueran más jóvenes, menos desencantados sí, lo volverían a la vida, llorarían con ella, vencerían con ella...

—Vamos, Hilaria. Envuelve al niño. Voy a sacar el coche, ándale.

Bajo el letrero "Urgencias", la lentitud de la atmósfera contrastaba con la premura de la gente que entraba corriendo para detenerse frente al mostrador, recobrar su compostura y su respiración. Dos enfermeras pedían nombres, consultaban pausadamente ficheros, Mónica galopó, con toda su juventud entre las piernas.

—Señorita, por favor, una emergencia.

—Tome usted asiento —dijo la recepcionista enseñándole sus encías moradas.

—Es que, señorita...

—Todos los que están aquí son casos urgentes.

—Venga usted, niña, vamos a sentarnos —dijo Hilaria tímidamente.

Mónica le hubiera pegado. Era monstruoso sentarse, el niño se estaba muriendo. Plantada frente al mostrador, decidió echar raíces. La enfermera señaló molesta:

—Está usted estorbando el paso.

Hilaria se hizo a un lado demasiado acostumbrada a obedecer. "Se ha solidarizado con la encía morada —pensó Mónica—, ya no está conmigo ni le importa la vida del niño, lo que quiere es quedar bien; toda la vida no ha tenido sino patrones."

—Dame al niño, Hilaria —ordenó Mónica. Aún más estorbosa con el envoltorio entre los brazos, la joven no dejaba de mirar hacia la puerta blanca que aventaba hacia adelante y hacia atrás, en perpetua resaca, al letrero "Silencio". Se avalanzó sobre el primer doctor de pijama blanca a la vista.

—Doctor, por favor, traigo un niño que se está muriendo.

El doctor, tomado por sorpresa, miró a la catrincita a punto de llorar. "No vamos a permitir que lloren unos ojos tan azules", dijo señalándole la anhelada puerta. Por un momento, las mujeres en la sala de espera parecieron salir de su letargo pero muy pronto volvieron a la postura impasible y desganada que las asentaba en las butacas. Allá ellas. Algún día, Mónica las sacudiría, las tomaría de los hombros, chúpense ésa, sí, ella, sí, sí, ella la jovencita primeriza, la del baño diario y las tres hileras de perlas, ella picaría con sus espuelitas de oro a esa manada de vacas y se aventarían en tropel contra Palacio Nacional; ella sí, secundada, por supuesto, por ese doctor tan fino (que también debía ser de buena familia) que acababa de franquearle la puerta pisoteando los derechos de las demás, que se lo tenían bien merecido por dejadas, por rumiantes, por echadas cual flan de sémola, aplastadas sobre el asiento.

Dirigiendo a su ejército femenino, Mónica depositó al niño en la mesa indicada. Las superficies eran lisas muy bien cepilladas e Hilaria exclamó: "Qué buena tablita para picar mi cebolla". La nueva enfermera le preguntó a Hilaria si era la madre y sonrojada se alejó en menos que canta un gallo para evitar toda posible confusión: "Ay, qué pena, qué pena que vayan a creer que yo..." Veía con desconfianza, casi con asco, a las madres de otros niños que esperaban, la mente en blanco, de pie junto a las mesas. El doctor desnudó al niño en un momento y éste emitió un ruidito de la tráquea.

—¿Cuándo nació?

Hilaria se hizo la desentendida, así que Mónica contestó:

—Esta mañana, a lo mejor anoche.

—¿Qué le pasó?

—La madre dice que se le cayó.

El médico ordenó a la enfermera:

—Que venga el doctor Vértiz.

Los dos se inclinaron sobre la mesa. Uno de ellos, despechugado, enseñaba un negrear de vello crespo. Cambiaron unas cuantas frases y llamaron a Hilaria: "El niño tiene que pasar a la incubadora, le vamos a poner suero, hay que fortalecerlo. Puede usted venir a verlo todos los días de tres a cuatro".

—¿Estará fuera de peligro? —preguntó ansiosa Mónica.

—Sí, señorita.

—Muchas gracias, doctor.

—Esperen un momento a que la encargada tome los datos.

—Pero si ya los dimos afuera.

—Éstos son para el registro de la Cuna.

—¿Son muchos los requisitos?

—Así es —sentenció el doctor.

Mónica no podía dejar de mirar a su alrededor. Sobre otras mesas de auscultación yacían otros niños, la mayoría más grandes que el de Rosa, pero todos con los brazos y las piernas como hilitos, el cuello de pollo desplumado unido a una gruesa cabeza que se bamboleaba. Montoncitos de miseria rosa, montoncitos de miseria apiñonada, montoncitos de tristeza. Los médicos tomaban al paciente por las dos piernas para sostenerlo en alto como rata por la cola; algunos gritaban, gatos que van a ahogar en el agua ratas envenenadas, pero la mayoría no daba ni señal de vida. En muchos, el sexo era un higuito negro, una vejiga, un hongo venenoso. Cerca de varias mesas, Mónica miró a las madres inmutables y secretas. Algunas de ellas estaban gordas, las mejillas fuertes y los cabellos entretejidos de listones solferino, amarillo, verde perico; sus aretes brillantes colgaban de sus orejas, y sus ondas grasientas se sucedían marcadas por un batallón de pasadores.

—Doctor —se aventuró a decir Mónica—, ¿qué tienen estos niños?

—La mayoría están desnutridos.

—Pero si las madres no se ven tan pobres.

—Allí está lo malo, señorita.

Sintió que una ola de rubor, de rabia, le subía desde adentro; el doctor le había lanzado una mirada penetrante, grave, no exenta de acusación. Quería emparentarla a todas estas idiotas con sus aretes de piedrecitas de colores. Mónica abrió su bolsa.

—Pague usted afuera señorita, en el escritorio de la salida.

—Vamos a verlo en la incubadora —dijo Mónica.

—¿Pa' qué?

—Para ver cómo quedó.

—Queda bien —dijo Hilaria, malhumorienta.

—No sabemos.

—Ya es muy tarde, la señora grande...

—La señora grande iría a ver al niño a la incubadora —cortó Mónica tajante.

—No dan permiso.

—Vamos a investigar.

Hilaria parecía decir: "Los ricos pueden darse esos lujos, cerciorase, certificar; a nosotros no nos queda más que encomendarnos a la Divina Providencia, y no nos andamos con tantas exigencias".

También allí el piso era de linóleo, y relumbraban los aluminios, los canceles de vidrio de fondo de botella y las paredes blancas agresivamente brillantes; materiales que oscilan entre el plástico deleznable y el mosaico que puede lavarse con manguera. Una enfermera gorda, tiesa de almidón y con albo bozal, les dijo que les señalaría al niño tras un ventanal de doble vidrio que exhibía una gran cantidad de peceras rectangulares, donde los niños más que pescaditos parecían embarcaciones que hacen agua, barquitos de papel a punto de irse a pique. Casi todos tenían una aguja en el brazo prolongada por un tubo de plástico. La enfermera devolvió a Hilaria la cobija de borregos pintados y una sábana:

—Aquí no le va a hacer falta a su chavalito.

Nadie tomaba en cuenta a Mónica; simplemente no pertenecía a ese mundo.

—¿Se pondrá bien? —preguntó Mónica.

—Sí, cómo no, se lo vamos a devolver buenito —sonrió jovial la mujer.

Mónica pensó: "Qué buena gorda, todas las gordas son buenas gentes, qué buena es esta gorda por opulenta, por rozagante, me gustaría comer con ella, estoy segura que reiría en salud, ella le va a devolver el ánimo al niño, lo va a robustecer, a regocijar con su sola piel risueña y franca". Al bajar la escalera, en uno de los rellanos, un grupo de mujeres le hacía rueda a una de un viejo abrigo café deslavado, el pelo lacio en la nuca, las ojeras muy marcadas y dentro de ellas los ojos que miraban consternados pero sin llanto, mientras explicaba con voz opaca, mansa: "Dicen que le tocó el turno a una nueva y que se le olvidó enchufar la incubadora"...

Entonces Mónica, indignada, intervino:

—¿Por qué no protestó usted? ¿Por qué no fueron a la dirección? ¿Por qué no protestamos todas? ¿Por qué no vamos a los periódicos?

Se le quedaron viendo, y una de ellas, tan gorda o más entrada en carnes que la enfermera, respondió:

—Ay, señorita, cómo se ve que usted no sabe...

Como era gorda, Mónica tomó confianza...

—¿Y qué tiene que ver la protesta con que sepa o no sepa?

—Es que usted no sabe, porque usted no es de aquí...

—En primer lugar, sí soy, y aunque no fuera, ¿eso qué tiene que ver? Yo les estoy proponiendo que hagamos algo, levantemos un acta...

La misma gorda dijo con voz fuerte:

—A los jueces, las actas les sirven de papel de excusado —e hizo un ademán procaz, volteada hacia la pared, rechazando de plano a Mónica.

Hilaria se había separado de su patrona, esperaba con un pie en la escalera. De nuevo, como en "Urgencias", aparentaba no escuchar pero la miraba de soslayo. La señorita era joven, no sabía nada de nada, ya encallecería.

—Si nos uniéramos —insistió Mónica—, si no nos dejáramos pisotear, si todos tuviéramos las mismas oportunidades...

Mónica, fuera de sí, habló sin respirar. Hubiera querido llamarlas compañeras o comadres o amigas, abrazarlas, pero las mujeres se cerraban sobre sí mismas; se habían apretujado en un extremo del rellano y la gorda se encargó de cortar a la novicia.

—Mira, güerita, ¿eres protestante?

—No, yo no soy, pero...

—Nosotras somos católicas, así es de que pícale, vete a tu casa.

Mónica se hubiera sentado en el último peldaño para llorar hasta vaciar su cabeza, pero más que las católicas era la mirada del doctor de pelo en pecho la que la perseguía. Adivinaba su expresión irónica que, de encontrarla, lo haría exclamar: "¡Qué desahogo más personal!", y recordaba la voz grosera: "Pícale, lárgate a tu casa". ¿Era *lárgate* lo que le había dicho la gorda?

Hilaria trotó tras de Mónica, antes de entrar al coche escupió en la cuneta, un salivazo largo, cargado. Mónica jamás la había visto hacer eso. Era como si le estuviera escupiendo encima. Absolutamente ajena a la impresión causada, Hilaria siguió hablando, de cómo en la medianoche oyó que alguien la nombraba quedito pero que no se dio cuenta, sino hasta después, de que era Rosa. ¿Cómo no se había dado cuenta?, ¿quién más podría ser?, ¿trabajaba otra criada en la casa? Hilaria tenía esa maldita costumbrita: "Hilaria, no limpiaste el baño". "¿Cuál?", como si hubiera siete baños. "Cierra la puerta." "¿Cuál?" ¿Quién? ¿Cuál? ¿Dónde? ¿Cómo? tras de cada orden para obligarla a repetir. Que a ella, a Hilaria, se le había revuelto el estómago, ya ve la señorita qué delicada era ella de su estómago, se le había revuelto, chin, y eso que no se había desayunado. Rosa abiertota, allí, toda cubierta de sudor como gargajo, toda empuercada, batida en su propia sangre y que la muy rejega no le decía del niño y no le decía y dale a preguntas y nada, no le quería decir. Rejega, reteque rejega y no na' más para eso, pa' todo, ladina, taimada, mañosa, chiquiona, remolona como ella sola porque, por fin, había murmurado: "Es que el burro me tumbó re' juerte, me vino pero macizo". "Pos váyase al baño", le ordenó: "No, pos si acabo de ir". "Tonces está enferma, si acaba de ir." "Pérese, al rato vuelvo a ir, nomás que agarre juerzas", en fin de cuentas a ella, a Hilaria, se le afiguraba que Rosa quería botar al niño por ahí envuelto en los periódicos, había unas que hasta los echaban al excusado y luego jalaban la cadena... Porque si lo quisiera, le hubiera preparado por lo menos dos muditas, no que ésta pecó de noche y al que pasó a fregar fue al hijo... Hilaria seguía dándole, los labios tiesos y duros y repetía con envidia: "Es que ninguno de nosotros le maliciamos nada. Como se fajaba bien y al niño lo traía en la boca del estómago... pero ahora que me acuerdo, si nos hubiéramos fijado de más cerquitas..."

Por fin llegaron a la casa, Hilaria se fue a inspeccionar a Rosa, Mónica subió escalón por escalón, pisando hasta lo hondo de la gruesa alfombra; abrió la puerta de la recámara de su abuelita. Acostada en su cama, recibía todas las noches a sus hijas, a sus nietas, a su yerno. Se acomodaban a su alrededor en pequeños sillones, frente a las cortinas de organdí y decían cosas bonitas, blancas y leves, acerca de los sucesos del día para despedirlos entre los ramos de flores, el olor de los pétalos de rosa que la abuela ponía a secar y la colcha blanquísima tejida por manos calladas y diligentes. Hoy el tema era de Rosa y el futuro del niño; ofrecían adoptarlo, mañana bien podría antojárseles engullirlo a la brocha con una manzanita en la boca o preparado en *bitoques à la russe,* a la manera de Hilaria, con crema agria y morillas. Había en ellos algo bárbaro e imprevisible que destanteaba; se enorgullecían de que los consideraran excéntricos y opinaban de los demás: "Son burgueses" o "Qué costumbres más burguesas". *"Nous ne sommes pas comme tout le monde",* afirmaban, y, en efecto, caminaron siempre al borde del precipicio. "Es nuestra sangre rusa." Cada semana, la abuelita sentaba a su mesa a *fraulein* von Schlauss, que en los últimos años se popeaba en los calzones. "Es como mis perros", la disculpaba. O a Guillermina Lozano, quien tocaba el arpa maravillosamente y llegaba envuelta en el hedor de los treinta y cinco perros, cuarenta gatos y cincuenta palomas que albergaba en su casa. Tenía un largo collar de perlas que le caía en la sopa todo cubierto de cagarrutas de paloma. Con *fraulein,* la abuelita hablaba de Goethe; con Guillermina Lozano, de Wagner. Pero el tema profundo, la melodía central, era de los *sweet doggies,* los *poor little dogs* que las tres recogían de la calle.

—¿Cómo estás, rebanadita de pan con mantequilla?

—Bien, abuelita.

—Pareces más bien una ranita verde.

Mónica relató lo que había visto y la abuelita sólo comentó:

—Las mujeres deberían tener perros. Son más simpáticos.

Los perros Chocolate, Lobo, Dickie, Violeta, Kikí y Canela, que vivían pendientes de las palabras de su ama, movieron la cola aprobando.

—¿Cómo era yo, mamá, cuando nací? —inquirió Mónica con verdadera ansia. Quería que su madre le asegurara que ella no era como aquellas ratitas rojas que había visto en el hospital.

—No sé, yo estaba ausente... Me fui de cacería.

—Dime la verdad. ¿Sufriste?

—Qué gran palabra, Mónica.

Esas cosas nunca se decían, no se acostumbraban sino las cosas tiernas, fáciles, inasibles; así eran ellos, no había por dónde agarrarlos y de repente se morían y uno se quedaba en ayunas, muerto de hambre, hurgando en sus papeles para descubrirlos. Sin embargo, entre tanta aparente distracción, tantas palabras a medias, el té de las cinco, el sombrero de paja, la revista boca abajo sobre el pasto, tanto jugar con el viento y huir de los imbéciles, decían de pronto algo exacto como si un rayo los iluminara. Y por imprevisto, resultaba aún más fulgurante. Como fulgurante era la figura de la abuela cuando salía a la calle y silbaba largamente en la empuñadura de plata de su bastón (que era un silbato), antes de dar vuelta para espantar a los ladrones, o blandía su paraguas apuntándolo al cielo como Marcel Proust, al mismo tiempo que decía: "¡Zut!, ¡zut!, ¡zut!, ¡zut!", porque lo único que se permitió jamás fue exclamar: "Zut *et encore* zut *et trois fois* zut, zut, zut!", para desfogar el coraje que a veces la embargaba.

Mónica se lanzó en una atropellada perorata sobre la condición femenina, el conflicto social, la miseria, hasta que la abuelita la interrumpió:

—Te gusta parecer bolchevique, ¿verdad?

—No, no, es que toda esa gran injusticia...

—Ya, Mónica, no sigas hablando como si fueras un mujik... Si lo hicieras a la Tolstoi, pasaría, pero eres la más formidable fabricante de lugares comunes que he oído en mi vida. Cállate ya, pequeña idiota, pequeña creadora de rutinas.

Todos asintieron, reconciliados. Su madre le recordó:

—¿Qué vestido te vas a poner para el coctel de los Romero de Terreros?

Creyó estallar en sollozos, allí mismo, frente a todos. ¿Cuál coctel? De nada los había convencido; al igual que las mujeres paradas en el rellano del hospital, la corrían: "Y ahora, mocosa, lárgate al coctel".

—¿Qué te pasa, Mónica? No debes ponerte tan nerviosa, ya la vida te enseñará...

La señora grande salió en su defensa: "Se ve cansada: no tiene bien arreglado el peinado, no es una cena formal, al contrario, un buffet con bolsillo sobre la mesa; hoy se levantó muy temprano y ha sido grande la emoción: mañana enviaremos unas flores para excusarla".

Ninguno objetó. El caso en manos de la abuela se consideraba zanjado. La familia, conglomerada en torno a ella, acataba la menor de sus decisiones. Mónica hubiera querido meterse en su cama, acurrucarse junto a ella como lo hacía cuando se sentía mal, pero ella misma le ordenó:

—Ahora ve a cenar con tus papás, tienes que comer algo.

Y la besó en la frente.

En la mesa, mientras se hablaba de otra cosa (porque en la mesa se evitaban los temas desagradables), Mónica no pudo tomar su sopa.

—Come, casi hemos terminado.

Su madre la miraba con sus ojos tristes, de mujer que escucha la noche.

—Mamá, ¿no podría regresar al hospital?

—¿A qué, Mónica?

—A curar a los enfermos, sacudir a las mamás, removerlo todo, meter allí un tal torrente de vida que los niños no tengan más remedio que aliviarse...

—¡O salir volando, convertidos en angelitos!… ¡Pobre cretina, está histérica! —intervino su hermana menor.

—Mónica, come por favor.

El tono era imperioso. El líquido, ya frío, pasó con trabajo por la garganta de la joven y después de tres o cuatro cucharadas recobró el ritmo de las cenas pasadas. Qué fácil es comer, pensó, qué fácil cuando, a ocho cucharadas apenas, hay un moridero de niños. El comedor, con su Boldini iluminado y sus grabados de Swebach, sus lámparas de cristal y sus vitrinas, todos esos objetos dulces y familiares, asentía cómplice, pero con cada cucharada de sopa se filtraba también otro líquido: el de la impotencia.

—¿Y qué vestido piensas ponerte para la cena del sábado?

"De veras, ¿cuál? Híjole, cómo soy, híjole, qué pobre diabla", Mónica podía pensar en el vestido del sábado, mentalmente los revisó: el de flores, el blanco, el de Lanvin, el de chiffon italiano, el rojo. El rojo, con ése, en las últimas fiestas la había sacado Javier Carral, que era guapísimo. ¡Y Teco Arozarena! ¡Y Pepe del Río, que todo le festejaba!

—El rojo.

—Tienes razón, ése te queda muy bien.

La madre le sonrió tranquila, al verla distraerse tan pronto de su reciente congoja: "Es joven, qué pronto pasa del llanto a la sonrisa, más rápido aun de lo que yo pensaba". Volvía al engranaje, a la reverencia, esperaría sumisa el arribo del príncipe. Entre tanto, cerraría ventanas con sus manos cuidadas; la acompañaría a tes, visitas, cenas, pésames, habría manteles que bordar a la hora del crepúsculo. Mónica se despidió apaciguada y dio las buenas noches como de costumbre. Pero ya en su cama mordió las sábanas; lloró una hora y otra; una hora suplantaba a la otra y el llanto seguía embistiéndola; un borbotón que la drenaba hasta que la última lágrima hecha sólo de sal se le secó en la mejilla. Lloró porque podía tomar sopa, mientras una señora de abrigo café les comunicaba a otras que la incubadora se había quedado sin corriente eléctrica, lloró porque nunca fabricaría una bomba en el sótano de su casa, ni siquiera una molotov —su pólvora estaba mojada de antemano—, pero sobre todo lloró porque ella era Mónica y no otra, porque la muerte del pequeño de Rosa no era su muerte y no podía vivirla, porque sabía muy bien que el sábado bailaría con el vestido rojo, oh, Bahía, ay, ay, rayando a taconazos el corazoncito del niño de Rosa, bailaría encima de las mujeres a quienes los hijos se les caen de entre las piernas como frutas podridas, bailaría mambo qué rico el mambo, bailaría muñequita linda de cabellos de oro, bailaría la raspa, la vida en rosa, las hojas muertas, porque después de todo la vida de uno es más fuerte que la de los demás.

Canto quinto

PRIMERO ni vio el cuarto. No sintió más que a Rodrigo que la besaba con todo su peso de hombre. Sabían ya que ningún gesto del otro podía ser desconcertante, habían rebasado los límites de su propio cuerpo. Respiraban juntos el mismo aire, el aire comprendido en su abrazo. Y surgían las palabras del amor, ese lenguaje balbuceado, torpe.

¿...?

...

—¿Tienes frío?

—No.

Y Rodrigo recogía las sábanas, la cobija raída... La arropaba como a una niña, como si fuera su hija.

—Rodrigo, eres mi papá y mi mamá y mi hermano y mi hermana y mis hijos y mi tierra... Rodrigo... Rodrigo, eres la Catedral y el Zócalo, Rodrigo, eres Las Delicias y la mesa siete y las flores de plástico y la güera que nos sirve.

Sentían un inmenso agradecimiento y eso los hacía regresar el uno al otro, internarse en ese abrazo porque nada mejor podía serles dado. Ella tuvo un sentimiento de felicidad tan violento que se le llenaron los ojos de lágrimas. Rodrigo no le preguntó nada. Sabía por qué lloraba.

Afuera llovía. Pensó que a la salida le caerían gotas de agua en la cara y en el pelo, le dio gusto; caminarían tomados de la mano, riéndose, sonriendo, buscándose con los ojos continuamente.

Alguien caminó en el pasillo.

—¿Quién viene?

—No sea miedosa —sonrió Rodrigo—. Aquí tengo la llave.

—Pero es una puertita de nada.

—¡No sea coyonetas!

Alguien tocó a la puerta.

—¿Ya ves?, te lo dije.

—No es aquí, es en la otra.

—Pero ¿por qué?

—Se han de estar tardando demasiado.

El ruido en la puerta era ofensivo, terrible.

—¡Qué manera de tocar!

—No van a abrir, no te preocupes.

El encargado derribaría la puerta. Julia pensó en los amantes enlazados. ¡Y todo porque se habían tardado! Ellos, en cambio, nunca se tardaban. Rodrigo se sentó en la cama y le mesó el cabello.

—¿Ya nos tenemos que ir, Rodrigo?

—Sí, lo sabes… Tengo un compromiso.

Mientras se vestía, Julia miró el cuarto. Una pared era rosa, la otra crema, el techo café con leche y el baño sin puerta de un verde estridente. En el cuarto apenas si cabía la cama con su colcha deslavada y lacia y una escupidera abollada.

Se vieron en el espejo riéndose:

—¿No hacemos buena pareja?

Se vistieron el uno al otro, se peinaron juntos pasándose el peine. Julia lo besaba, se metía a la cama toda vestida debajo de las sábanas. Rodrigo la alcanzaba y se volvían a encontrar temblorosos.

—Julia.

—Sí, ya sé, es muy tarde. Es muy tarde.

—Es que no recuerdo ni dónde dejé el coche.

Siempre que se iba, Rodrigo manejaba de prisa, nerviosamente, maldiciendo los embotellamientos, el rostro duro, fijo en los altos, como si el poder de su mirada en el parabrisas fuera empujando los coches detenidos. A veces le tomaba la mano, único reconocimiento de su presencia en medio de la multitud. A Julia le sorprendía verlo de perfil. Se veía mayor entonces, con un rostro de hombre de acción, un rostro que Julia no reconocía.

—¿En qué piensas, Julia?

—En el regreso.

—Siempre te anticipas a las cosas.

—Es que ya nos vamos.

Rodrigo le pasó un brazo por los hombros y le besó la frente.

—Ay, ya sé, es el beso de la despedida.

Y se tapó la cara con la almohada.

—¡Julia!

—Rodrigo, yo no hago nada por salvarme.

Había un lenguaje que iba más allá de Rodrigo.

—Rodrigo, tápame el corazón con esa manta.

Rodrigo la miraba sin entenderla. Caminaba alrededor de la cama, abrochando un botón olvidado de su camisa, mientras le sonreía consecuentándola.

—Rodrigo, quisiera que fueras un canguro y que me llevaras dentro de tu vientre.

Julia esperaba que Rodrigo le dijera alguna cosa: algo que llenara el hueco. Rodrigo le hacía falta para andar, para levantarse rápidamente en las mañanas, para que la tierra no le oliera a niño muerto, para que nada fuera irreparable... ¡Desnúdate, amor mío, ha llegado la hora de morirnos!

En la entrada de su casa, Rodrigo se despedía:

—Te voy a echar un grito, apenas pueda.

Julia asentía con una pobre sonrisa, sacudiendo la cabeza. En su rostro no quedaba nada de ella; no era la del cuarto de colores, si acaso la delgada puerta golpeada por un puño irascible.

—Te hablo... mañana... a...

—Sí, sí —aprobaba Julia.

Entre tanto, había mucho que recordar. Caminaban con los ojos levantados hacia los edificios familiares con sus fachadas porosas donde anida el sol y los balcones: yerbazales escapando de macetas colgadas como jaulas, semillas encarceladas, pájaros que picotean las briznas de la tarde entre los tanques de gas, los tinacos, la santamaría y la yerbabuena. Allá abajo se encogían las calles, Jesús María, Regina, Mesones, Justo Sierra, Santa Efigenia, San Ildefonso, la Santísima, Topacio, Loreto y las de Belisario Domínguez, Leandro Valle y Cuba, que desembocan en la plaza de Santo Domingo, esa paloma caída, todavía tibia y palpitante.

—Ay, Rodrigo, ¡un cuartito por aquí para nosotros! ¿Te imaginas lo que sería abrir la ventana?

Se detenían ante los letreros: "Se renta, informes en Academia 19". El cuartito, en la calle de La Moneda, daba a un muro de tezontle, una fortaleza de tuna cardona, roja y cálida, terca de esperanza.

Casi siempre tropezaban con la benevolencia de los porteros.

—En realidad son despachos. Como eran casas viejas, el baño está abajo.

—No importa, no importa.

—La renta es de trescientos cincuenta pesos.

—¿Tanto? ¿Por qué tanto?

—Ha subido mucho por acá...

Pero los miraban con simpatía.

—Claro que si ustedes hablan con el dueño, pue' que les rebaje tantito.

Un día, Rodrigo, al pasar, rompió toda una caja de refrescos que estaba en el zaguán, casi los doce cascos vacíos.

—Ahorita le pago, patrón.

Pero el gordo no quiso cobrarle. Al contrario, los invitó a que volvieran al día siguiente, a ella con su pelo que volaba, su bolsa sobre el hombro y el suéter hecho bola, todo por ningún lado, y a él, que sabía hablarle a todos con esa camaradería risueña, descuidada y rápida.

—Sabes, Rodrigo, yo creo que les gustaría tenernos de vecinos.

Se iban la mano en la mano, sin separarse siquiera cuando la gente se apretujaba en la banqueta. Si acaso tenían que soltarse, los dedos se buscaban luego imperiosos, las manos náufragas, ansiosas. En 5 de Mayo había un edificio macizo, sostenido por dos fatigadas cariátides. Julia lo amaba por encima de todos. Adentro, despachos y despachos y sastrerías y notarías y fletes y cobranzas y alquileres. Al lado, como una gran boca dorada, se abría un café de chinos: los panqués redondos y grasientos se amontonaban en sus moldecitos de papel acanalado en una vitrina que un foco mantenía caliente. En todos los cafés había panes, boludos, botijones, que cabían en el interior de la mano y anuncios de cervezas y la comida corrida escrita en una pizarra de cartón con gis blanco: habas sin hache y frijoles con ge. Postre con acento.

Rodrigo y Julia lo husmeaban todo, subían unas escaleras de madera muy estrechas.

—¿Lo quieren para oficina?

Rodrigo musitaba quién sabe qué, Julia hubiera contestado:

—No, señor, es que no tenemos a dónde ir.

Pensó en una lámpara con pantalla antigua, de ésas de fleco que cuelgan de los techos, una ventana que da a la calle para ver la luz prendida y saber que Rodrigo estaba allí esperándola. ¡Ay, Rodrigo, desde aquí se oyen las campanas de Catedral!

Invariablemente después de esas rondas, Rodrigo declaraba enérgico:

—Vamos a organizar un cuartito.

Pero los dos sabían que no lo tendrían porque no lo deseaban lo suficiente, porque a Rodrigo le bastaba con decirle a Julia: "¡Te voy a echar un grito!", y Julia se conformaba siempre, aunque a lo mejor una noche el grito lo daría ella, un grito de animal vencido, un aullido de perro pateado, de ésos que se alejan con la cola entre las patas; no, perro, no, perra, perra de sí misma sin un cachorro siquiera a quien lamer o que lamiera su larga herida, un grito que lo haría pedazos todo, incluso esto, esto que creían su amor, su pobre amor de a tres centavos que zarandeaban por aquí, por allá, que traían de la mano sacudiéndolo por las calles y que un día llevarían a cuestas como una carga insostenible y que quizá compartirían y nomás por no dejar, por no decir cárgalo tú nomás.

—¿En qué piensas, Julia?

Había oscurecido.

Julia no contestó. Dijo bajito, muy bajito, como para sí misma: "Desnúdate, mi amor, que vamos a morirnos".

—Julia, ya vámonos.

Afuera, al salir, Julia se volvió y vio el anuncio de luz neón: Hotel Soledad.

La hija del filósofo

A LA LUZ ROJA DE LA INTELIGENCIA discuten los sofistas. Juntan sus cabezas sobre el pozo metafísico, profundizan sus miradas como líneas de pescar y lentamente van extrayendo los problemas. De vez en cuando uno de ellos se quita los anteojos y los limpia, para contemplar mejor el rostro del Maestro. Otros meditan, recogidos en sí mismos, buscando afanosamente la ocasión de emitir la frase más inteligente de la noche. Respiran apenas, mientras de sus dedos amarillentos se desprenden los cigarrillos muertos. Las cortinas participan, pesadas de grandeza estática, en el diálogo trascendente, en el juego monótono de los intelectuales. La luz de la lámpara, sometida por la pantalla roja, dibuja un círculo lunar sobre la alfombra y todos cuidan de poner sus sillas allí dentro, para sentirse abarcados en la redonda inteligencia del Maestro...

"...Napoleón y el surrealismo, el arte chino y la Santísima Trinidad... ¿Hay que conceder a las mujeres el derecho de participar realmente en la experiencia amorosa? ¡Por favor! De todos modos, la policía es un asco... Consultemos los libros, vayamos directamente a las fuentes, la cultura, señores, es un asunto muy serio. ¿Quién de todos ustedes fue el que dijo hace un momento 'Sólo sé que no sé nada'?" Silencio. Ha comenzado a hablar otra vez el Maestro, el jefe de la banda de asaltantes de libros. Con voz pesada, como quien hace su testamento, va poniendo el punto agudo de su inteligencia en cada inerte pensamiento. Y todas las inteligencias que le están subordinadas ceden y se ablandan, se dejan henchir poco a poco, y los cerebros son como esponjas que se sumergen en aguas vivas. Hay un momento en que no pueden ya alojar una gota más de talento, y los rostros sonríen rebosantes. Sólo un joven intelectual celoso no cede a la sugestión del Maestro, y se queda aislado y seco, en la orilla del círculo luminoso, que apenas roza con la punta del pie. La sabiduría del Maestro ahoga su corazón rencoroso, mientras cuatro palabras miserables vagan por el desierto de su cabeza vacía.

En un rincón de sombra, a donde las voces y la luz no llegan, sentada en una pequeña silla está una niña rubia, de pelos enmarañados, con sueños y pesadillas enredados en sus pestañas, una niña que borda y que se pica con la aguja las yemas de los dedos. Forra en soledad los libros de su padre con una tela de irresponsable color salmón. Y en el lomo de las metafísicas alemanas borda con hilos de seda sus azules faltas de ortografía. De vez en cuando la llama su papá, filósofo, jefe y maestro. Va y limpia los ceniceros, recoge los restos de una copa aniquilada por una frase violenta, renueva las dotaciones de oporto y añade galletas a la bandeja que los infatigables pensadores han dejado vacía. Los oye hablar, pero no les entiende; cuando alguien recita un poema también se queda sin entender, pero cuando menos las palabras suenan bonito y se pone contenta.

Así pasa la vida. Dos veces por semana, mientras el sol de la tarde lucha en la espesura de las cortinas, o mientras cae lentamente la lluvia, los escritores se reúnen para sus extensas discusiones. Afuera, viento, lluvia o rayos de sol. Adentro, grandes palabras, cenizas de cigarrillo y forros de color salmón.

Pero un día ocurrió lo imprevisto, y la suerte apuntó en dirección del poeta celoso. Cansado de combatir como un enano frente a la gigantesca oratoria del Maestro, optó por batirse en retirada. Sus cuatro palabras miserables yacían en la sombra, definitivamente opacadas por la brillantez ajena. Resolvió no volver más a las reuniones, alejó por de pronto su silla del círculo de luz, y sus ojos se dirigieron al rincón más oscuro. Allí estaba la niña, como un dulce territorio, lejos de las murallas dialécticas, desprovista de alambradas irónicas. Y el resentido apuntó sus baterías a esa desmantelada posición del enemigo luminoso. Aprovechando una ardua discusión, un brusco cambio de golpes entre el Maestro y su adversario más calificado, furtivamente fue hacia ella y se sentó a su lado. La niña solitaria lo recibió temblando. Dejó de sonreír al hada madrina, a la carroza encantada, al zapatito de cristal y al pozo de agua, y se puso a mirar gravemente la punta de sus dedos picados. Él comenzó a hablar, a decirle que las páginas de la vida se habían abierto para ella, y que eran más hermosas que las de los cuentos infantiles. Se puso a contarle el cuento de la rosa inexperta y el ruiseñor verdadero, que le fue abriendo con su voz todos los pétalos. Y ella sintió miedo y fue en busca de las tazas vacías y de los ceniceros colmados, y llenó otra vez las copas de oporto, y sació el hambre metafísica de los sofistas con abundantes galletas rellenas. Interrumpió la lectura de un poema exclamando con voz quebrada: "Papá, por amor de Dios, ¡las sirenas son doncellas!" Quiso intervenir en las discusiones diciendo sin ton ni son que Confucio era un chino analfabeta, que la batalla de Austerlitz había sido ganada en virtud de un error estratégico, y que la pobre Josefina se aburría esperando a Napoleón, redactor de cartas ineficaces, dedicadas exclusivamente a la posteridad. "¡Niña, cállate!" Y el inconsciente y sabio papá la devolvió al rincón ya peligroso. La entregó al brazo secular, como una Juana de Arco irrisoria y desarmada. Ella que sólo sabía pensar en hojas muertas y en la crueldad del viento que se las lleva, en elfos que danzan a la luz de la luna y en brujas que desconocen el latín escolástico, fue a dar en manos del rufián cauteloso que iba a emplear toda la pólvora de su inteligencia aplazada, en nuevos y deslumbrantes fuegos de artificio sentimental.

Un día los dos salieron a pasear, mientras el filósofo escribía una extensa refutación a un malvado que atacó su último libro. El celoso planeó una retardada caminata otoñal, en un escenario escogido adrede para perder a la niña. Un laberinto de palabras y ramajes, hecho con lentas pisadas sobre un suelo dorado, lleno de suaves ademanes que se recortaban como un vuelo de pájaros en el aire blanco. Leyó en las páginas de un libro rancio viejas poesías que estaban escritas para ellos, rimadas por un genio malévolo, experto en renuncias y promesas baldías... Árboles brotaban de las frases, cubiertos de hojas cómplices, de flores malsanas y de frutos prohibidos. Y la niña mordió manzanas que ya no eran infantiles. Asombrada y lánguida abandonó su mano entre las suyas. Pájaro ensimismado y tenaz, blanda y ya sometida. En la esquina de calles inesperadas, él inventó pastelerías fantásticas llenas de merengues y tazas de té, resúmenes fragantes del otoño. Y de sus bolsillos sacaba más y más libros turbadores. Páginas que hablaban al corazón dormido y querían llenarlo con vagas plenitudes. (La hija del filósofo sólo había leído cuentos de hadas y el viaje del gran historiador y geógrafo don José Pardiñas y Llanes a través de Persia, Mesopotamia y otros remotos lugares.) Para defenderse, ella hablaba de los mamelucos, de la reina Zenobia y hacía barquitos con las servilletas de papel.

Y la tierra se cubrió de tinieblas. Por primera vez, la hija del filósofo se dio cuenta del crepúsculo. Y compró veladoras y libros de misa, y se arrodilló en todas partes pidiendo perdón con un cirio en la mano. Cambió su indiferencia hacia los demás por una cordial solicitud. Afable y bondadosa, quiso comprar a fuerza de humildad todo aquel mal que no le pertenecía, toda aquella vileza compartida sin derecho. Era buena sólo para conservar su libertad personal, para esconder su culpable botín. Su rostro brillaba afuera, ocultando la oscuridad interior.

El cónclave de sabios seguía funcionando, rodeado de cortinas, presidido por el gran filósofo indiferente, incapaz de advertir en el forro salmón que iba cubriendo sus libros, esa elocuente ola de rubor que de vez en cuando asomaba al rostro de la niña. Dos veces por semana, los sofistas encendían la luz roja de la inteligencia y naufragaban en el espeso mar de la lectura, como un coro de voces embriagadas: "El yo y el ello, ser y tiempo, experiencia de la muerte, Parerga un Paralipomena, prolegómenos a una teoría de la incomprensión mutua, Hölderlin y la imposibilidad verbal, Ezra Pound y la confusión de las fuentes, Neruda y la enumeración caótica..."

Y el poeta traidor seguía asistiendo a las reuniones. Se sentaba como Judas a la mesa del Maestro. Al abrirle la puerta la hija del filósofo lo recibía en casa como a un malhechor, pero no lo desenmascaraba. El celoso entraba en la sala de los intelectuales como un tropel de caballos. Y los cascos duros y cortantes destrozaban primero el corazón de la niña; luego seguían su devastación por toda la casa. Cada mueble que el poeta tocaba se venía al suelo hecho pedazos. La niña debía reconstruirlo pieza por pieza rápidamente, sin que su imaginación dejara de colocar el más mínimo detalle. La taza de café se le evaporaba en la mano y ella tenía que hacer un gran esfuerzo para devolverle su realidad y evitar que los demás fueran a darse cuenta de sus destrucciones. Pero todos se quedaban sin comprender.

Alegre, victorioso, ineludible, él tomaba ahora parte en las conversaciones, y sus cuatro palabras no dichas cayeron una vez de golpe, parando en seco todos los discursos agresivos. Lo miraron con benevolencia, luego con estupor. El Maestro se le acercó tímidamente y le dio una palmada en el hombro. Y quedó armado caballero. El tropel salvaje se hizo entonces más poderoso que nunca, y la niña sintió que su falta estaba justificada por la aprobación general. Sonaron trompetas entre el redoble de los cascos dorados, y el poeta apareció con una armadura magnífica, recién adquirida, y blandiendo una espada de corte infalible. Y sus espuelas relucientes se clavaron para siempre en la conciencia infantil y malograda.

Pero cuando estaban solos, ella era dichosa. Se rendía a su amor, pensando que en esta vida lo único que vale la pena es la concesión gratuita y espantosa de sí mismo. Los reproches se apagaban en la flor de sus labios porque él sabía clausurarlos. Su poder era inquebrantable y ajeno a la vida real, triunfaba sobre todas las cosas, y ella no era más que un riachuelo en donde él se lavaba las manos culpables.

Y un día volvió a pasar lo imprevisto. El celoso, en su ambición inconmensurable, inventó una quinta palabra. Una palabra de posesión y dominio que hirió al Maestro en su carne, muy lejos de la vanidad y el amor de sí mismo. Y el filósofo miró por primera vez fuera de sí, y encontró los ojos de su hija inundados de lágrimas. No había modo de reducirla, en el espacio verbal de una frase brillante; allí estaba, innumerable, muda y dolorosa. Era la vida. Y la vida iba a irse para siempre de su lado, arrebatada por aquella mano intrusa, en la que él mismo había puesto un arma violenta. (Afuera, se apagaba la luz del último día verdadero. Adentro, sitiado por las cortinas, se empequeñecía el universo de las grandes palabras, de las cenizas de cigarrillos y de los libros forrados de tela salmón.)

La hija del filósofo se despidió de su amigo y cerró cuidadosamente la puerta. Pero la última pisada de caballo se ancló para siempre en su corazón. Al volver la vista, halló los destrozos de un mueble, y ya sin temor, lo reconstruyó. El filósofo pidió con humildad más oporto y galletas. Todos se reunieron de nuevo en el círculo de la luz roja, y más por costumbre que por convicción, entonaron un himno a la cultura.

El inventario

—ESTA MESA es Chippendale.

—¡A ver, muchachos, al camión!

Vocea: "¡Una mesa con las patas flojas, una!"

—Un cuadro de la escuela de Greuze.

—¡Una tela grande rayada, una!

—Una consola Louis Philippe.

—Oiga, yo creo que estos muebles son del tiempo de don Porfirio, porque mire nomás el polillero.

—Dos vitrinas de Wedgewood.

—¿Cómo dice usted?

—Wedgewood...Voy a deletreárselo.

—¡Salen dos vitrinas! ¡Mira, ésta no cierra...! ¡Dos sillones con la tapicería percudida, dos!

—No está percudida, así es, estilo Regency.

—Es que nosotros tenemos la obligación de poner cómo están, si no luego nos reclaman. Y todas esas mesitas redondas, ¿también nos las llevamos?

—Sí, también son para la bodega.

—Y si no es indiscreción, ¿por qué mejor no las vende?

—Son de mis tías, son de mi familia, cosas de familia. ¿Cómo las voy a vender? Nosotros no vendemos, mandamos restaurar.

—Pues también se le van a apolillar. Mire este cajón, ¡ya está todo agujereado! Y está chistoso el cajoncito. Mire nomás cuánto tiempo gastaban los antiguos en estas ocurrencias... Todo de puros cachitos.

Una mañana subió Ausencia. Se arrodilló junto a la cama, a la altura de mi cabeza sobre la almohada y desperté con el rostro de la cocinera esperándome, ese rostro gris, viejo, grueso.

—¡Ya me voy, señorita!

—¿Qué te pasa, Ausencia?

—Es que me voy antes de que se me haga tarde.

—No entiendo.

—¿No quiere usted revisar lo que me llevo? Allá abajo está la camioneta.

—Por Dios, Ausencia, ¿qué haces?

—Es que las cosas ya no son como antes... Me llevo el ajuarcito de bejuco. Ése me lo regaló su abuelita.

(En la calle estaba la camioneta muy pequeña con todos los pobres muebles apilados, patas para arriba. Allí amarraron al perro.)

En el principio fueron los muebles. Siempre hubo muebles.

—Oye, ¿a quién le tocó el esquinero de marquetería poblana?

—A tía Pilar, pero en compensación le daremos a Inés las dos sillas de pera y manzana.

Era bueno hablar de los muebles; parecían confesionarios en donde nos vaciábamos de piedritas el alma. Hablar de ellos era ya poseerlos. En el fondo de cada uno de nosotros había una taza rencorosa, un plato codiciado de Meissen, un pastorcito de Niderwiller "que yo quería y estaba en otro lote". A pesar de que todos éramos herederos, y herederos de a poquito, a pesar de que nos espiábamos con envidia, el aire estaba lleno de residuos que nos unían y había la posibilidad de que el día menos pensado nos dijéramos: "Oye, el arbolito chino, ¿no me lo cambiarías por aquella bicoca de Chelsea que tanto me gusta?... Vale más el arbolito, sales ganando..."

—Una luna sin espejo.

—¿Cómo que sin espejo?

—Es que está empañado.

—Así son esas lunas venecianas. No son para verse. Son de adorno. Son para borrar los recuerdos.

—Como usted mande. ¡Sale una luna rajada, marco dorado, una!

(Me están despojando de algo. Toda mi vida he estado prendida a estos muebles. ¡Cómo me miran! Invadieron mi alma como antes invadieron la de mi abuela y la de mis tías, la de mis siete tías infinitamente distraídas y desplazadas, siempre extranjeras, siempre en la luna del espejo; y la de mis nueve primas a la deriva... Se están llevando la primera capa de mi piel, caen las escamas.)

—Por favor, pongan más cuidado...

—Es que el mal ya está en los muebles, señorita, ya no sanan. No es cosa nuestra. Mire, no podemos ni tocarlos. Parecen momias y se nos desbaratan en las manos. ¿Cómo le hacemos, pues?

Ausencia, con su suéter y su chal cruzado sobre los hombros, su chal para taparla del frío de todos estos años no vividos, el frío de toda esa vida con nosotros, la nariz amoratada en la mañana fría, las mejillas azules por ese vello negro, monjil como el plumón de los pollitos, Ausencia con su boca muy cerca:

—Me voy para San Martín Texmelucan. Me llevo a la Dickie, a la Blanquita, al Rigoletto, al Chocolate, y a mi ajuarcito de bejuco...

Allí está Ausencia implacable, tan implacable como los muebles.

—Qué quiere usted, así es la vida, las cosas se van deteriorando; también con los años se va agrietando el carácter. Véalo todo bien, para que luego no diga... A esa silla le clavaron el brazo; mire qué clavote tan burdo. Se la fastidiaron de plano. Bueno, no es silla, como sillón, ¿verdad? Más bien parece mecedora, ¿o será un banquito al que le añadieron el respaldo? Pero le rompieron el brazo y allí mal que bien se lo pegaron con resistol. ¿Qué no se dio cuenta? ¿O es que usted no está al pendiente? Se la voy a embodegar, pero fíjese bien que todo está chimuelo, todo cojo, todo medio dado al cuas.

Ausencia, plomiza, secreta, arrodillada. Otro mueble viejo que sacamos a empujones.

—Levántate, Ausencia, por favor. ¡No te hinques, Dios mío! (Lo ha hecho a propósito. Esto parece telenovela con lanzamiento. "¡Por favor, no me saquen de aquí!" Pero ella se va, porque ya acabó de estar. Se me hinca encima para que yo sienta toda la vida el peso de sus rodillas de mujer que trapea el piso. Vamos a llorar. Pero no, ella nunca llora. Al contrario, cuando mi abuelita estaba para morir, subió a verla una sola vez, plañidera muda, con todo el pelo gris destrenzado sobre los hombros, porque le dijeron que ya no había tiempo, que la señora la mandaba llamar.)

—Ausencia, le encargo a mis perros, a la Violeta, a la Blanquita, al Seco, a todos mis buenos perros callejeros, a todos mis pobres animalitos. ¡Que no se vayan a meter a la basura! ¡Que no les vuelva a dar roña!

Ausencia asintió con su nariz esponjosa de poros muy abiertos, con las puntas de sus pies vueltas hacia adentro y su viejo pelo canoso cayéndole como cortina sobre la cara y los hombros. No lloró, al menos no hizo aspavientos como las otras. Maximina se tiró en la escalera y se acostó a lo largo de seis peldaños. Moqueaba, sorbía sus lágrimas, volvía a moquear, empapaba la alfombra con goterones que le salían de todas partes, de quién sabe dónde. Impedía el paso. Ninguno podía subir a ver a mi abuelita a su recámara, a ver lo bella que había quedado acostada sobre su blanca cama. La tía Veronique no quiso que la metieran en la caja y la velamos en su cama toda una noche y media mañana. Hasta abrimos las cortinas en la madrugada porque a ella le gusta ver el sabino. Ella sonreía, sus hermosas manos cruzadas sobre el camisón bordado y amplio que había sido de su madre; los que entraban a verla hacían el mismo comentario: "Parece que está dormida. ¡Qué tranquilidad! ¡Qué paz!" Yo le hablaba bajito: "Abuelita: ¿corremos a esta visita que no te cae bien? Es la que te copió tu par de silloncitos Directorio, ¿te acuerdas? Tomó las medidas mientras le servías el té y el pastel de mil hojas. Ni te diste cuenta... Después te dio mucho coraje ver los sillones en su casa igualitos a los tuyos. Lo contaste durante más de una semana. ¿La corro, abuelita? Trae su cinta metro..." Maximina se pasó toda la noche en la escalera zangoloteándose porque Ausencia le había ordenado: "Hágase a un lado, mujer. Hágase a un lado que todo esto no es para usted". Cuando el censo, le preguntaron a Ausencia:

—¿Casada, señora?

—¡No he conocido hombre!

Y no quiso contestar ya nada, como la virgen. Cueva cerrada. Hubo que inventarlo todo, hasta el nombre de sus padres.

—Abuelita, contéstame, todo ha quedado igual como tú lo querías. Todo está en su lugar y nosotros posamos como en una fotografía antigua. Tus retratos amarillentos de Wagner y de Goethe se encuentran en el librero de siempre. No falta una sola pieza en los inventarios; ni una cucharita de sal. Los libros tienen tus flores prensadas; edelweiss de los Alpes, creo. Y hay lavanda entre las sábanas. A cada una nos tocaron dos pares, bordadas a mano, con encajes. Pero como son muy antiguas y no resisten las lavadas, sólo las ponemos cuando nacen niños, nuestros hijos. Sólo entonces... Miento, abuelita, miento. Las cosas no siguen igual, Ausencia se fue... Y yo también me estoy yendo, no sé a dónde, quizá a la tiznada.

Siempre se habló de los muebles. Eran una constante, lo son aún, de nuestra conversación, volvían como la marea a humedecernos los ojos. Todos discurrían acerca de ellos con ahínco, muebles cuello de cisne, teteras de plata firmadas por el orfebre escocés William Aytoun, encajes de Brujas para brujas desencajadas, encaje de a medio metro, "es bonito el encaje pero no tan ancho", reía Maximina, porcelanas de Sajonia y de Worcester, estatuillas de Bow análogas a las que pueden verse en el Victoria and Albert Museum, relojes de Audemars Piguet, grabados de rosas de Redouté, y cuadros, cuadros, cuadros, entre más negros y menos se veía decían que eran mejores. Sucios parecían de Rembrandt, túneles de sombra, etapas superpuestas de oscuridad. Si los hubiéramos limpiado, en ese momento, aparecería la firma de la más tenebrosa escuela holandesa del señor Van Gouda, el de los quesos. Repasábamos los muebles una vez al día. Nos hacíamos recomendaciones. "Cierra bien las persianas. Que no les dé el sol. La penumbra, siempre la penumbra. El claroscuro. El mejor Rembrandt que hay aquí somos todos nosotros en la penumbra con estas caras de conspiradores, de ronda nocturna, de callejón del crimen... Quítales el polvo con el plumero, nada más con el plumero, ¿entiendes? Hasta una franela resulta demasiado tosca. Podría herirlos." Hablábamos de los muebles y, hay que reconocerlo, también de la salud, bastidor de nuestras entretelas: "Estás ojerosa... Pareces un Greco. ¿Cómo amaneciste? Te veo mala cara. Estás pálida, chiquita, como una menina verdaderamente descongraciada. Podrías volver a acostarte; nada pierdes con pasarte el día en la cama... ¿En qué estás pensando? Siempre pones esa cara de distracción cuando te estoy hablando. ¡No te mezas en la silla! La vas a romper. ¿O de veras quieres romperla? Tal parece que sí. Los jóvenes de ahora son tan irrespetuosos. Son unos vándalos".

Dos sillas, una frente a otra, eran mis preferidas por su alto respaldo. Me volteaba hacia el bastidor, hacia el tejido de paja y espiaba a través de los agujeritos. El cuarto se veía entonces fragmentado, exágonos de panal que podía mover a mi antojo. Los hacía danzar y todo lo descomponía; la cara de mi abuelita, la consola; nada tenía dueño, nada era de nadie; todo eran mil pedacitos; astillas de muebles, astillas de luz, astillas de abuelita, astillas de piel blanca. Las cosas perdían peso; no tenían depositario.

—Detrás de este enrejado se ven puros cristales rotos... Por la ventana entran unas estrellas que se equivocaron de puerta... Me gusta que todo se divida en dos; que haya dos de cada uno, abuelita, que nada sea único e irremplazable.

La detentadora de los inventarios era la tía Veronique. Los revisaba con su lápiz en la mano, corrigiendo las faltas de ortografía, poniendo crucecitas, tachando y añadiendo, reconstruyendo en la memoria viejos muebles inexistentes. "¿Te acuerdas de aquel biombo de dieciocho hojas de la época de Kien-Long?" De su boca surgían las palabras como un collar de perlas amarillas, que se desparramaban y se iban rodando por todos los rincones y que nosotros recogíamos con prontitud y reverencia para que las criadas no fueran a barrerlas por la mañana. Ella bautizó los muebles, ella los repartió, buena conocedora podía distinguirlos, estilo por estilo y época por época. "Esta polilla es del siglo XVII, Renacimiento en plena decadencia." Con las palabras ganó; las domó; sabía ordenarlas, siempre supo ensartarlas en un hilo lógico e irrompible. Todos callaban cuando ella hablaba; sus veredictos eran inapelables. La tía Veronique expresaba tan bien sus exigencias, su dominio era tan evidente, que le conferíamos todos los derechos.

—Sabe usted, todo entra en descomposición, aunque el proceso sea lento y apenas perceptible. Estos muebles debió usted lubricarlos; sus cuadros, también, con aceite Singer, sí, sí, el de las máquinas de coser. Con eso no se oscurecen. Claro, algunas amas de casa prefieren limpiarlos con una papa partida por la mitad y luego luego la papa se ennegrece de la pura mugre... Después se fríen a la hora de comer y quedan muy ricas, ¡papas a la francesa! Hay que tallar toda la tela hasta el más recóndito rincón. Entonces surgen detalles que hacen batir palmas. ¿O es que a usted no le gustan las antigüedades? Cuando se cuidan las cosas el tiempo no transcurre, sabe usted. Su abuelita, la señora grande, su tía, ¡ah!, cómo cuidaban sus cosas. ¡Cómo venían a verme apenas había alguna congoja en un mueble, apenas se despostillaba alguna de sus pertenencias! "Maestro, usted que es un experto..." Ah, cómo amaban los muebles; ¿a usted no le gustan los muebles?

Y el restaurador se ponía y se quitaba un monóculo invisible.

—Sí. Pero nos han durado mucho tiempo. Tres generaciones. Aquí todo dura demasiado. Además, no puedo estar encerrada con ellos toda la vida.

—Y eso qué tiene. Una cosa es la vida, otra son los muebles...

—Es que yo no puedo con tantos cachivaches... En esta casa no pasa nada, nada, ni siquiera un ratón del comedor a la cocina.

—¡Uy, yo en su lugar qué más quisiera que estar aquí viendo estas piezas de época! ¿Qué va usted a hacer afuera? Lo único que va a sacar es que algún día le den un mal golpe. Y entonces verá el consuelo que le proporcionan estas sillas, esta cómoda aunque no tenga jaladeras. Hacen mucha compañía. Además, si tanto le gusta salir, ¿por qué no cabalga en el brazo de este sillón? ¿Acaso no sabe usted que uno siempre regresa a lo mismo, a lo de antes? ¿No sabe que uno siempre llama a su mamá a la hora de la muerte? ¿No sabe usted que los círculos se cierran en el punto mismo en el que se iniciaron? Se da toda la vuelta y se regresa al punto de partida. Ojalá y siempre pueda encontrar a su regreso esta preciosa mesita, junto a su cama con una taza de infusión tiempo perdido...

Y el anticuario restaurador se puso por última vez su monóculo y se me quedó viendo con la ceja levantada para siempre, como un inmortal, un fatal agorero.

Cuando acompañé a la tía Veronique a ver al señor Pinto en su taller oloroso a aguarrás, a todas las maderas, a todos los bosques del mundo, uní por primera vez los muebles con los árboles. El señor Pinto, en su banquito, con sus lentes de arillo redondo, la vista baja, parecía vivir envuelto en esa emanación de olores y su cara y sus manos tenían la textura de sus tablones. Pero él no se daba cuenta. En cambio la tía Veronique dejaba de dar órdenes, hasta creo que olvidaba a lo que había ido. Husmeaba agitada y se escondía tras el rumor del serrucho. Recorría las esquinas de una mesa despacio, despacito, metía sus dedos muy finos en algún intersticio y abandonaba uno de ellos allí con indefinible placer. El dedo y la hendidura se correspondían suavemente, se sumergían el uno en el otro, y sin saber cómo ni por qué, la tía me comunicaba su propia excitación. Percibía por vez primera algo desconocido y misterioso. La tía Veronique respiraba fuerte como si su cuerpo rozara algo vivo y demandante, algo que nunca se iba a consumir y que subía con ella a medida que su respiración se hacía más anhelante. Entonces daba indicaciones con una morbidez vaga, con los ojos saciados y de ella salía no sé qué, algo que no eran sus palabras habituales, delatada por sus labios hinchados. Entonces me di cuenta de que los muebles están hechos para recibir nuestros cuerpos o para que los toquemos amorosamente. No en balde tenían regazo, lomos y brazos acojinados para hacer caballito; no en balde eran tan anchos los respaldos, tan mullidos los asientos; no eran muebles vírgenes o primerizos, al contrario, pesaban sobre la conciencia. Todos estaban cubiertos de miradas, de comisuras resbaladizas, de resquicios, de costados esculpidos; había rincones llenos de una luz secreta y una fuerza animal surgía inconfundible de la madera.

Los muebles eran la materialización de todos sus recuerdos: "Este taburetito, sabes, lo tuvimos en el departamento de la Rue de Presbourg..." Yo no quería concretar sus memorias ni vivir de esas cosas a las que se aferraban en su naufragio, los muebles, como tablas de salvación, tablas de perdición. ¡Que no me legaran todos sus recuerdos! ¡Que no me pasaran su costal de palabras muertas, sus actos fallidos, sus vidas inconclusas, sus jardines sin gente, sus ansias, sus agujas sin hilo, sus bordados que llevaban de una pieza a otra, sus letanías inhábiles! Que no me hicieran voltear las hojas de álbumes de fotos ya viejas, manchadas de humedad, esas fotos café con leche de sus tíos y sus tías yodados, tránsfugas, también añorantes, guardados en formol, enfermos de esperanza, hambrientos de amor, prensados para siempre con su amor, amor-olor a ácido fénico. ¡Que no me hicieran entrar al amo ató matarile, rile ro de los que juegan a no irse!

Más tarde a la tía Veronique le dio por examinarme genealógicamente:

—Oye ¿y cómo se llamaba la mamá de tu bisabuela rusa?

—No sé, no sé, no sé. Lo único que sé es que ellos están muertos y yo estoy viva.

Pero volteaba las hojas de los álbumes porque soy morbosa y me detenía en algún rostro, y a cada hoja le dejé algo de mi sangre y ahora la tengo espesa, llena de barnices corrosivos, de pétalos marchitos, de remotos abolengos, de cristales apagados, de ancestros que jamas conocí y llevo a todas partes con tierna cautela a pesar de mí misma.

Una tarde le dije: "Tía..." a la hora del té. Una luz difusa entraba, se derretía blanda por la recámara. Era una hora propicia. Veronique tenía su mirada perdida, borrosa, como que regresaba de quién sabe dónde y su voz era la voz de todos los regresos.

—Tía, me quiero casar.

(Le expliqué, insegura y nerviosa. Nunca he tenido la certeza de nada.)

—Bueno, tú sabrás. Lo único que puedo decirte es que ese señor no hace juego con nuestros muebles.

—A esta niña le haría bien un viaje a Europa.

(Mi familia ha resuelto siempre los problemas con viajes a Europa; conocer otro ambiente, ver otras caras, cambiar de aire, ir a la montaña para la tuberculosis del espíritu y de la voluntad, oxigenar el alma, el aire puro de las alturas.)

—Un viaje a Europa, eso es. Le sentaría...

—No quiero. Europa es como un pullman viejo.

—¿Qué dices?

—Sí, un pullman viejo con sus cortinas polvosas, sus asientos de peluche color vino, sus cordeles raídos, sus flecos desdentados, sus perillas de bronce, su deshilacherío. Huele feo.

—Podrías ver el cambio de guardia ante el Palacio de Buckingham. Podrías entrar a Buckingham, dejarle una tarjeta con la esquina doblada a la duquesa Marina de Kent.

—No quiero ver a esos imbéciles de plomo con sus borregos en la cabeza rellena de tradición. No quiero ver viejas pelucas rizadas de viejos jueces, la cara enharinada sobre la mugre. No quiero ver viejas señoritas con sombreros atravesados con un alfiler de oreja a oreja para que no se les vuele. ¡No quiero! Prefiero África. Mil veces África con sus gorilas evangélicos. Eso es, irme a evangelizar gorilas.

—¡Déjala! Eso no es ella. En realidad, sus amistades la han trastornado... ¡Ya se le pasará! ¡Ya nos regresará! Ya decía yo que no debía salir tanto de la casa.

Hoy a las diez de la mañana vinieron por los muebles. Se estacionaron frente a la puerta dos camiones de mudanza Madrigal con sus colchonetas, sus cuerdas y sus hombres que se tapan la cabeza con un costal abierto a la mitad, como árabes sin turbante. Llegaron tarde. Los mexicanos nunca son puntuales. Yo no sabía que habíamos acumulado tanto trique, pero fueron necesarios dos camiones. "Rápido, muchachos, hay que aprovechar el tiempo", y en la puerta se paró el señor Madrigal con su tablero, para apoyar el papel en que iba aumentando la lista y el lápiz para apuntar que se llevaba a la boca y se la pintaba de violeta. De pronto sentí que estaba arriesgando mucho más de lo que había supuesto. Siempre he tenido miedo a equivocarme. Hubiera querido que se rompiera la realidad pero la realidad jamás se rompe. Quise gritar: "¡No, no, deténganse, no se los lleven! ¡No toquen nada!..." De pronto ya no eran muebles sino seres cálidos y vivientes y agradecidos y yo los estaba apuñalando por el respaldo. Los cargadores los vejaban al empujarlos en esa forma irreverente. Los habían sorprendido de pronto en las posturas más infortunadas y dislocadas; los hacían grotescos, los ofendían, los culimpinaban. Recordé aquel asilo de ancianos: Tepexpan, en que se sometía a los inválidos a toda clase de vejaciones a las que no podían oponerse. Se dejaban. ¿Ya qué más daba? Ya ni vergüenza. No podían ni con su alma. Allá fue a dar el señor Pinto. A los pies de su cama de fierro pusieron una plaquita: "José Pinto, ebanista", y de su cuello colgaba la misma etiqueta. Nunca agradeció nuestras visitas ni levantó la vista, sus ojos ya velados. Ahí acabó el pobre. Recuerdo que a su lado un viejecito se tapaba con las cobijas todo equivocado y dejaba tristemente al descubierto sus ijares resecos y enjutos. Una enfermera me explicó enojada: "Lo hace a propósito. A diario hace lo mismo. Siempre enseñando su carajadita. Siempre a propósito". También ahora los muebles lo hacían a propósito, para mortificarme, como una forma de protesta, para pegárseme como lapas, como se le pegaron a mi abuelita, a mis tías. "¡Tontos! ¡Inútiles! Ya perdieron. No quieran asaltarme. ¡Tontos! ¡Ridículos! Éste es sólo un desfallecimiento pasajero. ¡No protesten contra lo irreversible! Me dejé impresionar sólo un momento, siempre he sido precipitada, nunca prudente. Ahora ustedes se van ¡y muy bien idos!"

Los subieron penosamente al camión. Ellos no se dejaban, todavía se debatieron con sus patas sueltas. Yo ya no sentí nada. Puse mi nombre con firmeza en cada uno de los recibos extendidos sobre el tablero. Después arrancaron como dos paquidermos. ¡Qué torpes son los camiones de mudanza, Dios mío! En su interior se asomaban los objetos. Les vi la cara, hice mal (las consecuencias vendrán más tarde), y me quedé parada en la acera un largo rato, muy largo, cansada, hueca, completamente vacía.

La felicidad

Sí, MI AMOR, SÍ ESTOY JUNTO A TI, sí, mi amor, sí, te quiero, mi amor, sí, me dices que no te lo diga tanto, ya lo sé, ya lo sé, son palabras grandes, de una sola vez y para toda la vida, nunca me dices vida, cielo, mi vida, mi cielo, tú no crees en el cielo, amor, sí, mi amor, cuídame, que no salga nunca de estas cuatro paredes, olvídame en tus brazos, envuélveme con tus ojos, tápame con tus ojos, sálvame, protégeme, amor, felicidad, no te vayas, mira, allí está otra vez la palabra, tropiezo en ella a cada instante, dame la mano, más tarde vas a decir felicidad, estuviste con nosotros, sí, lo vas a decir, pero yo lo quiero pensar ahora, decirlo ahora, mira, entra el sol, el calor y esas ramas de la hiedra tenaces con sus hojitas pequeñas y duras que se cuelan por el calor de la ventana y siguen creciendo en tu cuarto y se enredan a nosotros, y yo las necesito, las quiero, son nuestras ataduras, porque yo, amor, te necesito, eres necesario, eso es, eres necesario y lo sabes, hombre necesario que casi nunca dices mi nombre, no tengo nombre a tu lado y cuando dices esto y lo otro, nunca aparece mi nombre y rechazas mis palabras, felicidad, amor, te quiero, porque eres sabio y no te gusta nombrar nada, aunque la felicidad está allí, *en acecho,* con su nombre feliz que se queda en el aire, encima de nosotros, en la luz cernida de la tarde, y si yo la nombro se deshace, y viene luego la sombra y yo te digo amor, devuélveme la luz, entonces con la yema de tus dedos recorres mi cuerpo desde la frente hasta la punta del pie, por un camino que tú escoges, reconociéndome, y yo me quedo inmóvil, de lado, de espaldas a ti y devuelves la yema de tus dedos por mi flanco, desde la punta de los pies hasta mi frente, te detienes de pronto en la cadera y dices has adelgazado y yo pienso en un caballo flaco, el de Cantinflas mosquetero que cuelga su fieltro de plumas en el anca picuda, porque yo, mi amor, soy tu jamelgo, y ya no puedo galopar y te aguardo vigilante, sí, te vigilo, diciéndote no te vayas, nada tienes que hacer sino estar aquí conmigo, con tu mano en mi cadera, no, no nos vamos de aquí, átame, ponme tu camisa, te ríes porque me queda tan grande, no te rías, ve a traer agua de limón a la cocina porque hace calor y tenemos sed, anda, ve, no, espérame, yo voy, no, yo voy, bueno, anda tú, espera, no te levantes, ahora me toca a mí, ya fui corriendo por el agua y aquí estoy otra vez junto a ti, que estás sobre la cama, libre y desnudo como el crepúsculo, bebe tú también, bebe la luz iluminada, no te das cuenta, no quiero que se vaya el sol mientras bebemos la felicidad, no quiero que se vaya el sol ni que dejes de estirarte así, fuera del tiempo en la tarde y en la noche que entra por la ventana, nuestra ventana, mira, tápala con la mano, que no entre la noche, que nunca deje de haber ventana, aunque tú puedes taparme el sol con un dedo, sí, mi amor, sí, aquí estoy, tu ventana al mundo, tápame con la mano, apágame como el sol, tú puedes hacer la noche, respiras y ya no se mete el aire por la ventana, qué felices somos, mira qué tibio eres, la ventana se ha quedado inmóvil como yo, estática para siempre, tápame con tu mano, ¡ay, cuánto olvido de todo!, la ventana nos guarda, es nuestra única salida, nuestra comunicación con el cielo, te amo, amor, vámonos al cielo mientras la vecina sale a lavar en el patio, en su patio, patio de lavandera, mientras aquí en tu patio nadie lava y hay hierbas locas en el lavadero, son altas y las mece el viento porque no puede mecer la ropa en los tendederos vacíos, te acuerdas, en octubre se dio un girasol, pequeño, desmedrado, pero yo sentí que giraba sobre mi vientre, entre mis cabellos revueltos, revueltos y tristes y amarillos como un pequeño jardín abandonado, un jardincito en las afueras de la ciudad que se trepa por las bardas y que viene hasta aquí y entra por la ventana a esta casa de migajón, casa de pan blanco, donde estoy en el corazón de la ternura, casa de oro, redonda como la esperanza, naranja dulce, limón partido, casa de alegría, ten piedad de nosotros, envuélvenos con tus paredes de cal, no abras la puerta, no nos saques a la intemperie, te hemos llenado de palabras, mira, mira, di otra vez mi vida, mi cielo, mi cielo, mi vida, sube el calor y yo ya no sé ni qué hacer para acallar los latidos, y ya no me muevo, ves, no digas que parezco chapulín, saltamontes, no digas que soy una pulga vestida, ya no me muevo, ves, para qué me dices estáte sosiega, pero si no estoy haciendo nada, sólo te pregunto si quieres dormir, y me acercas a ti, te abrazo y me acuño como una medalla en tu boca, y sé que no, que no quieres dormir, sólo quieres que estemos quietos, quietos y mansos mientras el calor sube de la tierra, y crece, pulsándonos, te quiero, mi amor, somos la pareja, el arquetipo, me apoyo en ti, pongo en tu pecho mi cabeza de medalla, me inscribo en ti, palabra de amor, troquelada en tu boca, hay llamas de fuego en tus labios, llamaradas que súbitamente funden mi sustancia, ahora en la fiesta de Pentecostés, pero nosotros nunca nos vamos a morir, ¿verdad?, porque nadie se quiere como nosotros, nadie se quiere así porque tú y yo somos nosotros y nadie puede contra nosotros dos, aquí encerrados en tu pecho y en mi pecho, déjame verte, estás dentro de mí, mírame con mis ojos, no los cierres, no duermas, mi amor, no te vayas por el sueño, los párpados se te cierran, mírame, déjame verte, no me dejes, que tampoco se vaya el sol, que no se debilite, que no se deje caer, no cedas como la luz, sol, déjalo todo igual sobre mi piel de níspero, mira, me ves ahora mejor que nunca porque se está yendo la tarde, porque te me vas tú también, y aquí estoy diciéndote no te vayas, dúrame siempre, duro como el sol que vi desde niña con los ojos abiertos, quemándome, prolongándome hasta que veía negro, negro como el final de los cuentos de hadas que acaban en la rutina de los príncipes que fueron muy felices y tuvieron muchos hijos, muchos, no duermas, no duermas, te digo, ansiosa, invariable, sin después, porque no hay después ya para nosotros aunque me dejes, pero no me vas a dejar nunca, tendrás que venir a recogerme, a unir los pedazos otra vez sobre la cama y aquí estoy entera, y no puedes dejarme porque tendrías que volver y algo de mí te haría falta para siempre, como la pieza de un rompecabezas que falta y destruye todo el dibujo, toda la vida que me has dado y que no puedes quitarme porque te morirías, te quedarías ciego y no podrías hallarme, coja, manca de ti, sin palabras, muda, con la palabra fin sellándome los labios, el fin de todos los cuentos, ya no hay cuento, ya no te cuento nada, fin, ya nada cuenta, las cosas se transforman, ya no hay una hora de más sobre la tierra, mira, el mosquitero de la ventana está agujereado, veo las dos mariposas en la pared con sus alas de papel de china, amarillas, rosas, anaranjadas, y el copo de algodón y el pajarito aquel de madera que compraste por la calle el viernes en que todo comenzó, el viernes amarillo como el pajarito de juguete congo y rosa estridente que nos picotea desde entonces, juguete de niño, como las mariposas de papel que vuelan en los parques antes de que las de a deveras salgan del capullo, como las que crucificaste en el otro cuarto, grandes, de alas maravillosamente azules, transparentes, las traspasaste con un alfiler, una encima de otra, con un alfiler que me duele y yo te pregunté cómo le hiciste, pues haciéndolo, y ensartaste la felicidad, la petrificaste allí en la pared, feliz, otra vez esta palabra, la repito, vuelve, vuelve y yo la repito, y tú te irritas y me dices otra vez la burra al trigo, a las espigas ávidas de la felicidad, qué no entiendes, no, no entiendo, ayúdame a arrancar la cizaña, ayúdame a caminar por esos trigos de Dios con la aguja clavada ya sin la otra mariposa, dices que todos estamos solos con la aguja clavada ya sin la otra mariposa, que nadie es de nadie, que lo que tenemos es suficiente, y basta y es hasta milagroso, sí, sí, sí, mi amor, es milagroso, no cierres los ojos, ya entendí, no te encierres, no duermas, sal y mírame, estás cansado y dentro de poco vas a dormirte, vas a entrar al río, y yo me quedo en la orilla, la orilla que caminamos juntos, te acuerdas, bajo los eucaliptos, avanzando al paso del río, bajo las hojas, bajo las espadas de luz, estoy abierta a todas las heridas, te traje aquí mi joven vientre tendido,

te doy mis dientes grandes y fuertes como herramientas y ya no tengo vergüenza de mí misma, miento, sí, tengo vergüenza y les digo a todas las monjas que me gustan las rosas con todo y espinas, por debajo de las faldas negras, mientras ellas juguetean con sus rosarios y el viento y la luz no pueden vibrar entre sus piernas, váyanse de aquí aves de mal agüero, váyanse, hebritas de vida, mustias telarañas rinconeras, llenas de polvo, váyanse, estrechas, puertas a medio abrir, váyanse de luto, rendijas que espían, váyanse escobas, déjenme barrer el mundo con ustedes, ustedes que barrieron tantos papelitos de colores de mi alma, y tú quédate amor, quisiera haberte conocido más vieja, hilando junto al fogón las ganas de esperarte, aunque nunca hubieras llegado, y cantarme yo misma la misma vieja canción, cuando era joven, él se quedaba dormido al pie de mi ventana, aunque no fuera cierto, porque viniste ahora temprano, antes de que yo tuviera tiempo de levantarme, y pusiste tu mano en la hendidura de la puerta, y corriste el cerrojo, y me gustaron tus pantalones con los bolsillos deformados, tus bolsillos que parecen llevar adentro todos los accidentes de la vida, y tus propios pensamientos, como envolturas de caramelo hechas bolita, tus pensamientos, dime qué piensas, mi amor, dime en qué estás pensando, ahorita, pero ahorita mismo que te quedaste así como contigo solo, olvidándote de que estoy yo aquí contigo, mi amor, en qué estás pensando, siempre pregunto lo mismo, ¿me quieres?, te estás quedando dormido, sé que te vas a dormir y voy a vestirme sin hacer ruido, y cerraré la puerta con cuidado, para dejarte allí envuelto en el tibio rojo y ocre de la tarde, porque te has dormido y ya no me perteneces y no me llevaste contigo, me dejaste atrás, hoy en la tarde en que el sol y la luz calurosa entraban por la ventana, y voy a ir a caminar mucho, mucho, y me verá la vecina desde su puerta, con su mirada de desaprobación porque sólo de vez en cuando me aventuro por esta vereda, caminaré hasta los eucaliptos, hasta quedar exhausta, hasta que acepte que tú eres un cuerpo allá dormido y yo otro aquí caminando y que los dos juntos estamos
irremediablemente,
irremediablemente,
perdidamente,
desesperadamente,
solos.

Castillo en Francia

ME TOMÓ DEL BRAZO. El parque cubierto de hojas que crujían bajo sus zapatos blancos se extendía derruido. "Sabe usted, lo único que le importa ahora es ver lo que ha hecho. Nunca jala la cadena. Se queda allí asomado y luego me consulta: '¿He hecho bien? ¿Es suficiente? ¿Está de buen color?'"

"Hace tres días jalé antes del tiempo convenido y le entró una cólera que lo hizo babear todo el día."

La enfermera sonrió buscando mi complicidad. Instintivamente me hice a un lado, pero de vez en cuando su brazo y su hombro rozaban el mío. No caminábamos aprisa a pesar de una lluvia finita que se colaba entre las hojas de los árboles. "Y todavía hay más... ¡Uy, si yo le dijera todo!... porque todavía hay más..."

Sacudía la cabeza y le tembló su cofia tiesa de almidón. Me pareció oírla tronar como las hojas de otoño; ocres, doradas, enrojecidas, amarillas. Sus nervaduras se habían secado y eran las primeras en romperse. Sonaban como huesitos de pájaro. Crrric... crrrrr... crrrrrrrri... crrr. También las venas saltonas de la enfermera eran nervaduras de hoja a punto de reventar.

—No sabe usted lo que pasa aquí... ¡Ah, si yo le contara!

Quise apartarme, pero me apretó el brazo, sus dedos como taladros se aferraron, atenazándome. Arreció el paso y tuve que hacerlo también. Ahora era su capa la que rozaba mi pierna. "Y pensar que las señoras se peleaban sus favores. Todas las puertas de las recámaras del castillo comunican entre sí. Él iba al aposento de la princesa de T, al de la vizcondesa de Z; al de la señora de D; al de la alcaldesa; ¡a la mañana siguiente las señoras se miraban las unas a las otras para detectar quién de ellas había ganado! ¡Se lo disputaban! Algunas aún vienen los fines de semana; se sientan frente al bulto y le hacen la lectura... ¡Je, je, je!, la lectura. Las oigo esmerarse por leer con voz bien modulada. Historia, siempre historia y siempre lo mismo: Napoleón. ¡Creen que aún pueden conquistarlo, convertirse en castellanas! ¡Idiotas!"

Al parque lo habían invadido las grandes hierbas locas, las plastas de pasto verde sin podar, los arbustos espinosos, las ramazones secas, negras: hasta las ortigas; un inmenso parque despeinado, lleno de nudos, de orzuela, de matas enmarañadas, de senderos desmadejados, sin raya ni alisamientos; el lodo desdibujaba los parterres que fueron de Lenôtre y hacía mucho que las pisadas habían machucado las flores. Pasamos frente al quiosco de amor. Era una costra, una llaga purulenta. "Alex siempre hace las cosas de pacota —alegaban sus críticos—, por eso no duran, por eso su valor como arquitecto es discutible." En el quiosco de amor se emplearon materiales deleznables y la lluvia los había descarapelado. La nariz y el sexo de los cupidos estaban pudriéndose (bajo la lama y los hongos verdosos). Noté que el aire tenía un olor subterráneo, un olor de cosa preñada. Ajado por el viento, envilecido, el quiosco de amor había regresado a su estado fetal: era un molusco, una pasa, un poco de basca, un gargajo.

—¡Se pasó toda la mañana babeando de rabia! Le eché a perder el día. ¡Hubiera visto cómo me miraba!

Dejó de llover. A lo lejos, la neblina —o sería el vaho de la tierra— se levantó poco a poco y cubrió el pie de los árboles. Se veía lechosa, acogedora, lanudita, como si los espíritus de mil borregos blancos estuvieran allí apacentados. "Es la primera vez que veo algo dulce aquí", pensé, levemente reconfortada. Caminé hacia ese aliento tibio de la tierra. La enfermera me siguió, bajo su cofia asomaron una serie de ricitos alambrados como resortes, y dos profundas arrugas —llamadas de la amargura— caían a pique de las aletas de la nariz hasta el mentón tembloroso. "Pero escuche usted, ¿me está oyendo?, ¿se da usted cuenta del grado de confianza que le tengo al relatarle...?" De pronto, entre los árboles surgió una masa velluda, café oscura, sin ojos, ¿qué es esto, Dios mío? Hasta el corazón se me detuvo. La enfermera siguió caminando, pero al ver mi rostro regresó sobre sus pasos.

—No es nada.

Como no podía moverme, me jaló de la manga.

—No es nada, es uno de los ponis.

Seguí paralizada.

—Como los caballerangos no los asean, así andan las bestias en el parque. ¿Para qué las pelan si el señor no se da cuenta? Hace meses que nadie los acicala. Son cinco los ponis y los cinco están igual. (Se acercó familiarmente, ansiosa de proseguir.) Yo siempre me he callado las cosas, pero con usted es distinto, usted inspira con...

Agradecí que reiniciara su monólogo. La masa velluda se desplazaba a lo lejos sin romper ramas, sin hacer ruido siquiera. Un gorila, un pequeño orangután prehistórico nos seguía. De vez en cuando volvía su cabeza hirsuta hacia nosotras pero nunca le vi los ojos. Yo sentí un horror incontenible subir por mi cuerpo. La neblina también iba subiendo; al menos eso creí. Iba pisando humo y bajo el humo yacía el suelo viscoso y triste.

—Señorita, ¿no podríamos regresar? Estoy cansada.

Me miró ofendida:

—Bueno, a mí me ordenaron que le enseñara el parque y no hemos visto ni la cuarta parte. Pero si usted quiere.

—Estoy cansada.

—Vamos entonces hacia la avenida.

La mujer ya no habló. Caminamos levantando nuestros pies para despegarlos del suelo chicloso. El poni se había quedado en lo hondo del bosque. La enfermera cruzó sus brazos debajo de la capa. Pude percibir su rencor por no haber sabido valuar en su justo precio el caudal de sus confidencias. Le dije en un tono ligero, informal:

—¿No es ésta la vereda de los naranjos? ¿No hay aquí unos árboles redondos, cubiertos de fruta?

—Sí, están guardadas, cada año se guardan.

—¿Cómo?

—Son naranjas de cera.

Entonces tuve un desfallecimiento pasajero. Le busqué la cara, traicioné a Alex: "Sabe, señorita, este castillo no está a la altura de su fama... En realidad, semeja más bien la morada de un cirquero".

No creo siquiera que me oyera, pero el hecho de que me acercara a ella pareció reconciliarla momentáneamente porque sentí de nuevo su tenaza sobre mi brazo.

—Mañana, cuando él duerma, saldremos a dar otro paseo. Caminar es bueno para la circulación.

Al pasar junto a las cocinas, en los sótanos brotaron unas risotadas que me parecieron ofensivas. Pensé: "¡Qué extraño que les permitan reír con esa vulgaridad!"

Quise ver hacia afuera. Los cortinajes pesadísimos que pendían desde muy alto parecían inamovibles, cada pliegue fijo para la eternidad. La tela espesa, un brocado tejido de polvo y tiempo olía a rancio. "Hace mucho que no limpian aquí." Pasé mi mano sobre la balaustrada y muy pronto la retiré, negra. Lo único viviente en esa biblioteca oscura debía ser el reloj. El mayordomo de pie en una esquina, con los brazos muy pegados al cuerpo, tenía la rigidez inquietante de una figura del Museo de Cera. "¿Llueve?", pregunté. Hizo una señal afirmativa con la cabeza. Tendí la oreja. Hubiera querido oír la lluvia, pero ningún sonido penetraba estos muros tapizados. Me dispuse a hojear un libro, estiré el brazo, jalé con fuerza y... nada. Ese *Don Quijote,* ese tomo grueso de cuero repujado con ilustraciones de Doré, ¡es imposible que no salga! Hice palanca con mi cuerpo, enrojecí, se me rompió la uña del índice hasta que en una brusca revelación me di cuenta de que toda esa hermosa pared de madera y cuero, esos anaqueles que subían hasta el techo eran un *trompe l'oeil.* Los libros no tenían más de cinco centímetros de profundidad, los títulos dorados a la altura de mis ojos, el *Memorial de Ste. Hélene,* la *Histoire de Paris,* los tomos de cuero, rojos y calientes, no tenían cuerpo, ni papel, ni letra. Estaban tan cerca de mis ojos, que sentí su mirada como un golpe. Fui hacia el escritorio y junto a las cajitas de rapé, los tinteros de plata inglesa, los pisapapeles que no pisaban nada, vi otros tomos: Jacques de Bainville, Belloc, D'Alembert, la princesa Bibesco. Estiré la mano, con miedo. ¿Y si también están huecos? Se me vinieron de cuerpo entero, abriéndose, todas sus letras redondas y un tanto regordetas sobre mi pecho, acariciándolo. El papel de Holanda también era una caricia entre la yema de los dedos. Iba a comenzar un Chesterton, pero tuve la sensación muy clara de que alguien había entrado y me miraba. Sentí planear encima de mí el aliento de un nuevo imperio. Cuando levanté la vista, entraron tras de él dos camareros de librea con candeleros que echaban sendos círculos de luz. La puerta por la que había entrado —casi pegada al techo— dejaba un hueco blanco entre los libros. Nunca hubiera yo imaginado que allí se encontraba un pasadizo, una comunicación secreta, pero desde muy joven, Alex se especializó en *trompe l'oeil,* en *faux plafonds,* en maletas de doble fondo, en disfraces, en *loups* negros y en lunares; siempre habló con fruición de los canales misteriosos por los que podía arrastrarse un cuerpo humano en las entrañas de París, los sótanos de la Ópera, el imaginario túnel entre la Bastilla y Le Temple. Desde niño le atrajeron las entretelas, las bambalinas, lo que está detrás, el instante en que las enaguas se levantan. Lo sentí pesar sobre mí como un águila, dispuesto a dejarse caer sobre su presa. El halo de luz seguía temblando en el techo. Alex siempre tuvo afición por las entradas teatrales, *"je sais faire mes entrées",* sentenciaba, pero ahora miraba sus pies, interrogándolos. La fijeza de su actitud me estremeció. Los dos camareros depositaron sus candeleros en dos mesas y uno de ellos tomó a Alex entre sus brazos. El otro extrajo de la oscuridad un objeto metálico; por pudor, habría querido no ver todo aquello, pero los camareros eran más rápidos que cualquier intención. Abajo, sin más, lo sentaron en la silla de ruedas. Aún era hermoso, a pesar de la palidez cadavérica de su rostro. Las llamaradas de las velas alcanzaron entonces una luminosidad de fogata, danzaban sobre el brocado de los muros agigantando su trama, parecían querer descifrar el dibujo misterioso del tejido, traducirlo, darle un color palpitante, inesperado; nunca fue tan bella la biblioteca como en ese instante.

—No mires mis ojos —dijo él en un tono imperioso.

Vi uno de sus ojillos brillar entre las arrugas. El párpado izquierdo colgaba.

—Tuve una ligera hemiplejia —dijo a media voz, como si se diera esta explicación a sí mismo y le satisficiera ampliamente. Se quedó inmóvil ante mí y me dio la impresión de estar escuchando algo que sólo él podía oír.

—¿He cambiado mucho?

—¡Oh, no!

—Claro que he cambiado. Todos cambiamos.

Me lo dijo con desprecio y sentí vergüenza.

—Ahora, vamos a cenar.

Ante mi falta de reacción, ordenó como si concediera una gracia suprema:

—Puedes empujar mi silla.

Miré su espalda tiesa y altanera. Alguien lo había peinado emplastándole el pelo por partes, de modo que, en otras, se veía su cuero cabelludo, terriblemente rosado y desnudo. Además, sobre el cuello del traje azul oscuro brillaban tres minúsculos copos de caspa. "Pobre Alex, antes siempre tan pulcro." "¿Qué esperas?" El mayordomo tomó mi lugar detrás de la silla y la guió hasta el comedor. Yo no hubiera podido. Los candelabros iban precediéndonos con su luz nimia y flotante sobre los cristales, los espejos biselados, los candiles venecianos. Eran duendes o luciérnagas que se perdían en estas piezas de techos altísimos, sobrecargados de molduras y de cortinajes. Las llamitas echaban su oscuridad luminosa sobre los oros y los violetas.

—Yo estoy a dieta, pero tú comerás como de costumbre.

Frente a su lugar en la cabecera no había asiento, el mayordomo simplemente empujó la silla de ruedas. En un abrir y cerrar de ojos le sirvió una copa de vino tinto. Alex la levantó ante la llama para verificar su color, luego la apuró de un sorbo y volvió a dejar la copa sobre la mesa.

—Tengo derecho a tomar vino.

—¡Ah!

—¿Sabías que Valembrose perdió un ojo?

—No.

Emitió una risita seca, casi como un ladrido y tuve que desviar la vista. El mayordomo lo servía. Levantaba frente a él una campana de *vermeil* y sobre el plato apareció el clásico pollo hervido cortado en pedacitos, la verdura lacia, cocida en agua. Empezó a comer con voracidad, sin esperarme, y entonces me di cuenta que sólo podía usar un brazo; el otro permanecía doblado sobre sus rodillas. Alex se mojaba el mentón insensible, esparcía su comida en el plato, se picó dos veces los labios al llevarse el tenedor a la boca y jamas usó la servilleta desdoblada sobre sus muslos. Es extraña la rapidez con que se olvidan los buenos modales. Me anticipé al deleite del *soufflé,* su consistencia era ligera, espumosa. No tenía sal. Me sirvieron el segundo plato. Su presentación seguía siendo magnífica, pero era igualmente insípido. La salsa grasienta olía mal. El mayordomo, impávido, con las cejas siempre alzadas, daba la orden a los mozos que servían con expresión de inocentes. Podían serlo. En la cocina, los domésticos suelen comer distinto a los amos. Cada platillo era peor que el anterior. Una *mousse* de langosta mostró francos síntomas de descomposición. No es posible, lo han hecho a propósito, tomaré pan con mantequilla. Retrocedí. Un filo de polvo gris rodeaba el platito de la mantequilla. En el rostro del mayordomo no pude detectar el menor asomo de ironía. Nos atendía como en las épocas pasadas; con el mismo gesto espléndido destapaba las campanas como si fuera a ofrecer los más suculentos manjares. Le eché una ojeada al menú, después de la pausa del *sorbet à l'orange* venía el *chaudfroid de volaille.* Sentí terror. Al día siguiente me sobrevino un malestar tremendo ante los quesos agusanados, los dulces ya petrificados, duros como el castillo, imposibles de cortar; dulces en los que se han fosilizado todos los tumores, amasado hasta la última amargura de los años transcurridos *en el servicio.* A la hora del desayuno comprobaría la sospechosa consistencia de una mermelada fermentada dentro del frasco de cristal cortado; y sobre la charola puesta encima de mi vientre, dentro de la vajilla de Compagnie des Indes, descubriría despojos disfrazados, porquerías envueltas en encajes, la miasma proveniente del pantano de la cocina.

Cuando nos levantamos sentí alivio. El café se sirvió en el saloncito de la colección de jades. Alex volvió a advertir:

—Me dan permiso de tomar café.

—¡Qué bueno!

—¿Por qué dices qué bueno?

Me miró con suspicacia.

—Porque me da alegría que no te priven del café.

—¡No me han privado de nada! A mí nadie me priva de nada, nunca.

—Sí, sí, lo sé.

—Pues que no se te vaya olvidando. ¡Nadie, nunca!

—Lo sé, lo sé.

—No, no sabes nada. ¿Sabes quiénes estaban en el entierro de Dufreny?

—No fui al entierro de Dufreny.

Creí que gritaría de nuevo, pero se perdió en sus propias reflexiones. Así como había tomado el vino de un sorbo, tomó el café derramándolo un poco sobre la barba insensible.

—Sólo una taza.

Guardé silencio. Ni siquiera podía oír la respiración del mayordomo —el doble de Alex—, que jamás dejaba traslucir el menor sentimiento. Seguíamos en la penumbra. Antes, las mujeres se quejaban de que Alex ¡qué horror! les echaba encima luces despiadadas y que ningún castillo en Francia estaba tan profusamente iluminado como el suyo. Pero ahora sólo temblaba la luz incierta de las velas.

—¿Qué Chanel traes?

—No traigo ningún Chanel, es un vestidito negro.

—¡Bah!

(Recordé su entusiasmo: "Chanel conoce todas las artes de la estrategia de St. Cyr; le ha puesto galones a la mujer, su nombre debe estar bajo el Arco del Triunfo, al lado de los mariscales de Francia". Entonces tamborileaba, marcial, e iniciaba una marcha militar con una fanfarria de trompetas imaginarias que hacía reír a sus espectadores.)

—Vamos al teatro.

Hice un ademán de sorpresa, pero reprimí cualquier comentario. El teatro estaba en el ala izquierda del castillo, había que caminar más de seiscientos metros. Ya el mayordomo hacía girar la silla y extendía un *plaid* escocés sobre las piernas de Alex. No lo puso del lado de los cuadros, sino del negro. Nadie me preguntó si tenía frío, si deseaba ir a mis habitaciones a recoger algo con qué cubrirme, nada, en el fondo la atención verdadera no existía ya en el castillo; ¿habría existido alguna vez o eran sólo las formas, el frágil envoltorio de las buenas maneras? Preferí no pensar, atribuirlo todo a la indiferencia del neurótico que nada puede ver fuera de su enfermedad. Emprendimos el viaje por corredores larguísimos recubiertos de espejos que los duplicaban, triplicaban, quintuplicaban hasta que empecé a flotar; los espejos se reflejaban los unos a los otros, se tallaban esmerilándose, arista contra arista; sólo un joyero hubiera tolerado estos fulgores entrecruzados inclementes y desapacibles. Busqué los ventanales y a través de ellos no pude ver más que la noche. Tuve que volver a los espejos. Siempre hay un espejo en el fondo del pasillo donde caminan los hombres. Las guirnaldas de estuco y las molduras seguían acompañándonos. Pasamos frente a los enormes Caravaggios, los Und der Kuyter, los Fragonnard, los Nattier y por fin llegamos a la Galería de los Espejos, igual a la de Versalles. Los pisos eran de miel, la madera se fundía dulce, cálida, crepitaba; los prismas se habían ampliado y el agua ya no estaba congelada en figuras geométricas, cuadriláteros, isósceles, octaedros, sino que fluía como un río en un solo sentido; el piso bruscamente se volvió de mármol blanco y negro, atravesamos la vereda y sentí frío. También los espejos eran gélidos y reflejaron nuestras figuras pequeñas y huidizas. Oía el girar de las ruedas de la silla para inválidos sobre el suelo, pero nadie más que yo parecía oírlo. Afuera, percibí el olor de unas rosas y pensé que debían orientarse hacia mí, simplemente porque creo en las flores. Debieron señalarme entre sí, avisarles a las miles de flores que había yo visto acudir al borde de la carretera desde mi salida de París; todas las corolas vueltas hacia mí, corrientes enteras de flores que fluyen en el espacio. Sentí que me crecían flores en la cabeza y hasta efectué un pequeño cambio de paso tras de la silla del inválido y su conductor de yeso.

Dos camareros surgieron en la sombra y escoltados por ellos penetramos en el teatro. Me sobrecogió. Era un estuche acojinado, forrado de una piel opulenta dotada de luz propia, con texturas de fuego, jaspeada como la de un animal recién nacido y todavía fresco, de pura sangre; de él se desprendía una magia pesada y secreta, oriental y al mismo tiempo infantil. Nos esperaba como un juguete que abre los brazos, un osito de peluche, confiado y sonrosado por la emoción, pero un osito que huele a sándalo, a almizcle, a planta, a materia orgánica. De todo el castillo, el único lugar intocado era este teatrito; pulido, albeante, alhaja demasiado fina para dejarla caer en el abandono. Yo hubiera podido rodar en el afelpamiento de sus pasillos rojos en la redondez abullonada de todos sus palcos, rodar de pura exaltación, como una piel mullida, un vello humano tierno y oloroso. Hubiera querido arrellanarme en cada butaca maravillosamente dulce y hospitalaria para el tacto. Resonaron las voces de Marie Bell, de Louis Jouvet, de Gérard Philippe, de Simone Valère, de Jean Louis Dessailly, porque en otros tiempos, cuando Alex era en Francia el primer constructor de cosas bellas, se habían dado obras de Marivaux, de Molière, de Lope, de García Lorca. Grandes actores se desplazaron, honrados por la sola invitación de Alex, para presentar *Britannicus* o *L'avare* o *Les fourberies de Scapin* o *Le malade imaginaire,* trayendo en sus baúles pelucas blancas y corpiños ajustables, sedas y armiños, impertinentes y grandes sombreros de pluma, zapatillas de raso y diminutos lunares de terciopelo; ¡un camión repleto de utilería para una salita en la que apenas cabían cincuenta espectadores! ¡Qué maravilla, Dios mío! En realidad lo que llamamos vivir no es más que un acto de la imaginación. Un brusco, un loco sentimiento de felicidad, una loca alegría me invadió; la sangre me hervía, no, un líquido abrasivo subía por mis venas inflamándolas. Este teatrito era un acto de poesía pura, era las *Mil y una noches,* era la copa de cristal en la gruta enmohecida, esto sí era la realidad heráldica de una vida de poeta. Porque Alex no podía ser más que un poeta. Lo miré con una admiración desmedida. Hasta su enfermedad adquiría ahora nobleza. "Este viejo es grande. No explica sus estados de ánimo, no incrimina a la vida, no se ha quejado una sola vez, no exhibe sus llagas como un mendigo para atraer la compasión. No habla. Y éste, su teatrito, es tan altivo, ¡tan dueño de sí como él!" No pude contenerme y acaricié los drapeados, el dorso de la silla perfecta, el bronce pulido de las manijas, las bigoteras. Tras de nosotros cerraron las puertas, me sentí perla preciosa, apagaron las luces. Contuve el aliento. ¿Qué obra presentarían? Yo no había percibido un solo movimiento en todo el castillo. ¡Qué delicada discreción la de los actores! ¡Y qué elegancia la de Alex al mantener este secreto, que obviamente me estaba destinado! Se abrió el telón sobre una pantalla blanca, y al mismo tiempo, tras de nosotros, en el palco donde estábamos sentados, únicos espectadores, únicos testigos del privilegio, empezó el bisbiseo del proyector cinematográfico. Vi la señal, un ojo amarillo y redondo como el de un loro atento en la oscuridad. Comenzó la película; escuché en lo negro el pespuntear del aparato; la invisible máquina de coser que iba agujereando una tela inexistente. Los titulares de la película y luego Gina Lollobrigida, campesina joven, robusta al estilo de *Pane, amore e gelosia.* Todo era banal e inútil hasta que noté que la imagen se detenía mucho más de la cuenta en un gran *close-up* de los pechos de la Lolo, enormes sandías atrincheradas en la blusa a punto de ceder. Los pechos estaban allí devorando la pantalla y el aparato seguía pespunteando el espacio. Tacatacatacatacatacatacatacataca. Ahora parecía el tableteo de una ametralladora minúscula. ¿Qué diablos estába sucediendo? No había teatro, ni actores, esta función imbécil nada tenía que ver conmigo. Busqué a Alex con la mirada. Uno de los ojos que me había pedido que no viera estaba muy abierto y el otro luchaba contra el párpado caído; la boca abierta, blanda como molusco, pendía, el labio inferior desgajado. La blancura lechosa de los pechos en la pantalla nos iluminaba a los dos y vi que Alex adelantaba el cuello y con toda la fuerza de su rostro erecto penetraba entre los dos montículos que se le ofrecían. Después volvió a sumirse en la silla de ruedas, exhausto, y su barba se perdió en el cuello de su camisa. A los pocos instantes ascendió su respiración sonora. Su cabeza lastimera pendía de lado sobre su hombro. Un cabello blanco, triste y cansado se alargaba sobre la solapa de su traje. La cobija había resbalado de sus piernas despatarradas. El mayordomo, sin cubrirlo siquiera, hizo girar la silla. Por primera vez dijo al aire: "Todas las noches ve esta misma película y todas las noches el señor se retira a esta hora". Oí el abrir y cerrar de los batientes del palco; parecían bostezos. Entonces me llevé las manos a los oídos para no escuchar el sonido atroz de las ruedas de la silla sobre el mármol de la veranda que el mayordomo debía conducir, como un estorbo del cual pronto se libraría.

El recado

VINE, MARTÍN, y no estás. Me he sentado en el peldaño de tu casa, recargada en tu puerta y pienso que en algún lugar de la ciudad, por una onda que cruza el aire, debes intuir que aquí estoy. Es éste tu pedacito de jardín; tu mimosa se inclina hacia afuera y los niños al pasar le arrancan las ramas más accesibles... En la tierra, sembradas alrededor del muro, muy rectilíneas y serias veo unas flores que tienen hojas como espadas. Son azul marino, parecen soldados. Son muy graves, muy derechas. Tú también eres un soldado. Marchas por la vida, uno, dos, uno, dos... Todo tu jardín es sólido, es como tú, tiene una reciedumbre que inspira confianza.

Aquí estoy contra el muro de tu casa, así como estoy a veces contra el muro de tu espalda. El sol da también contra el vidrio de tu ventana y poco a poco se debilita porque ya es tarde. El cielo enrojecido ha calentado tu madreselva y su olor se vuelve aún más penetrante. Es el atardecer. El día va a decaer. Tu vecina pasa. No sé si me habrá visto. Va a regar su pedazo de jardín. Recuerdo que ella te trae una sopa de pasta cuando estás enfermo y que su hija te pone inyecciones... Pienso en ti muy despacito, como si te dibujara dentro de mí y quedaras allí grabado. Quisiera tener la certeza de que te voy a ver mañana y pasado mañana y siempre en una cadena ininterrumpida de días; que podré mirarte lentamente aunque ya me sé cada rinconcito de tu rostro; que nada entre nosotros ha sido provisional o un accidente.

Estoy inclinada sobre una hoja de papel y te escribo todo esto y pienso que ahora, en alguna cuadra donde camines apresurado, decidido como sueles hacerlo, en alguna de esas calles por donde te imagino siempre: Donceles y 5 de Febrero o Venustiano Carranza, en alguna de esas aceras grises y monocordes rotas sólo por el remolino de gente que va a tomar el camión, has de saber dentro de ti que te espero. Vine nada más a decirte que te quiero y como no estás te lo escribo. Ya casi no puedo escribir porque ya se fue el sol y no sé bien a bien lo que te pongo. Afuera pasan más niños, corriendo. Y una señora con una olla advierte irritada: "No me sacudas la mano porque voy a tirar la leche..." Y dejo este lápiz, Martín, y dejo la hoja rayada y dejo que mis brazos cuelguen inútilmente a lo largo de mi cuerpo y te espero. Pienso que te hubiera querido abrazar. A veces quisiera ser más vieja porque la juventud lleva en sí la imperiosa, la implacable necesidad de relacionarlo todo al amor.

Ladra un perro; ladra agresivamente. Creo que es hora de irme. Dentro de poco vendrá la vecina a prender la luz de tu casa; ella tiene llave y encenderá el foco de la recámara que da hacia afuera porque en esta colonia asaltan mucho, roban mucho. A los pobres les roban mucho; los pobres se roban entre sí… Sabes, desde mi infancia me he sentado así a esperar, siempre fui dócil, porque te esperaba. Te esperaba a ti. Sé que todas las mujeres aguardan. Aguardan la vida futura, todas esas imágenes forjadas en la soledad, todo ese bosque que camina hacia ellas; toda esa inmensa promesa que es el hombre; una granada que de pronto se abre y muestra sus granos rojos, lustrosos; una granada como una boca pulposa de mil gajos. Más tarde esas horas vividas en la imaginación, hechas horas reales, tendrán que cobrar peso y tamaño y crudeza. Todos estamos —oh mi amor— tan llenos de retratos interiores, tan llenos de paisajes no vividos.

Ha caído la noche y ya casi no veo lo que estoy borroneando en la hoja rayada. Ya no percibo las letras. Allí donde no le entiendas en los espacios blancos, en los huecos, pon: "Te quiero"… No sé si voy a echar esta hoja debajo de la puerta, no sé. Me has dado un tal respeto de ti mismo… Quizá ahora que me vaya sólo pase a pedirle a la vecina que te dé el recado; que te diga que vine.

Love Story

TELECA no pudo permanecer en la cama:

—Estoy segura de que está platicando en la puerta...

Se asomó por el balcón. La calle vacía se le echó encima.

—Entonces ha de estar encerrada en el baño. Lo hace porque sabe que me molesta.

Gritó con verdadera exacerbación:

—¡Lupe! ¡Lupe! ¡Lupeeeeeeeeee!

Lo malo es que no podía pensar en otra cosa, nada le obsesionaba tanto como su relación con Lupe cuyo chancleo no tardó en oír en la cocina.

—Lupe ¿dónde estaba usted?

—Arriba, señora.

—¿Haciendo qué a estas horas, si me hace favor?

—Bañándome.

—¿No se baño anoche?

El pelo negro escurría en la espalda mojada, la cintura, los riñones, las nalgas, un pelo larguísimo y ahora enredado por la lavada, sostenido por una peineta roja, un manojo pesado como crin de caballo.

—¿No me ha dicho que quiere que me bañe seguido?

—Pero no en horas de servicio.

La bañada la miró y Teleca le vio el árbol rojo del rencor en los ojos.

—Sírvame el desayuno.

—Ajá.

—No se contesta así sino "sí, señora".

—Umjún.

—Diga usted "sí, señora" —casi gritó Teleca.

La mujer permaneció en silencio; luego pareció decidirse:

—Sí, señora.

Teleca salió de la cocina golpeando la puerta. En su recámara no pudo sino dar vueltas, agarrar un objeto y otro, cambiarlo de lugar, extraviarlo, ir y venir junto a la puerta cual león enjaulado. No hallaba el momento en que podría regresar a la cocina, ver qué estaba haciendo Lupe, mirar su cara pulida como piedra de río, empezar de nuevo, escoger palabras más felices. "Voy a dejar pasar cinco minutos." Fue al baño y se cepilló el pelo con furia. Sonó el teléfono. Agradeció al cielo esta llamada. Lupe tardó en responder, arrastró los pies junto al teléfono y lentamente vino a tocar a la puerta.

—Le hablan.

A Teleca le latió el corazón más aprisa.

—Se dice: "Señora, tiene usted una llamada telefónica", y además tardaste mucho en ir a levantar la bocina.

No era eso lo que quería decirle, sino mostrarle una expresión serena, la sonrisa le temblaba sobre los labios, a punto de aflorar y abrirse. Seguían escurriendo gotas de la crin de caballo de Lupe. Teleca la hizo a un lado.

—¿Quién habla? ¡Ah!, sí, tú, Arturito. Qué gusto. Estás bien, pues yo así, así, me siento nerviosa, no sé la razón, quizá sean los conflictos caseros, ya ves que esta gente no entiende, por más que quiera uno acercársele, no hay modo; yo al menos no se lo encuentro; sí, sí, sé que hay otros temas de conversación pero qué quieres, ésta es la realidad que estoy viviendo ahora y de ella tengo que hablar. Siquiera que me sirva de desahogo... ¿En Lady Baltimore? ¿A las cinco? Sí, claro, ¡qué bueno! Bye, bye... Gracias.

Teleca caminó hacia la cocina. "¿Cómo es posible que una india patarrajada me tenga así? Pero ¿cómo es posible? ¡No es justo! Es esta soledad que me..."

—Lupe, mi desayuno.

—Sí, señora.

"Al menos me dijo: 'Sí, señora'." Lupe entró con el té, el huevo tibio, el pan tostado, la tacita muy blanca, los cuadritos de azúcar también en una azucarera blanquísima. Ya Teleca, había tomado su jugo de naranja.

—Y el periódico, ¿no llegó?

—Voy a ver.

—¿No te he dicho que lo primero que debes subir en la mañana es el periódico y acomodarlo junto a mi lugar en la mesa? Ha de estar empapado.

La sirvienta regresó con *El Universal,* su rostro impasible, máscara de sí mismo.

—Lupe, la mermelada. ¿Por qué no pones la mermelada de naranja agria sobre la mesa? La mermelada y la mantequilla.

—Es que la señora me lo prohibió hace un mes porque no quería engordar...

—Pero ahora ya no estoy a dieta.

—Ta' bueno pues.

—No se dice: "Ta' bueno pues". ¿Cuántas veces he de repetirte que se dice: "Sí, señora"?

Teleca trató de concentrarse en los encabezados; se dio cuenta que no le interesaban un pepino, nada le interesaba sino Lupe, saber qué pensaba Lupe, seguirla, pararse junto a ella frente al fregadero, mirar sus brazos redondos y macizos, sus brazos, dos manzanos con terminaciones de hojas —qué bonito se arrugaban sus yemas con el remojo—, oír su joven voz, jugosa como sus manos. Secretamente, Lupe debía percibir el dominio que ejercía sobre su patrona, porque fruncía el ceño y paraba la boca en un gesto altanero, malhumoriento. Al terminar el desayuno, Teleca fue a la cocina:

—Voy a bañarme.

Lupe guardó silencio.

—Estás pendiente del teléfono y de la puerta.

—Ajá...

Teleca sintió que los nervios se le paraban de punta; hubiera podido alzar la mano en su contra, jalar este manojo mojado que pesaba sobre la espalda india, india, india. Pero también le hubiera gustado verla sonreír, los ojos brillantes, los cachetes relucientes, ¡cómo espejea la piel morena recién lavada!, y preguntarle con la voz cantarina de los primeros tiempos: "¿Quedó todo bien, señora?" "Todo bien, todo bien, todo bien..." Nada estaba bien. Teleca hizo sus abluciones matinales en función de Lupe, previendo su rostro de la una de la tarde, el gesto o la chispa amigable en el ojo; quizá Lupe sería afable a la hora de la despedida. Imaginó los pormenores: "Ya me voy, Lupe, recuerda que hoy no como en casa sino con las Güemes, te lo avisé anoche". "Sí, señora, está bien, voy a aprovechar para limpiar la plata; que le vaya a usted muy bien, señora." En alguna ocasión, Lupe le había dicho: "Que le vaya muy bonito" y Teleca todavía lo recordaba con agradecimiento.

Lupe era la sirvienta que más le había durado. La soledad hacía que Teleca le diera gran importancia a las horas compartidas, a la otra presencia en la casa. En principio la tuteaba, pero cuando algo la enojaba blandía el usted para marcar las distancias. "Al salir, voy a decirle en forma despreocupada que se lleve el radio a la cocina para que no se aburra", pensó Teleca. "Pero ¿qué me pasa? Le estoy dando demasiada importancia, como si Lupe fuera lo único que tengo en esta vida. Estoy mal de los nervios. ¿Qué pensará Lupe de mí? ¿Me querrá? ¡Qué mujer más cerrada! ¡Es una bola de masa sin ojos!"

Ya sobre el quicio de la puerta, Teleca se acomodó el sombrero y dijo con voz que quería ser alegre:

—¿Lupe? Ya me voy, nos vemos a las cinco.

Sólo le respondió el zumbido de los carros de la avenida Insurgentes. Teleca, entonces, gritó, su voz esta vez menos amable:

—¿Lupe? Ya me voy, me tiene listo el té a las cinco y no me vaya a rayar la plata. Recuerde usted bien el líquido y una franela, nada de zacate y jabón, como lo hizo usted la última vez.

El silencio amplificó las órdenes.

—¿Lupe? ¿Me oyó, Lupe?

—Ta' bueno.

Las palabras resonaron fúnebres, provenientes quizá de la cocina o del planchador o del interior de un ropero o sabe diablos dónde, de la negrura espesa en la que se movía la india ésa, imbécil, apestosa, yo no sé por qué me preocupo por semejante animal, y Teleca salió con paso decidido. "Me hará bien ver gente como yo y no este afán inútil de tratar de mejorar a quien no tiene remedio." Caminó hacia la casa de las Güemes, su vestido bailó en torno a sus piernas, pero a la primera calle estuvo a punto de regresar. "No le dije que prendiera el radio en la cocina" y se acordó del "Ta' bueno" lento, oscuro, lodoso, y pensó, según ella pedagógicamente: "Le hará bien. Me extrañará. Seguro que me va a extrañar. Es horrible una casa sola". Se imaginó a sí misma como en años anteriores, sola en su cocina, sin nadie a quien enseñarle buenas maneras, preparando el té, pendiente del agua a punto de hervir estrepitosamente en el pocillo, al acecho de los timbres, dispuesta a entablar conversación con quien tocara, el primer vendedor ambulante, el repartidor de periódicos; sí, sí, como cualquier gata de barrio. Recordó las advertencias que se apuntaba a sí misma con su letra puntiaguda de alumna del Sagrado Corazón y pegaba muy a la vista, en la cocina, en el corredor, no tanto porque las necesitara cuanto para hacerse compañía: "Favor de cerrar la puerta", "no olvidar el gas", "verificar las llaves antes de salir", "el pago de la luz se hace los primeros viernes de cada mes", "todo esfuerzo es ya un éxito". Y en grandes letras los números que la comunicaban con el exterior. Teleca estuvo a punto de gritar, la angustia oprimiéndole el pecho: "Socorro, me ahogo", o de correr como corría ahora hacia la casa de las Güemes, donde entró sofocada, pajareando cual gorrión que se refugia en lo más alto del techo. "¿Qué tal? ¿Qué tal? ¡Se ven muy bonitas ahí sentadas!" Las Güemes levantaron los ojos sorprendidas ante el revoloteo de su amiga. ¡Mentira, qué bonitas ni qué bonitas, si sólo les faltaba la escoba! Lo primero que pidió Teleca fue el teléfono:

—Es que se me olvidó darle un recado a Lupe.

—Tenemos *soufflé* para empezar, Telequita, no tardes.

—¡Qué rico! ¡Ah, qué rico! Con el hambre que traigo, no, no tardo.

Descolgó la bocina. Un timbre sonó, se alargó en el aire señal sin respuesta. ¿Cuánto tardaría en contestar esta india floja? Teleca volvió a marcar nerviosamente. La tercera fue la buena.

—¿Lupe?

—Ajá.

—No te he dicho que... Bueno, mira, limpia también el trofeo de polo de mi papá que hace mucho que no lo haces y se ve muy mal.

—-¿El qué?

—El trofeo de polo.

—¿El qué?

—¿Qué no me entiendes? El trofeo de polo, la copota esa alta de plata que tiene asas en forma de cisne... Se me olvidó decírtelo.

—¿La copa más grande de la sala?

—Sí, esa misma, Lupe (estaba por decirle Lupita, pero se contuvo).

—No sé si me alcance el líquido.

—¿Por qué no compraste?

—No me dejó usted.

Hubiera querido seguir la plática con Lupe durante horas pero ya las Güemes clamaban: "Teleca, Teleca". Cuán dulce era hablarle a Lupe a través de esta bocina que se amoldaba a su mano sin ver su rostro hosco, pétreo, casi impenetrable. Teleca acostumbraba llamar a su casa para dar alguna indicación, cerciorarse de que Lupe estaba ahí. Insistía e insistía hasta encontrarla y entonces recriminarla: "¿Dónde te fuiste? ¿Quién te dio permiso de salir? ¡No eres una niña para andar dejando la casa sola! ¡Por eso, ustedes (se dirigía a una inmensa caravana de criadas, una pléyade de mujeres de trenza y delantal que avanzaban hacia ella en el desierto) están como están, por eso, porque son irresponsables, malhechas, tontas, porque no tienen ambición ni amor propio, ni quieren salir de su letargo!" Recordó que a Lupe nunca se le movía un músculo de la cara.

—Oye, Lupe, si llama el señor Arturito le dices que me fui a comer a la casa de las Güemes...

—¿No habló usted con él en la mañana?

—Sí, pero se me olvidó decírselo.

—¡Ah! —dijo desconfiada Lupe.

—¿Abriste la ventana del baño? Tienes que asolear las toallas antes de que llueva, siempre se te olvida.

Teleca odió a las Güemes por interrumpir su diálogo, pero no pudo sino plegarse: "Bueno, te llamo más tarde para ver qué se ha ofrecido", oyó un murmullo parecido al "ajá" y el clic del interruptor. "Pelada, mugrosa, colgó antes que yo, ni siquiera me dejó decirle adiós. Pero me la va a pagar, la llamo después del café."

Los obsesos tienen el raro poder de atraer a todos al centro de la espiral, aprietan cada vez más fuerte, van cerrando a cada vuelta hasta convertir el círculo en un solo punto que taladra. En la mesa, Teleca hizo que la conversación se centrara en las sirvientas, claro, en francés, para que no entendiera la buena de Josefina.

—¿Por qué serán tan tontos los criados?

—Porque si no lo fueran no serían criados.

—Es que esta raza es de animales. En Francia, en Inglaterra, en España, los domésticos son de otra especie. Saben tratarlo a uno, se dan cuenta de con quién están hablando, son responsables, su nivel es otro, pero estas bestias que no tienen... que no tienen ni un petate en que caerse muertos ni siquiera agradecen el bien que se les hace.

—Yo creo que es el sol, que de tanto pegarles en la cabeza los ha dejado insolados.

—O la Conquista.

—Sí, con la Conquista lo perdieron todo, hasta la vergüenza.

—Es la raza, definitivamente les falta materia gris.

Teleca habló sin parar hasta el café. Era su manera de estar cerca de Lupe, girar en torno a ella, convocarla. Una de las Güemes, gorda y afable, propuso para cortar la avalancha:

—¿Por qué no jugamos inmediatamente una partidita de *bridge*? Llevaremos nuestras tazas a la mesa.

Asintieron. A las cinco, Teleca gritó:

—Tengo cita con Arturito en Lady Baltimore. ¡Qué bárbara! Nunca voy a llegar. De haberlo pensado no la hago para hoy, qué imprudencia sabiendo que venía a comer con ustedes.

En realidad, lo que la molestaba era no llamar a Lupe. Ahora ya no podría hacerlo, a qué horas, dónde, ni modo de dejar solo a Arturito en su mesa del salón de té.

—Lástima que no esté el chofer, si no él te iría a dejar, Teleca.

—No importa, me encantan los taxistas.

Frente al té, Arturito se lanzó en una larga disertación sobre la Conquista, según Bernal Díaz del Castillo, tomando como punto de partida los comentarios de Teleca. No era eso lo que ella buscaba. Nadie le daba lo que ella buscaba, nadie, sólo Lupe. Ojalá Arturito terminara para poder irse, pero Arturito, aficionado a la historia, había amenazado revisar hasta la ley de segregación racial norteamericana. Teleca sintió que le dolía el estómago. Arturito estiró el brazo hacia el collar de Teleca:

—Mira, este ámbar que cuelga de tu cadena tiene el valor de diez esclavos.

—¿Por el gusano que tiene adentro?

—Por eso mismo, quizá por ese gusano el valor sea de quince esclavos.

—¡Ay, Arturito, ya vámonos!

Y, sin esperarlo, en forma descarada, Teleca se levantó de su asiento. Había en Teleca algo de muchacho atrabancado que desconcertaba y atraía a Arturo. Su modo de subir la escalera de dos en dos, sus piernas largas y delgadas que más que caminar, galopaban; su ausencia de caderas, sus ojos fijos color de té, ¿qué no le enseñarían de niña que no se mira así a la gente? Su sonrisa francota, de oreja a oreja, que enseñaba unos dientes macizos, blancos, fuertes como granos de maíz expuestos al sol y al viento. Teleca, además, guiñaba un ojo. "Me sale natural", respondía cuando la amonestaban.

—Tengo cita en Lucerna, para jugar *bridge;* puedo dejarte en el taxi a la pasada, Teleca.

—Gracias, Arturito. ¿Juegas con Novo y con Villaurrutia? ¿Quién es el cuarto?

—Torres Bodet. ¿No has leído aún *Les faux monnayeurs*?

—Te dije que estoy muy nerviosa, no puedo concentrarme.

—Si lo leyeras, se te olvidarían tus nervios. Mira —dijo Arturito, asomándose a la ventanilla—, ya es de noche. En México oscurece de golpe. O no sucede nada y el tedio nos asfixia como una cobija o sobreviene un cataclismo y todo se acaba. Qué país, ¡Dios mío!

—Es tu país...

Arturito sonrió burlón. "Qué contradictoria eres, Teleca. Y qué mal te sienta este patrioterismo, tú que sólo hablas de irte a España."

—Pero mientras tanto, defiendo lo oscuro.

—¿Los agujeros negros?

Teleca no respondió. Se sentía extrañamente solidaria con Lupe. Podía patearla, pero frente a otros, protegía con pasión cualquier cosa que estuviera ligada al indio; la tierra, los bosques, el frijol, el maíz, las piedras calientes.

—Mira, ni siquiera se le ha ocurrido prender la luz del zaguán.

Arturito bajó del automóvil y extendió su mano, una mano suave de uñas de rosa muy fuerte, finas y delgadas, parecidas a las de un recién nacido. Se inclinó por completo para besar el guante de Teleca.

—Telequita linda.

—¡Ha dejado la calle a oscuras!

Arturito hizo bailar sus uñas como cocuyos.

—Luz, más luz.

—Por favor, Arturito, comprende. A ti todo te lo resuelve tu mamá, ni siquiera te enteras de cuán difícil es tratar a esta gente.

Los labios también rosa de Arturito se curvaron en una mueca de fastidio. Sonrió y se adelgazaron hasta volverse crueles. Sin embargo, en su estado natural eran labios llenos; se paraban casi de tan llenos.

—Telequita, ponte a leer; mañana te hablo porque me interesa tu opinión.

Bruscamente, Teleca metió su llave en la puerta. Alcanzó a ver a Arturito darle un pequeño golpe en el hombro al chofer con el puño de su bastón, y el coche arrancó.

Teleca subió la escalera a zancadas. "¡Lupe! ¡Lupe! ¿No se ha ofrecido nada?" Siguió hasta el segundo piso. "¡Lupe!" Pasó por el planchador, la cocina. "¿Dónde se habrá metido esta india? Ha de estar roncando en su cuarto." "¡Lupe!, ¿no me han hablado?" Se detuvo en el rellano de la escalera de servicio: "¡Lupe! ¡Lupeeeeeeeeeee!" Teleca nunca entraba a su cuarto en la azotea. Era una de sus normas. "Quizá esté en la biblioteca encerando los muebles, lo dudo pero en fin..." Se dirigió hacia ella con verdadera esperanza. Los libreros brillaron en cuanto abrió y Teleca siguió con la mirada el rayo de luz; en la oscuridad adquirían entonaciones de un Vermeer, algunas aristas pendían del aire, cortándolo, sus filos relumbraban, la redondez del brazo de un sillón se aclaró en la negrura, sedoso, eléctrico como el lomo de un gato que se encorva. El tiempo pule, el tiempo derrite, el tiempo moldea. "Huele a encerrado. No sólo no está aquí, sino que hace mucho que ni se asoma como se lo he ordenado. Qué cochina mujer." Subió de nuevo la escalera. "Lupe, Lupe", pasó volada por las habitaciones, "Lupe". De nuevo se colocó bajo la escalera de servicio y gritó protegiendo con las dos manos su llamado: "¡Lupe!" Nunca había tardado tanto en responder. "¡Vieja repugnante. India abusiva!" Por fin, Teleca se resolvió a subir. Sus tacones se atoraban en los peldaños de fierro, pisaba casi en el vacío. Arriba oyó el gotear de un tinaco. No había sábanas en el tendedero. Entró al cuarto de golpe, ni siquiera tenía picaporte. El olor a pies, a sudor y a encierro la tomó por asalto, y le hizo abrir la boca buscando su respiración. El cuarto estaba vacío. Teleca, entonces, intentó tranquilizarse:

—Ha de haber ido por el pan... Pero, ¿a esta hora? Nunca, nunca va a esta hora. Además, tiene prohibido dejar la casa sola. La voy a correr, eso es, su presencia me hace daño.

Recorrió el cuarto desnudo. Buscó las cajas de cartón en que Lupe había traído sus cosas. Nada. Abrió el ropero, nada. El aire azotó la ventana sin cortinas. Teleca, entonces, tuvo que rendirse ante la evidencia. "Se ha ido." Bajó la escalera sin darse cuenta de lo que estaba haciendo y fue directamente a su cuarto. La llave, sí, la llave. No, no se llevó nada. Ahí están las joyas. Aguardó unos minutos a la mitad de la recámara, los brazos colgantes, sin saber qué hacer. No se oía un solo ruido en la casa. Teleca se dejó caer a los pies del miedo, exaltada por las carreras, por la emoción, trató de darse valor: "Bueno, menos mal. De todos modos tenía pensado despedirla. Siempre estaba desaprobándome. Me evitó un coraje. Ya me había aburrido de su nariz aplastada... Traidora. No hay bien que por mal no venga, o ¿cómo es ese dicho? Traidora. Es lo mejor que podía suceder".

Empezó por quitarse el sombrero, prender las lámparas de cabecera, correr las cortinas una a una. Se esparció una luz rosada. Las casas de los ricos siempre dan una luz rosada. Casi eufórica fue a la cocina a buscar su jarra de agua para la noche, su vaso. "Ahora sí voy a leer *Les faux monnayeurs*. De todos modos no pensaba cenar, así es de que ¿qué puede importarme?" Fue y vino, se paseó por la sala, atravesó el comedor, sus tacones resonaban como castañuelas, arriba, izquierda, derecha, vuelta. "Parezco maestra de danza española", se dijo a sí misma con cariño. Sacó los dos jarrones de flores al corredor. "Cochina, el agua está verde, ni siquiera la cambió. ¡Lupe! ¡Lupe! Pero qué loca soy, qué favor me ha hecho con largarse, sí, sí, largarse como dicen ellas aunque suene tan feo." Colgó su abrigo o al menos eso intentó frente al ropero. "Lupe, ¿dónde están todos los ganchos? Falta el de madera de mi abrigo... De plano deliro, estoy desvariando, todo el tiempo le hablo mentalmente a esta miserable, mañana me vestiré de rojo laca, es el color que mejor me sienta. ¿Me habrá boleado los zapatos esta mensa? ¡Lupe! ¡Lupe!" Agotada, Teleca se desplomó en la alfombra y puso la cara en sus manos. Sólo entonces sintió sus mejillas mojadas. No era posible que todo este tiempo hubiera estado llorando. Reprimió un sollozo. "¡Lupita! Lo mejor que puedo hacer es acostarme, tomar un tranquilizante, mañana buscaré a otra gente." Teleca solía olvidar que tenía cuerpo —era tan leve—, pero ahora le ardía, resonaba, amplificaba todos los ruidos en su interior. Teleca estiró los brazos para jalar hacia abajo la hermosa, la pesada colcha de damasco que había sido de la cama de sus padres; lo hizo lenta, cuidadosamente y de golpe, ahí sobre el lino blanquísimo, a la altura de la A y la S bordadas a mano, entrelazadas bajo el escudo de familia, vio el excremento, una enorme cagada que se extendía en círculos concéntricos, en un aterrador arcoiris, verde, café, verdoso, amarillento, cenizo, caliente.

En medio del silencio, comenzó a subir la peste.

Años más tarde, cuando Teleca se lo contó a Arturito —nunca se había atrevido a decírselo a nadie—, Arturo le dijo que no era posible, que los indios no son escatológicos ni vulgares, tampoco procolálicos, jamás harían algo semejante; no cabía la menor duda, no estaba dentro de sus patrones de conducta; cualquier antropólogo, cualquier estudioso de los rasgos indígenas podría confirmárselo. Quizá Lupe dejó subir a algún repartidor, un pobre diablo que la ciudad había encanallado, un borracho, y entre los dos idearon esta maldad que después de todo, viéndolo con imparcialidad, podría considerarse infantil, pero Teleca, gruñona, fruncida, terca, encogida sobre sí misma insistió:

—No, no, no. Era de Lupe.

La casita de sololoi

—MAGDA, MAGDA, ven acá.

Oyó las risas infantiles en la sala y se asomó por la escalera.

—Magda, ¿no te estoy hablando?

Aumentaron las risas burlonas o al menos así las escuchó.

—Magda, ¡sube inmediatamente!

"Salieron a la calle —pensó—; esto sí que ya es demasiado", y descendió de cuatro en cuatro la escalera, cepillo en mano. En el jardín, las niñas seguían correteándose como si nada, el pelo de Magda volaba casi transparente a la luz del primer sol de la mañana, un papalote tras de ella, eso es lo que era, un papalote leve, quebradizo. Gloria, en cambio, con sus chinos cortos y casi pegados al cráneo parecía un muchacho y Alicia nada tenía del país de las maravillas: sólo llevaba puesto el pantalón de su pijama, arrugadísimo, entre las piernas y seguramente oliendo a orines. Y descalza, claro, como era de esperarse.

—¿Qué no entienden? Me tienen harta.

Se les aventó encima. Las niñas se desbandaron, la esquivaban entre gritos. Laura, fuera de sí, alcanzó a la del pelo largo y delgado y con una mano férrea prendida a su brazo la condujo de regreso a la casa y la obligó a subir la escalera.

—¡Me estás lastimando!

—¿Y tú crees que a mí no me duelen todas tus desobediencias? —en el baño la sentó de lado sobre el excusado. El pelo pendía lastimero sobre los hombros de la niña. Empezó a cepillarlo.

—¡Mira, nada más, cómo lo tienes de enredado!

A cada jalón, la niña metía la mano, retenía una mecha, impidiendo que la madre prosiguiera, había que trenzarlo, si no, en la tarde estaría hecho una maraña de nudos. Laura cepilló con fuerza: "¡Ay, ay, mamá, ya, me duele!" La madre siguió, la niña empezó a llorar. Laura no veía sino el pelo que se levantaba en cortinas interrumpidas por nudos; tenía que trozarlo para deshacerlos, los cabellos dejaban escapar levísimos quejidos, chirriaban como cuerdas que son atacadas arteramente por el arco, pero Laura seguía embistiendo una y otra vez, la mano asida al cepillo, las cerdas bien abiertas abarcando una gran porción de cabeza, zas, zas, zas, a dale y dale sobre el cuero cabelludo. Ahora sí, en los sollozos de su hija, la madre percibió miedo, un miedo que sacudía los hombros infantiles y picudos. La niña había escondido su cabeza entre sus manos y los cepillazos caían más abajo, en su nuca, sobre sus hombros. En un momento dado pretendió escapar, pero Laura la retuvo con un jalón definitivo, seco, viejo, como un portazo y la niña fue recorrida por un escalofrío. Laura no supo en qué instante la niña volteó a verla y captó su mirada de espanto que la acicateó como una espuela a través de los párpados, un relámpago rojo que hizo caer los cepillazos desde quién sabe dónde, desde todos esos años de trastes sucios y camas por hacer y sillones desfundados, desde el techo descascarado: proyectiles de cerda negra y plástico rosa transparente que se sucedían con una fuerza inexplicable, uno tras otro, a una velocidad que Laura no podía ni quería controlar, uno tras otro zas, zas, zas, zas, ya no llevaba la cuenta, el pelo ya no se levantaba como cortina al viento, la niña se había encorvado totalmente y la madre le pegaba en los hombros, en la espalda, en la cintura. Hasta que su brazo adolorido, como un aspa se quedó en el aire y Laura, sin volverse a ver a su hija, bajó la escalera corriendo y salió a la calle con el brazo todavía en alto, su mano coronada de cerdas de jabalí.

Entonces comprendió que debía irse.

Sólo al echarse a andar, Laura logró doblar el brazo. Un músculo jalaba a otro, todo volvía a su lugar y caminó resueltamente, si estaba fuera de sí no se daba cuenta de ello, apenas si notó que había lágrimas en su rostro y las secó con el dorso de la mano sin soltar el cepillo. No pensaba en su hija, no pensaba en nada. Debido a su estatura, sus pasos no eran muy largos; nunca había podido acoplarse al ritmo de su marido cuyas zancadas eran para ella desmesuradas. Salió de su colonia y se encaminó hacia el césped verde de otros jardines que casi invadían la banqueta protegidos por una precaria barda de juguetería. Las casas, en el centro del césped, se veían blancas, hasta las manijas de la puerta brillaban al sol, cerraduras redondas, pequeños soles a la medida exacta de la mano, el mundo en la mano de los ricos. Al lado de la casa impoluta, una réplica en pequeño con techo rojo de asbestolit: la casa del perro, como en los *House Beautiful, House and Garden, Ladie's Home Journal;* qué casitas tan cuquitas, la mayoría de las ventanas tenían persianas de rendijas verdes de ésas que los niños dibujan en su cuaderno, y las persianas le hicieron pensar en Silvia, en la doble protección de su recámara.

"Pero si por aquí vive." Arreció el paso. En un tiempo no se separaban ni a la hora de dormir puesto que eran *roommates*. Juntas hicieron el *high school* en Estados Unidos. ¡Silvia! Se puso a correr, sí, era por aquí, en esta cuadra, no, en la otra, o quizás allá, al final de la cuadra a la derecha. Qué parecidas eran todas estas casas, con sus garages a un lado, su casita del perro y sus cuadriláteros de césped fresco, fresco como la pausa que refresca. Laura se detuvo frente a una puerta verde oscuro, brillantísima, y sólo en el momento en que le abrieron recordó el cepillo y lo aventó cerdas arriba a la cuneta, al agua que siempre corre a la orilla de las banquetas.

"Yo te había dicho que una vida así no era para ti, una mujer con tu talento, con tu belleza. Bien que me acuerdo cómo te sacabas los primeros lugares en los *essay contests*. Escribías tan bonito. Claro, te veo muy cansada y no es para menos con esa vida de perros que llevas, pero un buen corte de pelo y una mascarilla te harán sentirte como nueva; el azul siempre te ha favorecido. Hoy, precisamente, doy una comida y quiero presentarte a mis amigos, les vas a encantar, ¿te acuerdas de Luis Morales? Él me preguntó por ti mucho tiempo después de que te casaste, y va a venir; así es de que tú te quedas aquí; no, no, tú aquí te quedas, lástima que mandé al chofer por las flores, pero puedes tomar un taxi y yo más tarde, cuando me haya vestido, te alcanzaré en el salón de belleza. Cógelo, Laurita, por favor, ¿qué no somos amigas? Laura, yo siempre te quise muchísimo y siempre lamenté tu matrimonio con ese imbécil, pero a partir de hoy vas a sentirte otra; anda, Laurita, por primera vez en tu vida haz algo por ti misma, piensa en lo que eres, en lo que han hecho contigo."

Laura se había sentido bien mirando a Silvia al borde de su tina de mármol. Qué joven y lozana se veía dentro del agua y más cuando emergió para secarse exactamente como lo hacía en la escuela, sin ningún pudor, contenta de enseñarle sus músculos alargados, la tersura de su vientre, sus nalgas duras, el triángulo perfecto de su sexo, los nudos equidistantes de su espina dorsal, sus axilas rasuradas, sus piernas morenas a fuerza de sol, sus caderas, eso sí un poquitito más opulentas, pero apenas. Desnuda frente al espejo se cepilló el pelo, sano y brillante. De hecho, todo el baño era un anuncio; enorme, satinado como las hojas del *Vogue*, las cremas aplíquense en pequeños toquecitos con la yema de los dedos en movimientos siempre ascendentes, almendras dulces, conservan la humedad natural de la piel, aroma fresco como el primer día de primavera, los desodorantes en aerosol, sea más adorable para él, el *herbal-essence* verde que contiene toda la frescura de la hierba del campo, de las flores silvestres; los ocho cepillos de la triunfadora, un espejo redondo amplificador del alma, algodones, lociones humectantes, secador-pistola-automática con-tenaza-cepillo-dos-peines, todo ello al alcance de la mano, en torno de la alfombra peluda y blanca, osa, armiño, desde la cual Silvia le comunicó: "A veces me seco rodando sobre ella, por jugar y también para sentir". Laura sintió vergüenza al recordar que no se había bañado, pensó en la vellonería enredada de su propio sexo, en sus pechos a la deriva, en la dura corteza de sus talones; pero su amiga, en un torbellino, un sinfín de palabras, verdadero rocío de la mañana, toallitas limpiadoras, suavizantes, la tomó de la mano y la guió a la recámara y siguió girando frente a ella envuelta a la romana en su gran toalla espumosa, suplemento íntimo, Benzal para la higiene femenina, cuídese, consiéntase, introdúzcase, lo que sólo nosotras sabemos: las sales, la toalla de mayor absorbencia, lo que sólo nosotras podemos darnos, y Laura vio sobre la cama, una cama anchurosa que sabía mucho de amor, un camisón de suaves abandonos (¡qué cursi, qué ricamente cursi!) y una bata hecha bola, la charola del desayuno, el periódico abierto en la sección de sociales. Laura nunca había vuelto a desayunar en la cama; es más: la charola yacía arrumbada en el cuarto de los trebejos. Sólo le sirvió a Gloria cuando le dio escarlatina y la cochina mocosa siempre se las arregló para tirar su contenido sobre la sábana. Ahora, al bajar la escalera circular, también joligudense —miel sobre hojuelas— de Silvia, recordaba sus bajadas y subidas por otra, llevándole la charola a Gloria, pesada por toda aquella loza de Valle de Bravo tan estorbosa que ella escogió, en contra de la de melamina y plástico-alta-resistencia, que Beto proponía. ¿Por qué en su casa estaban siempre abiertos los cajones, los roperos también, mostrando ropa colgada quién sabe cómo, zapatos apilados al aventón? En casa de Silvia, todo era etéreo, bajaba del cielo.

En la calle, Laura caminó para encontrar un taxi, atravesó de nuevo su barrio y por primera vez se sintió superior a la gente que pasaba junto a ella. Sin duda alguna, había que irse para triunfar, salir de este agujero, de la monotonía tan espesa como la espesa sopa de habas que tanto le gustaba a Beto. Qué grises y qué inelegantes le parecían todos, qué tristemente presurosos. Se preguntó si podría volver a escribir como lo hacía en el internado, si podría poner todos sus sentimientos en un poema, por ejemplo, si el poema sería bueno, sí, lo sería, por desesperado, por original, Silvia siempre le había dicho que ella era eso: o-ri-gi-nal, un buen tinte de pelo haría destacar sus pómulos salientes, sus ojos grises deslavados a punta de calzoncillos, sus labios todavía plenos, los maquillajes hacen milagros. ¿Luis Morales? Pero, claro, Luis Morales tenía una mirada oscura y profunda, oriental seguramente, y Laura se sintió tan suya cuando la tomó del brazo y estiró su mano hacia la de ella para conducirla en medio del sonido de tantas voces —las voces siempre la marearon— a un rincón apartado, ¡ay, Luis, qué gusto me da!; sí, soy yo, al menos pretendo ser la que hace años enamoraste, ¿van a ir en grupo a Las Hadas el próximo *weekend*? Pero, claro que me encantaría, hace años que no veleo, en un barco de velas y a la mar me tiro, adentro y adentro y al agua contigo; sí, Luis, me gusta asolearme, sí, Luis, el daikirí es mi favorito; sí, Luis, en la espalda no alcanzo, ponme tú el *sea-and-ski,* ahora yo a ti, sí, Luis, sí...

Laura pensaba tan ardientemente que no vio los taxis vacíos y se siguió de largo frente al sitio de alquiler indicado por Silvia. Caminó, caminó; sí, podría ser una escritora, el poema estaba casi hecho, su nombre aparecería en los periódicos, tendría su círculo de adeptos y, hoy, en la comida, Silvia se sentiría orgullosa de ella, porque nada de lo de antes se le había olvidado, ni las rosas de talle larguísimo, ni las copas centellantes, ni los ojos que brillan de placer, ni la champaña, ni la espalda de los hombres dentro de sus trajes bien cortados, tan distinta a la espalda enflanelada y gruesa que Beto le daba todas las noches, un minuto antes de desplomarse y dejar escapar el primer ronquido, el estertor, el ruido de vapor que echa: locomotora vencida que se asienta sobre los rieles al llegar a la estación.

De pronto, Laura vio muchos trenes bajo el puente que estaba cruzando; sí, ella viajaría, seguro viajaría, en Iberia, el asiento reclinable, la azafata junto a ella ofreciéndole un whisky, qué rico, qué sed, el avión atravesando el cielo azul como quien rasga una tela, así cortaba ella las camisas de los hijos, el cielo rasgado por el avión en que ella viajaría, el concierto de Aranjuez en sus oídos; España, agua, tierra, fuego, desde los techos de España encalada y negra. En España, los hombres piropean mucho a las mujeres, ¡guapa!, qué feo era México y qué pobre y qué oscuro con toda esa hilera de casuchas negras, apiñadas allá en el fondo del abismo, los calzones en el tendedero, toda esa vieja ropa cubriéndose de polvo y hollín y tendida a toda esa porquería de aire que gira en torno a las estaciones de ferrocarril, aire de diesel, enchapopotado, apestoso, qué endebles habitaciones, cuán frágil la vida de los hombres que se revolcaban allá abajo mientras ella se dirigía el *beauty shop* del Hotel María Isabel, pero ¿por qué estaba tan endiabladamente lejos el salón de belleza? Hacía mucho que no se veían grandes extensiones de pasto con casas al centro, al contrario: ni árboles había.

Laura siguió avanzando, el monedero de Silvia fuertemente apretado en la mano; primero, el cepillo, ahora el monedero. No quiso aceptar una bolsa, se había desacostumbrado, le dijo a su amiga, sí, claro, se daba cuenta que sólo las criadas usan monedero, pero el paso del monedero a la bolsa lo daría después, con el nuevo peinado. Por lo pronto, había que ir poco a poco, recuperarse con lentitud, como los enfermos que al entrar en convalecencia dan pasos cautelosos para no caerse. La sed la atenazó y, al ver un Sanborns se metió, al fin: *ladies bar.* En la barra, sin más, pidió un whisky igual al del Iberia. Qué sed, sed, saliva, semen; sí, su saliva ahora, seca en su boca, se volvería semen; crearía, al igual que los hombres, igual que Beto, quien por su solo falo y su semen de ostionería se sentía Tarzán, el rey de la creación, Dios, Santa Clos, el señor presidente, quién sabe qué diablos quién. Qué sed, qué sed, debió caminar mucho para tener esa sed y sentir ese cansancio, pero se le quitaría con el champú de cariño, y a la hora de la comida, sería emocionante ir de un grupo a otro, reír, hablar con prestancia del libro de poemas a punto de publicarse. El azul le va muy bien, el azul siempre la ha hecho quererse a sí misma, ¿no decía el psiquiatra en ese artículo de *Kena* que el primer indicio de salud mental es empezar a quererse a sí mismo? Silvia le había enseñado sus vestidos azules. El segundo whisky le sonrojó a Laura las mejillas, al tercero descansó y un gringo se sentó junto a ella en la barra y le ofreció la cuarta copa. "Y eso que no estoy peinada", pensó agradecida. En una caballeriza extendió las piernas, para eso era el asiento de enfrente, ¿no?, y se arrellanó. "Soy libre, libre de hacer lo que me dé la gana."

Ahora sí el tiempo pasaba con lentitud y ningún pensamiento galopaba dentro de su cabeza. Cuando salió del Sanborns estaba oscureciendo y ya el regente había mandado prender las larguísimas hileras de luz neón del circuito interior. A Laura le dolía el cuerpo y el brazo en alto, varado en el aire llamó al primer taxi, automáticamente dio la dirección de su casa y al bajar le dejó al chofer hasta el último centavo que había en el monedero. "Tome usted también el monedero." Pensó que el chofer se parecía a Luis Morales o a lo que ella recordaba que era Luis Morales. Como siempre, la puerta de la casa estaba emparejada y Laura tropezó con el triciclo de una de las niñas, le parecieron muchos los juguetes esparcidos en la sala, muchos y muy grandes, un campo de juguetes, de caminar entre ellos le llegarían al tobillo. Un olor de tocino invadía la estancia y desde la cocina vio los trastes apilados en el fregadero. Pero lo que más golpeó a Laura fue su retrato de novia parada junto a Beto. Beto tenía unos ojos fríos y ella los miró con frialdad y le respondieron con la misma frialdad. No eran feos, pero había en ellos algo mezquino, la rechazaban y la desafiaban a la vez, sin ninguna pasión, sin afán, sin aliento; eran ojos que no iban a ninguna parte, desde ese sitio podía oír lo que anunciaba Paco Malgesto en la televisión, los panquecitos Bimbo; eran muy delgadas las paredes de la casa, se oía todo y al principio Laura pensó que era una ventaja, porque así sabría siempre dónde andaban los niños. Casi ninguno volvió la cabeza cuando entró al cuarto de la televisión, imantados como estaban por el Chavo del 8. El pelo de Magda pendía lastimero y enredado como siempre, la espalda de Beto se encorvaba abultadísima en los hombros —hay hombres que envejecen allí precisamente, en el cuello, como los bueyes—; Gloria y Alicia se habían tirado de panza sobre la alfombra raída y manchada, descalzas, claro. Ninguno pareció prestarle la menor atención. Laura, entonces, se dirigió a la recámara que nadie había hecho y estuvo a punto de aventarse con todo y zapatos sobre el lecho nupcial que nadie había tendido, cuando vio un calcetín en el andén y sin pensarlo lo recogió y buscó otro más abajo y lo juntó al primero: "¿Serán el par?" Recogió el suéter de Jorgito, la mochila de Quique, el patín de Betito, unos pañales impregnados con el amoniaco de orines viejos y los llevó al baño a la canasta de la ropa sucia; ya a Alicia le faltaba poco para dejar los pañales y entonces esa casa dejaría de oler a orines; en la tina vio los patos de plástico de Alicia, el buzo de Jorgito, los submarinos, veleros y lanchas, un jabón multicolor e informe compuesto por todos los pedazos de jabón que iban sobrando y se puso a tallar el aro de mugre que sólo a ella le preocupaba. Tomó los cepillos familiares en el vaso dentífrico y los enjuagó; tenían pasta acumulada en la base. Empezó a subir y bajar la escalera tratando de encontrarle su lugar a cada cosa. ¿Cómo pueden amontonarse en tan poco espacio tantos objetos sin uso, tanta materia muerta? Mañana habría que aerear los colchones, acomodar los zapatos, cuántos; de futbol, tenis, botas de hule, sandalias, hacer una lista, el miércoles limpiaría los roperos, sólo limpiar los trasteros de la cocina le llevaría un día entero, el jueves la llamada biblioteca en que ella alguna vez pretendió escribir e instalaron la televisión porque en esa pieza se veía mejor, otro día entero para remendar suéteres, poner elástico a los calzones, coser botones, sí, remendar esos calcetines caídos en torno a los tobillos, el viernes para...

Beto se levantó, fue al baño, y sin detenerse siquiera a cerrar bien la puerta, orinó largamente y, al salir, la mano todavía sobre su bragueta, Laura sostuvo por un instante la frialdad de su mirada y su corazón se apretó al ver el odio que expresaba. Luego dio media vuelta y arrió de nuevo su cuerpo hacia el cuarto de la televisión. Pronto los niños se aburrirían y bajarían a la cocina: "Mamá, a mediodía casi no comimos". Descenderían caracoleando, ya podían oírse sus cascos en los peldaños, Laura abriría la boca para gritar pero no saldría sonido alguno; buscaría con qué defenderse, trataría de encontrar un cuchillo, algo para protegerse pero la cercarían: "Mamá, quiero un huevo frito y yo jotquéis y yo una sincronizada y yo otra vez tocino"; levantarían hacia ella sus alientos de leche, sus manos manchadas de tinta, y la boca de Laura se desharía en una sonrisa y sus dedos hechos puño, a punto de rechazarlos, engarrotados y temblorosos, se abrirían uno a uno jalados por los invisibles hilos del titiritero, lenta, blandamente, oh, qué cansinamente.

Métase mi Prieta, entre el durmiente y el silbatazo

EL TUBO DE LA LUZ perfora la noche y la locomotora se abre paso entre muros de árboles, paredes tupidas de una vegetación inextricable: "Soy yo el que avanzo o son los árboles los que caminan hacia mí", se pregunta el maquinista rodeado de la densidad nocturna y del olor azucarado del trópico. Los pájaros vuelan dentro de la luz, se dirigen al fanal y se estrellan. Un minuto antes de morir tienen los ojos rojos. Toda la noche, el maquinista ve morir los pájaros. El fanal también enceguece las plantas, las vuelve blancas y sólo cuando ha pasado recobran su opulencia y más arriba se dibujan de nuevo las masas sombrías de los montes. A Pancho le gusta asomarse afuera de la locomotora y ver cómo, hacia atrás, todo regresa a la vida; los arbustos de vegetación cerrada resucitan, transfigurados, fantasmales, se persignan deslumbrados ante la luz. Después, la noche los traga, inmensa y hosca como ese ejército de árboles que se despliega sobre centenares de kilómetros a la redonda con quién sabe qué secreta estrategia de guerra. Entre tanto, los vuelos entrecruzados de mil insectos luminosos atraviesan la oscuridad del cielo; hasta se oye el estertor de algún animal cogido en una trampa y uno que otro grito de pájaro herido. Pancho piensa fascinado en los miles de pájaros que caen sobre los rieles; de ellos no han de quedar ni los huesitos, huesitos de pájaro, palillos, ramitas, lo más frágil. El reflector eléctrico pesa media tonelada e ilumina a dos kilómetros de distancia; dentro de esa luz blanca los insectos bailan hasta que amanece. (Camilo les dice "inseptos".) A medida que despeja, va acallándose el rumor de la noche: las chicharras, los gritos extrañamente humanos de los pájaros, los movimientos oscuros del suelo vegetal y pesado, las aguas secretas, sinuosas, que terminan por ahogarse en el pantano. Pancho entonces se recarga y cierra los ojos, suspira, se echa para atrás en el banquillo de hierro; pasa su mano fuerte sobre su cara como si quisiera zafársela; lo único que logra es quitarse la cachucha, alisa sus cabellos, ha llegado su hora de dormir; dentro de un instante bajará de la locomotora a tirarse en cualquier camastro, el primero que encuentre hasta que vuelva la noche. Después del sueño, montará de nuevo en su máquina, su amor despierto, el río de acero que corre por sus venas, su vapor, su aire, su razón de estar sobre la tierra, su único puente con la realidad.

Lo más bonito de Teresa, además de su gordura, era su prudencia; mejor dicho, su absoluta incapacidad para la intriga o la malevolencia. Él regresaba echando pestes contra el jefe de patio general; que se iban a unir todos para sacar al desgraciado, que por algo había un sindicato, que... y Teresa, con sus ojos fijos de vaca buena, respondía con voz tranquila:

—Pues a ver.

Nunca un juicio, nunca una palabra de más. Desplazaba lentamente su gran pasividad de la cocina a la recámara, a la azotehuela, y parecía abarcarlo todo. Nada le hacía mella, nada alteraba su humor parejo, y, sin embargo, cómo le gustaba a Pancho que Teresa se sentara encima de él a la hora del amor; él de espaldas en la cama y ella en cuclillas, montada en su pecho, sus piernas acinturándolo; tan enorme, que Pancho no alcanzaba a verle el rostro, asfixiado como estaba por su vientre, sus muslos fortísimos, pero qué dulce, qué reconfortante asfixia. Pancho se sentía entonces tan satisfecho como frente a los controles de su máquina; una espesa felicidad le resbalaba por dentro; bullía el metal líquido que sale del horno de la fundidora con el color puro y blanco de la luz del sol. Pancho pasaba de la plenitud nocturna sobre los rieles de la ruta del sureste, erecto frente a la ventanilla de la locomotora, a la plenitud de la siesta de las tres de la tarde cuando estiraba la mano para sentir el grueso, el cálido brazo de Teresa, y atraerla hacia sí, abrazar esa mole tierna y blanda, y hundirse en ella una y otra vez como los pájaros azotándose contra el faro de luz, una y otra vez sus ojos rojos. Siempre hacía el amor, a eso del mediodía, Teresa con una diadema de sudor en la frente. De la cocina venía el crepitar de la carne de puerco friéndose bajo la tapadera, para que no fuera a resecarse, y en Pancho se duplicaba la gula; cogía morosamente y pasaba de una mesa a otra, apenas con el pantalón de la pijama. Se sentaba frente al caldo de médula servido por Teresa, a quien un tirante del fondo le resbalaba sobre el brazo, ella también comía viéndolo a la cara mientras volteaba, con el brazo estirado, las tortillas en el comal; sopeaban, tomaban su tiempo, sorbían acumulando en su lengua caliente y agitada nuevas sensaciones, como si continuaran el acto amoroso y lo perpetuaran. Muchas veces, al terminar de limpiarse la boca con la mano, Pancho jalaría de nuevo a Teresa hacia un lecho revuelto y grasiento. Permanecían después el uno en los brazos del otro, la nuca sudada de Teresa sobre el hombro de Pancho, el miembro mojado de Pancho caído encima de la pierna de Teresa, quien sentía cómo aún escurría el semen. Así se hundían en el sueño. Pero a veces Teresa se agarraba del cuello de Pancho como si fuera a ahogarse, a punto de caer a lo más hondo del océano, de su océano, su propia agua; Pancho entonces la deseaba con furia por la dependencia en su abrazo y por esa expresión extraviada en sus ojos redondos. A las seis cuarenta en punto se despedía de ella desde la puerta, en el tardío momento en que Teresa se ponía a lavar los trastes, a levantar su cocina. Cuando Pancho regresaba de su corrida a las seis de la mañana dos días más tarde, la encontraba dormida, se colaba entre las sábanas junto a ella y ella lo recibía con un murmullo de aquiescencia. En el curso de la mañana, Teresa abandonaba el lecho, trajinaba, se ponía a escombrar, como decía ella, a planchar ropa. Ya cerca de las dos de la tarde volvía a acostarse junto a él, así vestida, para hallarse al alcance de su deseo a la hora en que él despertara.

—No, Pancho, si ésta no se lubrica.

—¿No le voy a lubricar las chumaceras?

—No, en la máquina diesel todo este trabajo es automático.

—Y los pernos de conexión, ¿tampoco los voy a lubricar?

—No, haz de cuenta que todo está hecho.

—Pero ¿quién mantiene la máquina?

—Sola, se mantiene sola; un lubricador hidrostático a base de vapor, de presión, de agua y de aceite lubrica los cilindros. Esta diesel se hizo pensando en cómo facilitarles el trabajo a los operadores. Lo único que debes hacer es conducir.

Pancho mira la máquina con desazón, no la reconoce, no sabe por dónde agarrarla. Por primera vez se siente fuera de lugar dentro de una locomotora. Todo está escondido; los controles se integran dentro de una superficie de acero que repele de tan brillante. También el patio de arriba brilla; los ventanales hacen que la estación parezca vidriería. “Nada es como antes —piensa—, nada.” En otros tiempos, la mole negruzca de la locomotora despuntaba a lo lejos seguida por su penacho de humo y, en menos de que cantara un gallo, allí estaba estacionada, tapando con su negrura la claridad de la mañana. Entraba resoplando fatigas, echando los bofes y en forma desafiante se asentaba sobre los rieles con un rechinido de muelles. Todavía resonaban sus bufidos triunfales. De ella descendían los ferrocarrileros y se despedían o se saludaban a gritos con el regocijo de haber llegado a casa; al bajar, palmeaban su máquina, le daban en el lomo como a un buen animal viejo, la acariciaban con la mano abierta, unas caricias anchas, a querer abarcarla toda. Pancho se quedaba con la Prieta en el patio de carga, enfriándola, y le gustaba escuchar los martillazos que provenían del taller de carros y de ejes y de ruedas, uno, dos, uno, dos, sobre los yunques, y que en sus oídos resonara el ronroneo de los tornos como antes habían resonado los silbidos de la locomotora. Cuando los peones enderezaban la vía reumática con barretas para nivelarla, se quejaban y gritaban en medio de su esfuerzo por levantarla: "¡Eeeeeeeeh! ¡Oooooooooh! ¡Eeeeeeeey!" Como que resentían en su propio cuerpo los achaques de los rieles y se solidarizaban. Y todo esto en medio de la respiración uniforme de las calderas y del continuo tracatraca de las pistolas de aire. Pancho le advertía al mecánico mientras se alejaba contento, dueño del terreno: "¡Allí te la encargo, al rato vengo a darle su vueltecita!" Los trenistas pasaban entre los botes de chapopote, los montones de estopa, saltaban el balasto con la alegría retozona del que reconoce su casa; sorteaban los envases vacíos, las cajas desvencijadas, los fierros torcidos, el cochambre. Cierto que no todo era limpio, el balasto yacía cubierto de porquerías, de cosas vivientes ahora carbonizadas, de trozos sueltos de carroña, de herramientas relegadas, toda esta basura que dentro de diez mil años no se distinguiría de los desechos orgánicos e inorgánicos que el tiempo o quizá el mar pulveriza hasta convertir en arena. Una linterna escarbaba la tierra de cabeza; un armón abandonado mostraba sus tripas, la basura ya iba para montaña, pero la actual nitidez de los carriles sacaba de quicio a Pancho.

—¿Entonces, ésta no se lubrica?

—No, Pancho, ya te dije que no.

—Bueno, ¿y la Prieta?

—La mandamos a Apizaco. Allá la correrán en algunos tramos cortos.

—Pero ¿por qué carajos no me avisaron que se la iban a llevar?

—A nadie se le avisó, Pancho; llegaron las diesel de tres mil caballos y quisimos ponerlas en servicio de inmediato.

—Ayer me tocaba descanso, por eso se aprovecharon.

Igual que la Teresa. A traición, a mansalva. Un día no amaneció. Después le dijo un peón de vía que la había visto subir a un carro izada por una mano de hombre, que al hombre no lo había podido semblantear pero bien que se fijó cómo Teresa daba el paso rápido sin mirar para ningún lado. En la casa faltaba el viejo veliz panza de buey que siempre acompañó al maquinista. Durante muchos días Pancho siguió estirando la mano para tomar el grueso brazo de la Teresa y atraerla hacia sí, hasta que optó por ir a la estación y aventarse dentro de la cámara sombría de su otra mujer, guarecerse en su vientre que aun en tierra parecía estar meciéndose, y dormir hecho un ovillo en contra de la lámina diciéndole lo que nunca le había dicho a Teresa: "Prieta, prietita linda, mi amor adorado, mamacita chula, prieta, rielerita, eres mi querer, prieta coqueta", hasta que sus labios quedaran en forma de *a*, la *a* de la Prieta, ese nombre pronunciado como encantamiento en contra del dolor y el abandono. Y ahora le salían con eso: con que tampoco estaba la Prieta:

—¿Cuándo se la llevaron?

—Anoche.

Pancho había estado en una junta de sección, en el momento mismo en que la Prieta, lenta, solapadamente, se deslizaba sobre los rieles, conducida por otro maquinista.

—¿Quién la sacó?

El superintendente se impacienta.

—Ve a preguntar al secretariado.

—Yo con los cagatintas no me meto. Ésos ni ferrocarrileros son.

—Hombre, no se trata de eso, las cosas están cambiando para bien, es el nuevo reglamento, tiene que aumentar la fuerza tractiva de Ferrocarriles, nos va a beneficiar a todos. Además date de santos que tu locomotora no se va a vender como chatarra a Estados Unidos. Se van a vender casi tres mil carros que están en pésimas condiciones.

—Chingue a su madre.

Pancho da la media vuelta antes de que el superintendente pueda responder. Se larga, al cabo siempre ha sido tragaleguas, y piensa: "Si me alcanza, aquí nos damos en la madre". Casi lo desea, pero el otro no viene, nadie lo sigue. Camina entre el ardor de los rieles que le relampaguean en los ojos, acerándoselos, rebanándolos; pisa el balasto para que no se le enchapopoten los zapatos y al hacerlo recuerda con qué gusto barría la tierra la Teresa, y eso que lo hacía con una escoba tronada; intenta retener la imagen, que barra frente a él, pero el calor parece fundirlo todo; ménsulas de señales, rieles, durmientes, muelles, remaches, en una gelatina gris y espesa, el acero se desintegra, ahora son puros terrones, sí, es tierra común y corriente, "si viene un tren, ni madres, no me muevo". En una barda recién pintada con chapopote relumbra el letrero: "Viva Demetrio Vallejo". Camina sin parar, el sol en la nuca taladrándole los hombros. Hace rato que salió de Balbuena y pasó bajo el puente de Nonoalco; hace rato que entró a los llanos, ya ni guardacruceros hay, ni un solo hombre sentado en algún muelle, ni uno que patee encorvado la grava con los pies, ni uno que juegue con la arena, con las piedritas que luego se les caen a las góndolas, sólo por allí un zapato desfundado, vencido como él, y más allá un cabús pudriéndose al sol. Ya ni torres de vigilancia, ni grúas. Le parece escuchar un llorido de zapatas, "híjole, ya estoy oyendo voces", ni un solo convoy con sus carros cargados de azufre del Istmo de Tehuantepec, ni uno solo de sal, hay que seguirle, poner un pie frente al otro durante quién sabe cuántas horas hasta el atardecer, la garganta seca, al cabo ya está acostumbrado, aguanta eso y más, aguanta un chingo. "Tengo que llegar a alguna estación para no quedarme aquí en despoblado", pero como ninguna casa reverbera en la distancia, Pancho se sale de los rieles y se tira a un lado de la vía y allí duerme como bendito, como piedra en pozo, como hombre muerto.

—Sabes, los precios están por las nubes.

Cuando Teresa hablaba era para quejarse de la carestía. Si no, mientras iba de un quehacer a otro, guardaba silencio. Sólo cuando hacía el amor articulaba palabras que empezaban con *m*, "mucho", "más", "mmm", lenta, suavemente, en un ronco gorjeo de paloma, sí, eso era, un zureo de paloma, que a Pancho siempre le resultó gratificante. Sólo por ese gemido, de pronto, a media comida, a media mañana, a media corrida, Pancho sentía un lacerante, un infinito afán de posesión. Él era quien provocaba ese quejido en la mujer, y encima de ella, abrazado a su vientre, esperaba el momento en que comenzaría a producirse, así como acechaba el instante en que la Prieta empezaba a pespuntear las llanuras con el traqueteo de sus ruedas sobre las junturas de los rieles. Entonces, cuando corría suavecito, en medio del silencio, sentía el mismo deseo que montado en la Teresa; era dueño del tiempo, de toda esta oscuridad, esta negrura que su faro iba perforando; esas sombras que él atravesaba eran terreno ganado, tierras por él poseídas; su conquista, él las había extraído de la noche, gorjeaban como la Teresa, se le venían encima con sus moles blanquísimas y luminosas, blancas como la leche, muslos, senos de la noche, frutos almendrados, piel que lo envolvía suave, tiernamente. Al principio, Teresa era más comunicativa, hablaba de su hermana Berta, de cómo le pegaba, de cómo, al no poder desempiojarla, una vez la había rapado; de vez en cuando le reclamaba a Pancho: "Oye, tú, ¿por qué no hablas?", y Pancho musitaba: "Nosotros los rieleros nos hacemos compañeros del silencio". Por eso Teresa se hizo callada. Al no recibir sino monosílabos, dejó poco a poco de abrir la boca, sólo lo más indispensable, sólo aquello que le salía a pesar de sí misma, sin control, ese gorjeo y ese continuo ritornelo acerca de los precios escalando al cielo.

—Pancho, levántate, no seas buey.

—¡Pancho!

Dos rostros le hacen sombra. Pancho se talla los ojos.

—Llevamos horas tras de ti, anda, ven.

El Chufas y el Gringo lo jalan, el Chufas ya le ha metido las dos manos bajo las axilas y lo jala hacia arriba:

—Cómo vas a quedarte aquí, vámonos.

El Gringo se enoja:

—Yo estoy de guardia mañana, cabrón. Anda, vente, ya no estés chingando.

—Oye tú, ¿y quién te mandó llamar? El que está chingando eres tú.

Ahora sí el que se enoja es Pancho y del coraje se levanta.

—¿A poco yo los ando buscando? ¡Ustedes son los que vienen a joderme aquí donde estoy tranquilo!

El Chufas no le ha quitado las manos de bajo las axilas como si temiera una imposible huida. Pancho se zafa de mala manera aunque todo su coraje se lo dirija al Gringo.

—¡Váyanse mucho al carajo!

—Órale, Pancho, no te mandes.

—¿Quién les dijo que vinieran? A ver, ¿quién? Yo no los mandé traer.

—El Chufas te empezó a buscar.

—Y al Chufas ¿qué? Al Chufas le vale madres.

—El Chufas te vio irte por toda la vía, apendejado, y por más que te llamó nunca volteaste. Por eso se preocupó. Ya ni la amuelas. Estábamos en el patio de carga... Anda, vámonos de aquí.

Sin sentirlo, Pancho ha comenzado a caminar al lado de sus cuates. Hace mucho que no anda con ellos. No los buscó siquiera cuando la Teresa se largó ni se asomó tampoco a la cantina. Al cabo tenía a la Prieta y allá se fue a dormir, acunado en sus entrañas temblorosas que lo estrechaban cálidas, en el refuego de su propia sangre que lo hacía reconocerla a medida que avanzaba la noche, prever sus reacciones, adivinar sus sonidos más recónditos, sus tintineos, señales y suspiros. Trenzaba sus piernas en torno a sus ardores así como la Teresa aprisionaba las suyas de suerte que al despertar sólo les quedaba volverse el uno contra el otro. Podía predecir hasta su mínima convulsión: "Ahora se va a estremecer porque llegarán los del taller y los martillazos en el yunque resuenan en toda la lámina; yo mismo los voy a sentir aquí adentro, dentro de ella. En un momento más entrarán los paileros y con ellos el superintendente, y ella se va a aflojar, complacida". Antes, Pancho tenía la costumbre de irse con los cuates a la cantina y al grito de "el vino para los hombres y el agua para los güeyes" se acodaba en la barra a empujarse sus calantanes, después iba a la casa del foco rojo, a bailar con las viejas que huelen a maíz podrido. Pero cuando le cayó Teresa, ya no hubo necesidad de nada, ni de chínguere, ni de viejas rogonas de lupanar. ¡Adiós al Canicas, al Camilo, al Babalú, al Gringo, al Chufas, a Luciano! También el Luciano le había puesto nombre a su máquina: la Coqueta y la traía acicaladita con sus colguijes y sus espejuelos, su Virgen de Guadalupe y hasta una foto de él mismo asomándose por la ventanilla de la locomotora. Ahora, pensándolo bien, sentía que un buen calorcito le subía por dentro al venir junto a sus amigos, sus cuates, pues, sus ñeros, sus carnales, ¿no?, que lo habían ido a buscar hasta allá, olvidándose que hacía mucho que él se les había rajado.

—Súbete al cabús. Vamos a echarnos un tanguarniz.

De veras que estos cuates son buenas gentes, muy buenas gentes.

—Pancho, bien que te vendrían unas cheves.

Pancho no dijo ni sí ni no.

—Ya han de haber cerrado —concluye el Gringo.

—Pues vámonos con Martita.

Martita es bien jaladora, cuando los ferrocarrileros andan por allí girando en esa cachondez especial de la parranda y ya todos en la piquera les ordenan: "¡Ya locotes, lárguense, esto ya se acabó, lárguense a dormir!", y no hay ni dónde echarse un buen café, una polla, o de perdida la del estribo, ella tiene siempre abierta la puerta de su casa y no le molesta levantarse de su hamaca y atenderlos con una sonrisa hermosotota, amplia, en sus ojos un lento oleaje de luz como madre para sus hijos sin predilecciones ni discriminación. Por más jodidos que estén, idos de plano, abrazados los unos a los otros cuando antes se abrazaron a los postes de luz, como mástiles, sintiendo que el barco se iba a pique, con sólo verla se les levanta el ánimo. Saca luego luego el mezcal o prepara el café bien caliente, con piquete y leche condensada que sale de la lata de a chorrito: el "chorreado", y si tienen para pagarle, a todo dar, y si no, "ai más tarde le pasarán los fierros". De Juchitán ha traído la hamaca, nunca se acostumbró a dormir en cama. "Es la mecidita la que extraño", "es esa mecidita la que la tiene de buen humor", corean los rieleros. Siempre se sienten a toda madre en casa de Martita; el estómago revuelto se les asienta y aunque estén cayéndose de borrachos ella les quita lo del cuerpo cortado mediante sus hojas con piquete, sus chorreados, tan buenos para calentar la panza. Y nada de joderlos con regaños ni vaticinios negros, nada, hermosotota la Martita, hermosototes sus ojos con ese lento oleaje de luz, uno qué más quiere en esta canija vida que sentirse bienvenido, amparado por los ojos de una mujer que lo recibe a uno de buen modo, uno qué más puede pedir, a ver, ¿qué más? También a ella dejó de frecuentarla Pancho cuando llegó la Teresa.

—Mañana quiere verte el superintendente —le dice el Gringo al segundo "chorreado".

—Ya le menté la madre.

—Dice que quiere verte.

Para el superintendente Alejandro Díaz, Pancho es un personaje. Hasta le gusta verlo pasar con su cabello gris y sus hombros que empiezan a encorvarse rumbo al local de la sección y advertir gravemente: "Mañana a las doce empieza la huelga, el paro de dos horas porque ya se venció el plazo que le dimos a la gerencia..." Y eso que Alejandro Díaz es empleado de confianza. Ante Pancho, preferiría no serlo para oírlo pelear en la asamblea, ver su mirada retadora, fuerte, su mirada de hombre libre, cuando son tantas las miradas rastreras que lo persiguen durante el día. ¡Y eso que sólo es superintendente! ¡Cuántas miradas viles no verá el presidente de la República! Dicen, pero nadie lo sabe a ciencia cierta, que Pancho habló una vez en la sección 19 de Monterrey frente a una asamblea de mil ferrocarrileros que creían en el Charro Díaz de León: los tres primeros oradores apoyaron al Charro, y cuando subió Pancho Valverde supusieron que se uniría a los demás, y qué desconcierto cuando dijo que se trataba de un líder corrupto, al servicio de la empresa, del gobierno y sobre todo de sí mismo, de sus propios y mezquinos intereses. Toda aquella gente sabía que Pancho Valverde era derecho, y sin embargo la asamblea quedó dividida. Ése fue uno de los grandes golpes en la vida sindical de Pancho pero nunca lo había comentado. A veces en la cantina rememoraba la asamblea y murmuraba: "No se vale, no se vale". Por ello los viejos respetan a Pancho y los jóvenes quieren ser vistos por él; hacer méritos frente a él. Igual le sucede al superintendente. Alejandro Díaz sabe que él no cuenta para Pancho, que el maquinista daría la vida por Timoteo, por Venancio, por Chon, por Baldomero, por el Gringo, por Camilo, por el Babalú, pero no por él. Por ellos sí. Alejandro Díaz ha visto cómo reclama indemnizaciones, lucha por los jubilados, se queda hasta avanzada la noche a revisar contratos de trabajo, a memorizar cláusulas casi todas a favor de la empresa para rebatirlas en la junta. Sus "cállense, cabrones" en la asamblea resultan más eficaces que cualquier alegato, el golpe de su puño en la mesa de debates quemada de cigarros es definitivo, y en el presídium lo primero que se ve es su rostro por la intensidad de su expresión. Y no es siquiera que aspire al poder, es que Pancho es amigo del garrotero Timoteo, quien ahora lo mira, su muñón sobre la mesa porque el antebrazo lo dejó prensado entre dos carros en una de tantas maniobras, y también es cuate de Venancio, jubilado que se muere de hambre dentro del furgón que habita a pesar de que su mujer ha colgado geranios en las ventanillas, y quiere a Lencho el fogonero que ya no palea carbón sino rencores, y le cae bien Concepción, Chonito, que se la vive en el Templo del Mediodía, abajo del Puente de Nonoalco, en la calle de la Luna, esperando a que Roque Rojas, ¡olvídense de Jesucristo!, se posesione de su envoltura humana y lo libere de la artritis, la vejez, el aliento a agua enlamada, que le advierte que se le están pudriendo las entrañas.

Pancho Valverde nunca se ha dejado bocabajear: "Hablo porque quiero y porque puedo y porque aquí me he chingado muchos años". Salpica sus alegatos de dichos: "Entre menos burros, más olotes", "Camarón que se duerme se lo lleva la corriente", "El que es buey hasta la coyunda lambe", y para Alejandro Díaz resulta curioso asociar los dichos de Pancho a expresiones como "producto nacional bruto" (los brutos somos nosotros), "días festivos" (el que nace tepalcate ni a comal tiznado llega), "contractuales" (ya no hay ferrocarrileros de reloj y kepí) y otros terminajos que Pancho se ha aprendido de memoria en sus muchas veladas de machetero. "Órale, órale, no te me engolondrines."

Pancho fue el de la iniciativa en contra de los empleados de confianza, que pa' qué tantos, que de qué servía ese bute de contadores muy prendiditos, de secretarias que caminaban como pollos espinados, que de los quinientos empleados de confianza del Ferrocarril del Pacífico no se hacían cincuenta, y pidió el cese de por lo menos veintitrés que a él le constaba personalmente que no hacían nada, dio pelos y señales y entre ellos se encontraban dos hijos de Benjamín Méndez, el gerente. Que los ocho mil trabajadores del riel, ésos sí mal comidos y mal pagados, estaban hartos de la burocracia, de tanto papeleo desabrido, y claro, la empresa no cedió, hubo muchos destituidos, pero qué bonita lucha la de Pancho, bonita hasta para Alejandro Díaz que intervino a favor de Pancho para que no lo destituyeran y éste no lo supo jamás, bonita la lucha con una chingada, porque si Pancho impulsa las huelgas siempre se ha manifestado en contra de los sabotajes. Ama demasiado a los trenes para tolerar una máquina loca, una colisión; si una sola abolladura en su locomotora lo hace agacharse como si el golpe cayera en su cuerpo, un ataque a las vías del tren le duele en carne propia como aquella vez en que un canalla bloqueó el pedal de seguridad de la 6093 poniendo una planchuela de acero sobre el acelerador, tiró de la palanca y la máquina salió disparada, a más de ochenta kilómetros por hora en contra de la 8954, la Coqueta, la de Luciano que hacía movimientos de patio y por poco y muere Luciano, quien después de quitarle los frenos a su locomotora se aventó hacia afuera. Salvó su vida pero no la de su Coqueta que quedó transformada en una escalofriante montaña de hierros retorcidos. Meses más tarde Luciano murió de la tristeza. Con Luciano, Pancho había vivido huelgas y otras aventuras; Luciano una vez quedó prendido al árbol del garrote tratando de detener cinco carros locos y desbocados y sólo se tiró en el último instante, cuando vio que era inminente el siniestro; Pancho solía cantar sentado sobre un durmiente: "Por donde quiera que ando/ y a donde quiera que llego/ la polla que no me llevo/ la dejo cacaraqueando", y los dos reían porque de muy jóvenes ambos tuvieron la comisión de pintas y entre los "Abajo la empresa" y "Los ferrocarrileros con

Vallejo", escribían con chapopote negro sobre los costados de los furgones, picándose las costillas y tirando los botes: "Vóitelas mi riel", "Tracatraca pero en serio", "No le importe la oscuridad del túnel, después en la riel nos resbalamos", "Dénme una buena máquina y le jalo todos los furgones", "Chingue su madre Díaz de León", "Entre los rieles y entre sus piernas, de pueblo en pueblo casi la hacemos", "Métase mi Prieta entre el durmiente y el silbatazo", "En un buen cabús se engancha lo que usted quiera" y otros dichos sabrosos que dibujaban con esmero, humedeciéndose los labios, porque acababan de descubrir a la mujer y al riel. ¡Ah qué Luciano, ah qué ese mi carnal, ése sí carnal de a deveras, hermano, hermanito del alma!

Para el superintendente Alejandro Díaz, mirar a Pancho resulta penoso; la expresión de su rostro es de desolación absoluta, parece perro sin amo. En el fondo de sí mismo, Alejandro Díaz quisiera decirle a Pancho que si tanto le importa su locomotora de vapor va a gestionar su traslado a una de las vías menores para que siga conduciéndola, pero Pancho Valverde es uno de los mejores maquinistas del sistema, y ahora cuando ya blanquean sus sienes y se ha arrugado su rostro, que en realidad siempre pareció un patio de arribo, la empresa le quita su máquina para darle una diesel, la misma que acaban de comprar en los Estados Unidos. En vez de enorgullecerse, Pancho Valverde desconfía. A la Prieta la cameló, ¡ah qué mi Prieta!, porque siempre fue quisquillosa y había que agarrarle el modo, la adornó, le puso su silbato de bronce, él mismo escogió el sonido grave: "Déme un silbato pero que suene bien bonito para mi Prieta, porque tengo una Prieta muy tres piedras". El día en que le tocaba hacer el recorrido llegaba con la aceitera, el cojín para evitarle lo caliente al asiento cuando la máquina queda del lado del sol, el suéter grueso para la noche, la valijita, el espejo de mano, la linterna. Los otros rieleros reían:

—Allí viene Pancho con su ajuar de novia para su primera noche.

En verdad, todos los recorridos son la primera noche, la de bodas. Pancho se instala en el asiento, agarra la palanca y al hacerlo la acaricia mientras le transmite una orden. Cuando la máquina suelta el vapor con un ruido de agua que sale a gran presión, Pancho también se relaja, y se tensa como cable al meter los frenos, al comprobar que en la pendiente las cejas responden y frenan también, todas ellas concentradas en retener los furgones. Es bonito oír el ruido del choque de las máquinas al engancharse, ¡le es tan familiar como el cierre de una puerta! Ya fuera de la estación, Pancho abre todo el regulador y le habla a su montura, a su yegua de hierro, su animal de fuego ancho y poderoso; la halaga con la mano, la reconoce: "Ya, ya, Prietita, tranquila, Prietita, quietecita, quietecita, ¡calmada la muchacha!" Camilo o Sixto o Cupertino o Juan el ayudante de maquinista en turno están tan acostumbrados a la voz de Pancho que ya ni lo escuchan. Más bien los adormece y la pasan mondo lirondo porque a Pancho no le gusta compartir a la Prieta. La lleva sobre la vía casi como si la bailara, la mano en su cintura, las yemas de los dedos en sus costillas, ambos ondean, a la derecha, a la izquierda, pasito tun tun como el del que corre por los surcos, en las tierras ocres, las tierras cafés, las tierras profundamente negras que surgen de un lecho pantanoso y se acercan a la vía sin respetar los quince metros de cada lado: el derecho de vía. La tierra rueda bajando de la montaña para venir a acurrucarse aquí en la vía y penetrar entre los durmientes. Empuja las piedras del balasto, se mete en todas partes, burlándose, marrullera, del tren que corre por la ancha vía pita y pita y caminando.

Antes del mediodía, el sol empieza a calentar, se azota en la lámina, arremete en contra de la chimenea, se estrella contra el vidrio irisándolo, calor contra calor, combustible contra combustible. Pancho se acomoda el cojín bajo las nalgas; hasta la aceitera hierve, hilos de sudor grasiento escurren de la gorra ferrocarrilera de Camilo el ayudante, quien duerme asándose en su propio jugo, la boca abierta como la chimenea del tren, un horno de vapor que también se pierde en el aire. A partir de las doce del día, los pueblos rumbo a Veracruz ya no son pueblos sino rincones del infierno. Al detenerse en las estaciones, Pancho ve los hatajos de burros, las mesas en el exterior y la longaniza ennegrecida por las moscas, la manteca bajo la mesa derritiéndose y la viejecita que se protege del calor tapando su cabeza y abanicándose con las puntas del rebozo como si eso pudiera servir de algo. Los que se acercan al tren lo miran en silencio; sólo gritan las vendedoras que en los últimos vagones ofrecen sus tortas de queso de puerco, sus muéganos, sus charamuscas, su agua fresca que ya el sol ha entibiado. Dentro de poco arrancarán de subida: "Anda, Prieta, dale duro, no te me rajes que es el último jalón". Cerca de la máquina, un pasajero de traje ajado le dice a otro acabadito de despertar:

—Esto ni se siente que camine.

—Es que no camina, va a vuelta de rueda.

Pancho está por responderle al catrín ése; por un momento piensa en tocar el silbido de alarma sólo para darle un buen susto pero la disciplina se impone. Él sabe correr su máquina para que le rinda el vapor y el agua; es un buen maquinista y así lo han clasificado por dos razones: una, su buen manejo, otra porque sabe dosificar el combustible y sacarle el mayor provecho. Lo que digan los pasajeros le tiene muy sin cuidado, ellos no están al tanto de que la Prieta tiene más de veinte años y que es una de las máquinas mejor cuidadas de Ferrocarriles. No en balde, en su día de descanso, don Panchito, como lo llaman los ferrocarrileros más jóvenes, la acompaña al taller para supervisar sus cuidados. Los mecánicos la conocen y ponen especial esmero en examinar todas las partes de la Prieta. El mismo Pancho la pinta, la recorre de cabo a rabo, que no se maltrate, que no se enmohezca, que ningún gozne permanezca olvidado, que cada una de sus piezas esté aceitada. Cuando un muchachito entró de ayudante, de chícharo, exclamó al ver los montones de grasa negra: "¡Qué trabajo tan puerco!" Pancho le respondió: "¡Sácate de aquí, roto, hijo de la chingada!", y no lo bajó de maricón. Los demás rieleros le hicieron eco entre risas, burlas y otras mentadas de madre; ellos mismos tienen grasa hasta el cogote, una grasa pesada, negra, visceral, porque con ésa van cubriendo todo el interior de la máquina, frotándola, acomodándola en los menores intersticios, dispuestos a chirriar ríspidamente, redondeando los ángulos con una capa mullida, gruesa; forrando los intestinos de la locomotora con este nuevo líquido amniótico que la suaviza y la vuelve dócil. La grasa nunca se ha visto como cosa sucia en el taller, al contrario, es una bendición, y sin embargo ahora el superintendente Alejandro Díaz se pone a explicarle como si no hubiera sido nunca ferrocarrilero:

—Con la máquina diesel el trabajo es más limpio, más técnico, ya no te vas a ensuciar, además te vas a ahorrar quién sabe cuántas jornadas de andar hurgoneándole a la máquina, lubricándole hasta el alma.

Pancho lo mira sin comprenderlo. Para él lubricar manualmente las chumaceras, sacarlas de sus ejes, frotarlas una y otra vez para volver a acomodarlas es un gusto, una necesidad física.

—Vas a ver cómo al rato te hallas, Pancho; todo es cuestión de costumbre.

Pancho menea la cabeza.

—Habemos unos que no a todo nos acostumbramos.

—Vas a ver que te sientes bien. Mañana vamos a correr la máquina a Veracruz. Tú te la vas a llevar... Llevas cemento.

—¿A Veracruz?

Con esta nueva locomotora anaranjada y tiesa, Pancho no habla. En las estaciones nada ha cambiado; son las mismas bancas piojosas y desvencijadas, los mismos puestos de cecina que se tuesta, las mismas mesas cojas, los mismos enjambres de moscas, los mismos burros de lomos cubiertos de cicatrices. Sin embargo como que Pancho en su cabina de controles está más alto, menos a la mano. No alcanza a oír lo que dicen los pasajeros de trajes arrugados por una noche de viaje ni le llegan los gritos de los viandantes que izan sus canastas de ventanilla en ventanilla. En la noche tampoco subió el calor, no necesitó el cojín ni la aceitera y tampoco le chorrearon hilos de sudor negro al segundo maquinista quien durmió muy tranquilo, acostumbrado a las maneras de Pancho. Y sin embargo Pancho, inquieto, lo despertó en varias ocasiones: "Órale que yo a ésta no le sé el modo". Con ésta habrá que botar el ajuar de novia, nada de eso es necesario, ni siquiera la valijita porque allí esquinado se abre un lóquer para colgar la chamarra, se puede regular el aire acondicionado, así que ni suéter ni espejo porque toda la carlinga está cubierta de espejos retrovisores. Pancho guarda un silencio desconfiado y sin embargo la diesel es tan poderosa, tan noble en las subidas, de tan buena alzada, que al día siguiente se pone contento ante la idea de acompañarla al taller para su revisión después del viaje: "Así me voy familiarizando con ella", como un nuevo amor de tres mil caballos al que uno le va agarrando admiración, luego cariño y después eso que hace olvidar lo de antes, las Prietas, las Teresas. Quién sabe si así sea, pero puede...

A la mañana siguiente, antes de entrar al taller, el jefe de patio le dice:

—Ya la máquina está llamada.

—Muy bien, la voy a acompañar.

—No. Ahora viene un maquinista por ella.

—¿Cómo?

—Sí, tú aquí la dejas y otro operador se la lleva.

—Pero es que yo quiero ver qué le hacen para el próximo viaje.

—En la próxima corrida no te va a tocar esta 5409 sino otra.

—¿Cómo que otra?

—Sí, cualquiera de las ocho máquinas diesel que se compraron en Estados Unidos. Así es el nuevo reglamento. Tú aquí la dejas y en el taller se encargan de ella. Esta máquina saldrá con otro. Ahora así es, como en la industria automovilística; las máquinas se someten a un proceso en el que intervienen muchos. Se trata de agilizar el servicio.

Pancho se hunde la gorra ferrocarrilera sobre los ojos. ¡Hasta eso le están quitando! Mirar, sentir cómo la máquina se hace a uno, cómo se va aprendiendo de memoria el camino, cómo habla a su modo para pedir lo que le falta. ¡Hasta eso! Ver cómo las manos van dejando sus huellas en la palanca, en el regulador, oír cómo el ruido de la respiración va contagiando día a día las láminas hasta transmitirles el calor de uno. ¡Hasta eso, carajo!

—Son las técnicas modernas; así lo han planeado los ingenieros para ganar tiempo.

A la Teresa también le complacía que él fuera acariciándola poco a poco, suavizándola, tallándole, metiéndole mano hasta sacarle su aceitito, sus juguitos blandos. Entonces la Teresa se abría, las gruesas piernas bien separadas, olvidada de todo, y ondulaba bajo su abrazo, sus grandes pechos erectos apuntando hacia él, su sexo encarrujado, líquido, fruta de mar, desecho entre sus manos, batido en espuma, a punto de venirse. A él le gustaba esperar hasta el último momento para verla bien, escuchar todos sus ritmos cambiantes, mirar su boca de caldera abierta, ensalivada, sus párpados caídos, sus manos sueltas sobre la sábana, entregadas las palmas hacia arriba, los dedos tan abiertos como sus muslos aceitados que se levantaban hacia él buscando su mano. Así la lubricaba con su propio flujo, sus propios humores, hasta volverla dócil, hasta tener la mano empapada y el brazo también mojado bajo su cuello, mientras la cabeza se bamboleaba a la derecha, a la izquierda, y las espesas nalgas sudadas también iban y venían en un oleaje que llenaba la cama de agua. Sólo cuando el grueso vientre era sacudido por espasmos, sólo cuando empezaba el zureo de paloma, sólo entonces Pancho penetraba a la Teresa, vente chiquita, vente, y no estaba dentro de ella cinco minutos cuando ya la mujer se había venido en una avalancha de estertores, de sollozos, arqueándose una y otra vez hasta quedar colmada. Pancho acechaba en ella el rostro de satisfacción que nunca le había visto sino en el momento del amor y por eso no dejaba de mirarla con los ojos fijos hasta que veía aflojarse todos los rasgos de su cara, su boca chupetear como recién nacido, succionar para después dejarse ir derramada en todas sus facciones. ¡Qué gloria entonces para él observar a esta gorda jadeante, los ojos en blanco, impúdicamente suelta, el monte abultado y ancho, ahora quieto, el estómago enorme, esta mujer que había gorjeado ciega, ciega, y que poco a poco volvía a la vida, ya sin fuerza, habiendo dado uno a uno todos sus frutos! A la hora, Teresa salía de la cama, y así, sin más, sin pasar siquiera al baño, se iba a la cocina a encender la lumbre. Comían para poder regresar luego a la cama llena de murmullos líquidos y él la montaba con prisa porque tenía que irse al trabajo y ella se ofrendaba otra vez maciza, entera, seca, buenota, qué buena mujer la Teresa, qué buena, se resarcía pronto, y él se lanzaba de nuevo, su mano tentoneaba, buscaba reconociéndola hasta aguadarla con sus caricias. ¿Aquí? ¿Más abajito? ¿Más abajo? Dímelo, chiquita, ¿aquí?

—Quiero mi traslado a Apizaco.

—No seas pendejo, ¿cómo te vas a salir? Pancho, no vas a perder tu antigüedad, así no más porque sí.

El Gringo se enoja. Le dicen el Gringo por los ojos claros pero es de la sierra de Puebla.

—Voy a hablar con el superintendente de Fuerza Motriz.

El Gringo es un hombre bien fogueado, empezó a trabajar en Ferrocarriles como peón de vía; luego lo ascendieron de limpiador a fogonero. Tan rápido fue su escalafón que los otros se enojaron: "¡Ahora nomás falta que los 'moscas' sean conductores!", pero el Gringo había sido pasacarbón y también garrotero. Hizo la carrera completa: garrotero de patio, mayordomo, jefe de patio, ayudante del jefe de patio general y allí se le acabó el terraplén porque el siguiente puesto, o sea el de jefe de patio general, el que manda en la terminal, es de confianza y prefirió, como Luciano Cedillo Vázquez, quedarse de este lado de la cortina... de billetes. Se las sabía de todas, todas. Hacía escasos cuatro meses habían pedido que les dieran la reglamentación de la fuerza diesel, porque las locomotoras mucho más potentes que las de vapor salían con cuarenta y hasta cincuenta carros y utilizaban el mismo personal y muchos rieleros quedaron entonces sin trabajo. El Gringo luchó porque también los auxiliares de locomotora tuvieran contrato pero perdió. Lo que nunca perdía, incluso en el bote, era la esperanza.

—Tú puedes sacarle treinta mil pesos a la empresa cuando te jubiles.

—No mames, ¿qué te pasa? ¿Cuántos jubilados conoces que no se estén muriendo de hambre?

El Gringo golpea su vaso contra la mesa.

—Puedes sacarle hasta cuarenta mil.

Si no fuera el Gringo, Pancho lo largaría, pero se trata de un viejo preparado. El Chufas ya medio trole ríe quedito. El Gringo vuelve a golpear su vaso y le grita al de la cantina: "¿Qué pasa con las otras? ¡Te vamos a acusar de tortuguismo!" El cantinero malhumoriento al ver el vaso en el aire está por responder: "Si lo rompes lo pagas", pero se arrepiente.

—A mí me quitaron a mi negra consentida —se acerca Venancio— y no por eso le he hecho el feo a las nuevas.

—Sácate de aquí.

A Pancho le gusta el sabor de la primera cerveza cuando pasa un tantito agria, un tantito rasposa por su garganta. El Chufas con el dorso de la mano limpia sus bigotes de espuma. Sólo el Gringo se la empina de un jalón y, pa' luego es tarde, pide las otras que corren por su cuenta; de suerte que los cuates no han terminado cuando ya están frente a ellos las nuevas botellas.

—Por esas sierras la vía es pura brecha.

—Por esas partes los recorridos —insiste el Chufas— no se cuentan por horas, sino por días.

—¿Y a mí qué?

—Ésa ya no es máquina —vuelve a la carga Venancio—, ésa es un huacal pollero.

—Lárgate —grita de nuevo Pancho.

Y esta vez Venancio se levanta, al cabo ya terminó su cheve.

—Lárgate tú con tu máquina.

Caritino se sienta en el lugar que dejó libre Venancio, pide su cervatana, echa su silla para atrás y se tapa la cara con la gorra. Siempre hace eso. "Yo vengo a descansar", aclara. Sólo se despereza a la hora de los trancazos porque a eso sí le gusta entrarle.

En el ambiente cálido de la cantina, Pancho echa a rodar sus recuerdos y más ahora que está a medios chiles. Cuenta de la Hermandad de Caldereros, de la Fraternidad de Trenistas, de la lucha de 1946 que resultó sangrienta, del mayordomo Reza que cayó herido de muerte por un tiro en el cuello, en la mismita estación del ferrocarril, de sus compañeros patieros; habla de las huelgas pasadas y siempre perdidas, del comité de vigilancia que alguna vez encabezó, y, finalmente, ya en las últimas, de lo bonito que es asomarse a la ventanilla de la Prieta para sentir las bocanadas de aire. Y en voz baja, avisa:

—Mañana me largo a Apizaco.

El Gringo interviene:

—Ni que te fuéramos a dejar.

Caritino se descubre el rostro, su gorra ferrocarrilera echada para atrás y toma un largo, un lento trago de cerveza.

—Yo que él también me largaba.

—Ustedes están en contra del progreso.

—Qué progreso ni qué ojo de hacha.

Al día siguiente Pancho no vino a trabajar. Los rieleros pensaron que se había ido a Apizaco, que dentro de algunos días sabrían de él; el superintendente Alejandro Díaz le pidió personalmente al telegrafista que le avisaran en cuanto lo vieran, aunque en la sierra los telegrafistas tienen la maldita costumbre, sobre todo en las estaciones perdidas, de aislar los aparatos y dejar de transmitir las órdenes. De allí tantos rielazos. A los pocos días, Alejandro Díaz supo que tampoco la Prieta estaba en el andén de la estación ferroviaria de Apizaco. Como era una máquina vieja, no la reportó de inmediato, la empresa no haría mucho escándalo y se ganaban unos cuantos días para proteger a Pancho, localizarlo, mandarle decir que se dejara de pendejadas. "En esa cafetera no va aguantar, y si aguanta, que no crea que vamos a dejar de arrestarlo." "¿Cuál arrestarlo? Ésa es una desgraciada carcacha que se le va a chorrear en la primera bajada. ¿No le has visto las cejas?" En la cantina volaban las conjeturas: "¡Pobre Pancho. Así suele sucederles a los viejos rieleros, se les bota la chaveta!" "¡Si Pancho sigue agarrado de su palanca, se va a matar!" Ferrocarriles empezó a enviar despachos para que en la primera estación en la que se detuviera le avisaran a Pancho que estaba bajo arresto, que ponía en peligro la vida de otros que recorrían como él los tramos menores, pero ni un telegrafista reportó jamás el arribo de la Prieta. En Buenavista, sólo el Gringo pretendió organizar cuadrillas para recorrer la vía de Apizaco a Huauchinango; incluso se fue en cabús pero no vio máquina alguna; ninguna locomotora de esas señas había cargado combustible, ningún maquinista de pelo blanco había bajado a proveerse de bastimento. O lo estaban protegiendo o se lo había llevado la madre de todos los diablos. En Ferrocarriles dedujeron: "Se ha de haber desbarrancado en la primera corrida y ni sus luces". "Ha de estar en lo más hondo del resumidero." "¡Pero no puede perderse una máquina con un hombre, así como así!" "¡Más se perdió en Roma y ni quién se acuerde!" Lo curioso es que en muchos tramos había murciélagos carbonizados en la vía y en el balasto como si de veras un tren hubiera pasado y ellos, los ojones, se hubieran estrellado contra su gran faro. Sin embargo, ninguna estación reportó máquina alguna; nada, ningún sonido en los rieles. Después de unos meses, los despachadores no recibieron entre sus órdenes la clave de la Prieta; sus señales, tamaño y abolladuras para poder reconocerla. Y los que la reconocieron, si es que llegaron a verla, se hicieron ojo de hormiga porque nadie mandó el parte a Buenavista.

De Apizaco a Huauchinango y también entre las poblaciones que se adentran en la sierra, por el rumbo de Teziutlán se esparce el rumor de una máquina loca que hace corridas fantasmas y en la noche se escucha cómo el maquinista abre la válvula de vapor y la montaña resuena entonces con un lamento largo, como el grito de un animal herido, un grito hondo y dolido que parte la sierra de Puebla en dos. Nadie la ha visto (aunque todos los hombres del mundo se han ido un poco con el tren que pasa), pero una vez, un despachador que se iniciaba en una estación perdida de la Huasteca, de ésas donde no cae un alma viviente y en las que suelen mandar a entrenarse, en medio de los abismos oscuros, a los nuevos para que se despabilen, envió un telegrama que leyeron en Buenavista: "Métase mi Prieta, entre el durmiente y el silbatazo". El Gringo que andaba en la chancla de la estación se enteró y fue el único en sonreír. Pero como ya no le gustaba platicar no dio explicación alguna. Tampoco la dio Alejandro Díaz, empleado de confianza.

El rayo verde

AHORA QUE ME ACUERDO, revivo tantas cosas que me alborotaron, me sacaban de quicio sin llevarme a conclusión alguna, como ésta del rayo verde.

—Cuando salgas de vacaciones te fijas muy bien porque a lo mejor alcanzas a verlo.

Si no alcanzaba a verla a ella, si siempre andaba escapándoseme de las manos, si no podía asirla ni respirar tranquila en su presencia, mucho menos iba a poder atrapar el rayo verde.

—No debes despegar los ojos del horizonte.

Todo esto lo pienso ahora que estoy vieja y me he vuelto gruñona, desabrida, malhumorienta, pero antes sus palabras me lanzaban a un estado de febrilidad difícil de controlar. Entonces era yo un alambrito, tenso, anhelante, que corría buscando ¿qué? Ella me excitaba aún más:

—Si estoy a tu lado, podré señalártelo, pero tienes que poner tú misma una gran atención.

Toda mi atención la centraba en ella; una capacidad superior de atención. No perdía uno solo de sus gestos, sus palabras quedaban marcadas al rojo vivo en mi espíritu como si éste fuera una anca de res. Era yo su res, su becerrita de panza.

—Si lo ves, serás feliz.

¿Cuánto tiempo? ¿Toda mi vida? ¿Un ratito?

—Sólo dura un instante, por eso no debes distraerte.

¿Cuánto es un instante? ¿Una fracción de segundo? ¿Un segundo? Ahora sé que hasta un segundo puede ser largo; hay relojes en que anidan muchos años. El segundero es a veces intolerable.

—Espéralo al atardecer.

Lo dijo con su hermosa boca roja, sus dientes blancos sobre los cuales se estrellaba el viento, su pelo volando, un pelo cálido, castaño caliente como sus ojos, un pelo de azúcar morena, de piloncillo, capaz de derretírsele a uno encima; sé ahora que toda ella era de azúcar por dentro, de piel recubierta tan sólo, una piel esperanzada que la contenía apenas; una piel contra la cual se azotaba el azúcar retenido a duras penas por esa fina membrana, como de uva.

Algunas tardes, en el mar, para sentirse más cómoda se quitaba la ropa. Decía que le gustaba que el agua fluyera bajo sus brazos, contra su pecho, en medio de sus senos. Cuando alguien se acercaba, volvía a vestirse despacio, sin ningún apremio, sus gestos lentos recortados en el aire, detenidos por la luz que hacía más vívidos sus miembros. Un ardiente contorno anaranjado la aislaba, un halo, como si toda ella estuviera cubierta de un suavísimo vello dorado.

¿Se daba cuenta siquiera de cómo latían mis sienes, del golpazo en la caja de mi pecho, de mis ojos adoloridos fijos en el horizonte?

—Espéralo aquí.

Las dentelladas ardientes del sol sobre mi piel empezaron a aflojarse. Se estaba metiendo. Yo tenía que ser feliz; esperaría al rayo toda la vida. La arena también dejó de arder; pude meter mis pies dentro de ella, sentirla resbalar caliente sobre mis piernas, sobre mi vientre. Era reconfortante. El rayo verde debía transmitir esa misma sensación de bienestar, de pertenencia. ¿No era eso la felicidad?

Río de mi pregunta. Todos los hombres al pasar volteaban a verla, absolutamente todos; muchísimos pares de ojos le caían encima, pero al sentirse cercada, ella retrocedía hasta perderse en el calor de la playa; un vaho que parecía levantarse de la arena se espesaba en torno a ella, volviéndose casi bruma para esconderla. Sólo alcanzaba yo a oír su risa.

—No parpadees, puede escapársete en un parpadeo.

¿Cómo ella? Dentro de un momento ya no la veré. Es huidiza, inasible, nunca deja que la toque, que la abrace. ¿Qué voy a hacer sin ella, en medio de esta soledad aterradora? No, aterradora no es. Veo a lo lejos cómo los últimos bañistas recogen sus toallas, su equipo de playa; un niño patea un coco vacío; ¡ay, ya se lastimó el pie!, una madre de familia, su mano sirviéndole de visera, les grita a sus hijos que ya es tarde, que salgan del mar, pero sólo responde una bandada de gaviotas. A la madre eso no parece preocuparle, las amarra de una pata con un mecatito y se las lleva jalando sin que ellas opongan la menor resistencia. Los vendedores ambulantes en cambio levantan a duras penas sus canastas gordas, gordas, gordas, retacadas de dulces de coco, palanquetas de coco, cocadas, barritas de coco, aceite de coco con yodo para asolearse, jabones de coco; mármol blanco estriado de rosa; ahora, el agua lame la arena, una y otra vez va subiendo, una pequeña brisa la acompaña, enchina su piel plateada, le riza las crestas, las enrosca y a mí también se me pone la carne de gallina. El frío en el mar es triste. La busco con la vista, ya no la veo; me ha dejado sola en la playa en espera del rayo verde; oigo las chicharras, qué bueno, a mí siempre me han dado seguridad, será por aquello del grillo del hogar. Las oigo y me sereno, aunque también desde allá, desde la bruma dorada en la cual ella desapareció, una sinfonola caliente avienta al aire un ritmo guapachoso:

Salgo para Venecia
adiós Lucrecia
te escribiré.

¿Me escribirá? Ni siquiera sé a dónde ha ido. Por eso habló tanto del rayo verde; sabía que iba a dejarme. Por eso ni siquiera me indicó cuál sería mi casa entre todas aquellas de hoja de palma. No puedo moverme de aquí, aunque tarde el rayo. Ella me lo advirtió: "Es cosa de un pestañeo; puede perdérsete con sólo bajar los párpados". Luego se esfumó. Siento que mi corazón se ha ido, siento la oquedad, me sube por la garganta, pero no puedo distraerme; después de todo, antes de desaparecer me legó la fórmula de la felicidad.

Las olas se hacen más grandes, más altas, parecen querer sorber la arena, engullir la playa, llevársela. La arena en torno mío se ha enfriado. Una inmensa ola se viene playa abajo y recojo mis pies; me succiona, intento defenderme como puedo, hundo los codos, los dedos, si logro levantarme —pienso— echaré a correr. En el horizonte, el cielo se mantiene rojo, a punto de incendiarse. El cielo me pulsa en las sienes. Permanezco paralizada en mi cripta de agua; ahora se ha hecho dócil, burbujea, hierve junto a mis brazos y de pronto estalla tac, tac, tac, tac, casi pretende acariciarme, al menos eso creo. No se va, se estanca, la arena la mece, la abraza sin chuparla, ávidamente. De pronto, todo es dulce, la paz parece acunar mi corazón, sostenerlo suavemente. Hasta el agua se ha entibiado. En el horizonte empiezan a surgir los seis colores del arcoiris, uno tras otro pero no puedo distinguirlos porque el rojo del sol es demasiado intenso. Sólo los presiento y los enumero en voz alta, para oírme, para hacerme compañía; rojo, anaranjado, amarillo, verde, azul, violeta como en mi caja de lápices de colores. El sol se aquieta en el mero filo del agua, se va a ahogar, no, se asoma aún detrás del horizonte, allá donde acaba el mar, donde acaba la tierra y yo lo siento por debajo del agua, allá atrás y reflexiono: "Por eso la tierra es redonda. El sol se siguió para abajo". Me duele la espalda, mi joven, mi flexible espalda: "¿Cómo es que no se me ocurrió recargarme en algo, una roca, un palo, cualquier cosa?" Mi espalda tensa me impide concentrarme. Cuento mis parpadeos. La sangre se está yendo del horizonte, me ilusiona ver un halo color verde, es apenas un fulgor que me astilla los ojos. Sigo con la vista clavada en el horizonte. ¿Era ése el rayo verde? No, ése era un arco, un semicírculo sobre el mar. Las olas se tranquilizan, golpean la playa, me gustan sus chasquidos; una suavidad azulosa baña el horizonte, una franja gris descansa dulcemente sobre la arena porosa; en la lejanía, el ardor se ha apagado, ya ni siquiera veo el filo del agua, el sol se ha metido.

Tres gaviotas lejanas cruzan la vastedad del cielo.

A falta de otra cosa, lo he buscado en los libros. Leí a Gamow, a Giorgio Abetti y me enteré de las manchas solares, vi erupciones gaseosas como gigantescas columnas de fuego, me enteré de las perturbaciones magnéticas y de la aurora boreal. Pregunté por la relación de las golondrinas con el sol y los sabios rieron, pero yo sé que tiene que ver con sus migraciones. Hasta aprendí algo acerca de la juventud y vejez de las estrellas y declaré que quería morir de muerte térmica, al mismo tiempo que el sol. "¿Puede estallar el sol?" Nunca estudié en serio, no pasé del Flammarion, de la astronomía popular. Los hombres me envolvieron con sus voces planas, pedregosas, su rutina y sus órdenes; muy pronto me di cuenta de que por cada mujer sobre la tierra hay un hombre dándole una orden. Me compensó salir en la noche, con un nieto de la mano a señalarle las estrellas fijas y la nebulosa de Orión, pero nada me emocionó tanto como ver la corona solar un día que el Observatorio de Sacramento Peak abrió sus puertas al público.

Entre tanto, he cumplido sesenta años de luz solar; jamás he vuelto a tener acceso a cámara Schmidt alguna y me conformo con mis ojos, acostumbrados a los gases domésticos que un carro-tanque reparte de casa en casa. Voy a la playa con sombrero, atajo mi cráneo del sol; ya no doblo las rodillas con facilidad ni hundo las manos en la arena. Antes caminaba durante horas con los pies en el agua, le advertía a algún nieto que no se rezagara, que no fuera a meterse solo a lo hondo; como Cuauhtémoc, era yo una joven abuela. Pero ahora el sol me cala; pesa sobre mi espalda. Busco mis anteojos. Si antes iba yo a la playa casi desnuda, hoy cargo el bolsón de las precauciones. Encierro mi sombra para que no escape, la doblo en dos y la extiendo como toalla en la arena. A veces va a meterse bajo otras sombrillas y tengo que gritarle que aún es mía. No le gusta reflejar mis hombros que se encorvan, mis piernas vencidas. Se alarga queriendo ser garza, mientras yo me asiento como el café en la taza, doblo el cuello. ¡Hasta ella quiere abandonarme como me abandonó la otra después de hablarme del rayo verde...! ¡Cómo me hizo buscarlo! En las playas del Este al amanecer, en las del Oeste al atardecer. Durante los quince días consecutivos de las vacaciones de agosto me levanté al alba, a las cuatro de la mañana, me vestí con el corazón de gargantilla, a toda prisa, sólo para encontrarme con la neblina cubriendo hasta la arena esférica (tan esférica como creía yo que era la tierra). Me acostumbré a madrugar y mis familiares protestaban: "Las tuyas no son vacaciones, si vas a levantarte más temprano que en la ciudad". Después de un tiempo optaron por ya no hacerme caso. Se acostumbraron también a mis largas caminatas al atardecer, las manos en las bolsas de la trinchera, el pelo al viento, el agua en los ojos, el agua empapando mis pies, mojando mi pantalón, mis pies sobre la arena haciendo splash, splash, splash, splash. Alguna vez oí la voz aguda del nieto más joven explicar: "Es que, como mi abuela no ha sido feliz con el abuelo, le gusta mucho caminar sola". ¿Reproducía el juicio de algún adulto o tenía que ver la caminata con la infelicidad? No podían entender que yo estaba abierta a todo, que había abierto todas las ventanas de mi razón, todas las puertas en mi cerebro, todos mis poros y que caminaba yo abierta, abierta a un nuevo hombre, a un amor nuevo y que sólo entraban las olas. ¿Son muchas las mujeres que caminan así, solas por la playa al atardecer? No es que yo buscara aislarme, muchas veces urgí a alguno de los niños a que me acompañara, pero a esa hora ya no había gente en la playa, nadie con quien jugar; los caracoles ya no podían distinguirse, una infinidad de pequeños cangrejos corrían sobre la arena a refugiarse en sus agujeros, o quizá salían de ellos y yo no permitía que los niños se detuvieran a espantarlos. "Es su hora, es su casa; nosotros somos los intrusos." Caminar por caminar escrutando el horizonte y detenerse en silencio; no les decía nada a los niños. Poco a poco me dejaron sola. Una noche, mi nuera Lorena, la más dulce de todas, aconsejó: "Déjenla, es su forma de calmarse". Yo era, pues, una excéntrica. Pertenecía a una generación de mujeres que no hicieron carrera, frustradas, sacrificadas —alegaba Lorena a mi favor—, era comprensible mi inadaptabilidad.

Una mañana no hubo niebla, al contrario, el cielo se tiñó de rosa. Lo vi desde mi ventana; había resuelto no salir, mi artritis me jugaba algunas malas pasadas y de sentarme en la arena sólo con un gran esfuerzo lograría ponerme de pie. Pero al ver el alba despejada tuve la certeza: "Es hoy". Me vestí a la carrera, con las prisas olvidé la trinchera, mi pantalón todavía estaba húmedo en las piernas por la mojada de la noche anterior, me lo enfundé sin más y salí: el cielo era cada vez más rosa, un rosa tierno que me exaltaba. Me sentí protegida; estaba yo en las entrañas de la tierra, resguardada en sus vetas rosadas, en su vientre, busqué algo dónde recargarme, no vi nada, pensé: "Tengo que clavar la vista en el horizonte, no puedo despegarla, ¿en qué lugar exacto saldrá el sol?" Las olas parecían jugar; venían en masa hacia la playa, pequeñas traviesas olas niñas, me invitaban a su ronda, las escuché reír, pero yo seguía aferrada al horizonte, reían, se reían de mí, ella también reía como las olas, jugaba conmigo, su risa una pura espuma, su risa un destello verde que acompaña al sol.

Imploro el milagro. Salí tan de prisa que hasta olvidé el reloj. Han de ser cuarto para las cinco, diez para las cinco; en el horizonte surge un punto rojo deslumbrante, como el de un piquete de aguja en una carne tierna y sonrosada, un solo punto de sangre; cada vez se hace más intenso, no puedo despegar la vista de él; ahora es un coágulo, sí, eso es, tiene el color de la sangre fresca; cada vez se hace más intenso, se está incendiando; el horizonte está en llamas, el cielo ahora es anaranjado, un polvo de oro cubre el agua; no aguanto el fulgor de la hoguera, tengo que cerrar los ojos, apretarlos un segundo, apretarlos fuerte para hacerlos descansar; el rayo debe aparecer en el centro del resplandor y no logro sostener la mirada. ¡Dios mío, no me abandones! ¡Dame fuerza, permíteme hacerle frente a las llamaradas, déjame ver entre ellas el rayo verde, aunque sea el último acto de mi vida! Y de golpe, allí está, lo miro, no lo imagino, revienta como una brújula, lo miro a pesar de mi parpadeo, a pesar de la emoción que me estrangula, es un verde nunca visto, ni en las hojas de los árboles, ni en la jungla, ni en el musgo recién nacido, ni en la vegetación del trópico, ni en la milpa tierna, ni en los retoños, ni en el verde de los mares de Cozumel, ni en el fondo de las aguas más transparentes, ni en la paleta de pintor alguno, pero lo reconozco, es el jade líquido de su risa, un instante, un segundo, una fracción de segundo. Una enorme hoguera ha invadido el cielo, no puedo ver la línea del horizonte totalmente enrojecida pero adivino el contorno del sol que empieza a asomarse. Ahora sí, la sangre ha vuelto a su lugar, la tierra también, el sol ha salido, unas gaviotas graznan y puedo oírlas, un pescador se hace a la mar y puedo percibirlo, las olas se estrellan contra un peñasco, un pelícano, creo, se clava en el agua y vuelve a surgir con algo en el pico. La vida es muy corta. Oigo el agua pero sobre todo la oigo a ella, su voz de prodigioso verde. No puedo moverme, ella me lo impide, debí caer sentada en el momento en que reventó el rayo, no sé. Su voz me advierte que éste es el paraíso. Oigo el gran ruido del mar. El rayo contra mi piel dejó el color de un retoño; esta renovación asciende por mis piernas; siento cómo el ritmo de mi vientre retrocede hasta la niñez, la artritis se escabulle por mis poros como un último rastro de ola sobre la arena, la misma savia que recoge mis pechos limpia mi cara y me devuelve el cabello adolescente, la boca pulposa, las uñas duras, las manos sin surcos ni cordilleras. Ella jamás creería que mi constancia ha sido tanta que he visto el rayo verde. Pero si por algún motivo volteara hacia el lugar donde me dejó tantos años esperando, encontraría, como una imagen más de las muchas que contiene su recuerdo, a la niña que inmovilizó en la arena con la promesa de la felicidad.

De Gaulle en Minería

LAS VOCES descienden como la lluvia de hojas que cayó en las Ardenas en una sola noche. Los árboles amanecieron desnudos y el Patitas, cabizbajo musitó: "Ha empezado el invierno". "Pero si aún no termina el otoño, Patitas", protestó el capitán y su ordenanza volvió a la carga: "La guerra lo tergiversa todo, hasta las estaciones". Ahora también las voces se desploman, yacen a ras de suelo, enredándose en los vestidos largos, las faldas corolas que barren la piedra con su peso y su amplitud, los pantalones negros tiesos por la falta de uso encima de los zapatos de charol que rechinan de nuevos. Las voces siguen el contorno de las mesas redondas cuyos manteles largos le dan familiaridad y gracia a este patio que, sin ellas, se vería demasiado severo; las voces entran por la puerta principal de Tacuba y sólo se detienen ante la alfombra roja donde se hace el silencio; son mil quinientos invitados. Mil quinientos hombres avanzan con el agua hasta la cintura, su fusil recargado en los antebrazos, la luz está cediendo, cada vez se enfría más el agua en torno al cuerpo, habrá que detener la marcha, ordenar que caven las loberas, se metan en ellas hasta el alba; el capitán mira al Patitas. Como es muy chaparrito, el agua le llega hasta las axilas y tiene que sostener su fusil en el aire para que no se le moje, pero su rostro no da muestras de fatiga alguna, ni siquiera se tensa bajo el esfuerzo; al contrario, dice que una de las ventajas de su pequeñez es que cava su lobera en un santiamén; cuando los demás palean la tierra es porque él ya ha abierto su lata de Spam, tomado su café, y está a punto de dormir dentro de su agujerito negro hecho a la medida. "Para infiltrarse en las líneas enemigas —piensa el capitán— tengo que enviar a una patrulla en las primeras horas de la madrugada." "Yo creo que hasta esas horas va a durar la fiesta, porque miren, allá en el fondo instalaron una orquesta", exclama Piti Saldívar, su pelo rojo le aurolea el rostro, y tres hombres de frac vuelven la vista hacia el punto señalado por su mano enguantada mientras en torno suyo se yerguen las columnas del Palacio de Minería, grises y blancas, austeras, duras, a pesar de las flores azules, blancas y rojas, y la gran profusión de luces que afilan sus aristas, prolongan la nobleza de sus líneas que detienen la galería superior por la cual se asoman otros invitados que en lo alto gozan del espectáculo. Dice Abel Quezada que todos los meseros de México han quedado sin frac, que los diputados desvalijaron las casas de alquiler y que hasta a los vestuarios teatrales fueron a dar; Rafael Galván alquiló el del Conde Drácula y se ve retechistoso; dos senadores de izquierda, mejor dicho, de oposición, después de comer cabrito en el Correo Español fueron a ver qué encontraban para echárselo encima, y ni un esmóquin, háganme favor; entonces corrieron a la calle de Niza a ver a Campdesuñer que, con esta recepción, ha hecho su agosto y le ordenaron un frac pues ya que iban a hacer el gasto mejor que les luciera, al fin y al cabo tendrían que volver a usarlo cuando casaran a su hija si es que la casaban porque la tonta no daba señas de para cuándo y este sexenio era el bueno, ¿verdad compadre?; sí, señor, éste y no otro, porque en la política hay que ser precavido, las cosas pueden ponerse color de hormiga en el momento menos pensado.

A De Gaulle lo han anunciado para las ocho y treinta y es muy puntual, dicen que está encantado con México, que el recibimiento en el Zócalo fue más allá de todas las previsiones, la multitud lo ovacionó al verlo aparecer en el balcón presidencial y cuando dijo su discurso en español, la gente se puso a gritar de entusiasmo, de-gol, de-gol, de-gol, de-gol, ge-ne-ral, ge-ne-ral, ge-ne-ral, era el delirio. Nunca a presidente extranjero alguno se le hizo recepción igual; el pueblo entero quería estrecharle la mano: en la valla, unos señores trajeados coreaban: "Francia libre", y hacían ondear la bandera con la cruz de Lorena. De Gaulle se detuvo a besarlos en ambas mejillas de a uno por uno. "Son mis antiguos combatientes", exclamó. Los guardaespaldas tuvieron muchísimo trabajo porque su jefe descendía a cada instante del carro descubierto y en los sitios más expuestos abrazaba niños, los levantaba en vilo y se dejaba envolver por oleadas de mexicanos que se agolpaban en contra suya. ¡Y bien que le habían recomendado que no lo hiciera, que no podían responsabilizarse de movimientos imprevistos!

"Las decisiones se toman allá en lo alto —piensa el capitán—, pero a los que matan son a los cabos. Es bueno que las órdenes vengan de arriba, del alto mando, que los soldados rasos no externen sus juicios, además la guerra les deteriora su capacidad crítica; los generales se encumbran y sus estrategias y operaciones militares provienen directamente del cielo; a la hora de tomar decisiones son los poseedores de la verdad absoluta, Dios los ha iluminado. Antes de enviar sus tropas y las de los aliados a Garigliano, el general Juin subió a la torre del castillo de bóveda ojival de Sessa Aurunca y rezó; pidió que lo dejaran solo para encomendarse a la Santísima Virgen y a su Hijo Bienamado antes de firmar la orden que al día siguiente mandaría a cientos de hombres al matadero: franceses, polacos, norteamericanos, ingleses, árabes, hindús, canadienses. En los campamentos, cuando los soldados ven el yip de su general sienten que Dios mismo los acompaña en esta nueva guerra santa, y que si mueren, morirán como héroes, su victoria es la victoria del espíritu, su muerte tiene sentido, es noble, los hombres del futuro les levantarán un monumento (al soldado desconocido). Contribuyen en los campos de batalla a forjar el destino del mundo, a librarlo del MAL, su general es su buen pastor, capaz de sacarlos de entre los abrojos. Por de pronto, quién sabe quién pueda sacarlos de estos alambrados que rodean el campo minado por el cual han recibido la orden de pasar. Estos hombres son mi responsabilidad directa y tienen más de cuatro meses peleando, continuamente en acción, chapotean en el agua, congelados hasta los huesos. Lo único que han visto durante semanas es el lodo, la nieve y la montaña. Las largas exposiciones al frío, al agua del Rápido por el cual caminamos durante horas, causan tantas bajas como las heridas en el campo de batalla. Y yo sigo recibiendo: orden general de operaciones número 14, fecha 8 de enero de 1944, a las veinte horas, orden general de operaciones número 18, fecha 10 de enero de 1944, a las veintidós horas, orden general de operaciones número 26, fecha... De todos los frentes llegan órdenes *top secret* que tengo que descifrar; mensajes confidenciales que tengo que sepultar y sólo puedo repetirles a mis hombres: 'El casco es obligatorio, el casco es obligatorio' y despacharlos —puesto que soy su oficial de enlace— a las líneas de fuego con la misión de localizar todas las posiciones alemanas. E insistir: 'El casco es obligatorio'."

"Estipularon que la invitación era obligatoria. ¿No te la pidieron en la entrada?" Guadalupe Rivera recoge su vestido en torno a sus piernas. A María Félix le brillan los ojos, le brilla el pelo, le brilla un puma de diamantes sobre el hombro, sonríe como puma, es de Cartier, ojalá y mordiera, ojalá y alguien enloqueciera en esta cena ceremoniosa y un tanto provinciana. Es culpa de los meseros diputados que hacen que las cosas se acorrienten, se parezcan al Casino Militar; también deambulan bajo las arcadas de Minería militares de paño verde y galones dorados. ¿Cuáles serán sus hechos de guerra? De Gaulle hará su entrada con el presidente López Mateos, la mesa de honor está en el segundo piso, se tocarán casi inmediatamente los dos himnos y luego vendrá el besamanos. "¡Qué gusto, hace tanto que no te veía!, la última vez estabas muy desmejorada, pero ahora luces radiante"; así el capitán irradia autoridad en medio de sus hombres; las balas pueden rozarlo, perforar la carrocería de su yip y él sigue diciéndole a su ordenanza Patitas: *"Allez, t'occupes pas, t'occupes pas"*, bajo el aire pespunteado por el tableteo de las ametralladoras. "Tenemos que proseguir la ofensiva." A Patitas le gusta verlo con su cigarro sin prender pegado a la punta de los labios, examinar un mapa y sacar otro, cotejarlo, tomar notas en una pequeña libreta forrada de cuero, preguntar si sirve el radio que nunca funciona porque los alemanes cortan todas las comunicaciones, y cuando encienden el aparato, curiosamente se escucha, en medio de la nieve, música alemana: esas absurdas, exasperantes canciones tirolesas. El capitán entonces enciende su cigarro y entrecierra el ojo derecho para que no le moleste el humo porque jamás se saca el cigarro de la boca y allí está verificando las operaciones de combate *top secret (until departure for combat operation when this sheet becomes restricted)* y apunta: Baie de Cavalaire, radar, aeropuerto, número de playas, nivel del agua, profundidad, objetos no identificados, vía férrea, pistas en el bosque, senderos, posición de los campos de tiro, número de armas, puentes, revisa una y otra vez, meticuloso, calcula kilómetros, hasta qué punto pueden avanzar sin demasiadas bajas. Escribe nerviosamente el cinco, lo hace como una *r*, y sólo Patitas lo entiende. Luego se pone a caminar junto a su tanque o a la tienda de campaña como león enjaulado y pasa sus dos manos, según su costumbre, dentro del cinturón, presionando su vientre, y allí las mantiene, aplanadas. Entonces Patitas sabe que su capitán se dispone a dar una orden, que dentro de poco les dirá a todos que van a salir y el sargento Murphy correrá de lobera en lobera gritando arriba los cuates, no hay tiempo que perder, ya llegaron las muchachas o algún chiste parecido.

Top secret. Son las cuatro de la mañana, es la hora de nadie, estoy solo con mis hombres que aún no despiertan, Patitas ha abierto un ojo y finge no verme, pero sé que al menor movimiento saltará junto a mí adivinando mis pensamientos, sé que si no precipitan las cosas, muy pronto tendré que enfrentarme a la mañana lechosa, al alba que revela los contornos, los evidencia. Si logramos inspeccionar el campo enemigo y regresar antes de que amanezca, podré entregar un reporte sobre sus posiciones, pero ese fulgor allá a lo lejos me intranquiliza, ilumina no sé cuántos kilómetros a la redonda, deben estar bombardeando; mañana los caminos estarán atascados de carretas de campesinos huyendo con sus enseres, todavía creen en la vida, pobres. "Qué precioso —dice Mimí Riba de Macedo— y yo que no pensaba asistir; le dije a Pablo que viniera solo, porque ya no aguanto los embotellamientos y luego no hay un solo lugar dónde estacionarse, pero, qué bueno, me hubiera perdido este espectáculo."

No hay un solo árbol en la falda de Monte Cassino, según los campesinos la primavera fue tardía y no tuvo tiempo de florecer porque a fines de septiembre empezó a soplar un viento frío que vació de hojas los árboles. Avanzo lentamente dentro del lodo, mi rifle entre los brazos como un hijo, hace un frío atroz pero, claro, estamos en guerra; los árboles sin follaje se yerguen como dardos negros, la nieve está sucia, no hay escarcha; oigo el ruido de las botas de otros que caminan en el agua pero no vuelvo la cabeza. Un sargento, ha de ser Murphy, masculla: *"Get your fucking ass out of the way"*, pero tampoco me vuelvo. Quizá sea Gregory el que camina allá adelante, pero no tengo fuerza para alcanzarlo. Los alemanes impidieron la entrada de los tanques al inundar el valle de Cassino. Cada vez que se lo proponen minan un borde del río Rápido y ya está, se desborda; la última vez, como no les pareció suficiente, volaron una presa; toda la cosecha se ha perdido, esto es un pantano, las pobres matitas flotan, ahogándose en el lodo.

Arriba de la montaña, absolutamente solitaria y ajena a todo, permanece la abadía de Monte Cassino, negra dentro de la grisura de la mañana. Es enorme y arrogante, y la larga extensión de sus muros está agujereada por hileras de pequeñas ventanas que parecen troneras. Impide nuestro paso. De nuevo oigo la voz: *"Fuck you"* y luego *"Shit";* quisiera sonreír, pero el frío me golpea la cara. En su equipo de guerra los gringos no trajeron más que unas cuantas palabras: *Shit, fuck you, ass hole, son of a bitch* y las repiten una y otra vez, yo también podría decirlas obedeciendo a mi mitad gringa pero me conformo con sonreír. En cierto modo, este lenguaje escatológico de colegiales en medio del pantano me levanta el ánimo. Los gringos han venido a desacralizar la guerra. ¡Cuánto frío en las piernas, cómo cala esta cochina agua de río!, por eso los norteamericanos resultan saludables con su lenguaje grosero, salpicado de mentadas de madre, exento de filosofías y de idealismos. Lo hacen a uno bajar a la tierra, el frío es mierda, el lodo es mierda y el café que se intenta calentar sobre una lamparita de alcohol protegiéndola con el casco, también es mierda. Cuando llega a entibiarse es porque el sargento Murphy pasa gritando: *"Get mooving, get your fucking ass out of there"*, y tienes que apagar la lamparita con los dedos, ponerte la chamarra, salir de la lobera en la que por fin te habías acomodado; por eso lo único válido son sus malas palabras, su manera de decirlo todo sin el menor recato, hasta de qué manera cagaron, su capacidad absoluta de comunicación: leen en voz alta las cartas de sus esposas, de sus amigas, comparten sus cigarros, los paquetes que les envían, de todo dan santo y seña, ríen como locos ante la perspectiva de robarse una botella de coñac e inmediatamente se les sube; son niños estos gringos, absolutamente infantiles, hasta los del Alto Mando, ¿no fueron a ponerle *Operación Mickey Mouse* a una operación de combate? Reducen su vida y su muerte a un ratón con pantalones. No tienen el menor respeto por la jerarquía —y nosotros los europeos tanto que la cultivamos—, creen saberlo todo mejor que los demás, se lanzan cada uno por su lado y regresan llorando gruesas lágrimas de niño, con verdaderos mocos de niño, un brazo de menos o la pierna volada en terreno minado.

¡Oh Dios!, cada hora que pasa siento esta agua más fría, seguramente la recorren gélidas corrientes subterráneas, los nazis atrincherados se han de reír a carcajadas de vernos pisotear el suelo como animales, qué confortables y qué calientes deben estar parapetados allá arriba apuntándonos, cazándonos como moscas. Otra vez la ráfaga de ametralladora, otra vez el silencio. "Son intermitentes", diría el sargento Murphy tan preciso en sus reportes. También oigo silbar; hilos rosas y azules de balas trazadoras pasan encima de nuestras cabezas; felizmente pasan demasiado alto, nos encontramos bajo fuego y a descubierto, zumban las balas y las groserías que mascullan los gringos que pasan corriendo junto a mí, ah qué gringos éstos, *shit, shit, shit,* luego se hace un espantoso silencio. La orden es llegar al río y cruzarlo, armar las pasarelas y echarlas encima del agua, así a descubierto y bajo fuego. ¡Fácil! Ahora sí que *bullshit,* les embarro su mierda de toro en la cara; además este lodazal espesamente sembrado de minas va a hacernos volar a todos si logramos acercarnos siquiera al Rápido. Si sólo nos tiraran desde lo alto tendríamos alguna posibilidad, pero tiran desde esos bancos verticales en el río que alcanzan hasta un metro de altura arriba del nivel del agua, estoy seguro de que hay nazis pertrechados tras de esos bancos de arena, pondría mi mano al fuego de que allí los apostaron; aquí hay nazis donde quiera, hace semanas que se están preparando y no me asombraría que tras de las celdas de los monjes hubiera un soldado apuntándonos porque los tiros vienen de la abadía de Monte Cassino y también le tocan al pueblo de Cassino, pobre pueblo tan fregado o más que nosotros. Los primeros días vi campesinos, pero ahora solamente han quedado los viejos que no salen de sus casas; nadie podrá moverlos, sólo la muerte y quizá ni ella. También en los primeros días oía yo el cencerro de las vacas, pero ahora ni los pájaros cantan, apostaría una botella a que hay un nazi aquí a treinta metros. Las nubes que siempre presagian la tormenta barren la fortaleza, es tan alta que pasan frente a sus muros, oscureciéndolos; ésta parece entonces desafiarnos; a ver, suban, pendejos, soy la torre guardiana del camino a Roma, estoy en medio de su guerra. Si tuviera humor, podría hasta contar las nubes que pasan frente a sus muros...

"No le hubieran puesto nubes a los ramos de centro de mesa —dice Lorenza Romandía—, ¿por qué mejor no lirios, azucenas? La azucena es emblema de Francia, *le lis, ma chère,* qué buen detalle, pero a nosotros los mexicanitos no se nos prende el foco." "Pero si todo está ideal, ideal, ideal —repite entre sonrisas Bebesa Martínez del Río de Corcuera envuelta en una gran capa de satín—, estos centros de mesa son lindos: pinceles, nubes, claveles, mira, recuerdan la bandera de Francia, yo también estoy de rojo." *"Obvious, my dear",* ríe Lorenza sobre quien se precipitan tres pingüinos tropicales.

Top secret. ¿De qué sirve una fuerza aérea si el tiempo no permite que los aviones despeguen? ¿De qué sirven los tanques si no pueden avanzar dentro del agua? Aquí estamos al borde del Rápido bajo fuego directo: la mayoría de nuestras barcas han sido hundidas en el momento de hacerse al agua, otras se fueron girando corriente abajo, las más se voltearon mientras los hombres trataban de subir. De las pasarelas que llevábamos, una salió defectuosa, otra fue destruida por las minas y el enemigo tiró las otras dos que se fueron río abajo, cuando intentábamos echarlas. Con los restos de las cuatro, el ingeniero Gallagher y sus hombres lograron ensamblar un puente que duró lo suficiente para que pasaran dos compañías; pero los que atravesamos, estamos cercados, sin comunicación con las tropas que quedaron del otro lado, de espaldas a los alemanes que nos ametrallan, frente al río que no podemos volver a cruzar; los nazis están barriendo con nosotros, con la luz del día su campo visual se ha ampliado, y así como localizaron los puentes, así nos están borrando del mapa. Cada vez que disparan cae un hombre. Mis hombres, o lo que queda de ellos, han corrido a refugiarse bajo la falda de la montaña, cualquier cueva es buena, cualquier roca; allí se acurrucan; se llevaron sus municiones, al menos las que pudieron rescatar; no queda otra más que esperar la noche, y cuando podamos, intentar subir, si todavía estamos en vida. No hay un solo alambre de teléfono, lo único que puede ayudarnos es la neblina porque nadie vendrá a nado a rescatarnos; nunca debimos atacar la montaña en su flanco derecho; la única posibilidad era la izquierda, lo vi claro, muy claro, pero...

"Te apuesto a que va a haber crepas con huitlacoche, es el plato fuerte de Mayita, y además es de temporada. O sopa de hongos, o crema de aguacate, o de piñones, folclórico, folclórico, para que el general pregunte: "*Qu'est-ce que c'est que cela? ça mon Géneral, c'est du poulet au chocolat*". ¡Cuánto te apuesto!" "¡Ay, no te hagas, ni modo que den *Quiche Lorraine,* si ésa la come en Francia. Los menús están sobre las mesas, así que es fácil enterarse; lo que sí puedo garantizarte es que el *champagne* correrá a pasto, como dice el Duque de Otranto. Después queremos ir al Bamer, Xavier Barbosa, James Ross, Ginny Landa, Maruca Palomino, Norma la Güera, los Souza, todo un grupo, ¿no quieres venir? Vamos a reponernos de esta solemnidad. Sí, sí, va a ser cosa de las cuatro de la mañana, si quieres te invito a desayunar a la casa unos huevos revueltos deliciosos; ni creas que despierto a los criados, yo soy la que me meto a la cocina..."

—Mira, allá va mi sartén.

—¿Cómo que tu sartén?

—Sí, en ese Spitfire va mi sartén y seguramente mi olla para hervir papas.

Las inglesas levantaban los ojos durante la Batalla de Inglaterra y sonreían a sus pilotos que como los caballeros andantes del Santo Grial llevaban un pañuelo de amor sobre su pecho, una bufanda blanca en torno a su cuello, un talismán, unos guantes tejidos o unas orejeras de buena suerte. Las amas de casa entregaron toda su batería de cocina de aluminio para la fabricación de los Spitfire y de los Hurricane. *"Speed is vital"*, *"Keep them both flying"*, rezaban los carteles que, además de aviones, mandó hacer lord Beaverbrook. Los ingleses tenían 820 aparatos que enfrentaron a los 2 600 aviones de caza y bombarderos de todo tipo de la Luftwaffe. Y acabaron con ella. "Churchill —dijo De Gaulle— es un talento político superior."

Se viene un cansancio animal, ahora sí, apenas si puedo poner un pie delante del otro, no avanzo, me pesan demasiado estas piernas, se rehúsan; lo mismo sucede con la espalda, son los alambrados los que se me han enrollado en torno a la columna vertebral, en torno a todo mi cuerpo agujereándolo, siento dos puñetazos, mis dos riñones y esos dos golpes se repiten en los omóplatos, percibo cada una de mis juntas, con qué estará conectado mi cuerpo, Dios mío, que me dejen aquí descansar; alguien me jala: *"Get going, buddy, keep on walking"*, vaya alguien que habla un inglés normal, voy a soltar el rifle, no puedo sostenerlo, hace horas que dejé caer la mochila quién sabe dónde, ya no siento el rostro, Dios, cómo se me encajaba la mochila en la espalda y ahora que la tiré, ningún alivio, o nunca llegué a tirarla; sigo sintiendo esos dos golpes a la altura de los brazos, la quijada me dolió durante horas de tanto apretarla, creo que ahora ella se me ha caído con la mochila; los dientes los sentí de piedra, es tremendo que le pesen a uno los dientes pero ahora ya ni los siento, no me siento ni a mí mismo, creo que la nieve me congeló y los alemanes cazándonos desde sus madrigueras, yo debería correr como corrí hace un rato rumbo al río, a campo traviesa, sin importarme el fuego, pero ahora alguien me está remolcando, me ha agarrado de la cintura, su mano en mi cinturón y me habla de mi culo, que mueva mi culo apestoso, que saque del camino mi culo estorboso, que si quiero darles el culo a los *krauts*, gringos hijos de su mal dormir, a éste le van a dar por gritón, ya le dieron, no a él, no, a mí, a mí me han dado y es lo primero caliente que siento en todo el día, esa sangre mía que escurre como un buen caldo por mi pierna, me han dado, sí, ahora podré dejarme caer, nadie lo impedirá, ningún gringo tiene derecho a gritar que mi culo y que la mierda, ahora sí, a descansar, a dormir...

"¿Qué De Gaulle es aficionado a la sopa, como todos los franceses?" "No lo creo. Su única afición es Francia, mejor dicho, la gloria de Francia. Dicen que no tiene vida personal; su mujer siempre está sola pero a diferencia de las mexicanas, jamás se queja. Y tampoco habla de niños y nanas como decía Ira Furstenberg de Hohenlohe." "Oye, si a Ira nadie le pidió que viniera, y si no le gusta México, que se vaya." "¡Mira, cómo se asoma Wanda Sevilla por el barandal para ver si llega Pedro, mira qué loca, se va a caer! ¡Qué loca, pero qué guapa!"

Un avión cayó en picada y a pesar del incendio el capitán dio órdenes de arrancar. Patitas siguió con el yip, el capitán había decidido viajar con sus hombres porque quería hablar con ellos. Levantarse a las cuatro de la mañana y subirse amodorrados para salir de expedición une a los hombres. El capitán los ve entrar con los pelos parados, las camisas arrugadas y recargarse los unos en los otros, encoger los pies para volver a la posición fetal, queriendo prolongar el sueño, sin poder hacerle todavía frente a la realidad: es la guerra, está nevando, hace frío, el camión huele mal, hay que tener la energía suficiente para evitar el aliento fétido del sargento Murphy, cuya boca huele a caño. ¡Cuánto daría el capitán por ofrecerles un buen café pero sólo puede pasarles la tableta D, ese chocolate empalagoso y vitaminado que muchos llaman la batalla de Hitler porque parece el peor de los azotes! Cuando el camión arranca, todos caen, los unos encima de los otros, hombros con cabezas, codo con codo; "Pobres diablos, están muertos", piensa el capitán, ni un *blitzkrieg* los haría reaccionar, el camión se estremece, tiemblan sus paredes de lámina y no hay un solo gruñido entre los tripulantes, siguen durmiendo y sin embargo entra un frío terrible. Entonces el capitán decide: "Voy a enviar un comunicado, mis hombres tienen que descansar, ya no están peleando, nada les importa, deben reponerse, son hombres, carajo, no es posible tratarlos como a ganado, carajo".

"Deberían limitar las invitaciones. Dime nada más, ¿qué diablos importa la presencia del embajador de El Salvador?" "Y qué, que se sienta." "¿Tú crees que los franceses saben siquiera dónde está San Salvador? Todos estos paisitos chiquitos son una lata, el puro subdesarrollo; deberían agruparse en un gran país: Uruguay, Paraguay, Nicaragua, El Salvador, Guatemala, y luego de Perú para abajo." "Bueno, yo casi metería a Perú y a Chile. Están hundidos, no tienen salvación, son los condenados de la tierra, ni un petate en qué caerse muertos, pero eso sí, ¡mucha representación diplomática!" "Y mírala nada más, mira qué cursi la embajadora con su crepé y su vestido ceñido, mejor no miro, porque se me va a notar que la critico."

De pronto, una ráfaga de ametralladora rompió el silencio. Seguí caminando con Dick a mi lado, luego pensé que era una imprudencia y le grité:

—Tírate.

Él no se tiró, cayó.

—Me dieron —me dijo y repitió con voz más débil—: me dieron.

Me acuclillé a su lado y lo recargué entre mis brazos, su cabeza contra mi pecho. Metí la mano en su camisa, la herida era grande: un boquete; le tomé el pulso, él no decía ya nada, su corazón latía cada vez más débil y así, en un segundo, dejó de latir. Aullé:

—¡Un médico!

Después de un siglo se acercó un socorrista en medio del silencio, porque ya no se oía una sola ráfaga de ametralladora; parecía haber huido satisfecha de su hazaña. El socorrista le tomó también el pulso, y simplemente le quitó a Dick su pulsera de identidad.

Entonces a mí me entró una cólera violenta y profunda. Me eché a andar tras del socorrista que muy pronto se internó entre los árboles, y en el momento en que empecé a caminar se avivaron las ametralladoras. Levantaban pequeños copos en la nieve, un polvo blanco navideño y pensé: sí, es cierto, debemos estar cerca de Navidad, o pasó o está por pasar, y dentro de mí flotó la canción de Irving Berlin que no me gustaba especialmente, pero que los soldados tarareaban mucho en el cuartel: "*I'm dreaming of a white Christmas just like...*" Y yo también empecé a cantar y antes de darme cuenta cabal de lo que hacía, estaba cantando a gritos.

"No sabes qué orquesta tan padre la del Jacarandas, es un francés el que canta *Douce France, La Seine, Danse avec moi, Que reste-t-il de nos amours?,* André Toffel, yo no he ido pero fue Gloria y dijo que la pasaron a todo dar, fueron con Jaime Saldívar y con Quique, Diego y Genia, Norma y Alejandro. Chapetes los alcanzó después, sólo que el whisky es muy malo, no se miden, veneno puro, Florencio por poco y se muere, pero vamos con Magda Pedrero y Gerardo y la Cuija, está divina la Cuija, no sabes, como nunca de guapa. ¿No vas a ir al Aztlán a la fiesta de May Limantour el lunes? Oye, y aquí, ¿no va a haber variedad?" "¿Qué más variedad que De Gaulle?" "En las recepciones oficiales nunca hay *show.*" "Óyeme, no, chiquita, te equivocas, yo he ido a varias y siempre sale Lola Beltrán o María de Lourdes o Flor Silvestre, así es de que sí. Además, parece que iban a soltar palomas desde arriba a la hora de los postres, pero se arrepintieron porque... Lástima, lástima, se hubiera visto bonito que las palomas revolotearan encima de las mesas..."

Una noche bajaron los paracaidistas en la oscuridad del cielo; primero pasaron los aviones, luego los vi a ellos; como lentas flores blancas; de ser más, hubieran podido cubrir una parte del cielo, pero eran menos de los que yo esperaba, siempre fueron menos; me habían dicho que mandarían a un destacamento y apenas si logré reunir a quince hombres y, sin embargo, en un momento dado, estos quince saltando al unísono taparon el cielo. Apenas tocaron tierra, soltaron las amarras de sus muslos para recoger el paracaídas, pero en el aire el viento dispersaba las grandes flores, un viento helado que los alejaba a más de mil metros, dos mil, tres mil los unos de los otros cuando yo había calculado reunirlos en quince minutos.

Después, al ver su torpeza me di cuenta que era la primera vez que muchos de ellos se tiraban. ¡Qué bárbaros, qué manera de hacer las cosas! Y ahora, ¿cómo voy a llevar a cabo la misión con este equipo lamentable? Cada vez que el avión pasaba, florecía la noche con los paracaídas, pétalos blancos flotantes vueltos sobre sí mismos que descendían despacio mientras yo me tragaba mi angustia. *Good God,* seguro los vieron los alemanes. ¿No creerán que son gigantescos copos de nieve, verdad? ¿Por qué no les tiran los alemanes? Será que no vale la pena, son demasiado pocos, no les importa, estos aliados nunca mandan suficiente gente y ahora me van a salir con que no hay paracaidistas y yo ¿qué puedo hacer con este puñado de hombres temblorosos que hasta los alemanes desdeñan? Me miran como perros y aguardan mis órdenes, ¿o qué diablos esperan? Como perros, sí, sólo les falta mover la cola, los van a cazar en un segundo, apenas echen a correr, miren éste cómo se ha enredado en su paracaídas, milagro, jaló el cordón a tiempo, mejor se hubiera estrellado, qué incompetentes tipos, embarrado su cerebro en el suelo; imbéciles, cómo voy a llevar a cabo la misión, cómo se atreven, y a eso le llaman guerrear, *shit.*

El capitán oyó un silbido agudo y se aventó al suelo. La explosión sacudió la tierra y se vio envuelto en una nube de polvo. Al levantarse miró en torno suyo, puertas y ventanas del granero en el cual había citado a los paracaidistas estaban en pedazos. A varios kilómetros a la redonda la neblina nocturna se iluminó en una gigantesca explosión de fuego, de fierro y de humo; por un segundo se vieron nítidamente los valles y las colinas; los pinos cubiertos de nieve tiritaron y dejaron caer sobre la tierra nubes de polvo blanco. Centenares de tanques estremecían el suelo al echarse a andar, percibió el ruido de sus motores y el cliqueteo de las cadenas mientras otras explosiones sordas de los cañones pesados sobre rieles daban en el blanco. "¡En la madre! —pensó—. Sólo nos falta la Luftwaffe con sus obuses. Atrás, atrás —los perros, perdón, los hombres miraban sin comprender—, tenemos que regresar a las líneas aliadas, lárguense, les digo, esto es una equivocación monstruosa, los alemanes están encima de nosotros, qué patrulla ni qué nada, qué infiltrarnos en las líneas enemigas si los enemigos están aquí en nuestras narices." Uno de ellos corrió como alma que lleva el diablo y los demás lo fueron imitando; tras de ellos el capitán alcanzó a llegar a un puesto de mando de batallón y vio cómo varios oficiales apelotonados escuchaban estupefactos el ruido continuo, como el redoble de un tambor, de los tiros y las explosiones, y el avance de los tanques y los carros-tanque cada vez más cercano a las trincheras aliadas. "Es una celada de los alemanes. Hemos caído en su trampa. Ahora sí —pensó el capitán—, ahora sí me cae que acabaron con nosotros." Automáticamente miró su reloj; eran las ocho treinta.

—Las ocho treinta. ¡Qué gusto verlo capitán —dice Jaime Torres Bodet—, y qué bien se ve! Para usted ha de ser un gran día éste, capitán, porque usted conoció al señor general De Gaulle; según tengo entendido, estuvo entre los primeros en ir a alcanzarlo a África, peleó a su lado. Así es de que ésta es una espléndida oportunidad para volver a saludarlo. Lo felicito, es un hombre admirable, un visionario, un paradigma, uno de los grandes de nuestro siglo. ¡Cómo supo adelantarse a los acontecimientos! Comprendo su emoción y la comparto, capitán. Realmente, este gran viejo salvó a Francia, salvó su honor, recobró para ella la grandeza perdida. Señora, perdóneme, no la había visto; es por la emoción de saludar a su marido, siempre me conmueve su presencia y con mayor razón ahora, un héroe de guerra, mire nada más cuántas condecoraciones: las de dos ejércitos, ¿verdad? El francés y el norteamericano. ¿Estuvo usted en la Fifth Army o en la Seventh Army, capitán? ¿Es su hijita? Pero cómo ha crecido. Estoy en la mesa del embajador de los Estados Unidos y aún no la he buscado, allá me espera mi mujer, me despido de ustedes porque no ha de tardar el general De Gaulle y como hay mucha gente, prefiero...

En un momento dado, toda Europa estuvo cubierta de *krauts*. Aguantaron mucho. Thompson me contó que hizo prisioneros a unos que andaban patrullando, dos de ellos motociclistas y que tenían las mejillas hundidas, el rostro demacrado de tan flacos y que eran jovencísimos; allá los reclutan a los diecisiete años y con el estómago vacío. Allá sí saben lo que es disciplina, aquí el único oficial que la aplica verdaderamente es el propio Thompson. Ayer un hombre se le acercó con todo el rostro cubierto de sangre y le gritó:

—¿Qué no le han dicho que deje a un lado el exhibicionismo? Límpiese cabo.

El soldado se llevó la manga de su saco a la cara y se limpió de la frente para abajo. De la herida en la ceja manó más sangre. Entonces aulló el oficial Thompson:

—Pues lárguese al puesto de socorro y que lo curen, cabo, ¿o qué está usted esperando?

Ahora sí ha entrado De Gaulle, salva de aplausos, salva de guantes blancos, los cadetes lo precedieron y se formaron en dos hileras a un lado de la alfombra roja, tiesos, marciales, López Mateos sonríe, Manuel Moreno Sánchez prolonga los vivas, Andrés Henestrosa le hace segunda. De Gaulle se adelanta sobre la alfombra, todas sus condecoraciones sobre la pechera izquierda de su frac, se ve mejor de militar, el kaki le sienta; y las esposas: Yvonne, modesta, los ojos bajos, Eva y Ave peinadas de salón; ahora sí los invitados se ponen en fila porque dentro de un momento subirán en orden al besamanos; una oleada de solemnidad recorre Minería después de que se escuchan los dos himnos; los invitados se forman, las mujeres preceden a sus maridos y algunos de ellos ponen su mano conyugal sobre la espalda desnuda; platican entre sí en voz baja, respetuosa. Extrañamente, el patio del Palacio de Minería se ha vaciado para convertirse en una sola fila, larga, estrecha; este gusano que va subiendo por la escalera en riguroso orden, peldaño tras peldaño, ceremoniosamente. Las mesas son novias abandonadas con su ramo redondo de colores, único manchón en su blancura; los pasos casi no se escuchan, sólo avanza el gusano, lento, lento, por la escalera, mujer, hombre, mujer, súbitamente cohibidos, conscientes de la trascendencia del momento porque a medida que avanzan todos guardan silencio...

"¿Te sientes bien? —pregunta mi mujer—, te has puesto muy pálido. ¿No quieres que nos sentemos? Dejamos a la hija en la fila y la alcanzamos cuando esté más cerca." "No, no, no es nada, estoy bien." Pero no estoy bien. Me tiemblan las rodillas como nunca me temblaron en el campo de batalla. ¿Qué le diré cuando me acerque a él, cuando me dé su mano fuerte, generosa y pueda yo estrecharla? ¡Cuánto coraje le dio ver a los alemanes pisoteando la patria, qué dolor tremendo para él y qué rabia constatar la debilidad, la desorganización, el entreguismo de su gobierno, el ejército derrotado de antemano, los ciudadanos azorados ante lo que veían: los soldados alemanes en las calles de París! De Gaulle tomó la acción por su cuenta, hizo suyas las decisiones, claro, era personalista, en la acción no quería más impronta que la suya pero estaba dispuesto a afrontar solo el destino, pasara lo que pasara. Todo lo hizo con la pasión exclusiva que caracteriza al jefe. Recuerdo, sobre las carreteras del norte, los lamentables convoyes de refugiados; De Gaulle los vio y sobre todo miró con detenimiento a los numerosos militares desarmados por los *panzers* que a las primeras de cambio pusieron en desbandada a las escasas tropas francesas. Incluso en su huida destacamentos mecánicos alemanes alcanzaron a los franceses y les dieron orden de tirar sus fusiles y caminar hacia el sur, pero rápido, para que no estorbaran, no fueran a embotellar las carreteras. "No tenemos tiempo de hacerlos prisioneros —gritaban los alemanes—, ustedes caminen", qué vergüenza, qué gran vergüenza. De Gaulle lloraba de rabia, los alemanes entraron a Francia a la hora que les dio la gana, ni ellos mismos esperaban que fuera tan fácil, "la línea Maginot resultó ser de mantequilla", dirían después, los *stuka* bombardearon en picada y en una tarde acabaron con los tanques, los franceses no tenían nada con qué responder.

—De veras, ¿no quieres sentarte? Sigues muy blanco.

—No, no —se irrita el capitán—, déjame en paz.

—Sí, papi —tercia la hija—, no tienes buena cara. ¿Qué te cuesta sentarte un momento? Yo permanezco en la cola.

—No, no, es el calor, es la gente, es mucha gente.

"Demasiada. A De Gaulle se le va a caer la mano." "A mí me hubiera gustado que mi hijo estrechara la mano de De Gaulle, qué gran cosa para el niño, pero ni modo de traerlo aquí porque no lo hubieran dejado entrar, y en el Zócalo, imposible."

En la infancia, en la gran casa paterna, el capitán percibía a veces ruidos que lo inquietaban, y de grande, sentado en la biblioteca en medio del más perfecto silencio, escuchaba de pronto cómo el sol hacía tronar la madera dos o tres veces o cómo el agua sonaba en las tuberías. Esos ruidos, sin embargo le eran familiares y en cierto modo reconfortantes, la casa no se iba a venir abajo por ellos, pero los ruidos del campamento, cuando cesaba el atronar de la fusilería, eran desquiciantes y lo ponían al borde de la histeria. Este gran silencio amenazante y nevado entre fuego y fuego lo enfermaba. Prefería escuchar el golpe sordo de los cañonazos que hacían retumbar la tierra que el silencio impresionante que podía cortarse con cuchillo. Entonces, sentía unas terribles ganas de sollozar, de salir corriendo de la tienda con tal de oír el sonido de sus pesadas botas moviéndose sobre la nieve.

—¡Patitas!

—Sí, mi capitán.

—No, no es nada.

Me dio por llamar al Patitas sólo para cerciorarme de que estaba ahí y mirar un instante sus ojos de hombre bueno, interrogantes siempre. Me di cuenta que estaba yo cansado aquel día en que detrás de la barricada, allá cerca de los árboles, vi una sombra moverse; claramente vi el casco alemán, entonces me fui reptando, el fusil apoyado entre mis codos, las granadas en la cintura, y se me hizo un blanco en la mente, tan blanco como la nieve sobre la cual me arrastraba. "¿Qué estoy haciendo? ¿A dónde voy?" Tenía yo esos ataques amnésicos cada vez con más frecuencia, se me olvidaba dónde estaba (claro, nunca lo sabíamos bien a bien) y cuál era mi objetivo, quizá por hallarme bajo tensión, pero estos blancos a la mitad de un reconocimiento me sacaban de onda. Allí tirado, a medio camino, recordé las palabras de Hyde, una noche que tuvimos la suerte de dormir bajo techo y en literas: "Nos tratan como a gusanos; cuando no estamos en loberas cavadas bajo tierra, ¡y qué chingados cuesta cavarlas en ese pedregal endurecido por la nieve!, reptamos sobre la tierra, arrastrándonos sobre nuestro estómago, nuestros huevos, para llegar quién sabe a dónde, a capturar a un enemigo que seguro se está cagando de miedo como nosotros, pero hay que seguirle, el culo al aire, porque si nos detenemos y nos damos la media vuelta los que nos dan en el culo son ellos, y con qué saña". Seguí avanzando mecánicamente hacia la palizada, ya no se oía ruido alguno porque empezó a nevar y vi los copos, uno de ellos cayó sobre mi guante y pensé: "Parece una flor; es de azúcar o de sal, pequeña joya resplandeciente, me gustaría examinarte bajo un microscopio, pulir tus facetas, porque tienes facetas". Lo vi espejear, miré sus fulgores y me dio una sensación de paz y de seguridad. Desde la infancia me gustó abrir la puerta de mi casa y ver la nieve dulce que había caído durante la noche y envolvía mi casa y la de los vecinos en un manto de silencio y blancura. A ningún hombre se le ocurriría hacerle daño a otro en semejante ambiente, la nieve nos inspiraba confianza, nos hermanaba; me entristecía tener que quitarla del camino frente a la puerta para poder salir y metía la pala con muchos miramientos tratando de no ensuciarla al acumularla en los lados.

—¡Qué enorme es esta cola y qué tardada!

—Es que ha de hablar con todos.

—No, no es eso, son muchas las personas. En todo caso, avanza tan despacio que es desesperante.

—Ni modo de apresurar el paso, no estamos en la guerra.

—No vayas a olvidar recordarle que comiste con él en Túnez —advierte mi mujer y asiento con la cabeza, pero todo lo que había preparado se me borró, no sé qué voy a decirle a la hora de tenerlo enfrente y tomarle la mano. En realidad donde comimos fue en Argel: Giraud, Catroux, Palewsky, Boislambert, Linares, Beaufre, D'Argenlieu. A mí apenas me estaba creciendo el pelo porque acababa de salir de la cárcel de Jaca, después de atravesar los Alpes. Todos los días salimos a entrenar a Lourdes para poder escalar la montaña, las primeras veces resoplaba como dragón, el viernes 26 de noviembre de 1943 partiríamos del patio de arribo de la estación de Atocha. Madame Borderes cosió monedas en mi saco, dentro del forro, a todo lo largo; iba a necesitarlas para pasar a África, pero lo que más me pesaron fueron las latas; con razón, me dijo Hardouin, sólo a ti se te ocurre, un poco de pan, un poco de queso, parece que no lees las instrucciones o si las lees las interpretas a tu manera, con ese bastimento no vas a poder, y ese traje tampoco es el apropiado, dijo mirando mi príncipe de Gales, pero yo le expliqué que lo había hecho a propósito para despistar, no vas a poder, vas a tener que tirar todo eso, bueno, ni modo, otro se beneficiará con mis provisiones, son muchos los que atraviesan los Alpes en este momento, óyeme qué zapatos, yo te hablé de suelas gruesas, sue-las-grue-sas y tú te me presentas con mocasines, yo no puedo garantizar que lleguemos salvos y sanos al otro lado, por ahora vamos a esperar la noche en un granero cerca de Pau para no alertar a la Gestapo; nuestro convoy saldrá a las tres de la mañana y si no lo logramos estaremos bajo el control de las autoridades españolas y de la policía.

Acabamos en Jaca, éramos miles entre extranjeros y presos comunes. Dormíamos en el suelo. A Hardouin no le picaban los piojos, pero yo pasaba la noche sin dormir; me rasuraron la cabeza dos veces, qué digo, tres; la tercera unos días antes de que saliera de la cárcel; Hardouin asentaba: "Tienes sangre de piojos". En la mañana, a la hora del saludo a la bandera, en vez de gritar: "Viva Franco", gritamos: "Viva Salaut", nos agarraron, me tocó limpiar las letrinas, vaciar los botes, metido en la mierda hasta los codos, a ver, a ver, para que sigas haciéndote el gracioso. Salí una tarde; en la puerta me devolvieron mi traje y mi abrigo; no se dieron cuenta de las monedas en el forro y pude partir a África. Vinieron los meses de entrenamiento, el cuscús, el encuentro con los aliados, mis misiones secretas de enlace entre los dos ejércitos, mi ascenso a capitán; en los *Headquarters* de la Seventh Army me entregaban a gritos documentos *top secret* y bromeaban: *"Beware of foxholes", "Look out for the AA", "Bring me back a french girl",* y entre tanto, advertían:

—Tienes que guardar estos papeles en permanencia sobre tu persona.

—¿Y si nos agarran?

—Te los comes, saben mejor que las raciones K. Oye, ¿qué tú no les vas a los Dodgers?

En Túnez, para entrenarnos, para hablar, simplemente para estar juntos, caminábamos mucho Taitinger y yo, y en una de ésas vimos a un árabe acuclillado que leía la buena ventura haciendo dibujos sobre la arena. Taitinger fue el primero en acercarse: "Usted va a tener un accidente". Enmudeció. Le dije: "No te fijes, Totó, esos árabes de lo único que saben es de camellos y de sacar dinero". Pero el árabe nos echó a perder la mañana; veníamos de comer y estábamos contentos. En los *Headquarters,* al ir por sus órdenes, Taitinger me dijo bruscamente:

—Vámonos despidiendo, mañana me van a matar.

—Córtala, Taitinger, tu chiste no tiene gracia.

Arrancó su yip sin volver la cabeza. Su certeza me heló. Patitas arrancó por su lado y vi que me miraba por el retrovisor. Después fue el desembarco del 15 de agosto de 1944, las misiones en la región de Grignolles, el implantar a cuatro de mis hombres a más de 15 kilómetros de profundidad, el reconocimiento de Orange, Bollene, Pierrelatte y Donzers para hacer un levantamiento de las posiciones enemigas. Luego vino mi citación a caballero de la Legión de Honor: "El 5 de septiembre, infiltrando a varios de sus agentes en Besançon y exponiéndose él mismo, el capitán logró determinar la naturaleza exacta y el valor de las fuerzas alemanas, localizar los centros de resistencia, permitiendo así, con pocas bajas, la liberación de la ciudad. El 14 de septiembre, al efectuar un nuevo reconocimiento personal y coordinando el trabajo de sus agentes en el Este, sobre la línea Liura-Villersexel, favoreció el avance de nuestras tropas al descubrir toda una zona ocupada por el enemigo. Brillante combatiente de 1939 a 1940, oficial de información que une, a un alto valor moral, capacidades técnicas incomparables, se distinguió siempre por un valor a toda prueba y un desprecio absoluto por el peligro. Al unirse a las fuerzas combatientes de África del Norte desde los primeros días, el capitán es para todos un bello ejemplo de valor y de modestia. Estas nominaciones y promociones le dan derecho a portar la Cruz de Guerra con palma. Firmado: De Gaulle". ¿Lo recordaría De Gaulle? Era poco probable. Después de todo, fuimos tantos.

—¿Por qué tantos invitados? Los mexicanos siempre somos excesivos, pero ya nos estamos acercando, unas quince personas y será nuestro turno, ¿verdad, capitán?

El capitán sonríe: "¡Qué euforia, me tiemblan los brazos, las manos, los antebrazos, me tiembla la piel, siento que me tiembla el vientre y el bajovientre, tengo adentro una incontenible alegría y no acierto a hacer nada con ella, quisiera comunicársela a alguien antes de que se me baje, pero sólo hablo conmigo mismo una y otra vez como molinillo y me desgasto y toda mi energía se me va en este recordar, en esta espuma de los días, en estas burbujas que estallan —de seguro tengo la frente cubierta de sudor—, en este no poder hacer nada, nada, nada más que hervir en mi propio jugo, dentro de la ebullición de mi sangre, de mis neuronas, pobre cabeza mía, pobre pellejo mío; ¡qué chingada guerra que me tiene en ese estado!, pero si ya no estoy en guerra, hace años que pasó y me cuesta trabajo comprenderlo; creo que la guerra permanece como mi cantimplora y mi cuchara de palo en el buró, al lado de mi cama, nunca se acaba; todas las noches son los mismos sobresaltos, los mismos obuses que caen, los mismos muros que se desploman, y uno desnudo, gritando en medio de los escombros".

Manuel Martínez Báez, de hermosa cabeza blanca, nariz aguileña, alto y distinguido, ha venido a formarse en la cola; se parece al abate Diamare, el de la abadía de Monte Cassino. Patitas vendría a hincarse frente a él como se hincaba frente al abate pidiéndole la bendición cuando acompañó a los ciento cincuenta civiles que fueron a pedir refugio al monasterio empujados por el creciente fuego de artillería. Cuarenta mujeres gritaban: "Ábranos, ábranos", y golpearon con sus puños hasta sangrarlos sobre la puerta, y cuando el abate mandó abrir, hombres y mujeres barrieron incontrolablemente los corredores, las escaleras y los sótanos benedictinos. No sé si Patitas se enamoró de una de las italianas, pero el hecho es que bajó de la montaña impresionado. "Hay que sacarlos de allí; no tienen provisiones, se acabaron los quesos que el hermano Joaquín dejó escurriendo sobre tablas de madera, no hay luz, no hay agua, están enfermos. Hay que hacer algo por ellos." Aunque me negué a que subiera volvió a hacerlo; trepaba como cabra, jamás lo vieron. "Si todos fuéramos como tú, Patitas, hace mucho que habríamos tomado Monte Cassino." Me aseguró que allá adentro no había alemanes, que sólo el abate de ochenta años, cinco monjes, algunos hermanos y un criado sordomudo atendían a los refugiados. Pasé el informe pero de todos modos se decidió el bombardeo. Al estallar la primera de una sucesión de explosiones, toda la montaña resonaba en grandes bocanadas y espasmos de trueno y creo que aliados y alemanes sentimos el mismo escalofrío. Cuando abrí los ojos, Monte Cassino parecía un montón de dientes rotos. Encontré a Patitas arriba; todavía gesticulaba como un demente, porque de entre los escombros y cubierto de polvo surgió el abate Diamare, quien hizo su camino tropezándose entre las ruinas y con una pesada cruz de madera en los brazos les dijo a los pocos sobrevivientes: "Síganme". El patético grupito bajó hasta la carretera a Roma y allí los agentes de Goebbels se acercaron al anciano y lo subieron a un carro: "Es usted nuestro prisionero", le sonrieron. Pero esto sólo habríamos de saberlo después.

Alfonso de Rozensweig se acerca a José Gallástegui (el bueno de Pepe, qué bien toca la guitarra, me gustaría volver a escucharlo) y le dice algo en voz baja. Éste, a su vez, camina hacia Joacho Bernal, el jefe del protocolo que asiente con la cabeza. Viene hacia nosotros y se detiene junto a la fila frente al diputado Enrique Ramírez y Ramírez, quien a su vez antecede a mi hija. Oigo con toda claridad lo que dice porque no se dirige a él, sino a todos nosotros los que esperamos en la fila: "Lo siento mucho pero nos hemos salido del horario, tenemos que suspender el besamanos, el señor presidente de la República mexicana y el señor presidente de la República francesa van a sentarse a la mesa". Mi mujer se vuelve a verme, pero me encamino hacia la mesa que nos han apartado, rápidamente, sin volver la cabeza; una muchacha de pelo rojo atraviesa riendo frente a mí, y al tropezarnos dice a pequeños gritos: "Pero ¡qué guapo está usted, qué gran gusto verlo, qué gusto, mi querido capitán!" Me introduzco de nuevo en mi lobera y pienso en mi fiel Patitas. ¿Dónde estará ahora?

De noche vienes

PERO USTED, ¿no sufre?

—¿Yo?

—Sí, usted.

—A veces, un poquito, cuando me aprietan los zapatos...

—Me refiero a su situación, señora —acentuó el *señora,* lo dejó caer hasta el fondo del infierno: se-ño-ra—, y lo que de ella puede derivarse. ¿No padece por ella?

—No.

—A usted, ¿no le costó mucho trabajo llegar a donde está? ¿No fueron grandes los esfuerzos de su familia?

La mujer se removió en su silla y sus ojos verdes dejaron de interrogar al agente del Ministerio Público. Miró en el suelo la punta de sus zapatos, éstos no le apretaban; eran los del diario.

—¿No trabaja usted en un instituto que emana directamente de la Revolución mexicana? ¿No se ha beneficiado con ella? ¿No goza usted de los privilegios de una clase que ayer apenas llegaba del campo y hoy recibe escuela, atención médica, bienestar social? Usted ha podido subir gracias a su trabajo. ¡Ah, se me olvidaba que su concepto del trabajo es un tanto curioso!

La mujer protestó con una voz muy clara, aunque sus entonaciones fueran infantiles:

—Soy enfermera titulada. Puedo enseñarle mi título, ahora mismo, si vamos a mi casa.

—¿Su casa? —ironizó el agente del Ministerio Público—, ¿su casa? ¿Cuál de todas?

El juzgado era viejo; pura madera carcomida, pintada y vuelta a pintar y la cara del agente del Ministerio Público extrañamente no se veía tan vieja, a pesar de sus hombros encorvados y los sacudimientos que los estremecían. Vieja su voz, viejas sus intenciones, torpes sus ademanes y esa manera de fijar los ojos en ella a través de los lentes e irritarse como un maestro con el alumno que no ha aprendido la lección. "Las cosas —pensó ella— contaminan a la gente; este hombre parece un papel, un cajón, un tintero. Pobre." Tras de ella, en las otras butacas no había nadie. Sólo un policía se rascaba las verijas cerca de la puerta de salida. Ésta se abrió para dar paso a una chaparrita que se irguió junto al escritorio del agente del Ministerio Público y le tendió un documento. Después de revisarlo, la amonestó en voz alta: "Deben tipificarse debidamente los delitos... Y el final, siempre se le olvida a usted el Sufragio Efectivo no Reelección. ¡Que no se le vuelva a pasar, por favor!"

Una vez solos, la detenida volvió a inquirir con su voz aguda:

—¿Podría llamar a mi casa?

El licenciado estaba por repetir hiriente: "¿A cuál de ellas?", pero prefirió emitir una negativa redondeando la boca en tal forma que todas las arrugas convergieron en un culo de pollo.

—No.

—¿Por qué?

—Porque es-ta-mos-en-ple-no-in-te-rro-ga-to-rio. Estoy levantando un acta.

—Ay, y si quiero ir al baño, ¿tengo que aguantarme?

"Dios mío, esta mujer es retrasada mental, ¿o qué? Pero si así fuera, ¿habría recibido su título?"

—¿A quién quisiera usted hablarle? —inquirió con renovada curiosidad.

—A mi papá.

—A su papá... a-mi-pa-pá —arremedó—. Así es de que encima de todo tiene usted papá.

—Sí —dijo ella columpiando las piernas—, sí, me vive mi papacito.

—¿Ah, sí? ¿Y su papá sabe qué clase de hija tiene?

—Yo me parezco a él —dijo la mujer-niña con una sonrisa—. Siempre nos hemos parecido, siempre, siempre.

—¿Ah, sí?, ¿y a qué horas lo ve, si me hace el favor?

—Los sábados y domingos; procuro pasar los fines de semana con él.

La dulzura del tono hizo que el policía dejara de rascarse.

—¿Todos los sábados y domingos?

—Bueno, no todos, alguna vez se presenta una emergencia y no voy. Pero siempre le aviso por teléfono.

—Y a los demás, ¿les avisa usted?

—También.

—Procure no balancearse, señora, estamos en un juzgado.

La mujer miró con sus ojos candorosos las diez butacas vacías tras de ella, el mostrador de palo pintado de gris y los archiveros altísimos *D. M. Nacional*. Al pasar por las piezas que antecedían a la oficina del agente del Ministerio Público, casi se le vinieron encima los escritorios de lámina, ellos también cubiertos de expedientes apilados sin orden, algunos con una tarjeta blanca entre las hojas a modo de señal. Incluso, estuvo a punto de tirar uno de los alteros peligrosamente esquinado tras el cual comía su *lunch* una mujer gorda acodada a la mesa. Por lo visto le había dado previas mordidas a su torta y ahora le añadía con fruición grandes y sebosas tajadas de aguacate rebanadas con la plegadera. También el piso de granito muy gastado, grisáceo, era sórdido, aunque a diario lo trapearan, y las ventanas que daban a la calle, por cierto muy chiquitas, tenían unos barrotes gruesos y pegados los unos a los otros. Los vidrios siempre sucios dejaban pasar una luz terregosa y triste; se veía que a nadie le importaba esta casa, que todos huían de ella una vez terminado el trabajo, que ningún aire entraba a las oficinas a no ser el de la puerta de la calle que se cerraba de inmediato. La gorda guardó en una bolsa de papel estraza, en la que también había un plátano, los restos de la torta seguramente para acabarla más tarde y el cajón se cerró con un ruido de resorte. Luego, con las mismas manos, se enfrentó a su máquina de escribir. Todas eran altas, muy viejas y la cinta jamás regresaba sola. La gorda introdujo su dedo en el carrete, la uña al menos, y se puso a regresarla, después se cansó y con el dedo entintado jaló el cajón de enmedio del escritorio y sacó una pluma atómica que metió en el centro de la cinta. Cuando acabó, y ya con los anteojos puestos, procedió a iniciar la tarea sin importarle que la detenida en la antesala alcanzara a leer el oficio. "El de la voz afirma no haber estado en su casa a la hora de los acontecimientos..." Se interrumpió para acomodar las copias, mojándose el pulgar y el índice; todos los oficios se hacían con diez copias y cuando bien les iba con cinco, por eso en los botes de basura cuadrados y grises había mucho papel carbón gastado, con las siglas DDF. "¡Híjole!, cuánto papel carbón, ¿para qué querrán tanta copia?" Todos en el juzgado parecían estar inoculados en contra de la crítica y la autocrítica; unos se rascaban las costillas, otros los sobacos, las mujeres se arreglaban un tirante del brasier, pujando. Pujaban también al sentarse, pero una vez sentadas volvían a levantarse para ir a otro escritorio y consultar algo que las hacía rascarse la nariz o pasarse repetidas veces la lengua sobre los dientes buscando algún prodigioso miligramo que una vez hallado se sacaban con el dedo meñique. Total, que si ninguno se veía a sí mismo, ninguno veía tampoco a los demás.

—Que manden a García para tomar la declaración.

—¿Cuántas copias van a hacer? —preguntó la acusada.

Nada turbaba la limpidez de su mirada, ninguna sombra, ninguna segunda intención en la superficie brillante. El agente del Ministerio Público tuvo que responder:

—Diez.

—¡Ya lo sabía! —exclamó triunfante.

—¿Pues cuántas veces la han detenido?

—Nunca, ésta es la primera. Lo sé porque me fijé en la entrada. Soy muy observadora —dijo con risa satisfecha.

—Debe serlo para poder sostener una situación semejante durante siete años.

La mujer sonrió, una sonrisa fresca, inocente, y el juez pensó: "Con razón...", y estuvo a punto de esbozar una sonrisa: "Debo mantener esto en un terreno impersonal, pero ¿cómo hacerlo con esta mujer que parece estar jugando, cruza y descruza las piernas y enseña unas rodillas doradas, redondas, perfectamente bien acabadas?"

—Vamos a ver... Su nombre.

—Esmeralda Loyden.

—¿Edad?

—Veintisiete años.

—¿Lugar de nacimiento?

—México, Distrito Federal.

—¿Defeñita?

—Sí —sonrió de nuevo Esmeralda.

—¿Domicilio?

—Mirto número 27, interior 3.

—¿Colonia?

—Santa María la Ribera.

—¿Zona postal?

—Cuatro.

—¿Oficio?

—Enfermera. Oiga, señor juez, el domicilio que le di es el de mi papá —sacudió su cabeza productora de cabellos y rizos—. Las otras direcciones usted las tiene.

—Bueno, ahora vamos a ver lo de sus actas. ¿Está usted tomando nota, García?

—Sí, licenciado.

—¿Católica?

—Sí.

—¿Profesa?

—Sí.

—¿A qué hora?

—Siempre voy a misa los domingos, señor juez.

—¿Ah, sí? ¿Y cómo se siente?

—Bien, señor juez, sobre todo me gustan las misas cantadas.

—¿Y las de Gallo? Ésas deben gustarle más —carraspeó el viejo.

—Ésa es una vez al año, pero también me emociona.

—¿Ah, sí?, y ¿con quién va?

—Con mi papá. Procuro pasar la Navidad con él.

Esmeralda agrandó sus ojos verdes como el pasto tierno que nunca ha sido pisado. "Pero si hasta parece una virgen", pensó el agente.

—Vamos a ver, García. Vistos para dictar sentencia a la causa número 132/6763, instruida en el Juzgado Trigésimo Segundo Penal por los delitos de adulterio quintuplicado.

—¿Quintuplicado, licenciado?

—Son cinco, ¿o no?

—Sí, licenciado, pero sólo la acusa uno.

—Pero está casada con los cinco, ¿o no?

—Sí, señor.

—Apunte usted, entonces, veamos la primera acta de Querétaro, estado de Querétaro. Dice así: "Estados Unidos Mexicanos. En el nombre de la República de México y como juez del Estado Civil de este lugar hago saber a los que la presente vieren y certifico ser cierto que en el libro número "Matrimonios" del Registro Civil que es a mi cargo, a la foja 18, año de 1948, permiso de Gobernación número 8577, Exp. 351.2/49/82756 de fecha 12 de junio de 1948, F. M. a las veinte horas, ante mí comparecen el ciudadano Pedro Lugo Alegría y la señorita Esmeralda Loyden con el objeto de celebrar matrimonio bajo el régimen de Sociedad Conyugal". ¿Tomó nota, García? Como ésta, hay cuatro actas más, todas debidamente legalizadas y timbradas. Sólo cambian los nombres de los ciudadanos contrayentes del sexo masculino porque el de la contrayente, nanay, siempre es el mismo: Esmeralda Loyden. Aquí hay un acta levantada en Cuernavaca, Morelos; otra en Chilpancingo, Guerrero; otra en los Mochis, Sinaloa; y la quinta en Guadalajara, Jalisco. Hasta eso, además de bígama, le gusta a usted viajar, señora.

—No crea usted que tanto, licenciado, ellos son los que... bueno, por aquello de la luna de miel.

—¡Ah, sí!

—Sí, licenciado, por mí, me hubiera quedado en el Distrito Federal —añadió con voz melodiosa.

De nuevo entró la chaparrita con su fólder. El agente, exasperado, tomó el papel con brusquedad y vociferó:

—..."con las inspecciones oculares y fe ministeriales, tanto de los daños causados durante el desarrollo de los acontecimientos citados en el inciso inmediatamente anterior...", y ya de ahí sígase usted sola, si no es más que una copia... ¡Ah, y mire! Se le olvidó otra vez el Sufragio Efectivo no Reelección, ¿no le digo?, pues no se distraiga. Que no vuelva a suceder, por favor.

Se veía que al agente ya le andaba por volver al caso de Esmeralda Loyden porque cuando la enana cerró la puerta, se apresuró a decir:

—Los nombres de los contrayentes, García, deben aparecer en el ordenamiento jurídico por riguroso orden alfabético: Carlos González Ramos, Pedro Lugo Alegría, Gabriel Mercado Zepeda, Livio Martínez Cruz, Julio Vallarta Blanco... uno, dos, tres... cuatro, cinco —contó para sí mismo el juez...—. Así es de que usted viene siendo la señora Esmeralda Loyden de González.

Esmeralda Loyden de Lugo.

Esmeralda Loyden de Martínez.

Esmeralda Loyden de Mercado.

Esmeralda Loyden de Vallarta... Ujum. ¿Cómo le suena a usted, García?

—Bien.

—¿Cómo que bien?

—Los nombres están correctos, licenciado, pero el único en hacer la denuncia es Pedro Lugo Alegría.

—No le estoy preguntando eso, García, estoy haciendo hincapié en la implicación moral, legal, social y política del caso que por lo visto a usted se le escapa.

—¡Ah, bueno, licenciado!

—¿Se ha encontrado usted, García, con algún caso semejante a lo largo de su vida?

—No, licenciado, bueno, no en una mujer porque en hombres... —García chifló en el aire; el silbido largo como de tren que pasa.

—Veamos lo que tiene que decir la acusada. Pero antes permítaseme una pregunta estrictamente personal, señora Esmeralda. ¿No confundía usted a Julio con Livio?

Esmeralda, con la vista fija, semejaba una criatura frente a un caleidoscopio de una profundidad insondable bajo el flujo de las aguas transparentes de sus ojos; un caleidoscopio en el aire, puesto allí sólo para ella. El juez, despechado, tuvo que repetir su pregunta y Esmeralda se sobresaltó como si la pregunta le molestara:

—¿Que si los confundo? ¡Oh, no, señor juez, son tan distintos!

—¿Nunca tuvo usted una duda, un tropiezo?

—¿Cómo podría tenerlo? —respondió con energía—, los respeto demasiado.

—¿Ni siquiera en la oscuridad?

—No lo entiendo, licenciado.

Esmeralda posó sobre el viejo una mirada tranquila, límpida, y el agente tuvo que dar marcha atrás. "¡Es increíble —pensó—, increíble, soy yo el que ahora voy a tener que pedirle una disculpa!" Entonces arremetió:

—¿Se sometió usted al examen ginecológico con el médico legista?

—No, ¿por qué? —protestó García—, si no se trata de un caso de violación.

—Ah, sí, de veras, a los que habría que someter es a ellos —rió el agente manoteando vulgarmente.

La mujer sonrió también, como si no se tratara de ella; sonrió por gentileza, para acompañar al viejo y esto lo desconcertó aún más.

—¿Así es de que cinco? —tamborileó en la puerca mesa de madera.

—Los cinco me necesitaban.

—Y usted pudo prodigarse.

—Tenían una urgencia mucho muy considerable.

—¿Y los hijos? ¿Tiene hijos? —preguntó casi con respeto.

—¿Cómo podría tenerlos? Ellos son mis hijos, los cuido y los atiendo en todo, no tendría tiempo para otros.

El juez no pudo proseguir; los chistes de doble sentido, las groserías, los comentarios ingeniosos le pasaban por encima y García era una bestia peluda, una res echada, parecía incluso haberse solidarizado con la acusada. ¡No faltaba más! No estaría pensando en convertirse... Tendría que esperar la hora de la cantina para compartir con los cuates el rostro y la vida de esta mujer que sonreía simplemente porque sonreír era parte de su naturaleza.

—Supongo que al primero lo conoció usted en el parque.

—¿Cómo lo sabía? Sí, a Carlos lo encontré en el Parque Hundido; yo leía allí la novela de José Emilio Pacheco *Morirás lejos*.

—¿Así es de que a usted le gusta leer?

—No, es al único que he leído, y eso porque a él lo conozco —Esmeralda se animó—. Yo creí que era un cura, fíjese usted, coincidimos en un pesero y al bajar le pedí: "Padrecito, deme la bendición", y él se puso nerviosísimo, hasta sudaba, y me tendió algo negro: "Mire, para que vea que no lo soy, le regalo mi libro".

—Bueno, ¿y qué pasó con Carlos?

—Pedro, perdón, Carlos se sentó en la banca en donde yo leía y me preguntó si estaba bonito y así empezó todo. ¡Ah, no!, luego se le metió una basura en un ojo

—ya ve que febrero es el mes de las tolvaneras— y ofrecí sacársela, le estaba llorando muchísimo, le dije que yo era enfermera y pues... se la saqué. Oiga, y a propósito, estoy viendo desde hace rato que a usted le llora mucho el ojo izquierdo, por qué no le dice a su esposa que le ponga tantita manzanilla, pero no de la del sobre, de la fresca, pero que se la den bien floreadita, dígale a su esposa, yo si pudiera se lo hacía, pero necesita estar limpísimo el pocillo en el que se hierve una nadita de manzanilla, pero de la buena, y luego mantenerse así, la cabeza echada para atrás, unos diez minutos a que le penetre bien, va usted a ver cómo descansa, así la pura flor de la manzanilla.

—Así es de que usted es de las que se ofrecen... a ayudar.

—Sí, licenciado, es mi reacción natural. También con Gabriel sucedió lo mismo; se había flameado el brazo, viera usted qué feo lo tenía, una pústula tras otra y lo curé, a mí me tocó vendarlo, me lo ordenó la doctora Carrillo. Ya cuando se alivió, me dijo no sé cuántas veces que lo que más quería en la vida, además de mí, era su brazo derecho porque por él...

Las cinco historias de Esmeralda Loyden eran parecidas, un caso suplantaba a otro con muy pocas variantes. Relataba sus matrimonios con ojos luminosos y confiados, a veces era hasta inocentemente fatua en sus asertos: "Sin mí, Pedro no puede vivir. No sabe ni dónde están sus camisas". Al agente del Ministerio Público le temblaban sobre los labios los términos perversión, perfidia, depravación, el más absoluto descaro, pero nunca se presentó la oportunidad de emitirlos y eso que le quemaban la lengua. Con Esmeralda perdían todo su sentido. Su relato era llano, sin recovecos, simple, los lunes eran de Pedro, los martes de Carlos y así hasta completar la semana, inglesa por supuesto, porque los sábados y los domingos los destinaba a lavar y planchar su ropa y la de ellos y preparar algún guiso para Pedro, el más antojadizo de los cinco. Cuando surgía una emergencia, un cumpleaños, un santo, un día de campo, entonces daba también su sábado, su domingo. No, no, ellos lo aceptaban todo, con tal de verla, y ella siempre les puso como única condición el no abandonar su carrera de enfermería.

—Y ellos, ¿están conformes con que les dé usted un solo día?

—A veces les toca su pilón. Además, ellos también trabajan. Carlos es agente viajero pero siempre procura estar en México los miércoles, ésos no se los pierde; Gabriel vende seguros, también viaja y es tan inteligente que le han ofrecido chamba en la IBM.

—¿Y nunca han deseado un hijo?

—Nunca me lo han dicho así de fuerte. Cuando lo platicamos les respondo que apenas llevamos unos años, que el amor se madura.

—Y ellos, ¿aceptan?

—Sí, por lo visto.

—Pues, por lo visto, no, ya se le cayó su teatrito porque la han denunciado, señora.

—Ése fue Pedro, siempre ha sido más colérico, más enérgico, pero en el fondo, señor juez, es muy buena onda, tiene buen corazón, haga usted de cuenta, la leche que se sube y después se arrepiente... ya lo verá usted.

—No voy a ver nada porque usted está consignada; lleva ocho días en los separos. ¿O no lo ha notado, señora Esmeralda, no le pesa el encierro?

—No tanto, aquí todos son muy buenas gentes; además se pierde la noción del tiempo. He dormido por lo menos ocho horas por la noche, porque en verdad estaba yo cansada.

—Me lo imagino. Entonces, usted, ¿no la pasa mal nunca?

—No. Nunca me he dormido con una cosa mala en la cabeza.

Y de veras, la muchacha se veía bien; la piel saludable y limpia, los ojos brillando de salud; toda ella de una apacible tersura. ¡Ah!, y también el pelo le brillaba, un pelo de animalito recién nacido, un pelo fino que daban ganas de acariciar así como daban ganas de jalar su nariz respingada. El licenciado tuvo un arrebato de furia, ya estaba harto de tanta inconsecuencia:

—Y, ¿qué no se da cuenta de que vivió en la promiscuidad más absoluta, que engañó, que en-ga-ña, que usted no sólo es inmoral sino amoral, que no tiene principios, que es pornográfica, que el suyo es un caso de enfermedad mental, que su ingenuidad es un signo de imbecilidad, dad, dad... —empezó a tartamudear—. ¡Gentes como usted minan nuestra sociedad en su base, destruyen el núcleo familiar, son una lacra social! ¿Qué no se da cuenta de todo el mal que ha hecho con su conducta irresponsable?

—¿Mal a quién? —chilló Esmeralda.

—A los hombres que engaña, a sí misma, a la sociedad, a los principios de la Revolución mexicana.

—¿Por qué? Los días compartidos son días felices, armoniosos, que a nadie dañan.

—¿Y el engaño?

—¿Cuál engaño? Una cosa es no decir y otra cosa es engañar.

—Usted está loca. Además, lo va a corroborar el alienista; de eso tenga plena certeza.

—¿Ah, sí?, y entonces, ¿qué pasará conmigo?

—¡Ah, hasta ahora se preocupa de eso! Es la primera vez que piensa en su suerte.

—En realidad, sí, licenciado, nunca ha estado dentro de mi carácter preocuparme.

—Yo no sé qué clase de mujer es usted, no la entiendo. O es una débil mental... o no sé, una cualquiera.

—¿Una cualquiera? —se puso seria Esmeralda—, eso dígaselo a Pedro.

—A Pedro, a Juan y a varios, a cualquiera de sus cinco maridos que cuando lo sepan van a pensar lo mismo.

—No creo que piensen lo mismo; todos son distintos, yo no pienso lo mismo que usted ni podría.

—Pero, ¿no se da cuenta de su terrible inconsciencia? —pegó el agente con el puño sobre la mesa haciendo volar el polvo milenario—. Es usted una pu... Se comporta como una prosti... (curiosamente, ante ella no podía terminar las palabras; su sonrisa lo cohibía; mirándola bien nunca había visto a una muchacha tan bonita, no es que fuera bonita así a las primeras de cambio sino que iba creciendo en salud, en limpieza, en frescura; parecía acabada de bañar, eso era, recién salidita del baño, ¿cuál sería su olor?, pue' que a vainilla, una mujer con todos sus dientes, bien que se le veían cuando echaba la cabeza para atrás riéndose, porque se reía la muy descarada). Bueno, y usted, ¿no se desprecia a veces como si fuera basura?

—¿Yo? —interrogó sorprendida—, ¿por qué?

El agente se sintió desarmado:

—García, llame usted a Lucita para que consigne la declaración.

Lucita resultó ser la del aguacate y el plátano. Llevaba su block de taquigrafía bajo el brazo, el dedo todavía entintado. Se sentó pujando y murmuró: "La dicente..."

—No, mire, tómelo directamente a máquina, sale mejor. ¿Qué tiene usted que decir en su defensa, señora Esmeralda?

—No conozco los términos jurídicos, no sabría decir. ¿Por qué no me aconseja usted que es tan competente, licenciado?

—Es... es... es el colmo —tartamudeó el agente—, ahora yo soy el que tengo que aconsejarla, lea usted el expediente, Lucita.

Lucita abrió un fólder con una tarjeta blanca en medio y advirtió:

—No está firmado.

—Si quiere —propuso Esmeralda—, firmo.

—Si no ha declarado, ¿cómo va a firmar?

—No importa, firmo antes. Al fin que me dijo Gabriel que en los juzgados ponen lo que quieren.

—Pues su Gabriel es un mentiroso y voy a tener el gusto de enviarle un citatorio acusándolo de difamación.

—¿Podré verlo? —preguntó gustosa Esmeralda.

—¿A Gabriel? Dudo mucho de que él quiera poner los ojos en usted.

—Pero el día que venga, ¿me mandará usted llamar?

(Loca, tarada, animala, todas las mujeres están locas, son unas viciosas, unas degeneradas, dementes, bestias, mira que meterse con cinco a la vez y amanecer como la fresca mañana, porque a esta mujer no le hacen mella tantas y tantas noches de guardia ni le llega nada de lo que le digo, por más que me empeño en encauzarla, en hacerla comprender.)

—Para entonces ya estará usted tras las rejas de Santa Marta Acatitla, por desacatos a la moral, por bígama, por insensata (barajó otros posibles delitos), por agravios a particulares, asociación delictuosa, invitación a la rebelión, ataques a las vías públicas, sí, sí, ¿no se encontraron en el parque usted y Carlos?

—Pero ¿podré ver a Gabriel?

—¿Al que más quiere es a Gabriel? —preguntó súbitamente intrigado el agente del Ministerio Público.

—No. Los quiero a todos, a toditos, a todos igual.

—¿Hasta a Pedro, quien la denunció?

—Ay, mi Pedrito lindo —dijo ella acunándolo entre sus pechos por lo visto muy firmes porque se mantuvieron erectos mientras ella hacía el ademán de mecer a Pedro.

—Nada más eso me faltaba.

Lucita, con su lápiz tras la oreja, ensartado en su pelo grasiento, hacía tronar algo entre sus manos, una bolsa de papel estraza, quizá para que el agente la tomara en cuenta o para que cesaran sus gritos. Hacía rato que no le quitaba los ojos de encima a la acusada, de hecho cuatro o cinco empleados no perdían palabra del careo; Carmelita dejó su *Lágrimas y Risas* y Tere también arrumbó su fotonovela, Carvajal se había parado junto a García y Pérez y Mantecón escuchaban sin parpadear. En ese juzgado todos usaban corbata pero se veían sucios, sudados, la ropa pegada como cataplasma, los trajes lustrados, llenos de lamparones, del horrible color café que acostumbran los morenos y los hace parecer una tablilla de chocolate rancio. Lucita suplía su baja estatura con colores chillones; por ejemplo, una falda verde con una blusa naylon amarilla o al revés; puras combinaciones cirqueras, pero ahora su expresión era tan entusiasta que se veía atractiva; el interés los ennoblecía a todos; habían dejado de chanclear, rascarse, embarrarse en contra de los muros; ninguna desidia podía flotar ahora en el recinto; cobraban vida, recordaban que alguna vez fueron hombres, y no sólo eso sino jóvenes, ajenos al papeleo y a la tarjeta marcada; una gota de agua cristalina resplandecía sobre cada una de sus cabezas: Esmeralda los estaba bañando.

—Allá afuera esperan los de la fuente —advirtió Lucita al agente del Ministerio Público.

El agente se levantó. Tenía la costumbre de no hacer esperar a la prensa: el cuarto poder. Entre tanto, Lucita se acercó a Esmeralda y le palmeó el muslo.

—No se preocupe, chula, yo estoy con usted, ¿eh, chula? A mí hasta gusto me da porque el desgraciado con quien me casé al rato ya tenía otra y hasta le puso casa y aquí me tiene haciendo oficios. Así es de que qué mejor que una como usted se vengue. Yo le voy a ayudar en la averiguación previa, por mi madre que le ayudo, chulita, y no sólo yo, también Carmelita la del escritorio allá fuera y Carvajal y Mantecón y Pérez y don Miguelito, que es algo anticuado, pero bueno, pa' qué le digo, pa' nosotros usted vale más que Yesenia. Vamos a ver, yo le empiezo el oficio: "La dicente..." (Ya para entonces, Esmeralda, sentenciada o no, sentía un sueño que la hacía acurrucarse en el asiento como un gatito que a todos resultaba grato, sobre todo a Lucita, cuyas teclas volaban jubilosas entre los términos legales, que si escritos son totalmente oscuros, dichos en voz alta resultan entidades innominables, pero que Lucita se empeñó en comunicar a Esmeralda en voz alta para dar mayor prueba de su fidelidad. En un momento dado, después de mecanografiar "Servicios Coordinados de Prevención y Adaptación Social", y darse cuenta de la nula respuesta de la de la voz, Lucita le susurró al oído: "Tiene sueñito, mi chula, ya merito acabamos, no más me falta lo de la reparación del daño y el notifíquese, amonéstese a la sentenciada, ya no me cupo, bueno, allí se va conforme a la ley, hágasele saber el derecho y término que tiene para la apelación, expídance, creo que es con *s*, ni modo, las boletas y copias correspondientes, la palabra copula lleva acento pero no se la puse en ninguna de las cinco veces, ni que importara tanto. A ver, mi linda, échele aquí una firmita y... oiga, ¿le traigo un refresquito pa' que se despabile? Éstas son las fichas signaléticas, se le decreta la formal prisión como presunta responsable pero ni caso haga porque no vamos a dejar que esto suceda; falta el certificado médico y la fe de avalúo correspondiente, las conclusiones de ley, que todas van a serle favorables, va a ver chulita, de eso me encargo yo, a usted no puede irle mal".)

En los separos, después de un buen caldo con alón y muslo, Esmeralda durmió rodeada de la simpatía de las celadoras. Al día siguiente, muchas agrupaciones acudieron a manifestarle su adhesión, los sectores femeniles de varios partidos, y René Cardona junior, muy insistente en filmar una película al vapor. Los de la fuente habían dado la noticia en forma escandalosa: "Cinco, como los dedos de la mano", a ocho columnas en la sección de policía y el *Ovaciones* en grandes titulares negros publicó: "Vaya quinielita y el jockey es una mujer", con tres puntos de exclamación de cada lado. Un editorialista inició sombríamente su columna: "Una vez más es confrontada y puesta a prueba nuestra naturaleza primitiva", y abundó en lo de los bajos instintos, y otro, obviamente un técnico del Conacyt, habló de la multiestratificación de la mujer, su cosificación, el trabajo doméstico no asalariado que por ende no le permite acceder a las señeras cimas de la cultura y otras peligrosas tergiversaciones que los lectores se prometieron leer para más tarde. En fin, el día resultó ajetreado; entre los múltiples visitantes se asomaron dos monjas muy agitadas, y eso sin hablar de las religiosas sin hábito que son muchas, sumamente progresistas y casi siempre francesas. "Híjole", pensó Lucita, "qué estimulante, qué día para nosotras. Aunque Esmeralda esté medio piradona, nos sirve de bandera y su lucha es la nuestra". El agente del Ministerio Público se encargó —al ver los ánimos caldeados— de echarle agua fría al anunciar:

—La audiencia se hará a puerta cerrada.

Lucita desapareció casi tras la altura de la vieja máquina de escribir con su cinta que tenía que regresar con el dedo:

> En Iztapalapa, Distrito Federal, siendo las diez horas y treinta minutos del día 22, estando dentro del término señalado por el artículo 19 constitucional se procedió a resolver la situación jurídica de la señora Esmeralda Loyden de González, de Lugo, de Martínez, de Mercado, de Vallarta, a quien el Ministerio Público le imputa la comisión de los delitos de adulterio en quinto grado, considerado el cuerpo del delito de bigamia, previsto por el artículo 37 párrafo primero del Código Penal, que se encuentra comprobado en los términos del artículo 122 del Código de Procedimientos Penales con la fe de daños presentada por el denunciante el que en su estado normal dijo llamarse Pedro Lugo Alegría, quien protestado y advertido en términos de ley para que se conduzca con verdad y sujeto a las sanciones a los que declaran con falsedad manifestó llamarse como queda escrito, de treinta y dos años de edad, casado, católico, con instrucción, empleado, originario de Coatzacoalcos, estado de Veracruz, quien en lo esencial de su declaración dijo que el lunes 28 de mayo al no ver llegar a su esposa como acostumbraba todos los lunes a las veinte horas en punto al domicilio conyugal sito en Patriotismo número 246, interior 16, zona postal 13, colonia San Pedro de los Pinos, fue a buscarla al hospital donde decía trabajar y al no hallarla preguntó si asistiría a la noche siguiente y fue informado por la recepcionista que pasara a la dirección ya que el nom-

bre de la solicitada no aparecía en la lista de guardia, que creía que probablemente ésta trabajaría de día pero que como ella entraba en el segundo turno no le constaba y no podía abundar al respecto, ya que se le había hecho tar... (así nada más "tar" porque a Lucita no le cupo la sílaba "de" y simplemente la dejó caer) y por lo tanto y a renglón seguido se veía en la necesidad de enviar al quejoso a la dirección a recabar mayores informes y que en la susodicha dirección fue informado el acusador que la que él llamaba su esposa jamás tenía turnos nocturnos, por lo cual el hombre tuvo que ser sujetado poniéndole las manos hacia atrás, cosa que hicieron dos camilleros que el director mandó llamar, temiendo que el hombre no estuviera en sus cabales, que vieron después cómo el hoy acusador salió trastabillando, fuera de sí, recargándose en las paredes pues sostenía con la deponente relaciones sexuales siendo su legítimo marido como consta en el acta número 13797 a fojas 18, siendo ella mujer púber, multípara cuando la desposó hace siete años. Después el acusador procedió a ulteriores investigaciones abundando en lo que queda glosado en el expediente número 347597, sin el conocimiento de la deponente y logró enterarse que en su misma situación se encontraban los otros cuatro cónyuges a quienes procedió a informar de la quintuplicidad de la acusada. La presunta responsabilidad penal de la inculpada en la comisión de los delitos cometidos con un original y cinco copias (el original para Pedro Lugo Alegría, siendo él el primero y principal acusador que les imputa la Representación Social), se encuentra acreditada hasta este momento procesal, con los mismos elementos de prueba mencionados, en el considerando que precede, destacando la imputación directa que hace el ofendido y sobre todo la fe de la ropa y objetos personales de la inculpada en los cinco domicilios arriba mencionados así como los numerosos datos personales, pruebas fotográficas, dedicatorias de fotografía, cartas y misivas amorosas en que se prodigaba la acusada, aportados por los agraviados y ante todo la prueba indudable y fehaciente de las actas matrimoniales y los consiguientes actos que se derivan del susodicho y que a decir de los cinco y de la propia acusada fueron debida y enteramente consumados, a plena satisfacción, en la persona física de Esmeralda Loyden, dícese enfermera de profesión. Que la de la voz emitió declaraciones que no se encuentran apoyadas en alguna prueba que las haga creíbles y sí en cambio desvirtuadas por los elementos a que se hizo alución (alución con *c*), que la de la voz no manifestó remordimiento en ningún momento ni pareció darse cuenta que se le imputaban cinco delitos, que nada tuvo que objetar salvo que tenía sueño, que la de la voz se presta con notable docilidad a que se le practiquen todas las pruebas y se lleven a cabo todas las diligencias que sean necesarias para el esclarecimiento de los hechos, así como las que promuevan las partes, de acuerdo con las fracciones III, IV y V del artículo 20 de la Constitución Federal, notifíquese y cúmplase, naturaleza y causa de acusación. En la misma fecha, la Secretaría de la Oficialía de Partes hace constar que el término para que las partes ofrezcan mayores pruebas en la presente causa empieza a correr a partir del día 20 de junio en curso y concluye el día 12 de julio próximo. Conste. Doy fe. Sí vale.

Cuando el agente del Ministerio Público estaba por poner su firma al calce, gritó enojado:

—Lucita, ¿qué pasó? ¡Otra vez se le olvidó el Sufragio Efectivo no Reelección!

Después, todo fueron murmullos. Unos cuentan que Esmeralda salió entre sus celadores rumbo a la julia seguida por la fiel Lucita, que le había preparado una torta para el viaje, García el escribiente, quien le besó la mano, y la mirada afectuosa del agente del Ministerio Público. Al despedirla volvió a instarle, tomando sus dos manos entre las suyas y conmoviendo a todos por lo sentido de sus palabras: "Esmeralda, mire lo que pasa por andar en estas cosas, hágame caso, está usted muy joven, aléjese de todo ello, Esmeraldita, formalita la muchacha, de ahora en adelante muy formalita". Muchos espectadores hicieron sonreír a la presunta responsable al aplaudir su paso menudo y cantarino. Otros, en cambio, fueron testigos de que entre la concurrencia, detrás del barandal gris de madera pintado y vuelto a pintar con una capa cada vez más delgada, Esmeralda Loyden sintió que la taladraba la mirada intensísima de Pedro Lugo Alegría, su acusador, y en el otro extremo los anteojos de miope de Julio, quien le hizo una señal amistosa con la mano. En el momento de subir a la julia, Esmeralda no vio a Carlos, pero sí a Livio, con el pelo casi al rape y los ojos arrasados en lágrimas. Todavía alcanzó a gritarle: "¿Por qué te lo cortaste? Ya sabes que no me gusta", cosa que inmediatamente consignaron los periodistas. Ninguno de ellos faltó, ni siquiera el agente viajero. Voces autorizadas han hecho circular el rumor de que los cinco maridos intentaron desistir de la acusación ya que todos deseaban que la de la voz regresara. Pero como ya la sentencia estaba dictada y no podían apelar a la Suprema Corte de Justicia porque el caso había recibido demasiada publicidad, tuvieron que conformarse con ir, cada uno por turno, a la visita conyugal en Santa Marta Acatitla, lo cual de todos modos no cambiaba mucho la situación *de facto et in situ,* puesto que anteriormente sólo la veían una noche por semana. Incluso ahora coincidían en no pocas ocasiones los domingos en la visita general, cada uno con algún antojito en el que tuvieron que ponerse de acuerdo para no repetirse y llevar un variado espectro que complaciera a Esmeralda así como a Lucita, a Carmelita, a Tere, a García, a Carvajal, a Pérez, a Mantecón y al agente del Ministerio Público que de vez en cuando se presentaba muy circunspecto habiéndose aficionado a las respuestas de la acusada. Sin embargo, de todo ello no pudo hacerse un acta, ya que acusadores y acusada, juez y partes se arrepintieron de su desmesura al haber levantado la primera número 479/32/875746, a fojas 68, y todo quedó inscrito en el llamado libro de la vida que es muy cursi y que antecede al que en la actualidad se utiliza para consignar los hechos y tiene un nombre muy feo: certificación de cómputo. Conste, doy fe, sí vale.

Sufragio Efectivo no Reelección

TLAPALERÍA

Tlapalería

UNO DE LOS ANAQUELES es de botes de Vinílica Mate Marlux para interiores y exteriores, otro de rollos de papel del excusado Pétalo. La Virgen de Guadalupe tiene sus foquitos de colores. Los tornillos, las armellas, las bisagras resuenan bonito cada vez que el muchacho los busca en el cajón. El radio colocado sobre el mostrador de zinc difunde a La Charrita del Cuadrante. El lazo de cuerda cercano a la cortina espera su caballo.

Sobre el mostrador se apoyan las manos, son manos que lo han resistido todo, manos geológicas, casi cósmicas, manos de pico y pala, de tubería, de agua, de lejía, manos de plomero, de albañil, de jardinero. Son manos cruciales que no le temen a la eternidad. Antes de entrar en servicio de nuevo, de volver a cargar, a restregar, a sembrar, descansan en el mostrador. Lo hacen con modestia, contrayéndose para no estorbar; que nadie les vaya a decir: "¡Quite de ahí esas manos!"

—Me da un litro de aguarrás.

—No me conviene comprar chiquito...

—Bueno, deme un cuarto de aguarrás... Es que donde yo vivo está muy oscuro.

—Un chiquito para la mesa.

—José Luis, ven acá, ven acá... Allá te va a agarrar el viejo del costal.

—En esta esquina se pasan sin fijarse.

—Déjalo, ya no le hables, ahorita me las va a pagar.

—Tan buena gente, don Seki, tan comedido. Cuando decía: "La semana que entra se lo tengo", lo tenía.

—¿Por qué no pinta su cocina de amarillo?

—Es que es de mosaico amarillo y le quiero poner las puertas de blanco.

—Si donde yo vivo está reteoscuro.

—Me da una clavícula.

—Será clavija.

—Le pedí los clavos y me los dio sin cabeza...

—Ya ve que estuve busque y busque.

—Oiga, ¿le pongo tíner para quitarle la pintura vieja?

—Éste es un buen negocio. La mercancía nunca se echa a perder, puede durar años. No es como la de un restaurante, un comedero, ya ve, tan desairado.

—Por esa oscuridad, me han dado ganas de cambiarme, pero, ¿dónde?

—Mi nota, ya ve que siempre piden la factura.

—No es la primera vez, y ya hemos ido a la delegación a exigir topes, pero se quedan como quien ve llover.

—No encontrará en ningún lado un removedor que le cueste sesenta pesos.

—No, al fin que es para la cocina, luego le pongo un plástico encima.

—Ya tendré para de hoy en ocho, sí, la semana que entra.

—¿Me da mi nota?

—De dos litros para que le convenga.

—Sí, porque son, una, dos, tres, cuatro puertas.

—Señor, que si no me la cambia por una de a cuarenta.

—Un jalador para los pisos.

—Qué seguro de vida ni qué nada, no, qué iba a estar asegurado...

—Un abridor, no, más bien uno para refrescos. No, éste no, uno más sencillo.

—Antes las veladoras eran grandes, de vaso alto, ahora, ni sus luces.

—De ésas que andan con coche de papi...

—¿Cuánto es?

—Cinco cincuenta.

—A ver, déjeme ver eso que tiene allá.

(La de pelo oxigenado mira a ver qué compra y recarga su vientre sobre el aparador dentro de sus apretados *blue jeans*.)

—Señor, que si no me da una nota de remisión, por favor.

—¿Me permite utilizar su teléfono?

—Sí, cómo no.

—Nunca me pasaron para adentro. Cuentan, pero no me creas, que tenía sus lámparas blancas de papel de arroz.

—Mi teléfono murió hace un mes. Diario les hablo a Teléfonos de México.

—Allá en su isla, los niños, cuando van a atravesar la calle, toman una banderita y la ondean y luego la dejan del otro lado en una canasta junto al poste. Por eso a don Seki le daba tanto horror el crucero. Barbajanes, decía, barbajanes; bueno, en su idioma.

—¿No hay otra clase de estopa?

—La estopa es la estopa.

Un chaparrito vestido con overol azul marino: Garza Gas en letras blancas en la espalda, informa:

—Diario hay accidentes en esta esquina.

—Un empaque para agua caliente.

—Quién sabe por dónde se me meterá la humedad.

—Jovenazo, un favorsote grandote (blande un billete de quinientos pesos).

—Una lija para fierro, ésa de seis cincuenta está buena.

—Él la mantiene de cabo a rabo con todos los lujos.

—Me da dos sóquets —pide una niña que trae una moneda de diez pesos.

—¿Sóquets sencillos o con apagador?

—Con apagador... y dos focos de cien.

—Veía con el rabillo del ojo.

—No saben manejar y luego luego quieren correr.

—¿Que si no me la puede dar un poco más gruesecita?

—¿Me da una nota?

—¿Tiene Fab suelto? ¿A cómo el kilo?

—Veinticuatro cincuenta.

—Ay, ya subió. ¿Tiene jerga? ¿Cuánto vale?

—Dieciséis y dieciocho el metro.

—Deme la de dieciocho, pero que sea roja, aquellita, la de la raya roja.

—Enloquecen con la fruta, la fruta allá es carísima, es un verdadero lujo, allá es isla, isla chiquita, no les cabe nada. ¿Se imaginan un altero de sandías?

—No llegó el gas. Me la paso reportándolo y seguimos sin agua caliente.

—Se atravesó y por un pelito y lo mata; pero no sólo eso: después de esquivar el coche y pegarle sólo en el ala, vino a dar contra el aparador y la gente aquí parada y don Seki despachando, hágame el favor.

—Don Seki jamás habría confundido tornillos con chilillos.

—Nunca enfrenó, nunca enfrenó...

—Ellos tan cuidadosos, tan puntillosos, al fin budistas, cuando a don Seki le daba catarro, se ponía tapaboca, hágame favor, dizque pa' no contagiar.

—Lo bueno de ser tan alto.

—Si no se la lleva la policía, la linchan.

—¿Cómo sigue? Pero qué salvaje, chin...

—¿Y qué le hicieron a la muchacha?

—Nada, nada.

—Pues que la metan al bote.

—Lo malo es que la soltaron desde el primer día.
—Un empaque como éste, es para una llave de cocina.
—Un tapón de hule.
—De ésas que se van poniendo el rímmel en los altos...
—¿No tiene otros dos?
—Le escurría la sangre sobre la cara.
—Ni cuenta se dio de lo que había hecho. No hablaba, nomás le entró la temblorina.
—Agujetas de las más largas que tenga, me da cuatro por favor.
—Cuatro, éstas azul marino no son largas.
—¿Las únicas? Sí, me da otras por favor, un par.
—No le gustaba que lo tocaran o lo abrazaran.
—No, si ellos limitan muy bien su espacio. Hasta aquí nomás...
—Don Seki allí tendido, sus ojitos abiertos, ya ve qué chiquitos eran, pues se le hicieron unos ojotones así, la sangre gruesa como pintura de aceite, todas las latas de Marlux habían rodado a la calle. Algunas las recogí y las vine a dejar, otras se las llevaron.
—No, Kótex aquí no vendemos, aquí no es farmacia.
—El destino sabrá cobrarle.
—Cuando la veas pónchale las llantas para que se dé en la torre.
—Me da mi notita, por favor.
—Té de chinos de la calle de Dolores, té verde, tuestan arroz así como palomitas, y ésas se las echan al té.
—Además de asesinado, robado.
—Sembró tres árboles de cereza, se le dieron capulines.
—¿Qué dice la Chata? Hace mucho que no la veo.
—Mi notita, por favor.
—Nara, rumbo a Kyoto, Nara.
—Mira, chico perrote.
—Es San Bernardo, es de los que caminan en la nieve.
—Que siga mejor.
—Los pérsimos son de Persia.
—Se ha de comer como dos kilos de carne diarios.
—Más, como unos cinco.
—Unas frutas muy especiales.
—Se me tapa muy seguido el fregadero.
—Deme medio metro de jerga y luego me la corta a la mitad.

—Estos señores...

–Nos referimos al accidente ocurrido con fecha 8 del presente al proyectarse sobre un negocio un automóvil causando daños a su mercancía.

—Ácido muriático.

—Como la mitad.

—Veneno.

—No le bombee.

—Son las doce.

—Una bomba.

—Ya no ha hecho cortos.

—No, ya no.

—¿Cuánto es?

—Un cuartito de barniz marino.

—Hay maple y nogal.

—Considerando que la póliza expedida 218554 del ramo de Incendio sólo se contrató para cubrir los riesgos de Incendio, Rayo y Explosión, no quedan cubiertos los daños causados por vehículos en sus contenidos debiendo presentar su reclamación a quien haya resultado responsable de la colisión de vehículos.

—Él decía que para qué se había venido de allá porque desde su ventana podía ver el volcán. Aquí, en verdad, nunca le gustó, extrañaba el calorcito.

—Stanhome, es la mejor.

—El aparador apenas lo pusieron, les salió en un ojo de la cara.

—No hay.

—Hasta el Clarasol subió.

—Total que el seguro siempre sale ganando.

—En esta ciudad ya no se puede conseguir un electricista.

—¿Me presta su teléfono para una llamada súper urgente?

—¿Qué onda?

—Yo a toda madre.

—Y tú, ¿qué onda?

—¡Ay qué buena onda!

—Vamos a ver cómo se pone esa onda.

—¿Cómo?

—¿Hola?

—Es a ti a quien se te va la onda gacho.

—¿Me oyes?

—Ésa sí que es una chava buena onda.

—¿Que qué?

—Qué padre, qué a toda madre.

—Ya es hora de que ése vaya agarrando la onda.

—Pinches teléfonos tan mala onda. ¿Hola?

—Seguimos con la misma costumbre de don Seki, el cliente es primero, todo para el cliente, el cliente siempre tiene la razón aunque no la tenga, por lo tanto aquí tiene su teléfono.

—Un cuarto de almidón, ahora ya no hay ni quien almidone la ropa, pero yo sí, sus camisas.

—Su viuda está inconsolable: era la señora de ojos bajos que a veces atendía la caja pero no le gustaba estar en la tienda, meterse en lo de su marido. Sus ojitos también jaladitos, siempre cerrados, cuentan que se los quería operar para no ser tan china o japonesa, pero no me crea, sólo me lo contaron.

—Chino, japonés, es igual.

—Don Seki iba a San Juan a comprar pescado fresco para hacer su suchi.

—¡Dígamelo a mí que no veo mi suerte desde que pasó a mejor vida! Siquiera no sufrió, fue instantáneo.

—Mire, dele una rociada con Baygón.

—¿Petróleo para desmanchar? No, aquí sólo quitamanchas. No, es mejor que el Carbona.

—Los domingos era otro hombre, muy otro.

—Dicen que en la trastienda encontraron revistas pornográficas.

—No hay.

—Un ranchito, Ojo de Agua, en Cuautla, así se llama, está bonito, bueno, más o menos; se da ciruela, manzana, pera, durazno, papa, mucha papa. Hay gran variedad de flores, a él le gustaba, mi mamá no quiere venderlo, pero nosotros, ¿cuándo vamos a ir si siempre estamos aquí metidos en el negocio? Él se emocionaba mucho con las verduras, un ejote lo ponía a llorar, un jitomate ni se diga, a las calabacitas las acariciaba.

—Ése nomás coge el dinero y corre, nunca lo vemos.

—En febrero salía a volar los papalotes y casi se iba con ellos, tan delgado. La gente se le juntaba porque su papalote era el más bonito, raro eso sí, muy raro, como de brujería. Daba miedo. Dicen que así son sus dioses, con esas caras achinadas, feas, bueno, a mí no me gustan.

—Cómo no, los capulines sí dan flor, como los cerezos, una florecita blanca sin chiste.

—Nunca frenó.

—Una vasijita que era de su tatatarabuela, una como medio teterita de sake que así le llaman a su vino de arroz.

—No se le subía, a él lo único que se le subía eran sus papalotes, nadie los volaba como él, con sólo un jaloncito, se elevaban a las primeras, de papel de china los hacía y allá iban por el espacio, rasgándolo a puro zas y zas y zas cada vez más alto, haga de cuenta una escalera que va subiendo sesgadita, como ellos son chiquitos yo creo les gusta la altura, les soltaba un poco el mecate, luego el jalón y vámonos más para arriba, alrededor de él toda la gloria del cielo, él una sombrita nomás sobre la tierra.

—Un hombre muy livianito...

—Él era toda su vida.

—Dos metros de papel estraza para envolver.

—¿A cómo su alambre de ese delgado?

—Un pliego de papel manila para forrar.

—Ahora todas las cubetas son de plástico y ésas no me gustan.

—Una mariposota de papel pintada para niños, eso es.

—Un desarmador de cruz.

—Le aplaudían y él se agachaba hasta el suelo para dar las gracias.

—Me mareé de tanta comida, bueno, me puse pesada y roja como jitomate.

—¿El cable ése a cómo?

—Desde que murió, esto no es como antes. Puro no hay y no hay y no hay. Él era muy soberbio. Cuándo hubiera aceptado un no hay, nunca de los nuncas. Se lo tengo mañana.

—Desde que él se les fue, se les descompone el radio, la luz, los conductos de agua; se les acabó el petróleo... Bueno, una cosa.

—Para sus hijos, su pasado no vale ni un recuerdo.

—Se vienen los meses de invierno.

—A mí también me dan ganas de hablar de mí mismo, a ellos no, nunca, no les gusta, no cuentan nada, uno porque se fija.

—En un estado de felicidad constante.

—No hay.

—¿Me da mi notita, por favor?

—Unas chinches de colores como las gringas, una docena.

—Dicen que van a poner una pastelería.

—¿Un semáforo? Estaría bueno. Un semáforo y topes.

—Hay algunos así, tienen una como magnificencia, saben dar.

—De esos plumeros pintados son más alegres, ah, y una escoba pero no de plástico.

—Nunca nadie ha esperado nada de mí.

—¿De qué color quiere su papel de china?

—Don Seki fue de los que firmaron la solicitud para el semáforo, pero nunca lo vio, y ya ve, todavía no lo ponen.

—No lo vendemos por pieza, al mayoreo.

—Dentro de su casa andan descalzos, por respeto.

—Me gusta hablarme a solas, sola me platico, sola me acompaño.

—Son de esos relojes a los que no hay que darles cuerda y nunca se atrasan.

—Un kilo es demasiado, con medio me alcanza.

—Don Seki decía que cada cosa viene a su tiempo; no hay que apresurarse.

—A mí no me importan las cosas que he hecho, me importa lo de mañana.

—Nunca hay tiempo.

—No hay.

Las pachecas

—DATE UN LLEGUE, ñerita, así te alivianas. A ti no te vamos a dar carrilla, tú no eres chiva ni llorona.

Luisa se metía chemo. Flexeaba todo el día: sujetar el cuello de la bolsa con la mano izquierda, aspirar por la nariz, exhalar por la boca, hacer fuelle hacia abajo y hacia arriba con la mano derecha, cuidando de no romper la bolsa, pegar bien la nariz como queriendo introducir todo su rostro, tal vez toda su humanidad en el universo mínimo de polietileno y resistol. En blanco los ojos, se perdía extasiada; sonreían sus labios manchados de pegamento. Luego le hizo a la mona, era más fácil un trapito con tíner, bendito tíner, pero también más caro.

A los nueve años conoció el chemo en un lote con la banda de la colonia La Bolsa, ese grupo de chavos a los que ella solía referirse como "los culeros del baldío". Que eso "chupa el cerebro", les decían a cada rato los de la Casa Alianza que iban a visitarlos, a la Dico, a Buenavista, a Taxqueña, a las coladeras de la Alameda Central.

No vivió menos perdida en el cuarto de azotea donde creció entre sus dos medios hermanos y la ausencia de su madre que salía de noche y dormía de día. Socorro los sacaba a la azotea para que no le hicieran ruido. Comían frijoles y tortillas que ella les dejaba encima de la estufita de gas; en ocasiones una gelatina y, en los grandes días, menudencias de pollo que saboreaban como un manjar. Las economías de Socorro eran impredecibles: un ramo de flores de plástico se entronizaba frente al altar arrinconado de la Virgen de Guadalupe, un perfume de Dior sobre la cómoda, una bolsa de piel de cocodrilo. Socorro misma era impredecible y los tenía flacos y enfebrecidos, tres rostros a la expectativa, tres rostros vueltos hacia la puerta, tres rostros pálidos en los que sólo brillaban unos grandes ojos de pobre.

A ellos, sin embargo, les iba mejor que a otros porque nunca se les había caído el techo encima, ni en época de lluvias. Olía a gas pero pronto se acostumbra uno. También la calle olía a gas y la avenida Oceanía y la colonia entera. Vivían de puertas para afuera, acechando el regreso de Socorro Bautista. ¡Qué bonito apellido, Bautista! Cuando Socorro traía algún amigo y lo pasaba al cuarto al que entonces llamaba "nidito de amor", se quedaban en la azotea. Alguna vez, un joven enamorado de traje y corbata —como lo exigía su chamba de vendedor de puerta en puerta— le preguntó a Socorro:

—¿Es usted descendiente de san Juan Bautista?

—Sí, yo también soy santa.

De repente prendía el radio en la estación de cumbias y se ponía a bailar con Luisa, con Fermín, el mayor, y con Mateo, el más pequeño, sobre los altos tacones de sus zapatos de pulsera. Reían contentos, Luisa arrobada por la cintura de su madre, su esbeltez de hoja al viento, su cabello ondulado negrísimo que le llegaba a los hombros. Otras veces los hacía saltar sobre sus rodillas a las ocho de la mañana y les cantaba *La cucaracha* en medio de carcajadas estridentes. Algún domingo los llevó al circo.

Todo lo recordaba Luisa. Cuando tenía conciencia, Socorro aparecía en su memoria, en un parque, frente a unos chamacos que se reían de ella. Luisa la defendió a pedradas con una furia que espantó a los niños. Entonces Socorro la tomó entre sus brazos con un "gracias, hija" que hizo que Luisa se sintiera su predilecta, la niña más feliz de toda la colonia La Bolsa.

Una noche, en la azotea, Luisa contaba las estrellas, el cuarto estaba cerrado, Socorro adentro. Se oían voces. Un hombre, con gesto feo en la cara, subió a la azotea.

—¿Qué haces allí, niña?

—Estoy esperando. Mi mamá atrancó la puerta.

El feo se sentó, la atenazó, la sentó a ella a horcajadas sobre sus rodillas, le jaloneó la ropa y le subió la falda. Luisa sintió algo que dolía mucho, algo que la hería muy dentro, en el pecho, en el vientre, y suplicó ronca: "No, no, suélteme, suélteme".

La soltó y como un ladrón bajó a la oscuridad de la que había subido. Cuando empezó a escurrir la sangre Luisa golpeó la puerta: "Mamá, mamá, ábreme". Socorro tardó en hacerlo; la niña le contó entre gritos lo que había pasado, el hombre adentro seguro escuchaba aquella voz infantil y entrecortada. Socorro respondió más para el hombre que para la criatura:

—Tú lo provocaste.

Entonces Luisa, al igual que el hombre de la noche, bajó a la calle. Nadie se dio cuenta de que se había vuelto adolescente, ni ella misma. En el baldío, acuclillados, subsistían y corrían cada vez que alguno gritaba: "¡Aguas, la chota!" Allá por

Oceanía, la colonia La Bolsa, la Venustiano Carranza, la Moctezuma, la Gertrudis Sánchez, el reino de las fábricas de jabones y de aceites, de tornillos, de vidrio, de margarinas, en aquel mugrero de accesorias y casas inhabitables habitadas, todos estaban pirados.

En el baldío, en un pasón, el Pritt la tomó en pleno viaje, sin que ella reaccionara. "Ya te hice mujer", presumió y la abandonó con la falda levantada. Luisa sólo pensó en lo bien que le había cabido. "Ése no me dolió", se dijo. Al día siguiente empezó a andar de aquí para allá con la banda, a conocer la inmensa ciudad, a ir de la Tapo a Taxqueña, de la Dico a la delegación Cuauhtémoc, del metro Observatorio a La Merced. Hasta trabajó y ganó sus buenos centavos porque caía en gracia cuando se trepaba como chango en el cofre para limpiar parabrisas.

A pesar de su movilidad no intentó ver a los suyos. Cada uno de los dos hermanos, Fermín y Mateo, agarraron camino. Un día cerraron la puerta tras de sí y ya. ¿Iban a saber dónde estaba ella si Luisa misma casi no se daba cuenta? En el baldío de la calle y en el baldío del corazón ni quién preguntara por los idos. Allí nadie tiene familia, nadie tiene pasado, nadie anda investigando, eso se lo dejan a la tira. La calle es la casa. "Yo soy mi casa", decía la Marilú como Pita Amor. Marilú también era poetisa y también había volado por los aires para quedar en el montoncito de cenizas que ahora le salía por la boca.

Alguna vez le pareció que Fermín la sacudía, su rostro sobre el de ella. En efecto, Fermín fue por Luisa al baldío, la golpeó. Ella casi no lo reconoció. ¿Cómo era posible que, sin comer, Fermín hubiera crecido tanto? Entre las bofetadas pudo notar su expresión amarga, dura, sus labios apretados que dejaban salir:

—¡Mi mamá te está buscando, perra, desgraciada!

* * *

Fermín llevó a Luisa a La Granja con engaños:

Sí, aquello parecía una reunión: mesas y sillas plegables, gente mayor y muchos chavos platicando.

—Lánzate por unos chupes en lo que yo busco mesa —propuso Luisa.

—Vas.

Su hermano desapareció y de pronto se vio tomada de los brazos por dos grandulones.

—Véngase pa' cá mi reina.

—¡Órale, culeros! ¡Fermiiiiín! ¡No vengo sola, hijos de la chingada, orita se les va a aparecer Juan Diego! ¡Fermiiiín!

No le extrañó que ninguno de los presentes moviera un dedo en su auxilio. A los chavos como ella nadie les ayuda nunca: si los atacaban era porque algo habrían hecho.

Nada pudo hacer inmovilizada por la fuerza de los dos gigantes que la empujaron a una mazmorra inmunda. Al cerrar la puerta, una bofetada acalló sus gritos.

—Más vale que te calmes, porque de aquí no vas a salir en un buen tiempo, bizcochito. Ésta es una granja para pachecos. Aquí te vamos a rehabilitar y bájale de güevos porque si no la vas a pasar muy mal.

—Mi bróder, vengo con él; háblenle a mi bróder.

Los dos sujetos estallaron en una carcajada.

—¡Inocente palomita! A tu carnal ya no lo vas a ver hasta que salgas de aquí y esto será en tres meses si te portas bien. Él te trajo, no seas pendeja, ahorita está llenando tu ficha para dejarte aquí. Es por tu bien, muñeca, aquí te vas a curar del vicio...

—¡Ni madres! ¡Cuál pinche vicio!, ¡Déjenme salir cabrones, o les va a pesar, tengo una banda gruesa y si les digo van a valer madres!

—¡Cállese el hocico, hija de su puta madre! —Luisa recibió un nuevo bofetón—, cuál banda, no mames, aquí estás sola y vas a tener que echarle humildad. Los que mandan, grábatelo bien, son los padrinos, el padrino Celso y la madrina Concha. Lo que dicen ellos es la ley, ellos son los que te van a sacar del hoyo.

* * *

Una veintena de miradas oscuras se clavaron en Luisa cuando entró a la sala de terapia. "Siéntate", ordenó con voz seca la madrina Concha. Luisa se dirigió a la última fila.

—¡No, burra, acá, adelante, donde te estoy señalando! ¿Te dejó ciega el vicio o qué?

Comenzaba Luisa a aprender las reglas del juego. Obedeció y tomó asiento, la cabeza gacha. En el estrado vio a una mujer de unos veinticinco años, atractiva, aunque las raíces negras de su cabello teñido de rubio se extendían hasta la altura de sus orejas:

—Continúa, Güeragüevo, ¡perdón!, Érika —indicó la madrina Concha.

—Pues así es, como les iba yo diciendo, la coca se me volvió una necesidad, más importante que comer, que mi hija, que mi chavo, que todo. Empecé con él, él me enseñó el caminito. Ellos, una punta de gañanes aunque fueran de mucha lana, sabían que por un pase yo caía con cualquiera. Mi chavo se vino a enterar de lo grave que estaba hasta poco antes de traerme aquí. Nunca se imaginó cuánta ventaja le llevaba. Empecé como todo mundo, por la mota y luego la *cois*, pero por la nariz. Con aquellos tipos caí en algo peor que la inhalada: el arponazo. Ya el *sniff* se me hacía una mamada; lo chido de picarse es que sientes de veras la coca, te recorre todo el cuerpo, se te sube por las venas. Me pasó igual que a todos los yonkis: me hice adicta no a la droga, sino a la jeringa. Luego empecé a viajar más a todo dar con el Nubain. Me lo conseguían los cuates con un güey de una farmacia. Acabé inyectándome lo que encontraba: alcohol, acetona, Clarasol, hasta Fabuloso y Maestro Limpio, me cae.

Impactada, porque ella lo único que conocía eran los inhalantes, Luisa acabó por levantar la vista para ver bien a la Güeragüevo, su rostro demacrado y la imagen patética de su tinte rubio ya a media cabeza. Una chamaca más o menos de su edad, ésta sí rubia natural, le sonrió. Al término de la sesión se le acercó:

—Hola, me llamo Soraya pero me dicen Yaya.

Luisa no respondió.

—Estás sacada de onda, amiga, es normal, pero no queda más que alivianarse. Así es al principio. No es fácil, pero pues tú se ve que ya has corrido mucho, ¿o no?

—Chale...

—No te esponjes, manita, pero es que ve esos pelos llenos de grasa, ¿desde cuándo no te bañas? Y luego la boca te huele a...

—Ya bájale, güey.

—Por lo menos te hice hablar. ¿Cómo te llamas?

—Luisa.

—Mucho gusto, Güicha. Más sacada de onda te dejó la Güeragüevo, vi los ojos que ponías. Esa chava sí que fondeó gacho, porque mientras más lana tienes, más abajo caes. La onda es que es hija de Rubí Maya, la vedettota esa muy famosa, pero nunca quiso reconocerla que porque iba a afectar su imagen. ¿Tú crees? Su imagen. ¡Su imagen de puta, digo! Yo creo que eso le hizo mucho daño. Ya la ves, pintándose el pelo de güero para parecerse a su mamá. El otro día se puso a decirme "güera de rancho", yo no le contesté, pero por lo menos yo no me pinto. Pobre chava, ella sí que sabe lo que es perder, porque encima se puso a andar con puro pájaro de cuenta, tipos reventadísimos que nomás se aprovechaban de ella. Luego la llevaron a dos clínicas de esas carísimas, una en la playa, como último recurso. Para mí que saliendo vuelve a recaer. Mírala, está jodidísima, y no creas que es tan ruca como aparenta, es que, como quien dice, la corrieron sin aceite. Desbielada, jajá, jajá, desbielada, jajá, jajá —tarareó.

Luisa sólo veía de reojo a la Yaya, que hablaba como poseída.

—Aquí vas a encontrar de todo, gente rica, gente pobre, hasta gente decente, imagínate.

* * *

En La Granja todas sabían todo de todas, hasta lo que se callaban. Cada una subía al estrado para contar su vida, sus íntimos naufragios, sus dolores. Celso y Concha, los padrinos, se erigían en conciencia moral del grupo y vivían pendientes de echarles en cara sus culpas y el privilegio de que eran objeto al tenerlos de redentores. "¿A poco ellos serán muy acá?", se preguntaba Luisa. Habría de enterarse —por la Yaya, desde luego— de que eran amantes y que ambos fueron alcohólicos, de ahí que su lenguaje fuera el de la banda. Se regeneraron al ingresar a una religión extraña y creerse señalados por el Señor para salvar almas. Mantenían el albergue de acuerdo con una máxima: "Según el sapo es la pedrada". A los chavos de familias adineradas les "sacaban la laniza", según la Yaya, pero les daban techo y comida a "la carne de albergue", aquellos que se iban quedando y hacían bulto.

—Ay, no, mana, a mí eso es lo peor que me podría pasar, que me dejaran aquí como pendeja pa' siempre –dijo Luisa.

Acabó, sin embargo, por tolerar una tras otra las etapas hacia la libertad. Sólo una vez Fermín regresó a visitarla:

—¡Qué poca madre, carnal! Ya sácame de aquí, no seas culey.

—No, hermanita, es por tu bien. Estás mejor aquí que afuera, entiende. Es más, yo creo que te hace mejor que ni nos veas. Yo me voy a pasar al otro lado a ganar dólares con unos de Mexicali, fíjate. De allá voy a mandarle la lana a los padrinos.

—¿Y la jefa?

—No, ella tampoco va a venir. Dice que le da cosa verte aquí. La tienes que entender.

—No pos sí.

Jamás se enteró de si en realidad Fermín enviaba dinero. Los padrinos no hablaban de finanzas con los internos, pero a leguas se veía quién tenía y quién no.

La Granja, en Cuernavaca, estaba lejos de ser una granja. Abierta a la calle, sus cuartos de concreto se alineaban con aspiraciones de cuartel. Todo era de cemento, el color del cemento encementaba la mirada. Los transeúntes se cruzaban a la acera de enfrente, no fuera a ser la de malas. ¡Qué pésima vibra la de ese edificio!

Los hijos, hermanos, maridos o esposas que llegaban por primera vez se destanteaban: "Creíamos que tenía jardín", le reclamaban a Celso: "¿Por qué la llaman granja, entonces? ¿Dónde caminan? ¿Dónde juegan? ¿Dónde está la alberca?"

—Aquí mismo —respondía Celso señalando el cemento—. Aquí son los recreos, las comidas, las terapias. Se acostumbran pronto.

Afuera el sol ironizaba las respuestas.

—Vamos a dejar a su hijito como nuevo —Celso recargaba su brazo en los hombros del recién llegado.

—¿Podríamos ver los dormitorios?

—Es la hora del aseo, para la próxima se los enseño.

* * *

De Cuernavaca no entraba absolutamente nada a esta cárcel de lámina, ni siquiera el sol, aunque pegaba en el techo. Ni una brizna de pasto. Nada, sólo la trepidación de los aviones que cimbraban las láminas de los corredores, de las escaleras y sus barandales expuestos a la calle. Una inmensa tlapalería, ésa era la mentada granja. Hasta las brisas nocturnas se alejaban y jamás se oía el sonido del aire en las palmeras como anunciaban los padrinos.

Frente a ellos, el "padrino Celso", con las piernas separadas, indicó:

—Soy humilde instrumento del Señor para anunciarles que se les otorga una nueva oportunidad de redimirse frente a Su Grandeza. Los que deseen aprender la cosa artística pueden ahora pintar en este muro. Toda la pared es suya, como lo es todo en este bondadosísimo lugar creado para su salvación. Les sugiero el Divino Rostro. Órale, mis tres grandes, hijos de su puta madre.

Y nació el rostro atroz de un Cristo rencoroso.

Todo color moría frente a La Granja, fortaleza levantada al lado de una barranca, ésa sí de tupida vegetación. Los colores que podían ver los internos eran los del mural. Su fealdad agredía. Las figuras desproporcionadas se bamboleaban chillonas porque algunos compañeros, convertidos de la noche a la mañana en pintores, descargaron su rabia a brochazos: el Papaloquelite, el Mocoverde, el Mañosón, el Ladras.

Luisa fue y vino frente al mural durante nueve meses. Flotaba movida por la neblina, ni siquiera el viento, que aquí tiene prohibida la entrada, aunque la puerta principal de este centro para rehabilitar alcohólicos y drogadictos exhibe a los internos. Incluso afuera algunos internos invitaban a los transeúntes.

—Pásele, pásele.

La mayoría se cambiaba de acera.

Una escalera de metal permitía el acceso al segundo piso. Nadie creería que en cada dormitorio para quince duermen cincuenta entre literas y catres. "Granja", la llamaban, sólo que las semillas allí guardadas eran hombres y mujeres.

El sitio destinado al ejercicio matutino era repelente: muros y piso de concreto sobre el cual rebotaba el movimiento. El patio dedicado a la instrucción era aún más inhóspito. Sólo le faltaban púas al alto alambrado carcelario.

El "tratamiento" no era sino un lavado de cerebro a base de diez horas diarias de dar y escuchar testimonios previsibles, espantosos, huérfanos, desangelados, una repetición incesante impuesta por los padrinos. De pronto, la llegada de seres extravagantes, cabelleras *punks* que acaban siendo rapadas o alguna figura que parecía mandada a hacer para el escarnio, rompía la rutina. Fue el caso de una señora cuya presencia resultó extraña en medio de tantos jóvenes.

—¿Qué onda, abuela? ¿Y usté a qué le metía?

Se escandalizó con las formas y el lenguaje de La Granja que, decía, no era para ella.

—Mis hijos son unos infames. Dicen que soy alcohólica nomás porque me tomé un pulquito.

La apodaron *Doña Pulques*.

—Aquí me voy a marchitar.

—¡Ah chingá! ¿Más? Pues si usté ya rebasa el tostón.

Cuando se descubrió que la Chichitibum había llegado con embarazo de tres meses, el escándalo fue mayúsculo.

—¡Cámara, maestra! Tu hijo sí que va a tener futuro. Va a nacer en buena cuna y con pinchemil madrinas, pura finísima persona.

Al principio, las palabras de los testimonios, los lentos e interminables "eché a perder mi vida", "no tuve consideración por mi familia", "nadie me entiende, nadie cree en mí", sólo pasaban por encima de la cabeza de Luisa. De tanto oírlas le inspiraron curiosidad. Y una mañana se dio cuenta que las estaba esperando, eran como un virus. Esas palabras primitivas, brutales, esas patéticas confesiones, "le puse una golpiza a mi mujer", coincidían con las órdenes del padrino Celso y alteraban su forma de pensar. Se metían dentro de su cabeza y agarradas de sus neuronas no querían soltarse, ninguna idea rival podía removerlas. Demandaban su total atención, la absorbían hasta que oía el campanazo.

El despertar, que antes la sumía en el llanto más desesperado, era una bendición. Las mañanas ya no eran malas. Muchas veces antes, a la hora de la gimnasia matutina, Luisa había pensado en abandonar las filas, salirse de la tabla, desobedecer con un grito. Un día dijo: "¡Me tienen hasta la madre!", y la Yaya comentó: "Tú sí que eres bruta, pinche Güicha; te faltaban quince días y le levantas la voz al padrino". Ahora repetía los gestos con reverencia, poseída por la voz de mando; lo que él dijera eso era lo que iba a hacer, porque dentro de la vulgaridad de sus propósitos, de vez en cuando Celso decía algo que le llegaba al corazón. Si no respiraba hondo abriendo los brazos, la cabeza alta, perdería su cuerpo como había perdido su cerebro. El padrino se lo había dicho. Sus músculos se atrofiarían, ya no responderían a las órdenes que todavía hoy podía darle su cerebro.

Ese antro asqueroso ahora le parecía hospitalario.

Claro que las ideas cambian la vida. A ella, el instructor le estaba transformando la suya. Ella, que de niña nunca recibió una idea, porque su madre no era precisamente un surtidero de propuestas de vida, pensaba que estaba allí, en ese culto religioso que jamás había practicado (la gimnasia, el baño a manguerazos, el indoctrinamiento hora tras hora, la voz de los compañeros que recitaban el hartazgo de su propia historia hasta que en sus oídos sonaba como un estribillo de podredumbre y de imbecilidad). Por eso el instructor, con sus órdenes precisas, flanco derecho, vuelta a la derecha, ¡ya!, la exaltaba, ¡ya! Él sí que podría encauzarla en los programas de rehabilitación y quizá ella más tarde —él se lo había propuesto— también sería capaz de volverse guía espiritual, convertirse en madrina, aunque sintiera una secreta repugnancia por los padrinos, por más que respondiera: "Sí, padrino", "No, madrina", "Lo que usted mande, padrino". La madrina Concha sobre todo era inmisericorde. "A ver, tú, Güicha, lleva a la Marrana a hacer del baño", ordenaba y de inmediato se impacientaba: "¡Oye! ¡Oye! Llévala pronto que se hace. ¿O no ves lo jodida que está?" Dando traspiés de borracho, la nueva la seguía y Luisa se preguntaba qué caso tendría que esa muchacha casi en estado vegetativo fuera llevada a las sesiones dizque de terapia. "Así llegaste tú, Güichita, igualita, no te hagas la remilgosa, así, o quizá peor."

* * *

El mundo se redujo a las cuatro paredes de La Granja, las altas láminas que resguardaban a los pobladores del suplicio. Luisa acabó por acostumbrarse. El más mínimo chisme se volvía un hecho trascendente y los desertores imponían verdaderos parteaguas en la historia de La Granja. "Esa barda la levantaron desde la fuga de los cuatro." "Cuando se escapó el Chocorrol yo llevaba dieciocho días aquí." Contaba uno por uno sus días de internamiento. "Hoy cumplo ochenta y ocho, pasado mañana a volar gaviotas."

* * *

"Esta chava es bien vaciada", se repetía Luisa a medida que conocía a la Yaya. Al principio, su compulsión por arreglar cabelleras le acarreó infinidad de problemas. Las internas mismas la alucinaban. Dormían con la cabeza amarrada y aun así a veces despertaban al sentir que alguien les trenzaba el pelo.

—Órale, pinche Yaya, ya ni chingas, maestra, ¿qué te traes?

"A mí ya me da mala espina, ha de ser tortilla", insistía la Chichitibum (así le decían por tetona), pero su dictamen psicoanalítico no prosperó en la comunidad. A la Yaya todas, simplemente, la tiraban de a loca. Luisa fue la excepción. Le agradaba lo que el peine tiene de caricia, y además, imaginarse bonita en un sitio en el que no existían los espejos.

—Así peinada me he de parecer a mi mamá.

Esperaba la noche para allí, sobre la cobija tirada en el piso en que dormían, sentirse la más bella de las mujeres gracias a las hábiles manos de la Yaya.

—Cuando salga de aquí voy a poner mi salón de belleza, tengo hasta el nombre: "Estética Renacimiento". La voy a hacer. Ya ves tú, estabas bien garrita, todo el tiempo con los pelos lacios encima de la cara y yo te dejo acá, bien irresistible. Me cae que sí tengo facilidad y pues también práctica, ¿no? Si vieras mis Barbies, no son originales pero parecen de lo chulas que las tengo, ni quién se imagine que son de Tepis... o sea que hasta de modista la libro, ¿cómo la ves, mi Güicha?

Sólo Luisa la escuchaba en sus largos soliloquios. Algo tenía la Yaya, tal vez ese aire de infancia o una cierta fineza que le recordaba a Marilú, la poetisa de la colonia La Bolsa.

Con el tiempo, la Yaya también se convertiría en su manicurista. La ansiedad había llevado a Luisa a comerse las uñas en forma despiadada; no descansaba hasta sentir el dolor de la carne viva de sus larguísimos dedos. Sana como se veía ahora, luego de tres tratamientos consecutivos ya no llevaba sus manos a la boca con la obsesión de antes ni le decía a la Yaya: "Si no me la como exactamente como quiero, si me queda un piquito, la pinche uña me desgracia el día".

La Yaya vivía al pendiente de las uñas de su amiga:

–¿Te las moldeo? Ay, pero mira qué manos tan lindas tienes.

* * *

Un recién llegado de rostro noble, ojos profundamente azules, piel muy blanca y cabello muy negro le llamó la atención, quizá porque Luisa, que tardeaba en el patio mirando sus uñas, vio cómo lo apandaron. También a él lo habían engañado. Cuando él dijo lívido y con una risa que más parecía llanto: "No, no me quedo", su mamá, una señora bien vestida a quien acompañaban su chofer y una muchacha de uniforme, se echó para atrás. En cambio, don Celso detuvo al joven asiéndole fuertemente del brazo:

—Vente a conocer el jardín aquí adentro.

"Sí, cómo no, ahí te llevo con el jardincito", murmuró Luisa mientras contemplaba alelada a ese ángel en medio del averno.

—Mi rey, nomás te faltan las alitas —dijo bajito.

Mientras el muchacho desaparecía tras la puerta, Luisa vio cómo la sirvienta se limpiaba las lágrimas en el delantal.

—¡Ay, señora, el niño, el niño Patricio!

El padrino Celso, que ya peinaba canas y era tan súper largo y alto como el joven, regresó y se dirigió a la señora:

—Firme, firme ya para que se quede.

La madre titubeó.

—¿Sin avisarle? Él no quiere quedarse.

—Usted firme y váyase en su coche. Pierda cuidado, va a estar bien. Mañana me habla. A los tres meses va a ver qué cambio. Puede venir a visitarlo el mes que entra, si él observa buen comportamiento. Se va a asombrar al verlo, se lo garantizo, señora.

—Bueno, mañana le mando con el chofer unas bermudas, unas playeras, su agua de colonia...

—No, no, nada más la ropa, por favor. Aquí tiene que aprender a ser humilde. La regla de oro es que en este lugar todos son iguales. Lo que sí, déjenos dos mil pesos para su comida.

—El niño Patricio... ¡buuuuuu!, ¡buuuuuu! —lloró la muchacha.

La madre de Patricio firmó carta y cheque y giró sobre sus altos tacones, sus sirvientes como guardaespaldas, tras ella.

A leguas se notaba que ese muchacho era distinto, sobresalía su finura en medio de aquella punta de gañanes, se decía Luisa, que no se cansaba de mirarlo a lo largo de los días. De un ala a la otra del comedor, Luisa engullía con los ojos su figura espigada. Comía bonito, se movía bonito, hablaba bonito. Patricio pidió que le dieran permiso de leer, no se lo dieron; de escribir en una libreta, no se lo dieron; de hablar por teléfono, menos. "¿Qué crees que somos tus pendejos o qué?", tronó la voz de Celso. Eso sí, él se la vivía con el rostro vuelto hacia el teléfono y, cuando sonaba, casi siempre era para él. Luisa lo oyó decir en una ocasión con voz bajita, desesperada, tapándose la boca, nerviosísimo de que fueran a cacharlo: "Sáquenme de aquí, ésta es una pesadilla inaguantable, ya sáquenme, no voy a recaer, lo juro".

La Yaya, que todo lo sabía, comentó entre sus compañeras que Patricio era adicto a la heroína. Hora tras hora crecía en Luisa su fijación por el muchacho. Aguardaba el mínimo descuido para acercársele. Sólo en una ocasión logró hacerlo a riesgo del castigo. En secreto le dijo:

—No se me desvalorine, en mí tiene una síster.

Él la miró, agradecido, y con una sonrisa respondió:

—Gracias. Eres muy bonita.

Luisa sintió que todo daba vueltas, su frente se perló de sudor. ¿Bonita? ¿Ella bonita? Las breves palabras de Patricio tuvieron para ella el poder de una revelación. De aquella boca seráfica le era arrojada una verdad a la que ella podía aferrarse.

Entonces Luisa buscó su elegancia día tras día como las flores de cara al sol. Sentarse frente a él, aunque a distancia, era volverse otra cosa, irse muy lejos de La Granja, ver crecer lo verde, pero ya no con el terror de las alucinaciones. No tenía pensamiento más que para Patricio. Soñaba con un beso de su boca y se le ensangrentaron los labios de tanto mordisquearlos en la espera: "Antes las uñas, ahora los labios", regañaba la Yaya celosa. Luisa se chupó de lo flaca que se puso, pero él le sonreía desde lejos, apreciativo. Ella, en los huesos, empezó a soñar que a lo mejor en este palacio de las rehabilitaciones encontraría la felicidad y le bastaría hincarse a los pies de Patricio, enamorada como un perro.

El amor la hizo descubrirse en medio de un grupo de extrañas, porque ya sus amigas se habían ido al tiempo que llegaban otras. Por Carmela vinieron sus papás y los suyos por la Coquis y por la Pichi y por la Chichitibum, con todo y su embarazo (es más, su embarazo la sacó libre). Sólo ella, la Yaya, Yolanda la más nueva, Jacqueline y Aurora y Jéssica y Sandra y Rubí y la Polvorona seguían ahí. Pero lo que ahora sentía Luisa no lo podía sentir nadie más; su amor por Patricio la hacía insustituible. Ahora la única desgracia verdadera era la de las horas en que no podía verlo. Se sentía enloquecer, poseída por vuelcos, mareos, ansiedades, incendios.

Hasta que la Yaya le dijo:

—¿Pero qué haces tú con ese puto? ¿Pues qué no te has dado cuenta?

* * *

Un día Patricio desapareció con el Tufic, un árabe muy acuerpadito, cinturita y con un trasero muy paradito que era una monada. Los padrinos sabían que los que lograban escapar lo hacían rumbo a la barranca y mandaron a los grandulones a buscarlos. Quién sabe para dónde corrieron. "Ay, pero ¿a quién se le ocurre? Con esas piernas tan largas, ¿cuándo iban a alcanzarlos?", alegó la Yaya en el dormitorio. Luisa la escuchó con la cara escondida en la cobija; lloró toda la noche y ella, que no sabía rezar, le pidió a Dios que cuidara a su Patricio.

* * *

Muchas cosas habían cambiado en Luisa. Podría pasar frente a sus antiguos "ñeritos" sin ser reconocida. Ni su propia familia la vio jamás no sólo tan arreglada sino tan dueña de sí, tan convencida de iniciar una nueva vida. Repetía muy seria: "Voy a recordar siempre las duras lecciones que me sacaron del pozo".

Su expresión corporal era otra; dejó de ser una cabra loca a imagen de su madre, para adoptar una actitud reposada y a ratos felina, ya sin el disloque de movimientos que causa la brutal descalcificación de la droga. Caminaba erguida, con pasos largos y armoniosos. Si antes para ella todo era motivo de risa, ahora le molestaba que alguien se riera sin ton ni son. Logró distinguirse como una de las internas más responsables. Luisa guiaba a las nuevas. Era imposible imaginarla en un nuevo estallido de histeria, como aquel de los primeros días en que, sin más, tomó una de las latas de atún empleadas como ceniceros y la arrojó a la cara del orador en turno. Entonces, su esperanza de ser apandada se esfumó al recibir un castigo infinitamente mayor: soplarse también los lamentables discursos de la sección de hombres. Los tres días a pan y agua, la segunda parte del castigo, no le afectaron: poca diferencia había entre eso y la dieta normal: arroz y frijoles. Jamás fantaseó que llegaría el día en que los padrinos ensalzarían sus logros ni que manifestarían asombro ante sus cambios.

—Ahí la llevas m'ija, ahí la llevas.

* * *

—Güicha, hoy vienen por ti.

—Simón, me voy a bañar.

—Ya te tocaba, ¿no?

Luisa sonríe.

—¿Ya empacaste, manis?

—Nomás es una bolsita... ¿Después del baño le puedo pedir a la Yaya que me haga unos tubos?

—A güevo. Hoy es tu día.

Luisa se echa a reír. Bromea en torno a su pedicure, su mascarilla, su masaje, su maquillaje, le voy a pedir a la Yaya su tubo de labios, le voy a decir a la Yaya que me acicale y le eche ganas pa' que quede yo bien buena, cuando lleguen mi jefa, el Fermín, el Mateo, no me van a reconocer, van a buscarme entre la bola y cuando por fin se den color de que soy yo, no se la van a acabar. "¡Qué chido —van a decir, ya los estoy oyendo—, pero qué a toda madre!"

* * *

Es el gran día para Luisa. Han culminado tres periodos de tratamiento en el albergue: nueve meses de recuperación. Por fin una silla de plástico blanco la aguarda en la ceremonia de salida, una especie de acto de graduación o de misa de quince años. En la calle, ninguna de las dos cosas tuvo Luisa: sólo llegó a tercero de primaria y sus quince años los cumplió en el baldío.

—¿Que hoy vienen por ti, pinche Güicha?

Luisa responde con una sonrisa.

—Congratulachiuns, manita.

—Vientos, mi reina, qué a toda madre.

—¿A qué horas llega tu jefa? ¿Entre cinco y seis? Entonces no tarda. Ya mero. Qué diéramos por estar en tu lugar, cabrona.

Desde hacía semanas Luisa se venía imaginando con su vestido azul, sentada en una de las sillas blancas junto a Socorro, su madre.

Cada uno de los que salían acompañados por sus familiares subía al estrado para dar gracias y jurar en contra de la reincidencia. Les aplaudían y cantaban el himno del albergue:

> Por nuestra recuperación,
> por nuestra salvación,
> lucharemos,
> venceremos,
> sólo por hoy,
> sólo por hoy.
> El Señor es mi pastor,
> Jesucristo murió por mí,
> le confieso mis pecados,
> y limpio mi corazón,
> sólo él, sólo él, sólo él,
> sólo él, el Redentor.

Los padrinos enaltecían su triunfo y los conminaban a una vida sana. Algún interno destacaba siempre entre el resto y Luisa tenía la seguridad de que en esta ocasión sería ella, porque ya le tocaba, méritos los tenía de sobra.

—¿Qué onda, mi Güicha? Ya son seis y media y de tu jefa ni sus luces.

—A lo mejor no puede venir porque a esta hora empieza el jale pa' ella. Seguro vienen mis bróders que son bien pinche güevones y a todas partes llegan tarde. Al rato...

Durante la ceremonia, la silla al lado de Luisa permaneció vacía. El caso de la recuperación de Luisa fue en efecto el más mencionado en los discursos de los padrinos.

—Vean ustedes, señores, lo que hacemos aquí. Esta muchacha llegó hecha una basura humana, nadie hubiera dado un centavo por ella y véanla ahora, rehabilitada, bonita, limpiecita, con la cabeza bien puesta, orgullo para su mamá que no pudo venir hoy pero seguro mañana pasa a recogerla...

Una mueca en el rostro de Luisa pretendía ser sonrisa. Al llegar su turno se limitó a agradecer las alabanzas y su rehabilitación en La Granja. Ninguna mención hizo de la ausencia de sus familiares. Después, durante la cena, a cuantos preguntaron respondió:

—Ya me habían mandado decir que quién quita y hoy no iban a poder...

Con el mismo gesto imperturbable que mantuvo durante la ceremonia, Luisa se retiró a dormir en esta noche que ya no le correspondía en La Granja. La Yaya la siguió con sentimiento de culpa. Pobre de su ñerita, de veras, qué joda le habían acomodado sus carnales. Se sintió peor cuando Güicha empezó a hablar:

—Cierro los ojos. Veo crecer la hierba. Crece rápido. La oigo: sssshhhhh, crece, ssssshhhhh, ssshhhh, ya va más alta que yo, sigue pa'rriba. Nos va a cubrir a todos.

—Órale, pinche Güicha, ábrelos, ábrelos, aquí no hay ni una brizna de hierba.

—Cierro, abro, cierro mis ojos. Sigo viéndola, es verde, bonita. Me cae, es una montaña bien tiernita, de ese verde empieza...

—Estás pastel, Güicha, bien pastel. Aquí no hay nada de eso.

—También el tabachín, viene hacia mí, alarga sus ramas y me levanta en brazos; quiere que vea el nido.

—¿Cuál nido, pinche Güicha?

—Ese que trae en la cabeza. Todos los tabachines tienen su nido.

Luisa siguió divagando quedito hasta que las demás protestaron, "Órale pendejas, dejen dormir". A la noche siguiente no ocupó su sitio de siempre en el dormitorio. Tendió su cobija en la esquina de la Güeragüevo, otra de las que se habían marchado. Sentada, experimentó algo parecido a tener la mente en blanco. Sintió el regreso de aquella sensación indescriptible que no había vuelto desde hacía nueve meses. Su pulso se aceleró, sus manos temblaron y empezó a sudar copiosamente. "Qué estadazo", volvió a decir al tiempo que dejaba de escuchar los ronquidos atronadores de sus compañeras. ¡Tanto le habían hablado del "rebote" y hasta hoy tenía la oportunidad de experimentarlo! La pertinencia de un viaje le llegaba en el momento exacto, con toda justeza tocaba a la puerta que ella abría.

En la madrugada, bajó del dormitorio ojerosa, pálida, algo gravísimo debía haberle pasado porque el padrino Celso la eximió de la gimnasia. Cuando se acercó y la miró a los ojos, vio con miedo que Luisa ya no estaba allí. De inmediato la llevó a la enfermería:

—¿Qué le dieron? ¿Qué se tomó? —preguntó al encargado el padrino Celso.

—No se me encabrone, no sé, ni la he visto, no ha salido de La Granja.

—Ya no se puede confiar en nadie.

Luisa caminó deshuesada hacia la mesa. A la hora de comer ni siquiera vio el plato por más que la Yaya suplicó llorosa, cuchara en mano: "Yo te doy manis, ándale, come". La tarde la pasó en absoluto estado de idiotez, lo mismo sucedió a la hora de acostarse. Ni siquiera reaccionaba con los campanazos. En la noche, Yaya, la cabeza sobre la almohada, concluyó que a su cuata el viaje le había llegado a tiempo y que en el día no muy lejano en que a ella le tocara salir libre, no le remordería la conciencia dejar a la Güicha atrás. Mordería olvido.

Al día siguiente Yaya escuchó entre trinos el aviso que había puesto en órbita a la Güicha:

—Soraya, hoy vienen por ti.

La banca

EN LAS TARDES, Rufina y yo vamos al camellón enjardinado y nos sentamos en la banca. Al rato, junto a ella se desliza un hombre. Rufina y el hombre se dan unos besos que truenan como una llanta al reventarse. Lo digo porque pasan muchos coches en el Paseo de la Reforma, y el martes a uno se le ponchó la llanta. Entonces, el chofer lo estacionó en el borde de la acera y se enorgulleció: "No perdí el control".

—No me hagas perder el control —se queja Rufina en voz baja. El hombre la aprieta.

—¿Quieres ir a jugar por "ai"? —me dice Rufina con palabras dulcísimas, mansas.

Desciendo de la banca humillada. Rufina debe intuir cuánto me gustan los besos tronados. Ningún ahuehuete por alto, ninguna corteza que se deje arrancar, ningún pastito navaja ejerce el poder de dos que se abrazan.

Por hacer algo miro las estatuas de bronce en el Paseo de la Reforma; héroes, dice mi tío Artemio, que fueron asesinos. Los miro con desconfianza. Mucho más alto que ellos están los sabinos; enormes, sus ramas se extienden, forman una bóveda protectora. Hacia ellos sí se puede aspirar.

A mis ojitos, la única dirección que los jala es la de la banca.

Desde un macizo de truenos veo de pronto que una bola de gente la rodea, gente que salió de la nada, gente que sigue llegando de las calles vecinas y se amontona.

—Bájenle el vestido —oigo a una mujer que grita.

Tengo miedo. No sé si correr como de rayo a la casa a meterme bajo la cama para esconder mi vergüenza o ir a ver qué es lo que ha sucedido. De nuevo, la misma voz aguda:

—Que le bajen el vestido.

¡Qué cobarde soy! Yo quiero a Rufina, quiero a su vestido, el de florecitas, el de mascota, el de percal, el de cocolitos, el vestido madrugador, el de agua y jabón al sol en la azotea.

Entre las piernas de los mirones me abro paso, qué bueno que soy pequeña y puedo colarme. Allí junto a la banca, en medio del círculo, tirada en la tierra, Rufina. Sola. Ya no hay hombre. En torno a ella se cierra el cerco, la plaza, el toreo, unos en barrera de primera fila, otros en los tendidos, todos a la expectativa. Rufina se convulsiona. Una estocada, otra, ahora unas banderillas, el vestido más arriba, las piernas abiertas, el calzón a la vista de todos, qué feo color el salmón, qué color tan horrible para chones, ¿por qué los harán de ese color? Mamá dice que deben ser blancos como las calcetas. Rufina trae las medias atornilladas con una liga arriba de la rodilla.

—¿Pues qué no le van a bajar el vestido? —pregunta la voz. Imperiosa.

—Ésta es una enfermedad que manda el diablo —dice un hombre.

Una señora se persigna.

Me acerco:

—Esta chiquilla la conoce.

—Métanle un pañuelo en la boca.

¿Meterme un pañuelo en la boca? No, a mí no, a Rufina.

—Mírenla, se está mordiendo, se va a trozar la lengua.

—Pregúntenle a la niña dónde viven.

Estoy a punto de decir calle Berlín número seis, cuando la señora que lleva el mando pega un grito:

—Ya se mordió, le está saliendo sangre.

Hasta ese momento me atrevo a ver a Rufina. Su trenza deshecha, un hilo de sangre escapa de entre sus labios. "Sí, ya se mordió", alcanzo a pensar y lucho contra las lágrimas.

Rufina es una muñeca de trapo, un guiñapo, los brazos enlodados, la mueca de su boca, su pecho que sube y baja como un pájaro, se azota, algo quiere salírsele de la jaula, su pecho ahora es un fuelle y desde adentro surgen los ventarrones, casi puedo verlos, pobre, cómo le ha de doler, el ajetreo de su respiración hiere, así como lastiman sus manos, títeres con hilos rotos, sus piernas dislocadas. La veo en su momento más desafortunado, nunca sabrá que la he visto así.

De golpe y porrazo, la señora que llevó la voz de mando dice que se tiene que ir, que ya se va, que de su casa llamará a la Cruz Roja, que la de la epilepsia va a volver en sí, que ya pasó todo, y poco a poco, así como el Paseo de la Reforma se cubrió de curiosos imantados por los desfiguros de Rufina, así se va vaciando. Terminó el espectáculo. Las señoras recogen sus bolsas del mandado, jalan a los niños renuentes, los hombres también vuelven a su quehacer, unos van a la parada del camión, otros regresan al lugar de donde vinieron: su miscelánea, su puesto de refrescos, su oficio de barrendero, de paletero, de vendedor de boletos de lotería. Yo también voy hacia el árbol y lo abrazo. No aguanto ver a Rufina y, comiéndome las uñas, espero a que se levante. La corteza del sabino me acuchilla los brazos, las axilas, el pecho, lastima pero yo también quiero que a mí me lastime algo. Por un segundo tengo una aguda sensación de vacío, pero es sólo un relámpago que acallan los cláxones. Vuelvo los ojos hacia la banca. Desde aquí puedo ver a Rufina sentada abrochando su suéter de cocolitos.

La calienta el sol del atardecer, creo, espero que le esté entrando el solecito en la boca para secar su saliva pastosa, para cicatrizar la herida, absorber la sangre, calmar ese estertor, esa ronquera que venía de muy adentro. Espero que el sol le queme las piernas para que se dé cuenta y se baje el vestido.

—Ésa es una enfermedad que manda el diablo.

Lloro quedito, a que no me vea, a que no me oiga. No puedo impedirlo. Tengo miedo. Le tengo miedo al diablo. Pasan muchos autobuses. Suben, bajan. La gente tiene obligaciones, me ha dicho Rufina, muchas obligaciones. Los altos rojos se prenden un sinfín de veces. Los autobuses arrancan, se van. Oigo los arrancones, los enfrenones. Ya no me queda ni una sola uña que comer, las he dejado en la pura raicita. El cielo se ha ensombrecido y tengo frío.

Allá en dirección de Rufina algo se mueve. La veo alisarse el vestido, atornillarse las medias. No me acerco. Seguro enderezó la mueca de su boca y se la limpia con el brazo ensueterado. Se levanta trabajosamente. Sacude su vestido, medio teje su trenza y hace girar su adolorida cabeza, piñata rota; busca en mi dirección. No me ha olvidado. ¿O no es a mí a quien busca?

Camino hacia ella. No me mira. Sólo dice:

—Vámonos, niña.

Mientras caminamos rumbo a casa, no levanto la vista. Ella sigue lidiando con su vestido, echándose las trenzas para atrás; a mí me gusta cuando las trae para adelante. En la calle Milán se inclina hacia mí y huelo su aliento a maíz acedo:

—No vayas a decirle nada a tu mamá, niña Fernanda.

—No, Rufina.

* * *

Nos embriagamos el uno con el otro, los dos solos, tú conmigo, yo contigo. Viertes vino entre mis pechos, en mi vientre y lo sorbes, luego lo derramas en mi lengua con tu boca. Tenemos todo el tiempo del mundo, el tiempo de nuestro amor. Lo único que pesa entre nosotros es esta cama grave, lenta, de madera bruñida, inamovible sobre el piso. La escoba, si es que aquí barren, tiene que pasar alrededor de las patas elefantiásicas. Es la cama la que nos fija en la tierra. Si no, atravesaríamos el espacio. Pero el amor se hace en una cama, ¿no? Llevamos horas y horas de besos, de lágrimas y besos otra vez, nuestro amor es un tesoro escondido, lo cavamos, lo buceamos, lo hacemos esperar, primero nos besamos tanto que ya no sabemos hacer otra cosa sino eso: besarnos. Siempre hay algo nuevo en nuestros labios, en mi paladar, en tu saliva, en tu lengua bajo la mía, en tu lengua sobre la mía hurgando entre mis encías. Mi frente está afiebrada y la recorres con tu lengua. Pones tus dedos sobre mis ojos y presionas. Veo estrellas. Luego los besas. Cerramos los ojos. No quiero olvidar nunca esa habitación que vamos a dejar. "¡Qué joven eres" —me dices—, "nada en ti se ha endurecido!", e inmediatamente me rebelo, con quién me estás comparando, quiénes han sido las otras, por qué en este momento sólo nuestro piensas en lo duro ajeno. "¡Qué maravilla tu piel, cuánta dulzura, eres un animalito tierno!", repites. Busco tus caricias como lo haría un cachorro, me meto bajo tus manos, hurgo trabándome entre tus piernas, si estuvieras de pie, tropezarías, quizá te haría caer, qué risa, escondo mi risa acunándome entre tus brazos. Soy portátil, me redondeo como los gatos, tu cuerpo es mi sitio, abrázame; a lo largo de tu cuerpo quepo muchas veces, cinco quizá, o siete. Es bueno ser pequeña, ¿verdad? Entrelazamos nuestros dedos. Me cuelgo de ti. "En ti todo lo voy a descubrir —me dices—, eres una mujer por descubrir." A mí me da temor, soy tu mujer de siempre, la diurna y la nocturna, soy tu mujer cotidiana, la del pan y los higos, el círculo que ambos recorremos. Soy lo que ya conoces. ¿Qué quieres descubrir?

* * *

Jorge y Fernanda son una pareja a todo dar dicen los amigos. Se completan. Tienen los mismos gustos. Ascienden juntos. A ratos, juntos también, parecen sonámbulos. Ella se aprieta contra él, él le pone la mano sobre un pecho y la besa estrujándoselo ante todos. A veces son desvergonzados. Cuando invitan a cenar y a oír discos, con las mismas manos con las que la atenaza, él prepara la cena, salvo la ensalada, claro, porque ella la hace rica. Su casa es como ellos, fervorosa, acogedora. Los invitados se sientan en el suelo y abren libros de arte bizantino, de cerámica de Acatlán, de Celeste, la que cuidó a Proust. Un buen fuego arde en la chimenea. "Quisimos chimenea porque el mejor amor se hace frente a las llamas. Mi mujer es una brasa." A la hora de la cena, no es inusual que Jorge, amo y señor, cruce con todo su cuerpo la mesa: "bésame", exige y el tiempo parece suspenderse mientras todos dejan de comer y observan; vasos, mantel, filetes, ensaladera, cesta de pan. Les sale un como vaho parecido al que sale de la boca de los hornos. "Ésta es la casa que arde —dice la más ingenua de las invitadas—, y cuando regresamos a la nuestra, Jaime siempre me hace el amor. Por eso me gusta venir."

A pesar de la chimenea, lo más notable de su casa es el ahuehuete; ninguna en la ciudad de México tiene un ahuehuete, ésos están en el Bosque de Chapultepec; Jorge y Fernanda consiguieron una casa con ahuehuete en la colonia Del Valle.

Fernanda fue la que la encontró; hubiera sido horrible sin el ahuehuete. Él se opuso: está fea, húmeda. Ya verás cómo la dejo, mi amor, ya verás, no podrás vivir en ningún otro sitio. Y la cubrió con una bugambilia, un plúmbago, un huele de noche, y cuando florecieron, las flores entrelazadas le taparon lo feo. Sólo quedaron las ventanas como dos ojos en un cuadro de Giuseppe Arcimboldo con flores en vez de verduras. Fernanda se acostumbró a hablarle al sabino, a abrazarlo aunque no alcanzara el perímetro de su tronco. Recoger trozos de corteza a punto de abandonarlo como las células muertas al cuerpo humano y sentarse bajo él a leer y ver el cielo entre sus ramajes era un ritual de casi todos los días. A lo mejor dos amantes se abrazaron aquí antes que nosotros, a lo mejor una niña vistió a su muñeca bajo esta sombra, a lo mejor, escondida por el follaje, una mujer limpió una noche sus lágrimas recargada en el tronco, a lo mejor este árbol es el de la Noche Triste. Al cabo de un tiempo le contagió a Jorge su amor por el ahuehuete de tal modo que al salir o al llegar de la universidad lo saludaba: "Buenos días, árbol, ya me voy". "Que duermas bien árbol." También a él le dio por abrazarlo; entre Fernanda y él podían girar en torno a su tronco en la ronda del amor, sus brazos extendidos lo acinturaban y no grabaron el deleite del beso ni sus iniciales en la corteza porque Fernanda dijo que era una crueldad.

Dentro de la casa de la colonia Del Valle, Fernanda acomodó poco a poco divanes, libreros, libros, discos y alfombras de Temoaya, su único lujo además del aparato de sonido. Al contacto con su amor, los objetos fueron saltando de su prisión de piel y revistiéndose de fragancias agridulces; vinieron a sentarse a la mesa, a tirarse en los platos, a hacer que los tenedores y las cucharas vibraran. "Esas servilletas son abanicos. Óyeme, Fernanda —volvió a decir la ingenua con un pucherito—, tus cosas dan toques eléctricos."

Entre los dos construyeron su felicidad caliente, cuidaron de su amor rompebarreras. Fernanda fue la de la escoba, el trapeador, el fregadero, la escobeta, pero lo disfrutó casi tanto como poner manojos de alhelíes y perritos en el florero o gigantescos agapandos y delfinios según la época. Al cabo, la supremacía de Jorge era más evidente aún que la de los delfinios. Señor mío, amo y señor, rey del universo. Jorge producía platillos suculentos para sus amigos del viernes o el sábado en la noche. Sorprendía a los maridos: "Anoche fue luna llena, ¿abrieron la ventana para que la luna bañara entera a su mujer?" Las esposas se extasiaban: "¡Qué suerte tienes, Fernanda, te sacaste la lotería con ese marido!" Jorge era el amoroso, la carne de su carne además de la carne sangrante y en su punto en la mesa, nunca término medio, el *chef*, el *cordon bleu*, ella su pinche, la que picaba, rebanaba, hervía. Él daba el toque de magia, ella, entre tanto, corría a abrir la puerta.

* * *

—¿No me reconoce, señito?

—La verdad, no.

—¿A poco no sabe quién soy?

Una mujer vencida miraba a Fernanda, el pelo entrecano, los hombros encorvados, la expresión amarga, el vientre ajado, los senos caídos bajo el delantal. A su lado, en cambio, una muchacha de trenzas lustrosas contrastaba con el abandono de la madre. Era un venado.

—¿De veras, niña Fernanda, no te acuerdas?

La palabra "niña" sonó familiar aunque dolorosa.

—Perdóneme...

—Niña, soy Rufina...

Un bulto debatiéndose en el suelo, el vestido levantado, asaltó la memoria de Fernanda. Era un recuerdo que ella había sepultado por feo, por triste. La mujer insistió:

—Rufina, la que te cuidó de niña.

¿Quién había cuidado a quién?

—Ando muy amolada, niña, por eso pensé en ti, sólo tú que eres buena me aceptarías con mi criatura. No te pesaríamos. Yo te hago el quehacer, ella en las tardes estudia corte y confección.

En un abrir y cerrar de ojos ya estaban adentro. Jorge dijo que bueno, que ni modo. Lo conmovió la niña venado, la forma inquieta en que erguía su cabeza sobre su cuello largo. "Tendrás más tiempo para hacer lo tuyo", dijo Jorge.

No fue así. Para guisar, Rufina utilizaba todos los trastes que poseían. "Necesito otra sartén." "Hace falta una cazuela más honda." Después de cada comida, platos y cubiertos permanecían horas en el fregadero junto a la batería de cocina, porque Rufina iba a reposar a su cuarto. ¿Por qué escogía ese momento? Fernanda nunca se atrevió a preguntárselo. La venadita escapaba a la academia de corte y confección y alguna vez le sorprendió que Jorge inquiriera: "¿Qué no ha llegado Serafina?", y se inquietara. "Es muy tarde para que ande en la calle a estas horas."

Todo lo que a Fernanda se le había hecho sencillo, ahora se complicaba. Hacía falta otra escoba, se acababa el Fab, la licuadora se descompuso. Aumentaron el gas, la luz, el teléfono, el agua y el volumen de desperdicios en el bote de basura. Fernanda tropezaba con Rufina a todas horas y en todo lugar. Sentía su respiración en la nuca, en el oído. El humo acre de su presencia penetraba hasta el menor intersticio. La página del libro olía a Rufina. En la calle también, un perro la amenazaba con sus ladridos y Fernanda pensaba de inmediato: "Rufina". Cada día se le hacía más pesado bajar a la cocina y decirle a su Frankenstein casero que por favor no guardara el aceite usado en un frasco grasiento. "Es para nosotras, niña", respondía rencorosa levantando una barrera igual a la de sus dientes parejos. Una tarde Fernanda se encontró a sí misma caminando en círculos en la recámara repitiéndose: "No es posible, no puede ser", porque se sentía sin fuerza para ir a la biblioteca con tal de no escuchar el sordo redoble de tambor de la omnipresencia de Rufina, avejentada y mecánica, desplazándose sin sentido por los recovecos de la casa. "Voy a decirle que se vaya." Jorge la atajó. "¿Qué será de la niña? No es para tanto, ya te acostumbrarás."

Una noche Fernanda insistió en que la presencia de Rufina había envilecido la casa. "Es más fuerte que yo, Rufina se me ha insertado como un clavo envenenado en la cabeza, en los brazos, en el corazón, en las manos. No la tolero. La veo y me paralizo del horror. Ya no puedo comer. La vomito." Para su sorpresa, Jorge no se solidarizó ni la tomó en sus brazos: "Estoy contigo, mi cielo, haz lo que tú quieras", sino que dejó caer con una nueva y cordial indiferencia: "Estás nerviosa, no pensarías así si no estuvieras cansada". "¿Cansada de qué? Si tú mismo dices que Rufina ha venido a aliviar el peso de mis tareas domésticas. De lo que estoy cansada es de ella, es ella de quien abomino." La presencia de Serafina era tan esquiva que sólo acentuaba sus cualidades de venado.

Curiosamente también, Jorge le sugirió, cosa que le pareció insólita: "¿Por qué no te vas unos días? A Cuautla, o a Ixtapan de la Sal. Dicen que allí hay un *spa* fantástico del cual las mujeres salen regeneradas. Es caro pero yo te lo disparo; es más, te acompañaría pero no puedo dejar la universidad en exámenes finales".

En un verdadero estado de angustia, Fernanda salió a Ixtapan. Le hizo bien alejarse, ver el campo desde el autobús, respirar otro aire, meterse en el agua sulfurosa, los baños de lodo, sentir las manos impersonales de las masajistas que al finalizar rodeaban su cuerpo con anchas toallas blancas: "¡Qué bien conservada está, señora, qué vientre tan liso!" ¿Conservada? Aún no estaba en la edad de la conservación. ¿Conservada como un durazno en almíbar? ¿Qué es lo que tenía que conservar? A la hora de la comida sin grasa, los grandes cristales del hotel daban al campo, y Fernanda se preguntó: "¿Me estarán conservando estas paredes de vidrio?" Y de pronto tuvo la certeza de que al que había que conservar era a Jorge y ante esa súbita iluminación regresó antes de lo previsto. "Me sentí tan mejorada que aquí estoy", diría al entrar y se amarían toda la noche.

* * *

Abrí la puerta con mi llave. Era día de descanso para Jorge, hoy jueves, no iba a la universidad. "Tenías razón al decirme que no era para tanto. Jorge, mi apoyo, Jorge, mi dios, Jorge, la razón de mi vida, lo que yo más quiero en el mundo, allá en la soledad de Ixtapan olvidé a Rufina y la reduje a su justa proporción." Entré feliz a mi casa cachonda, mi casa segura, florecida, mi casa con chimenea como la dibujan los niños. Busqué al amado en la biblioteca, en la sala, en la recámara. No había salido, allí estaba su coche. No quería llamarlo para que no se apareciera Rufina. Seguí recorriendo la casa, y cuando abrí la puerta del cuarto de visitas, me eché para atrás herida de muerte. Por un momento pensé, no es cierto, no he visto nada. Quise regresar la película, correr, salir a la calle, que me atropellara un coche, y en vez de ello abrí la puerta de nuevo. Desnudos sobre la cama, Jorge y la venadita habían levantado las caras al unísono; atónitos, sus ojos sesgados vueltos hacia mí eran los de una presa injustamente herida. Los había cazado, los sostenía en mi hocico, podía encajarles mis colmillos, trozarles la cabeza, y me sorprendió verlos iguales: "¡Cuánto se parecen!" Ambos empezaron a temblar. La venadita escondió el rostro contra el pecho velludo de Jorge. Entonces oí la voz ronca de Rufina tras de mí gritándole a su hija:

—¡Tápate, ponte el vestido, tápate!

Me abofeteó el recuerdo del vacío de hace años cuando vi a Rufina humillada en el Paseo de la Reforma. Desde la puerta, aventó por encima de mi hombro el vestido hecho bola y la niña sin más lo fue deslizando por su cabeza de trenzas destejidas, sus hombros líquidos y estremecidos. Como se le atoró en la punta de los pezones negros y yo los miraba petrificada, Rufina volvió a ordenar:

—Ayúdela hombre, bájele el vestido.

Todo esto lo recuerdo ahora que estoy sentada en la banca del Paseo de la Reforma y el tiempo ha vuelto a girar. Hace años que vengo sola desde la casa-hogar de la tercera edad en la calle de Berlín, porque me queda cerca. No he vuelto a vivir para mí, soy como un títere que hace, dice y obedece sin saber quién es. Veo con detenimiento a las muchachas de minifalda que muestran sus muslos y al sentarse enseñan los calzones, si es que traen calzones. Las observo exonerándolas por anticipado. Nunca se verán en el trance en el que yo me vi, el de bajarles el vestido a las dos mujeres que destruyeron mi vida, porque cuando Jorge no lo jaló encima del pecho de la muchacha, fui yo quien acudió, la saqué de la cama, grité y no sé cómo puse a las dos en la calle. Jorge ni se movió. Recogí la misma maleta que había traído de Ixtapan de la Sal, dejé mi llave en la mesa de la cocina, tomé un cuchillo y salí después de cerrar la puerta. En el último momento, aventé mi valija y corrí al jardín a decirle al sabino que olvidara lo que había visto, por favor, que ése era nuestro instante final, que no volveríamos a vernos, porque de haberme quedado habría hundido en la espalda desnuda de Jorge el cuchillo que ahora le encajaba a él, una y otra vez, a él, sí, porque él, al cabo era árbol, árbol, le decía yo, eres árbol, mientras lo cubría de ranuras anchas y sangrientas, árbol, árbol, árbol, una y otra vez acero adentro, árbol, hasta que levanté los ojos y vi que sus ramas altas allá en el cielo parecían mirarme con una infinita consternación.

El corazón de la alcachofa

A TODOS NOS FASCINAN las alcachofas: comerlas es un acto sacramental. Las disfrutamos en silencio, primero las hojas grandes, las correosas, las verde-profundo que las revisten de una armadura de maguey; luego las medianas que se van ablandando a medida que uno se acerca al centro, se vuelven niñas, y finalmente las delgaditas, finas, que parecen pétalos de tan delicadas. Es muy difícil platicar cuando se llevan las hojas de alcachofa a la boca, chupándolas una por una, rascándoles despacito la ternura de su ternura con los dientes.

Llegar al centro es descubrir el tesoro, la pelusa blanca, delgadísima que protege el corazón ahuecado por la espera como un ánfora griega. No hay que darse prisa, el proceso es lento, las hojas se van arrancando en redondo, una por una, saboreándolas porque cada una es distinta a la anterior y la prisa puede hacer que se pierda ese arco iris de sabores, un verde de océano apagado, de alga marina a la que el sol le va borrando la vida.

La abuela nos hizo alcachoferos. A mi padre lo incluyó en esa costumbre cuando él y mi madre se casaron. Al principio papá, que las desconocía por completo, alegó que él no comía cardos. A nosotros, los nietos, nos domesticó a temprana edad. Una vez a la semana, a mediodía, empezamos la comida con alcachofas. Otilia las sirve muy bien escurridas en un gran platón, y trae dos salseras, una con salsa muselina y otra con una simple vinagreta. En una ocasión le dieron a mi abuela la receta de una salsa que llevaba rajas de pimiento rojo dulce, huevo duro cortado en trocitos, pimienta en grano, sal, aceite y vinagre, pero dijo que era un poco vulgar, se perdía el aroma específico de la alcachofa. No volvimos a intentarlo. En alguna casa a la abuela le sirvieron alcachofas con la salsa encima y entonces sí que los criticó: las alcachofas jamás se sirven cubiertas de salsa, imposible tocarlas sin ensuciarse los dedos. La experiencia más atroz fue en casa de los Palacio ya que la abuela vio a Yolanda Palacio encajarle cuchillo y tenedor, destrozar su vestido de hojas, perforarla desde lo alto y apuñalar el corazón al que dejó hecho trizas. Quedó claro que no sabía comerlas. La pobre intuía que había que llegar a algo, como sucede con los erizos y, a machetazo limpio, escogió el camino de la destrucción. La abuela presenció la masacre con espanto y jamás volvió a aceptarles una invitación. Los Palacio perdieron hasta el apellido. Ahora son "los que no saben comer alcachofas".

Las alcachofas, a veces, son plantas antediluvianas, pequeños seres prehistóricos. En otras ocasiones, bailan en el plato, su corazón danza en medio de múltiples enaguas como las mazahuas que llaman vueludas a las suyas. En realidad, las plantas dan flor, pero las hojas se comen antes. La flor las endurece. La flor, final de su existencia, las mata. Al llegar al corazón hay que maniobrar con suma pericia, para no lastimarlo.

La abuela llegó a la conclusión de que la única casa en el Distrito Federal de veintidós millones de habitantes donde se sabe comer alcachofas es la nuestra.

El rito se inicia cuando colocamos nuestra cuchara bajo el plato. Así lo inclinamos y la salsa puede engolfarse en una sola cuenca para ir metiendo allí el borde de las hojas que chupamos con meticulosidad. Nos tardamos más de la cuenta; si hay visitas, su mirada inquisitiva nos observa. Al terminarlas tomamos agua.

—Después de comer una alcachofa, el agua es una delicia —sentencia la abuela.

Todos asentimos. El agua resbala por nuestra garganta, nos inicia en la sensualidad.

De mis hermanos, Estela es la más tardada. Es una mañosa, porque una vez comida la punta de cada hoja, las repasa hasta dejarlas hechas una verdadera lástima a un lado de su plato. Lacias, en la pura raíz, parecen jergas. Ella nunca pudo darle una hojita al hermano menor, Manuelito, porque nunca le quedó nada. Efrén es muy desesperado y es el primero en engullir el corazón verde casi de un bocado y en sopear un pedazo de pan en la vinagreta o la muselina hasta dejar limpio su plato. "Eso no se hace", le ha dicho la abuela, pero como todos están tan afanados en deshojar sus corolas, la acción de Efrén pasa a segundo plano. Sandra habla tanto que se distrae y muchas veces sostiene la hoja a medio camino entre su mano y su boca y me irrita, casi me saca de quicio, porque la pobre hoja aguarda, suspendida en el aire, como una acróbata que pierde su columpio: el paladar de mi hermana. Me cae muy mal que ingiera como si las formas no importaran; creo, de veras, que Sandra no merece la alcachofa. Se la quitaría de mil amores, nos toca a una por cabeza, una grande, porque las que ponen en la paella, según mi abuela, ni son alcachofas.

Cada uno establece con su alcachofa una relación muy particular. Mi abuela, bien sentada, las piernas ligeramente separadas, la cabeza en alto, conduce la hoja en un funicular invisible del plato a la boca y luego la hace bajar derechito como piedra en pozo a su plato, le rinde un homenaje a Newton con sus movimientos precisos. La figura geométrica que traza en el aire se repite treinta veces porque hay alcachofas con ese número de hojas. Las come con respeto o con algo que no entiendo, porque al chupar la hoja cierra los ojos. Lleva constantemente la servilleta doblada a la comisura de sus labios por si se le hubiera adherido un poco de salsa. Come, el ceño fruncido, con la misma atención que ponía de niña en sus versiones latinas, porque de toda la familia es la única latinista. Y se ve bien con la alcachofa en mano, la proporción exacta, la hoja tiene el tamaño que armoniza con su figura.

En cambio, mi padre y la alcachofa desentonan. Mi padre es un gigantón de dos metros. Le brilla la frente, me gustaría limpiársela pero no lo alcanzo, su frente sigue robándole cámara a la penumbra del comedor. Acostumbra usar camisas a cuadros de colores. La alcachofa se pierde a medio camino sobre su pecho, ignoro si va en el verde o en el amarillo y nunca sé si la trae, porque su mano velluda la cubre por completo. La alcachofa necesita un tono neutro como el de mi abuela o un fondo blanco. Nunca podría mi padre ser el modelo de "Hombre comiendo alcachofa", porque el pintor extraviaría la hoja en el proceso.

Una vez rasuradas por sus dientes delanteros, papá archiva sus hojas, como expedientes en su oficina. Cada pila se mantiene en tan erguida perfección que envidio ese equilibrio, porque las mías caen como pétalos de rosa deshojada.

Mi madre es más casual. Las come entre risas. Fuma mucho, y dice la abuela que fumar daña no sólo el paladar sino las buenas maneras. Antes, mamá tomaba el vaso de agua para extasiarse como el resto de la familia. Quién sabe qué le dijo su psicoanalista, que ahora levanta su copa de vino tinto. La primera vez la abuela la amonestó:

—Ese vino mata cualquier otro sabor.

Mamá hizo restallar un cerillo en la caja para encender su cigarro y la abuela tuvo que capitular.

Un mediodía, en plena ceremonia, papá fue el primero en terminar y nos anunció, solemne, su voz un tanto temblorosa encima de su pila de hojas de alcachofa:

—Tengo algo que comunicarles...

Como Sandra, hoja en el aire, no interrumpía su parloteo de guacamaya, repitió con voz todavía más opaca:

—Quisiera decirles que...

—¿Qué, papá, qué? —lo alentó Sandra señalándole con la misma hoja que le cedía la palabra.

—Voy a separarme de su madre.

En ese momento, Manuelito bajó de su silla y se acercó a él:

—¿Me das una hojita?

—Ya no tengo, hijo.

Mamá miraba el corazón de su alcachofa y la abuela también había atornillado los ojos en su plato.

—Su madre ya lo sabe...

—Lo que no me esperaba, Julián, es que soltaras la noticia en la mesa ahora que comemos alcachofas.

—No creo que sea el momento —murmuró la abuela y se llevó el vaso de agua a los labios.

—Los niños no han llegado al corazón de la alcachofa —reprochó mamá de nuevo.

Sé que mamá y papá se amaron. Lo descubrí un día en que mamá distraída no me respondía. A los niños no se les hace tanto caso. Le hablaba en francés y no oía; en español, menos. Leía una revista *Life* de los bombardeos de la guerra; iglesias, casas destrozadas, tanques, soldados corriendo entre árboles, soldados arrastrándose en la tierra, los zapatos cubiertos de sangre y lodo, un cráter hondo de seis metros hecho por una bomba, pobrecita tierra. Mamá parecía un buzo metida hasta adentro del agujero negro. Buscaba con una intensidad angustiada, y entonces comprendí que buscaba a mi padre. Y que lo amaba con desesperación.

* * *

Mi padre se casó al día siguiente de que se fue o casi; años después murió la abuela y su ausencia nos lastimó a todos. Intuyo que murió triste. Aunque era muy pudorosa, mi abuela siempre andaba desnudando su corazón. Mamá tiene un curioso padecimiento en el que está implicado el hígado y la curo con medicinas que contienen extracto de alcachofa. Sigue fumando como chimenea, y en la noche vacío los ceniceros en una maceta del patio; dicen que las cenizas son buenas para la naturaleza, la renuevan. A ella, desde luego no la han rejuvenecido.

Contrariamente a lo que pudiera pensarse, mamá y yo no hemos proscrito las alcachofas de nuestra dieta, aunque mamá alega que la vida la ha despojado de todas sus hojas y le ha dejado el corazón al descubierto. Chupar la hoja sigue siendo para mí una exploración y la expectativa es la misma. ¿Será grande el corazón de la alcachofa? ¿Se conservará fresco y jugoso? La finalidad de mis pesquisas es llegar al sitio de donde partieron todas mis esperanzas, el corazón de la alcachofa que voy cercando lentamente a vuelta y vuelta. Amé mucho a un hombre y creo que fui feliz porque todavía lo amo. Después amé a otros pero nunca como a él, nunca mi vientre cantó como a su lado. En realidad, amé a los siguientes por lo que en ellos podría hallar de él. A ratitos.

Mi piel ardía al lado de la suya en el café, en la cama, todos los poros se me abrían como las calles por las que caminábamos, él abrazándome; qué maravilla ese brazo sobre mis hombros, cuánta impaciencia en nuestro encuentro. La magnitud de mi deseo me dejaba temblando. Él me decía que ese amor no iba a repetirse jamás.

Una mañana, al primer rayo de sol, entre las sábanas revueltas se inclinó sobre mi cara aún abotagada por el sueño y la satisfacción y anunció quedito:

—Han pasado dos meses, mi mujer y mis hijos regresan de sus vacaciones.

Sentí que la recámara se oscurecía, que su negrura me caía encima. Él me abrazó.

—No te pongas así. Ambos sabíamos que no podía durar.

Empecé a sollozar.

Entonces me habló de mi corazón de alcachofa, que todos en el trabajo comentaban que tenía yo corazón de alcachofa.

–También dicen que tomas las cosas demasiado en serio.

No volvimos a vernos.

Águeda se fue y mamá y yo lo sentimos porque no hemos vuelto a tener tan buena cocinera. El peso de los ritos alcachoferos ha marcado los últimos años de nuestra vida. Las primeras hojas mojadas en la salsa muselina o en la vinagreta todavía son un placer, nos infunden valor, pero ya cuando vamos a media alcachofa, a media operación en común, mi madre y yo nos miramos, no me quita la vista de encima y yo se la sostengo años y años. Tiene la mirada del que no sabe para qué vive. Quiere decirme algo... algo herido, pero yo no la dejo. Quizá nos hemos rodeado de hojas más altas que nosotras como las alcachofas, quizá va a asestarme la horrible certeza de haber equivocado la vida, mi única vida.

Los bufalitos

TRES MIL LIRAS cuesta el ingreso. Los bufalitos mojados dejan en el guardarropa sus mochilas parchadas a la manera cubista: *shocking pink,* verde limón, escarlata, amarillo congo, violeta, plata, oro, pero ninguno abandona su chamarra Canadienne, Frozen Wave, Lacoste, Adidas. Su olor a borrego mojado invade el recinto. Piafan, sus pezuñas Nike bailan en un solo sitio, levantan el lodo que trajeron de la calle, sus patas baten la tierra. Algunos traen libreta para tomar apuntes. El cuidador del Palazzo Re Enzo señala: "Por aquí", con el índice. Otro índice descomunal pintado en la pared acompañado por una flecha apunta a la derecha, pero los bufalitos toman la dirección contraria: "*Ma ragazzi*... no vamos a empezar por el final", los reconviene una puntiaguda voz de mujer.

Sus vientrecitos rebotan cuando se agolpan empujándose y sus muslos se rozan al querer entrar todos al mismo tiempo; la suya es una confusión de piernas y brazos; tropiezan, qué torpe manada; por fin, se encaminan a codazos, lomo contra lomo, un solo hatajo de cabezas, hombros, pelambres que giran pesadamente. Uno de ellos masca chicle, lo hace bomba, lo truena, y recuerdo que alguna vez encontré un chicle pegado al marco del Kupka. ¿Por qué no sonó la alarma? ¿Cómo se me fue el vándalo? Ese día no comí. La maestra ni siquiera le ordena que lo tire. Las bestias encajan sus cascos en mi cabeza, quieren acabar con el museo, con Bolonia, acabar con el planeta, acabar con el universo. Hacen ruido en un recinto en el que, en tiempos normales, un estornudo puede provocar una conmoción. Me escandaliza la barbarie ajena porque sólo reconozco la alta civilización de los lienzos que cuido.

A la mitad del muro resplandece frente a sus ojos un cuadro: *Los amantes.* Cuelgan lánguidas las ramas de un sauce, las hojas sombrean el rostro sonriente y ojeroso de la mujer, el vestido blanco iluminado por un rayo de sol, el cuello envuelto en ondulaciones de gasa atadas por un listón de terciopelo cobalto, toda la gracia de Renoir se condensa en la levedad de la luz dorada. Dos o tres amapolas se asoman entre el pasto, sin duda el amante las ha pisado al alargar la pierna a los pies de su amada. Una ligera brisa flota en el aire.

Los bufalitos levantan y agachan su testuz, embisten y se precipitan dentro de la pintura, destrozan el paisaje, hacen trizas el pasto, rompen las ramas, ensalivan a la enamorada. *"Bellissimo, bellissimo"*, remedan a su maestra.

—*Sembra vero.*

—¿Qué estación creen ustedes que sea?

—Invierno —la desafían.

La maestra no los oye. Sólo escucha la brisa pintada. "¿Otoño o primavera?", pregunta sin pensar. Giacomo, el más aprovechado, responde buscando sus ojos: "Es el inicio del verano, el sol ha enrojecido algunas hojas en las acacias". La maestra le sonríe con creciente embeleso. Renoir la transporta a la dulzura del campo en Francia, a los jardines como pañuelos, las hojas más tiernas, los reflejos de la luz en el agua, las barcas de remo y las bañistas sonrosadas. "Pongan atención al balbuceo del agua." Es cierto. Esta maestrita de escuela dio en el clavo. Nada es más fértil que el agua. Monet y Renoir buscaron sus reflejos cambiantes en el mar y en el río, en la nieve y en las puestas de sol que la cubren de vapores de oro. Juntos pintaron *La Grenouillère* y desde entonces la felicidad se nos llenó de ranas, las mujeres se aficionaron a su verdor resbaloso y las ancas de rana se volvieron *delicatessen.* Dame tu anca de rana, amor, para degustarla. A diferencia de la fábula, ahora los príncipes se convierten en sapos, porque el sapo es todo corazón como dijo el cuentista. "¿Han advertido los hoyuelos en las mejillas de la niña? Todas las mujeres de Renoir tienen hoyuelos y casi todas son pelirrojas." "¡Ay, qué daría yo por tener un hoyuelo aquí!", una bufalita señala su mentón. "Observen con detenimiento —la ignora la maestra—, ésta es una fiesta para los ojos."

¿Qué estación? Primavera. "Si acaso verano", Giacomo tiene razón, les aclara tan lánguida como la enamorada del cuadro. "Vean, las pinceladas se alargan, la luz del día se debilita, los colores se difuminan como el fuego que se apaga. ¿Es aquél un rosa pálido o un lila?"

La maestra navega en un espacio confidencial.

—Estas hojas como a la deriva parecen no haber existido jamás.

Un bufalito se separa de la manada. Otro pregunta si puede rascar el marco para ver si es oro. La maestra no responde, la envuelve una música que sólo ella escucha.

—Y ahora, veamos de lejos los efectos de la luz. Miren el cuadro desde acá y díganme qué ven.

Fija los ojos en los enamorados del lienzo. Veo sus piernas flacas, de pájaro quebradizo, como quebradizas las pinceladas de los impresionistas. Los bufalitos se pican el trasero, chocan entre sí, dan manazos, se echan punes y culpan al vecino, ríen, los cabellos cándidos de una muchacha rozan la mejilla de un gordito que los atrapa con su boca y los chupa.

—*Bellissimo. Di rara bellezza.* Acerquémonos de nuevo y denme su impresión.

Una bufalita le pone las manos en la cara a otra bajita, que muge porque le ha tapado los ojos. Se empitonan. Otro aprovecha para abrazarla por detrás, hacerle cosquillas. La bufalita más alta se quita el suéter y todos la miran a la expectativa del centímetro de piel que pueda aparecer entre el *blue jean* y la blusa. La maestra, ausente, repite: "¿Qué ven? Monet y Renoir descubrieron el instante. Dentro de quince minutos la luz será distinta. Los objetos cambian de tonalidad bajo la luz del sol, miren cómo el agua reverbera con un brillo irisado, el impresionismo es el centelleo de la luz. Todo está en movimiento, todo se transforma continuamente como ustedes. Ya casi no son niños, mañana no serán los mismos. Éste es un momento excepcional en su vida, ven, ése es el impresionismo, el recuerdo del deslumbramiento anterior. Renoir fue muy valiente, Pissarro y Monet también". La maestra baila extasiada. "Los pintores consultaban el sol, entrecerraban los ojos para aventar la luz a puñados en su tela. Daban una pincelada y con los ojos de su cerebro recuperaban la frescura de la hierba, la impresión óptica quedaba en su retina, clic, sí, eso es, una fotografía, clic, el jardín de Monet en Giverny podría ser una fotografía; tomaban de nuevo su distancia y de lejos apreciaban el efecto para regresar casi sin aliento a dar otra pincelada que dejaban caer como pluma de ganso sobre el lienzo, aprisa, aprisa, se va la luz y ¡zas! estallaba la obra maestra. Alguna vez Renoir declaró que una mañana en que a él y a Monet se les acabó el color negro, nació el impresionismo."

Las bufalitas imitan a su maestra, se acercan, se alejan, sus pechitos son pelotas de ping-pong, van y vienen en el movimiento de sube y baja del amor, se mecen como ella en un columpio invisible frente al lienzo (¡ah, Watteau!), a ella también le tiemblan los pechos tras la blusa blanca. Ninguna de las bufalitas lleva sostén, sólo una gorda trae los pechos amarrados a su torso de Walkiria.

En torno a mí jadean, así son las niñas, siempre están recuperando su aliento, pasan su lengua de becerro sobre sus labios, saboreándolos, y yo quisiera darles su primer beso. Bueno, no a todas, pero sí a esa que parece un primitivo flamenco. Seguramente sus ancestros proceden de los Países Bajos.

De repente vienen hacia mí. Su súbita acometida me toma desprevenido, tengo que hacerme a un lado para que no me arrollen, me miran con sus ojos fuertes, no se dan cuenta hasta qué grado son sugestivas, vibrantes, todo en ellas inquieta; hasta sus pestañas largas y húmedas derrochan energía; un estremecimiento las recorre y se prolonga en el cuadro. Quisiera reconvenirlas, respetuosamente claro está. "Señoritas, tengan piedad de mí, soy un hombre trabajado por la vida, miren bien mi epidermis surcada de arrugas y de cicatrices." ¿Cómo decirles a estas becerritas de panza que me acuesto tan extenuado que no puedo dormir? Vuelven su cabeza desdeñosa, su piel relampaguea como un fuetazo. Son verdaderos agentes provocadores. Una me examina frunciendo el entrecejo y pienso en su culito que a su edad debe estar apretadísimo.

Ellos llegan con sus zapatones, sus tenis de talla descomunal, guarnecidos de parches de colores que lastiman la retina, aerodinámicos, interplanetarios, porque desde que el hombre pisó la Luna todos los estudiantes se visten como extraterrestres y sus bolsas de tela inflamable han suplantado a los materiales nobles. ¿Y si le echara yo un cerillo a todo ese plástico?

A la maestra le estoy tomando afecto. ¡Cómo mira los lienzos, Dios mío, como si no deseara nada más en el mundo, como si eso fuera todo lo que ella pudiera anhelar jamás! Avanza a pasos lentos, embobada. Se desentiende de su grey abominable. Algunos se han sentado en el suelo sobre sus cuartos traseros a tomar notas, qué bichos, ven los cuadros a cuatro patas, resoplando. En cambio, la maestra va de una sala del museo a la otra sobre sus patitas que no tocan el suelo, creo que levita. Me siento muy afortunado de poder verla desde mi rincón de sombra. Los bufalitos ahora me inspiran simpatía, sobre todo porque hace un momento se quedaron en suspenso ante un Cranach y la maestra exaltada levantó la mano izquierda frente a sus ojos como para atajarse el sol y dijo con una emoción que les hizo guardar silencio: "Creo que nunca volveremos a pasar una tarde como ésta". Después volvieron a rascar el suelo, a testerearse los pitones y uno se acercó tanto al Carlo Crivelli que tuve que levantar la voz. Otros se dieron de codazos socarrones frente al niño Jesús de Petrus Christus, que montado en las piernas de la virgen exhibe su sexo: "Mira, es del tamaño de un *escargot*". ¿*Escargot,* en francés? El niño me dejó sorprendido y le agarré antipatía. ¿Por qué decía *escargot*?

De nuevo tuve que llamarle la atención al dichoso Bruno:

—Si pisas más allá de la raya, va a sonar la alarma. Automáticamente serás expulsado del museo.

—¿Cuál raya? —me desafía con su nariz ancha y sus ojos bovinos—, no veo ninguna raya.

—Lo que te digo es que no puedes tener la nariz pegada a la tela.

Quién sabe qué oyeron en mi voz que sentí que todos me miraban en medio de un gran silencio. Al cabo de unos segundos lo rompió la maestra:

—Este museo es una verdadera persona, miren, nos va guiando, sólo puede oírse la voz de los lienzos y es una voz armoniosa, femenina. Shhhhht, shhhhht —la maestra se lleva un dedo a la boca.

En efecto, los bufalitos ya no hablan tanto, aunque Ruggiero y su compañera siguen sacándose los mocos e intentan pegarlos en la mejilla del otro. Ensimismados, escoltan a la maestra como si se hubieran convertido en su sombra. Ella los ha hipnotizado. Como a mí.

A lo largo de los años he comprobado que a los adolescentes no les interesa el arte y su única pregunta es ¿a qué horas nos vamos? Algunos se detienen, sí, pero son los adultos quienes tienen mayor capacidad de asombro, quizá porque han sufrido. Rara vez sucede lo que ahora atestiguo: bufalitos domesticados que doblan su testuz y escuchan.

La maestra aparta un mechón que le cae sobre la frente y constata con voz grave: "Creo que ésta es una de las tardes más hermosas que me ha tocado vivir", y la miro pensando que también podría ser la mía. ¿Cuál fue la tarde más bella de mi vida?

—La hora del día, la luz es crucial —confirma.

De pronto vuelve los ojos hacia mí, y yo que pensaba que no me había visto, e interroga con su voz de niña:

—Es el Renoir, ¿verdad, guardián?, el que lo tiene fascinado.

Los bufalitos también me miran, supongo que por morbo. Salgo de mi hondo barranco y respondo con mi voz destrozada por el tiempo:

—El Renoir me encanta, pero me identifico con el Rembrandt.

Me examina y estoy seguro que adivina que vivo en una habitación con muchos libros, una cama sin hacer, una parrilla eléctrica y una taza de té con hojitas apelmazadas en el fondo. Es la primera vez que me ve, pero lo sabe todo de mí, o casi.

—En lugar de comer, Renoir corría al Louvre. ¿Alguno de ustedes dejaría de comer y vendría aquí a alimentarse espiritualmente? —pregunta en mi dirección aunque interrogue a sus alumnos. Probablemente lo dice por mi evidente flacura o porque quiere atribuirme las pasiones de los impresionistas. Llevo tantos años sentado en este taburete de madera que he pasado a ser parte del mobiliario y estoy acostumbrado a que la gente me ignore.

—Vamos a ver este Monet. Era contemporáneo de Renoir, y como él, rompió con las rígidas reglas del clasicismo. También Monet se olvidaba de sí mismo al grado de que por poco se le congelan el rostro, las piernas y las manos cuando, en medio de la más espesa tormenta, pintó a Londres bajo la nieve.

De nuevo me mira. ¿Qué verá? ¿Qué verá en mí sino a un hombre cansado, de pelo gris como su uniforme, gris como su saco raído, gris como la pared vacía de la entrada? La maestra les indica otro cuadro y caminan hacia él sin garbo alguno. El aire está muy cargado.

Ahora es la maestra quien me observa desde la otra sala. La intrigo. Quizá piense que se está perdiendo de algo. Tiene miedo de que se le vayan los sentimientos, las sensaciones, los encuentros, los trenes. Oigo sus pasos yendo y viniendo, repiten el juego, para atrás, para adelante. Qué simple su espíritu. El atolondramiento de sus pechitos sigue conmoviéndome.

"De cerca es una costra", se queja el que pronunció la palabra *escargot* y responde al nombre de Bruno. La mirada de ese búfalo rebota en los lienzos. "Son manchas, yo también puedo manchar igualito." *"Brutto, molto brutto."*

"Basta", grita ella con una energía insospechada. Vivo en el breve intervalo de su ira. Algunas cabezas se vuelven hacia mí. "Bruno, tú no has tomado una sola nota..." No le está hablando a Bruno, cualquiera que sea esa bestia peluda; me habla a mí, quiere que yo me dé cuenta; su candor la hace casi bella...

—¿Cuántas liras cree usted, maestra, que vale esta obra?

—Miles de millones...

Al bufalito le gusta la respuesta y comienza a estimar el arte.

* * *

En el último mes del año escolar, cuando los colegios organizan visitas guiadas, los maestros ya no tienen energía y los palacios señoriales con tesoros artísticos de Florencia, de Venecia, de Bolonia quedan a merced de la cornamenta de los bovinos; no sólo de sus ojos redondos y voraces, sino de sus vientres y sus excrecencias. Para entonces, los maestros han llegado al final de sus fuerzas y ya no reaccionan, dejan a los niños que hagan lo que quieran. Los gritos en clase, los castigos semanales, la discusión con los padres de familia, que invariablemente culpan a la escuela del poco aprovechamiento de sus vástagos, acabaron con su energía.

Mi museo es un antiguo palacio de recintos amplísimos, techos altos, nobles proporciones que atestiguan la grandeza de su pasado. Hasta el vasto espacio es aristocrático. Extraño la arrogancia con la que debieron moverse los miembros de la corte. Lacia, volátil, libélula de sí misma, la maestra Roberta, así la llamó una bufalita, por fin libre de responsabilidad, se transporta, perdiéndose en la pintura, aunque de vez en cuando advierta al más insolente, al más alto, Bruno: "Recuerda que una mala calificación en historia del arte bajará tu promedio".

Al pasar de nuevo frente al taburete en que me he derrumbado después de tanta intensidad, porque de mí no queda sino este montón de huesos mal cubiertos, la maestra dice con cierta aprensión pero en voz alta, mirándome: "Mañana volveré, pero yo sola". ¿Qué no se dará cuenta de que todas las desventuras se me echaron encima? ¿Por qué pretende cambiar mi destino? ¿O qué es lo que busca?

Aunque me he repetido toda la noche que no iré al Palazzo Re Enzo, que llamaré temprano a mi suplente, en el momento mismo de abrir los ojos en la madrugada estoy absolutamente seguro de que a las diez en punto entraré por la puerta del museo. He tenido pocas certezas a lo largo de la vida y ésta es una de ellas. No me pongo el uniforme sino un saco de *tweed* que me da confianza. Llego al Palazzo y un sobresalto de júbilo me hace adivinar que allí está, que no ha mentido, que acudió a la cita, sola, sin sus hordas intergalácticas. De pronto, sin más preámbulos, me tiende un paquete: "Un recuerdo...", dice con coquetería. Es el primer regalo de mi vida. Me quedo estupefacto. "Ábralo", me alienta con ojos risueños. No sé abrir regalos. Contengo la respiración, algo especial e incomprensible está a punto de ocurrir, algo que hace que el pecho me duela. Es una diminuta ánfora de Murano. "¡Ah, sí! —le digo casi sin aliento—, Renoir también pintó en Venecia la Plaza de San Marcos." Juntos recorremos la sala de los impresionistas deteniéndonos ante cada lienzo en un rito que aún ahora me sobrecoge. Mientras hablo me mira con insistencia y eso me turba. Al terminar, me ofrece: "Si usted quiere, mañana podría venir a la misma hora y veríamos la sala del *Cinquecento fiammingo*. Decidí quedarme en Bolonia varios días".

En la noche, oigo su voz, repito sus palabras, vuelvo a mirarle las piernas, sus pechos ofrecidos, le quito la blusa, la desnudo, huele a mandarina y recuerdo la reverencia en sus ojos en el Re Enzo, la avidez con la que escuchaba el menor de mis comentarios. Hasta parecía admirarme. Jamás a lo largo de mi ya larga vida me había sentido tan bien. Llevo conmigo el vasito de Murano, cabe perfectamente en el bolsillo pechero de mi saco y se acomoda como un ser viviente en el armario de mi corazón. ¡Cuánta suerte la mía! La maestra me cambia la vida. ¡Qué anhelo verme reflejado en sus ojos, oír su risa, mirar el resplandor de sus dientes, su forma de venir hacia mí, delicada, abierta, ofrecida! La otra mañana, por poco y me besa. Estoy seguro de que pensó en abrazarme y algo la detuvo. No comprendo este inmenso regalo que me da la vida; tengo el corazón deshecho. Roberta puede hacer conmigo lo que quiera. Cada día estoy más cerca del momento en que me atreveré a tomarla entre mis brazos, donde sea, en pleno museo, en la calle, en la plaza pública. ¡Oh, cómo quiero besarla! Mis ojos felices se deslizan por su rostro milímetro a milímetro, me la como a besos, mis labios bajan hasta su pecho, descubren sus pezones y siguen hasta el vientre. Por primera vez entiendo que no nací sólo para vigilar a los demás, aunque proteger a El Tintoretto, Bellini, Carpaccio y Francesco Guardi no sea nada deleznable y tenga yo burilados en el alma cada uno de sus trazos. Ahora ya no estoy tan seguro de mis más íntimas convicciones. Le he pedido poco a la vida, pero desde que amo a Roberta quiero arrebatarle todo lo que desconozco, estirarme cuan largo soy en el jardín de las delicias, romper las amarras. Amar también es una acción civilizadora.

Me ha dado por salir al atardecer a sentarme a una mesa de café, cosa que nunca había hecho. Pido un Campari y lo disfruto sorbo a sorbo mientras veo a los paseantes. Una pareja en una mesa vecina se besa largamente, y hace un mes me habría cambiado de sitio, pero ahora los miro y pienso en el momento en que podré besar a Roberta con esa misma fogosidad. Los observo e imagino que soy yo. Oigo lo que ella le dice a él cada vez que recobra el aliento: "Amor mío, cómeme, cómeme el corazón".

Es hora del cierre y me barren fuera del café. Todos los meseros de Italia hacen lo mismo. Toman la escoba y la arrastran entre las mesas. Camino por calles borrachas hacia mi casa y me descubro feliz. El agua me refleja. Soy un hombre de cuerpo entero. Soy un árbol que camina. Mañana iré a comprarme un pantalón, quizá un *blazer,* camisas claras. Necesito trusas. Algo moderno. Renovarse o morir, qué lúdico el lugar común. La gente cree que a los guardias nos han sepultado en vida, que no sabemos sino del rincón asignado a esa vigilancia de cancerbero que nos vuelve vengativos. Enfermos de luz eléctrica, aguardamos rencorosos y ensimismados la hora de salida. Sólo tenemos ese pasado sordo, lleno de espera. Nunca me ha preocupado ser un hombre rutinario, pero sé que, al sentarme en el banco del museo, mi espíritu no se dobla igual que mi pantalón. Un visitante le informó a su compañero que los guardias cumplíamos la misma función que "Madame Pipí", la cuidadora de retretes. "Ninguno de estos custodios ha impedido jamás el robo de un cuadro", dijo despectivo. Lo cierto es que mi cerebro está exacerbado de tanto acechar el menor movimiento y adivinar las intenciones del público que finge ensimismarse. Los observo, listo para atrapar el menor de sus equívocos. De tanto contemplarlos, los veo como la formación de una gotera que jamás deja de caer. Irrita y se fosiliza. La fila-estalagmita entra, se detiene, abre la boca, se acerca mucho a los letreros al lado de los lienzos, camina hacia la otra sala, continúa con esa expresión expectante de los sordos. Los escolares toman nota y todo ello se presta a la melancolía, encarnan la rutina, la domesticidad, lo que no me gusta de mí. A la mayoría se le va lo más importante, la tropa pasa sin ver los Rembrandt. Sólo hace años me emocionaron dos mujeres. La más joven le describía en voz baja a la mayor un descendimiento de la cruz de Rosso Fiorentino que trajeron de Volterra sólo por unos días. "Ah, sí, ya veo, ya veo", respondía la mayor con una voz que venía desde el fondo de su juventud. Me acerqué. Estaba ciega. Seguro no lo era de nacimiento, porque recordaba, y aunque sus párpados permanecían cerrados, su rostro veía.

Ahora, el rostro de cereza Renoir de Roberta enrojece mi vida, abre las puertas, hace que la sangre corra por mis venas en un flujo vertiginoso.

A punto de llegar a mi casa, al doblar la esquina de gruesos muros oscuros, la presencia de otra pareja me sorprende. Soy su cómplice. Pero a los diez metros algo me inquieta y vuelvo la cabeza hacia atrás. La certeza me apuñala. Es Roberta besándose con alguien.

Regreso. Necesito comprobarlo. Oigo el pegajoso aliento, los resoplidos malolientes que van subiendo por sus pantorrillas, luego sus corvas, el hombre ladea su cerviz, me estalla la cabeza en latidos, "¡Roberta!", grito y al reconocerme los que se besan se separan azorados. Levanto mi brazo en el aire y Bruno (porque es él) prorrumpe a bramar. De su pecho de futbolista sale un sonido gutural, repugnante. Lo he interrumpido en un acto fisiológico. Ella me mira como si de repente descubriera todas las cosas tristes y brutas del mundo. ¡Qué negro es su rechazo! Roberta y Bruno todavía bufan, vueltos hacia mí, están a punto de dar cornadas secas en contra del burladero que les impide proseguir su faena, y que soy yo. Entonces dejo caer el brazo, me hago para atrás, recojo mi rostro de hombre de setenta años y les doy la espalda. Una voz interna me desgarra: "Olvida todo, olvida tus fracasos, olvida el pasado, excepto lo que vas a hacer ahora y hazlo". Camino hacia el Palazzo Re Enzo, me arranco el saco de *tweed* que tanta confianza me dio, lo tiro y, antes de que llegue al suelo, sé que la copita de Murano se romperá. Busco entre la lluvia de mis lágrimas la diminuta puerta trasera de la que tengo llave, porque nadie trabaja durante cincuenta años sin llegar a ser empleado de confianza. Entro y prendo la luz, ilumino una a una todas las salas hasta llegar a la de Renoir. Frente a *Los amantes* me detengo, acomodo con la mano la potencialidad de mis genitales, que todos sepan, que todos los vean, testuz, testículos, mi hombría, tomo vuelo y, el cuello doblado, embisto contra el Renoir con la fuerza de mi gran cuerpo negro. De un salto lo penetro y los enamorados vuelven los ojos espantados y al verme tan descompuesto se levantan al unísono, algunas briznas de hierba loca en la bastilla de sus ropajes; vienen hacia mí, me abrazan, me besan, pasan sus dulces manos entre mis cabellos grises, me peinan, acarician mi barba hirsuta. La novia sobre todo me besa, es una fruta en mis labios y me jala hacia el perfume total de sus senos blancos más atractivos que los de Roberta. Hundo mi rostro entre esos pechos, desaparezco, pierdo realidad, el verdor fresco me envuelve, tengo cerezas en vez de ojos, oigo el croar de las ranas, mi sexo, lo sé, se ha aquietado, vuelto sobre sí mismo es apenas un caracol, mi cuerpo entero gira en espiral, soy más bello que todas las conchas del mar, me ahogan mis propias lágrimas, mi cuerpo me lleva cada vez más adentro, más adentro, más adentro, ya no lo siento, lo voy perdiendo, me enredo en torno a la cabeza de mi enamorada, todavía soy su listón azul cobalto, soy luz y color, me diluyo, soy apenas una pincelada, quisiera decirles lo que sé sobre la teoría de la luz, pero ya no hay tiempo porque me he vuelto una impresión óptica, me voy, me voy, soy el pequeño disco rojo de sol reflejado en las aguas que Monet pintó en El Havre, soy todo el naranja de un amanecer ilusorio, soy la señal en el ojo del pintor, un punto rojo, soy... ahora sólo yo ignoro lo que soy.

Chocolate

—SI HOY NO VIENE, mañana iré a buscarlo.

—Pero señora, ¿a dónde? —gruñó Aurelia.

—¿Recuerda usted que dijo que vivían por Santa Fe?

—Señora, Santa Fe es toda una loma, altísima de grande... Ni calles tiene, puros baldíos.

—No importa, iré.

Un primer viernes apareció Chocolate, un perro de ese color. Grande, fuerte, pachón, con patas de calcetín blanco y una pecherita también impoluta, sus ojos, continuación de su pelambre, más expresivos que los de Emiliano Zapata. La abuela, que esperaba un taxi en la esquina, lo llamó "perro, perro", y al verlo hurgar en el bote de basura, le ordenó a Aurelia traer una telera.

—¿No me regala a mí también un pan? Soy el dueño del Chocolate —se acercó un pordiosero.

Así se inició un ritual ya no de los viernes, sino de cada día entre las doce y la una de la tarde. Mi abuela salía a la esquina y, al verla, los ojos de Chocolate se volvían líquidos y se acercaba bajando la cabeza para pegar su frente contra las piernas de mi mamá grande. Embestía durante unos minutos hasta que la abuela lo apaciguaba: "Ya, Chocolate, ya, Chocolatito", y entonces movía la cola y ponía su hocico húmedo en su mano enguantada. La abuela le daba su pan. "¿Tienes sed?", le preguntaba, y Aurelia traía leche en una escudilla. También el dueño del Chocolate recibía unas monedas. "Pa' mis cigarritos." "Pa' mi chupe." La conversación no pasaba de: "¿Cómo amaneció hoy el Chocolate?" "Bien", respondía el viejo.

En la esquina de Morena y Gabriel Mancera, la gente se detenía no sólo a ver a la señora de sombrero, zapatos de hebilla y bastón, sino al perro que al lado del desasimiento del mendigo, resultaba un fuego de artificio. Era tan evidente su deseo de gustar que uno concluía: "Éste no es un perro, es un amante". Durante algunos minutos trotaba, se levantaba sobre sus patas traseras y en el momento en que empezaban a flaquear, tomaba vuelo, se impulsaba y las cuatro patas retozaban alto en el aire. ¡Un primer bailarín del ballet ruso jamás habría logrado semejante proeza! La gracia de sus cabriolas atraía la vista de todos; había en ellas picardía y seducción, como si fuera a jugarnos una broma que ya desde antes nos hacía reír. ¡Qué despliegue de agilidad! Era asombroso comprobar que un perro tan robusto tuviera propiedades de duende. A todos divertía con su jaraneo. La curvatura de sus músculos formaba rondas infantiles y hacía creer a su público que la vida es un juego de niños. "Ese can debería estar en un circo." "¿De qué raza es?" "A lo mejor es el diablo", exclamaban. Todo este fantástico despliegue de habilidades era el tributo que Chocolate le rendía a mi abuela.

—¿El Chocolate no tuvo frío ayer? En la tarde llovió y pensé que... Dígame, ¿se enfrió?

—No —refunfuñaba el viejo.

—¿Tiene cobija?

—No.

—Aurelia —ordenaba mi abuela—, tráigale una cobija.

—¿De las usadas, verdad?

—No, de las nuevas.

Aurelia iba de mala gana. Protegía los bienes de la abuela como cancerbero.

—¿Y dónde está su casa? —proseguía la abuela.

—¿Cuál casa?

—La del Chocolate.

—Pos él vive conmigo.

—Dígame dónde.

—Pos allá por la loma.

—¿Cuál loma?

—Pos Santa Fe.

—¡Ah! ¿Y qué le da usted a mediodía?

—Lo que caiga.

—No le entiendo. Mejor que me lo diga el Chocolate. En fin, está gordito, se ve bien.

El viejo mascullaba algo entre dientes; tenía razón la abuela, no se le entendía. A lo mejor él era quien no entendía la actitud solícita de la señora grande.

—Esta noche arropa usted muy bien al Chocolate en la cobija.

El viejo ni siquiera parecía verla. La abuela le ordenaba, impaciente:

—Mire usted, pone la cobija doble y envuelve al perro como un taco para que no se destape.

Después mi mamá grande habría de comentarle a Aurelia: "Qué viejo más limitado, pobre Chocolate. Estaría mucho mejor conmigo".

—¿Y la escudilla que le regalé la semana pasada para su comida? —le rezongaba Aurelia al mendigo.

Mi abuela era de las que decían con una sonrisa y la altanería de su nariz respingada: "No le hablo a usted, sino al perro".

Veintidós perros, a veces veintisiete y en alguna ocasión treinta, ciento veinte patas, treinta colas acompañaron mi infancia y adolescencia, pero entonces las criadas protestaron y la abuela decidió mandar a algunos al asilo de trescientos cincuenta perros y veinte gatos mancos, tuertos, cojos, tullidos, roñosos, calvos, atemorizados, machucados. "Es sarna", explicaba ella con toda tranquilidad, aunque alguna vez la contagiaron. Aurelia, la recamarera, y Cruz, la cocinera, compraban polvos de azufre amarillo y la abuela los ungía despacio para no humillarlos. Si tenían uñas de bruja o de *vedette* de tan largas, me tocaba llevarlos al veterinario a que se las cortara. Eran piedras esas uñas. Volaban como bólidos mortales y el veterinario Appendini usaba unos pesados alicates. "Quítese, niña, no vaya yo a sacarle un ojo", advertía.

En realidad, los perros, sus ojos dos preguntas, fueron mis hermanos menores, yo les llevaba cierta ventaja por ser la nieta, pero no mucha. Los preferidos dormían en la cama de mi abuela, y a mí eso nunca me tocó, salvo cuando iba a morirse y sentía mucho frío. Los perros se movían bajo las cobijas, a veces gemían.

—¿Por qué, abuela?

—Es que sueñan.

—¿Qué sueñan?

—Sueñan conmigo. Sueñan que los acaricio.

Mientras la abuela desayunaba acompañada de su jauría, Aurelia, en la planta alta, levantaba del piso los periódicos orinados y trapeaba con agua y creolina. Las cacas en conos de papel periódico iban a dar a la basura para que los pepenadores los abrieran como una caja de chocolates de "Sees". De esa casa encalada y blanca, de sábanas con monograma, sillones y sillas firmadas, cuadros atribuidos a Da Vinci, salía más mierda que de toda la cuadra, quizá de toda la colonia Del Valle.

* * *

Alguna vez aventuré "un *hot dog*", cuando Cruz le preguntó a mi mamá grande por el menú, y no caí en gracia. Salí con mi cola de perra entre las piernas, aunque desde luego de toda la jauría fui la perra más consentida, la cachorrita de hocico húmedo (señal de buena salud) que la abuela llamaba trufa por su tierna frescura.

Cincuenta años después aún oigo sus patas en la escalera; descienden atropellándose, mordiéndose, un relámpago de hienas, los detesto, me horrorizan, los amo, me obsesionan, gruñen, ladran, porque al llamarlos uno por uno, la abuela los electrizaba. "Buenos días, señores perros, buenos días señoritas." "Violeta", "Tosca", "Rigoletto", "Norma", todas las óperas, saltan en torno a su bata celeste disputándose el pan dulce: "Para ti una flauta, Dicky, para ti la concha, Amaranta, tú, el cuerno, Simón, tú, una banderilla, Mimosa, tú, Chango, sólo un bolillo porque le diste tan mala mordida a Brandy que por poco muere".

Cuando se hacían viejos, mamá grande me enviaba al veterinario para que los durmiera. Me tendía un bulto envuelto en una toalla, *"il faut l'endormir"*, indicaba, "la muerte es sueño", contradiciendo a Calderón. Sin embargo, para mí, la muerte de un perro es un gran escándalo. Llevé a Blanquita (su mirada me buscaba) y le metieron un fierro en el culo y otro en la boca y el doctor me pidió: "Súbale al *switch*". (A la Blanquita nunca le tuve simpatía porque hundía su hocico entre su pelaje para abrirle un surco y taladrarlo a mordidas, ta, ta, ta, ta, ta, su labio superior mostraba unos dientes amarillos crueles y largos. Se ensañaba contra sí misma hasta sacarse sangre. Sin embargo, ese día me sentí muy mal.) La perra se encorvó y saltó como una trucha que intenta escapar para caer cadáver sobre la mesa de operación. Al bajar la escalera del consultorio sentí que yo era la que llevaba el fierro en el culo.

El jardín es un camposanto, cada metro cuadrado de tierra cobija a un perro. Almendrita yace bajo el rosal de rosas amarillas, un flamboyán cobija a Robespierre, y así hasta llegar al Duque, al que le tocó un huele de noche. Los perritos florearon, ya son perritos, como llaman en México a los hocicos de lobo de todos colores que atrapan en el aire a los insectos.

Hacía ya tres semanas que día tras día mi mamá grande y el mendigo sostenían el mismo diálogo en la esquina de Morena y Gabriel Mancera. Si la abuela había salido, Chocolate y el viejo aguardaban sentados en el borde de la acera hasta verla bajar del taxi, mostrando los múltiples encajes de su fondo. Ella se apresuraba hacia ellos; el Chocolate corría a su encuentro, el viejo se hacía el desentendido. Si acaso el Chocolate llegaba tarde, también la abuela iba y venía de su casa a la calle.

Pasaron meses, cambiaron las estaciones. La abuela se veía muy bella con su sombrero de paja y su vestido ligero, o su sombrero negro de invierno y su traje negro escotado, la medalla de la Virgen de Guadalupe colgada de su cuello. Los automóviles reducían la velocidad frente a la casa y los conductores la miraban de arriba abajo. Seguro el pordiosero se dio cuenta.

Un día Chocolate no apareció, ni al siguiente. A la semana, la abuela ordenó:

—Mañana iremos temprano a buscarlo.

A las nueve y media, la señora grande, que difícilmente estaba lista antes de las doce, salió a la esquina. "¡Tasi... tasi... tasiii!", gritaba Aurelia. Nunca pudo pronunciar la equis. Cuando alguno le hacía la parada, sonreía seductora.

—¿Está libre?

—Para usted sí, mi reina.

El taxista nos dejó a las tres a medio llano, la abuela, Aurelia y yo. Quizá las conversaciones con el dueño de Chocolate habían ido más allá de preguntar por su salud, porque mi abuela no se arredró al descender del automóvil y un segundo después de cerrar la portezuela empezó a llamar en ese páramo desolado:

—Chocolate, Chocolate.

El sol quemaba los ojos. Bajo su sombrero con *voilette,* un velo casi invisible que envolvía los rasgos de su cara en un halo de poesía, apoyada en su bastón que termina en forma de silbato para llamar a los taxis, la abuela avanzaba y veía yo cómo el polvo iba cubriendo sus zapatos, sus piernas, el ala de su sombrero.

Preguntó en las escasas viviendas, Aurelia tras de ella.

—¿Conoce usted a un perro llamado Chocolate?

—¿El de doña Cata?

—No.

—¿Tiene dueño, señorita?

(A la abuela le choca que la llamen "señorita".)

—Un viejo, un pordiosero.

—Ah, entonces no.

—El perro es fuerte... ¡Ah!, pero ustedes mismos tienen una perra, ¿cómo se llama?

—Paloma, seño, y acaba de parir. Tuvo doce, mejor no la agarre porque está criando.

La gente le llegaba a la abuela a través de sus perros. Una gente con perro era ya un poco perro, y por lo tanto digna de atención. Esta pareja con su perro crecía ante sus ojos; la mayoría de sus relaciones se establecían a partir de los perros.

—¿Y qué le dan a la Palomita?

—Pos tortillas, huesos...

—¿Y sus cachorros?

—Los ahogamos. Quedó una pero la Paloma no la quiere, y la verdad...

—La recogeré a mi regreso. Estará mejor conmigo.

La siguiente parada fue en la miscelánea El Apenitas, y desde lo alto de la belleza acalorada de su rostro, la abuela preguntó al dependiente:

—¿Conoce usted a un perro llamado Chocolate?

—¡Uy, ese nombre es muy común!

—¿Ha visto a un perro grande y fuerte que responde al nombre de Chocolate? —insistió mi abuela.

—Todos los grandotes se llaman Chocolate y los chiquitos también Chocolate o Chocolatito.

La abuela repartía billetes de a peso, de a cinco, con su mano enguantada y los perros-gente se le quedaban mirando. Al final, ya desesperada, empezó a gritar desde la miscelánea hacia las calles polvorientas y destrozadas.

—¡Chocolate, Chocolate, Chocolate!

—Señora, van a venir veinte perros, todos Chocolate, pero ninguno será el suyo.

—Es que es un nombre muy común —repitió Aurelia, harta. (También yo me sentía fastidiada de que el nombre del perro fuera un impedimento para encontrarlo: "De haberle puesto Nabucodonosor, ya estaría aquí", deduje.)—. Señora, ¿puedo tomar un refresco? Ya no aguanto la sé. ¿Usted no quiere un vaso de agua? Aunque no creo que aquí tengan agua... No, mire, niña —Aurelia me señaló el desierto—, ni a agua llegan porque no se la han entubado... Así que un refresquito.

—Tome usted, Aurelia —condescendió la abuela—, yo no tengo sed.

De pronto, como si algo la iluminara, preguntó:

—¿Y los tubos?

Más que de convicciones, mi familia ha vivido de instinto femenino que es igual a la Divina Providencia.

—¿Los tubos? Los tubos están mucho más arriba. Si camina se va a cansar. ¿Por qué no manda mejor a su muchachita? —miró el tendero en mi dirección.

Airada, la abuela le espetó:

—Puedo caminar perfectamente.

Una vecina ratificó:

—Yo he visto un perro de esas señas, pero los tubos están muy de subida.

Levantó su brazo y al ver su sobaco negro, brillante de sudor, me turbé.

—'Onde que aquí no hay quien la lleve, doña.

—Yo puedo.

No era cierto. El ascenso fue penoso. Gotas de agua salada resbalaban de su frente a su labio superior. Caminamos como exploradores tanteando el suelo para no venirnos abajo. Las huellas de sus zapatos de tacón cada vez más profundas en el polvo y el agujero redondo de su bastón me dolían. "Algo malo va a sucedernos", pensé. Ahora nos seguían media docena de chiquillos curiosos que señalaban caminos donde encontrar posibles Chocolates.

* * *

Era traviesa mi abuela. Cuando invitaba a comer a Piedita Iturbe de Hohenlohe, aparecía en la mesa una hermosa fuente de cristal cortado y, en el fondo, cuatro ciruelas negras. Como éramos seis, nos quedábamos viendo la compota tratando de adivinar lo que sucedería. Las pasas flotaban, yo sólo me servía la miel y, para disimular, la paseaba en el plato con la cuchara.

En la noche aclaraba: "Es para darle una lección a esa *snob*", sonreía mi abuela, el bullicio de su travesura a piel de labios.

* * *

—Por aquí sé de una familia que tiene un Chocolate.

—No es cierto, seño, pura mentira. Éste nomás la quiere tantear.

—Sí es verdá, seño, allá mero viven, allá tras lomita. Yo la llevo. El perro es alto, un perro bien burrote, del color del café aguado.

—Color de frijol —contradijo otro.

—¿Frijoles aguados o frijoles refritos? —preguntó un tercero.

Los chiquillos, ajenos a su imperio, la cercaban con su actitud burlona que la cansaba mucho más que la búsqueda. Cruzaban frente a ella y su voz reventaba el calor:

—¿El Chocolate? Yo ayer lo vi. Bajaba rumbo al camposanto. ¿Me da un quinto?

Al séquito se unían perros flacos, uno de ellos amarillo y enteco como el collar de limones secos contra el moquillo que alguna mano compasiva enrolló en torno a su pescuezo. El perro se sentaba sobre sus patas traseras, intentaba rascarse y en el esfuerzo se le iba el alma. Empezó a resollar lastimeramente. La abuela fue hacia él.

—¡Ni se acerque, señora, se le va a echar encima y la va a morder!

—¡Está tísico!

—¡Muerde, ese perro muerde!

—¡Señora, cuidado!

La abuela levantó el perro en sus brazos y por primera vez los niños guardaron silencio. Le abrió el hocico. Alrededor de sus ojos, lagañas negras endurecidas formaban costras de piedra. El perro recargó su pobre cara sobre su hombro y yo miré a la gente con orgullo. Sí, es mi abuela, quería decirles, ésa es mi abuela. Basta con que ella vaya hacia ellos con sus brazos tendidos para que los animales se le entreguen. Inmediatamente adivinan sus buenas intenciones.

—¿De quién es este perro?

—No sabemos.

—No debe venir de lejos porque está demasiado enfermo para caminar. Si no es de nadie, me lo llevaré.

La abuela siempre preguntaba si los perros eran de alguien como si los perros callejeros fueran el más preciado de los bienes.

—¿No es de nadie? —insistía.

Un niño aventuró:

—Sí, del gobierno.

—Todos los perros de la calle son del gobierno —enfatizó otro.

Ya para entonces Aurelia, exhausta, porque además tiene una pierna más corta que la otra, buscaba otro tendajón. Lo vio y ya sin permiso pidió una Chaparrita, como ella, y le preguntó al dependiente:

—Usted, de casualidad, ¿no sabe de un perro café que anda con un barrendero o un pordiosero, sepa Dios qué será ese hombre?

—Pos no, pero puede que doña Matilde sepa, porque ella les vende comida a los pepenadores.

—¿Y dónde está la señora Matilde?

—Pos aquí a la vuelta.

—¿Tras lomita? —preguntó desconfiada Aurelia—. Es que llevamos dos horas buscando al condenado animal.

Doña Matilde parecía una olla de barro. Con razón daba de comer.

—Don Loreto tiene un perrito de esas señas.

—¿Y dónde vive?

—¿Cómo? —rió Matilde.

—Sí, ¿cuál es su casa?

—¿Cuál casa? ¿Qué casa va a alcanzar don Loretito? Vive en uno de esos tubos grandotes del drenaje que dejaron tirados en el llano.

Por fin, al vislumbrar lo que creyó ser un tubo y ante la posibilidad de encontrar al Chocolate, la abuela se desembarazó del Amarillo en la última miscelánea:

—¿Podemos dejárselo un momento mientras vamos a los tubos? —señaló al Amarillo.

—Sí, cómo no, lo que se les ofrezca. Al cabo que aquí el perro no se mueve, anda mal.

Los tubos habían quedado en la cima de la montaña. Los niños también gritaban sin hacer caso de las órdenes de la abuela: "¡Cállense, niños, váyanse, niños!", y ahora caminábamos en medio de una aridez violenta que hacía que los ojos ardieran, ya ni siquiera había chozas de cartón con techos de asbestolit; la abuela, a pesar de su fortaleza física, tomaba aire con su nariz afilada igualita a la de Beatriz d'Este y miraba hacia el desbarrancadero. De nuevo emprendía la escalada y su cuerpo parecía ser su voluntad. Ya cerca de los tubos empezó a gritar con la voz agrietada por la sequedad y la esperanza:

—Chocolate, Chocolate, Chocolate.

No sé de dónde le salió tanta voz.

Nada se movió. Los niños corrieron hacia la acrópolis convertida en tubos. La voz cada vez más ajada los guiaba: "Chocolate, Chocolate". Un único fresno joven y escuálido crecía en la cima.

—Antes había muchos encinos pero los cortaron porque en Santa Fe van a poner un Seguro Social.

Aurelia de plano renqueaba. Ya no había miscelánea; tendría que esperar para tomarse el tercer refresco. Todo esto le parecía largo e inútil. Arriba nos desafiaban aros de concreto tan grandes que a través de ellos podía verse el cielo; de entre los tubos surgió el perro café. Inmediatamente nos reconoció y vino hacia la abuela con la donosura de la esquina de Morena y Gabriel Mancera. Ésta lo tomó entre sus brazos a pesar de lo grande, y se dispuso a bajar la cuesta con su trofeo.

—Camina tú mejor, Chocolatito, nos vamos a casa.

Pero el Chocolate no dio un paso, se limitó a mover la cola desaforadamente,

—Mire usted, señora, está llorando. Vente, Chocolatito, anda —intervino Aurelia.

El perro lloró ladridos.

—¿Qué te pasa? —se exasperó la abuela—. Vámonos.

—Está engreído con su dueño —protestó Aurelia.

La abuela recordó al viejo y volvió los ojos hacia los gigantescos túneles abandonados.

—Hay que pedírselo al pordiosero —indicó Aurelia.

Me armé de valor para entrar en uno de ellos y a los cinco pasos vi en su interior una forma acuclillada, un montón de trapos y periódicos, un cúmulo de miseria, coronado por un sombrero de fieltro. El tubo apestaba a orines y excrementos, pero seguí avanzando, el corazón latiéndome con fuerza.

Dentro del tubo, mi voz resonó con un gran eco:

—Hemos venido por el Chocolate.

Salí a gatas y encontré a mi mamá grande, más roja que un camarón, los ojos clavados en el túnel de concreto.

Me lanzó una de sus miradas bálsamo y nos quedamos una frente a otra, agradecidas. Aurelia nos espiaba con sus ojos de lince.

—Vente, Chocolate, vámonos.

El perro de nuestras penurias no dio señal de entendimiento, no ladró ni movió la cola. Sólo cuando la abuela dijo: "Chocolate" en tono lastimero, pareció dudar.

No sé cómo entendió mi abuela que el Chocolate no se iría sin su amo, porque un minuto después ordenó al montón de trapos que parpadeaba bajo el sol:

—Véngase, venga usted también.

El viejo tardó mucho en reaccionar; entre tanto, la abuela perdió su voz de mando y su tono se hizo solícito, apremiante. Los papeles habían cambiado, ahora era el viejo el que tenía algo que dar y se había hecho inaccesible. Parecía que hubiera colgado un letrero encima del cascarón del tubo: "No molestar".

—El Chocolate no puede quedarse aquí, compréndalo, va a morirse —alegaba.

Fragmentos de frases, palabras sueltas: "no hay que ser egoísta", "dele una oportunidad a su perro", "¿qué tiene usted que ofrecerle?", resonaban en mis oídos.

Por toda respuesta el viejo se levantó y empezó a meter mano dentro de sus tiliches. "Espere a que recoja mis cosas."

—¿Qué cosas? Yo no veo más que porquería.

(A la abuela la rodeaba un montón de gente desarrapada y silenciosa.)

En silencio también, bajamos la cuesta, pero la abuela puntual se detuvo frente al tendajón y gritó para que la oyeran adentro:

—Vengo por el Amarillo.

También recogimos a la cachorrita roñosa y malquerida en la miscelánea; ya para llegar a la carretera, un taxi apareció en medio del polvo.

Al verlo, con un súbito vigor, el viejo se enderezó y con más vigor aún se sentó al lado del chofer. La abuela cubrió a Chocolate con su capa, acomodó a la perrita en el suelo y Aurelia y yo nos empequeñecimos a pesar de que el Amarillo ocupaba cada vez menos espacio.

* * *

Es así como me hice a los dieciséis años de un nuevo abuelo. Como jamás conocí al mío, habría podido serlo, aunque no jugara golf ni *bridge* ni se vistiera en Harrods de Londres, ni hiciera cuentas desoladas porque había perdido sus haciendas.

Aurelia y Cruz los bañaron. El Chocolate no costó trabajo, la hija de la Paloma tampoco, el Amarillo se fue limpio al cielo de los perros. Al viejo lo metieron a la tina a remojar. Después hubo que vestirlo, y la abuela proporcionó las camisas de su difunto marido, los cuellos duros de Doucet Jeune et Fils, la camisa mil rayas, el saco de *tweed,* el pantalón de casimir gris Oxford, las mancuernillas de Ortega, la corbata de seda de Cifonelli. Todo le quedó pintado. Nunca imaginamos que fuera así de alto, él que siempre andaba encorvado. Su pescuezo delgado escapaba del cuello y la corbata le fluía como un arroyo. Se dejó vestir sin pestañear.

—Lo único que ha pedido son unos cigarros que se llaman Faritos y se compran tras de Catedral —advirtió mi mamá grande.

Fui por los Faritos. El viejo los fumaba después de comer, meciéndose bajo el sabino que daba mejor sombra. Se veía más contento que Chocolate, víctima de la envidia de los otros.

Al pobre cuerpo llagado del Amarillo lo cargué para enterrarlo.

* * *

Mi abuela fue una joven viuda de velos negros y profundo escote blanco. Tomó muchos trenes y descendió en Karlsbad, en Marienbad, en Vichy, en Termoli, para la cura de aguas. Viajaba con sus propias sábanas y su samovar. Le decían "la madonna de los *sleepings*". Ya cuando no pudo ser pasajera volvió a casarse, muy tarde, al cuarto para las doce. Un mediodía confirmó:

—Créeme, está uno mucho mejor sola.

A partir de entonces se aficionó a los perros.

* * *

Mamá también los amó. Para mí, la de la tercera generación, el amor es un perro que mueve la cola y viene a darme la bienvenida.

* * *

Ser perro tiene sus ventajas y lo he comprobado en infinidad de ocasiones. A mi abuela le inspiré confianza porque tengo ojos de perro fiel. Fui la Tití, la Cucú, la Didí, la Rorra, la Nenita, la Nenuchka, la Chiquitita, la Petite Fleur, la que hace caquitas de chivo redondas que caen ploc, ploc, ploc, en el agua transparente del excusado, la que canta al subir la escalera, la Rayito de Sol. Decía que mi nariz era de perro sano y siempre tuve la frente y las nalgas frescas. Ella permitía que la lamieran, aunque reía y escondía su boca si intentaban besarla, pero a mí me gustó que me besaran sobre todo los gatos por su lengua rasposita. ¡Ah, el color de la lengua gatuna, rosa, concha de mar, íntima!

Ser perro también me ayudó a asumir a los hombres tal y como son, en toda su galanura, en toda su desventura, sin tenerles asco; los perros me enseñaron a aceptar sus humores, su mierda, sus colmillos encajados a traición. Los tomé en brazos como mi abuela y a los que no amé les he pedido perdón. Aún veo a Chocolate bailar frente a mi abuela como ningún hombre lo hizo jamás frente a mí, salvo uno que un día saltó la reja de mi casa y logró que mi voluntad oscilara entre él y el danzante callejero que un día llenó la calle con las mil patas de su seducción.

Dicen que la infancia y la adolescencia regresan cuando uno va a morir. Recuerdo ahora con frecuencia mis años perros, mis días perros, mi paraíso perruno oloroso a carne de caballo hervida en peroles para el rancho del mediodía. Rememoro también un rito nocturno que siempre me alteró porque, ya desnuda, a la luz de una lámpara diminuta, mi abuela hacía girar su camisón y buscaba detenidamente, no sólo sobre su cuerpo sino en los pliegues y olanes de la seda, al temible enemigo: la pulga. Esa inspección podía durar media hora. O más. En la oscuridad, la blancura de su cuerpo enceguecía, pero no tanto como para que yo no descubriera sus senos de pura leche, sus muslos, dos hostias que levantaba en la penumbra, sus brazos de concha nácar y sus manos que hurgaban al acecho del diminuto insecto. Era mi doña Blanca, y aunque no sabía aún lo que significaba, yo era su Jicotillo. Desde entonces nunca he podido oír la ronda infantil sin pensar en los pilares que debí haber abatido para llegar hasta ella, y añoro a la pulga, casi invisible, que podía brincar de un instante a otro hasta el techo o venir a caer sobre el triángulo negro de mi propio sexo en cuyo bosque frondoso no la hallaría yo jamás.

Aunque no he vuelto a encontrar a alguien o a algo que sustituya esa turbación nocturna en la que la abuela me inició sin saberlo, una sola tarde creí que se repetiría el ritual incitante y misterioso cuando un amante me dijo: "Pareces pulga".

Desde que mi abuela murió no ha vuelto a picarme pulga alguna, pero colecciono pulgas vestidas en recuerdo de esa mujer blanca con un puntito negro que le chupaba la sangre y que yo amé con toda la fuerza de mis dieciséis años. Me hizo descubrir una sensualidad que el Marqués de Sade habría incluido en alguno de sus tratados de la virtud.

Coatlicue

—EN VEZ DE TIRAR los gusanos, esa mujer los amontona en una lata y les habla —Miguelina señaló a la jardinera—. Qué asco, ¿no, señora?, una lata de gusanos.

—¿Para qué los quiere? No se comen.

—Lo mismo le pregunté y me respondió de mal modo que a lo mejor se hace una falda.

Lo primero que vi fueron sus encías rojísimas, como anchas rebanadas de sandía. Pensé: "Tiene boca de mandril", pero cuando me avisó: "Soy la nueva jardinera, ¿me deja guardar aquí mi escoba y mi podadora?" sus ojos pesaron en los míos y le dije que sí. ¿Por qué pensaría en mí antes que en los demás vecinos? Ahora es demasiado tarde para averiguarlo.

Ella y sus herramientas entraban y salían de mi casa. Miguelina le ofreció un café, la jardinera lo llevó a la calle y devolvió el pocillo. Semanas después, Miguelina le pidió que pasara a tomárselo: "Un descansito no le viene mal, usted no para en toda la mañana". En la mesa de la cocina, al verla inclinada sobre el café negro, sus encías me parecieron aún más desagradables. Pero Miguelina, recién llegada del pueblo, necesitaba compañía. Yo era la señora, la patrona, en cambio la Coatlicue podía ser la confidente, quizá la cómplice.

Ya entraba a la casa con risueña confianza y a mí me parecía oír el lamento de lejanas chirimías. Afuera, barría el jardín del mundo, arrasaba con la basura y con los brotes tiernos, las flores poco firmes. Para ella nada era estable, todo se movía, incluso lo muerto. Yo, que guardo en una caja los pétalos secos de las rosas y pongo un ramito de lavanda entre las sábanas, miraba sus podas y barridas tras el vidrio de la ventana.

Como mi casa es pequeña, la agrando con espejos. La jardinera se encandiló con ellos aunque la reflejaban en toda su fealdad. Más que su rostro o su cuerpo, el espejo proyectaba su desasosiego, una inquietud casi dolorosa. "O está enferma o quizá loca", pensé. Miguelina, hipnotizada, le regaló los aretes que yo le había dado.

El brillo del oro pareció cambiarla; hasta su uniforme anaranjado dejó de ser burdo para volverla a ella de oro rojo. Estoy segura de que esa entrega al espejo la resarcía de la sordidez del cuarto alquilado en el que vivía, criadero de ratas y alacranes, el retrete compartido, el fragmento de espejo roto recargado en la pared, el clavo que no detiene nada, las latas de Mobil Oil, la palangana desportillada, los jirones de vida allí atorados como jergas ya inservibles.

A veces la jardinera encontraba cosas en el parque, a poca profundidad, y en agradecimiento me las traía. Ya no se diga huesos de perro o de gato sino cucharas, e incluso una vez una batidora eléctrica en buen estado. "Voy a enrasar la tierra para que el pasto crezca parejito", advertía. A mí me asombraba su afán por nivelar. "Si no, entre chipotes y hoyancos los rosales no se dan." Yo era más modesta y por mi gusto habría sembrado chinitos o maravillas, pero ella quería rosales. Le expliqué que preferiría flores más sencillas. Me miró con franco desprecio. "¿Por qué? Todos los vecinos de esta plaza pueden darse el lujo de unos rosales. Los chinitos déjemelos a mí."

Alguna tarde, la Coatlicue vino a decirme que tres de sus compañeros barrenderos del Centro Histórico hallaron una piedra de gran formato, anterior a la Conquista, y el regente ordenó enviarla a la Universidad, para que fuera medida y pesada con el propósito de darla a conocer. "Se trata de una diosa descuartizada, los puros tronquitos de las piernas y unos bracitos apenitas; su hermano la dejó así pero la van a componer", me explicó ella misma de bulto.

Miguelina iba dejando caer informes sobre la Coatlicue. "Renta un cuartito en Iztapalapa", "ya sus hijos están grandes y se casaron, son muchos, como cuatrocientos", "cobra por quincena, ¿usted no podría pagarme por quincena también?", "es buena gente, me prestó cien pesos", "¿y cuándo piensas pagarle?", "dice Cuatli que no corre prisa". ¿Tanto ganaría una jardinera del Departamento del Distrito Federal? "Va a hacer un mole de olla, el domingo, por eso no voy a ir a mi casa." "Miguelina, tu mamá te espera, está enferma." "Cuatli dice que mi jefa se va a poner buena, no hay pedo." "¿No hay qué?" "Bronca, pedo, tos, problema pues..."

Una mañana las vi salir abrazadas y sentí envidia de Miguelina. ¿De dónde sacaba su imperio esa mujer grotesca? Al día siguiente encontré repleto mi bote de basura y Miguelina explicó:

—Es de Cuatli, se la voy a tirar mañana.

—¿Por qué no la tiró ella?

—Voy a hacerle el favor, al cabo que nosotras sacamos repoquita.

En la despensa también vi comestibles nuevos.

—Se los estoy guardando para cuando se los pueda llevar a su casa.

—¿Ah, sí? ¿No le estarás planchando su ropa también? —ironicé.

—No, pero ayer se la lavé.

En la mañana fui yo quien salió a abrir la puerta cuando sonó el timbre. Era ella, quien de inmediato enseñó sus encías escarlatas.

—Oiga, Coatlicue —quise decirle...

—Gracias por todas sus bondades, señora —me atajó—, qué bueno que hace usted algo por los de abajo.

Se adelantó hacia mí y me di cuenta que yo también había ido hacia ella impulsada por un magnetismo irresistible. En unos cuantos segundos sentí que me besaba el pelo y la frente y se habría seguido hasta mi hombro si la dejo. Su aliento en mi cuello me excitó. Qué experiencia tan misteriosa, qué sorprendente mi propia naturaleza. ¿Qué diablos me pasaba? "Esta mujer me está hechizando, ahora es mi turno." Pensé en Miguelina, yo temblaba, me faltaba el aliento, y ella se daba cuenta porque sus encías también palpitaban junto a mi piel. Esta jardinera repulsiva se mantenía impávida a escasos diez centímetros de mi persona, olía a sangre y nada ni nadie me había intranquilizado tanto como ella. A pesar de lo inesperado de mi situación, me mantenía sin pestañear bajo su escrutinio.

* * *

Mi casa es sólida y lógica, porque soy una mujer práctica que no se anda con contemplaciones. Vivo al día, de frente a la realidad. Hago lo que me toca hacer. Cumplo. Sin embargo, la presencia matutina de la Coatlicue cambió mi modo de apreciar la casa: me pareció pequeña, accidental, prescindible, bajo un cielo cada vez más alto y amplio en el que parecía caber sólo un pájaro que ascendía. Entonces lo intuí. Desde que la Coatlicue había entrado en nuestra vida, los pájaros ya no cantaban al amanecer. Todos nuestros sentimientos, todas nuestras sensaciones nos erizaban la piel. Como el pájaro en el cielo, empezó a ascender la temperatura de nuestras emociones, vivíamos al rojo vivo como sus encías. Yo, que raramente perdía el control, e incluso tengo que hacer un esfuerzo para enojarme (y entonces siento como si estuviera actuando), ahora hervía al menor contacto de una mano encima de la mía, miraba tras de mí y me sobresaltaba de no hallar a mi perseguidor.

Perdía pie, perdía mi sólida confianza, descubría cosas que jamás había visto antes. Una piedrita verde jade amaneció en el borde de la ventana. Miguelina dijo: "Antes no estaba". A punto de conciliar el sueño, una pluma cayó sobre mis labios. Prendí la luz. La pluma también era verde y no provenía de la almohada. Al día siguiente le pregunté a Miguelina por el alto plumero de limpiar plafones. "Son de gallina negra", informó. Todas mis ideas se hicieron como la pluma, endebles. Hubiera querido que fueran verdes pero eso no sucedió.

La fiebre se posesionó de mi cerebro, de mis manos. Iniciaba tareas que inmediatamente canjeaba por otras, decidía que salir era imperativo pero volvía a sentarme exhausta; llevaba llaves en la mano, las perdía, y aparecían en el sitio más inverosímil; se me rompían las uñas; sin motivo rodaban lagrimones de mis ojos; recibía un mensaje telefónico urgente y se borraba de mi memoria. ¿Qué alimaña ponzoñosa me había picado? Algo hermosamente repugnante nacía dentro de mí, como un arbolito de roja fiereza que no podía definir.

Miguelina crecía ante mis ojos al contarme lo que sabía de Coatlicue. Empecé a creer más en sus cuentos que en mi propia cordura. Su confidente había trabajado en Catedral, pero no en la de ahora, sino en el antiguo Templo Mayor. También allí barría plaza y escalinatas, cuando vio caer del cielo una bolita de plumas, muy suavecita, la metió entre sus dos pechos. Al buscarla, supo que estaba embarazada. Oyendo a Miguelina recordé la nocturna pluma verde sobre mis labios. La coincidencia me atemorizó. No creo en concepciones inmaculadas, pero de inmediato me llevé las manos al bajo vientre para protegerlo.

–Yo por mí los mataba a todos —oí una mañana a la jardinera decirle a Miguelina y las interrumpí.

—¿A quiénes mataría?

—A mis hijos.

—¿Cómo puede decir semejante salvajada?

—Los parí. Son míos. Puedo matarlos cuando quiera. Todos los paridos tenemos que morir.

Sus ojos brillaban rojos en la penumbra.

Quise tranquilizarme. Las conversaciones entre la jardinera y mi muchacha provenían de una mentalidad prelógica, anterior a mi cartesianismo. Al mismo tiempo había en ellas algo terrible que evidenciaba mis propias limitaciones; yo estaba incapacitada para lo sobrenatural. Lo que yo escuchaba adquiría un aspecto bestial e inesperado porque lo asimilaba mi estatus burgués, mi desarraigo, yo, descendiente de catedrales medievales y santos de cantera. Alguna vez había declarado que lo prehispánico me era ajeno. "Las catedrales europeas tienen gárgolas, nadie sabe quiénes las esculpieron, a lo mejor eran locos o criminales", alegó Luis. "Sí, pero puedo reconocerme en ellas —respondí acremente—, en cambio nada tengo que ver con Huitzilopoztli." "¿Acaso sabes tú, Marcela, lo que sucedió mil años antes de Jesucristo, tres mil años antes de la Conquista en 1521? ¡Vamos, Marcela, no nos vengas con tu superioridad europeizante, porque ya ni francesa eres. Tu tradición quedó enterrada en los Campos Elíseos!"

Aunque Luis era el más obsesivo creador de rutinas que pueda concebirse, era mi gran amigo. Recurría a él tanto a principio de año para pagar el predial como a fin de año para saber qué marca de automóvil comprar. "¿Qué haría sin ti?", inquiría yo y él se inclinaba halagado. Habíamos sido amantes, pero un día dejamos de serlo sin gritos ni aspavientos. Él era un solitario, la compañía de sus libros le bastaba. Seguramente pensó que la ruptura lo hacía ganar tiempo para su trabajo. "Los asuntos del corazón se comen las horas", lo escuché decir alguna vez. Para mí fue tan fácil dejar de verlo como ir a poner una carta al correo, creo que más porque él no puso ninguna objeción. Desde entonces nos veíamos con gusto porque compartíamos la misma afición: la historia. Tampoco él me extrañaba porque su última obra lo absorbía, pero yo siempre podía acudir a su buen sentido y respondía con la misma sonrisa un poco desencantada a la más peregrina de mis demandas. En realidad yo lo cansaba con mi fogosidad y mi entrega a causas en las que él no creía. "Estamos envueltos en grandes diseños que no manejamos, es a lo único que pertenecemos, no te agites tanto, Marcela." Mi vida sin él adquirió otro ritmo, hasta recuperé ímpetus olvidados, volví a los baños de multitud, asistí a las manifestaciones de protesta, caminé del Ángel al Zócalo, me "involucré" (¡horrible palabra, según Luis!), pero ahora, desde la aparición de la Coatlicue, me disgustaba lo que yo era, insegura, echada a un lado, llena de furia sorda contra Miguelina y la jardinera. Al mismo tiempo, el deseo inmenso de tomar a la jardinera en mis brazos, desplazar a Miguelina, me atosigaba de día y de noche. Qué fácil dejarse vencer y escoger algo opuesto a mi vida entera. Me atemorizaba mi propia dualidad porque sospechaba, para colmo, que Coatlicue me sitiaba, subía subrepticiamente a hurgar entre mis cosas, sabía dónde encontrarlas, cuando yo jamás le había dado acceso a mi intimidad. Yo tenía el poder de correrla y lo único que deseaba era cuidarla hasta el final de sus días; pero a lo mejor esto no sucedería, a lo mejor cambiarían los papeles y ella me despediría a mí de la vida, me pondría de patitas en la calle de la amargura. ¿No estaba ya adueñándose de la casa? ¿Y de la mente de Miguelina?

* * *

Volvió a imponerse al llevarme un domingo a una fiesta de pueblo. Le pedí a Luis que me acompañara no sin comunicarle mis agravios contra Coatl. "Tú le abriste la puerta, tú te buscaste el problema. Pero tengo curiosidad de conocer a tu nueva torturadora." Durante el trayecto volvió a decirme irónico: "A ver qué precio pagas por este error". "¿Qué error?" "El de la Coatlicue." "¿Ah, sí? ¿Y qué otros errores he cometido?" "El de dejarme, por ejemplo", respondió con una sonrisa y su simpatía le quitó importancia a sus palabras.

A la hora, llegamos a un baldío en el que ni siquiera vi un huizache y sí postes improvisados y una estruendosa sinfonola. Muchos hombres esperaban a las mujeres rascándose las verijas recargados en esos postes de concreto. Entre ellos, Miguelina reía tontamente tapándose la boca. La Coatlicue, diligente, atendía las mesas en las que había pilas y pilas de tortillas. "Se van a enfriar", pensé. Corrían ríos de pulque curado de apio, curado de fresa, curado de guayaba, curado de ajo, o sea de ajodido, explicó la Coatlicue, porque se acabó el dinero. Tomé del de guayaba porque el olor de la guayaba va más allá del asco, y tragué rápidamente la baba nauseabunda. Al primero siguió un segundo vaso. Desde mi embriaguez noté que los cubiertos se convertían en un río de cuchillos como en el mural de Orozco. Busqué los ojos de Luis. Tenía buena relación con sus compañeros de mesa, me hizo un gesto amistoso con la mano. La sinfonola tocaba y todos empezaron a corear meciéndose de un lado a otro.

Para mí, sólo para mí, en mi "meritito honor", así lo anunció la Coatlicue, bailaría la danza del parto y se abrió de piernas acuclillándose como si fuera a orinar para luego ponerse de pie y mirarnos desafiante, pétrea, obscena. Segundos después inició su danza, en un trance, que fue contagiando a todos. Miguelina estaba irreconocible. La tierra misma me pareció más oscura; un gigantesco asteroide la había golpeado. También yo sacudía mi humanidad, éramos meteoros, me dolían atrozmente los huesos, las sienes a punto de estallar.

Vi entonces venir hacia mí un monolito decapitado, sin manos. Dos cabezas de serpiente que se amenazaban la una a la otra con los colmillos y varios chorros de sangre se desenroscaban como torcidas venas, caían en arroyos rojos sobre su torso. También de sus muñecas salían serpientes. Di un salto atrás. De su cintura hasta sus pies se movía un hervidero de serpientes que ondulaban en torno a sus piernas de piedra negra. Otras serpientes salían de entre sus muslos. Los enormes pies tenían garras de ave de rapiña. El monolito, verdugo y víctima a la vez, no me perdía de vista, y ante mi espanto, por sus ojos pasó una sonrisa. Insinuante, víbora de sí misma, por poco tira la mesa.

—Por el sudor de las piedras y el alma de mis cuatrocientos hijos —dijo la Coatlicue, echando sangre por los ojos— vas a bailar conmigo.

Miguelina no estaba en ninguna parte. "¡Luis! —grité— ¡Luis!", pero nadie reaccionó. ¿Lo habrían matado antes que a mí? Luis, el servicial, el buena gente, Luis, ¿por qué no estás a mi lado? Me levanté, no era cuestión de huir o dar un paso en falso. Sentí que caía en una grieta. Ni un solo rayo de luz. De la mano de la Coatlicue, sucia de sangre, llegué hasta el centro de la Tierra: "Diariamente devoro al Sol, lo meto en mi vientre para parirlo de nuevo al día siguiente —la escuché decir—. Lo mismo hago con la Luna y con todo cuanto existe. Tú también puedes hacerlo si no sueltas mi mano". "Yo no quiero parir —protesté— ni seguir descendiendo." "Te mostraré los trece cielos." Alcancé a pensar en Orfeo y Eurídice y en ese momento empecé a temblar.

La música de las chirimías, los teponaxtles, era cada vez más violenta y sanguinaria, los troncos ahuecados retumbaban en mis sienes. ¿Por qué había bebido ese maldito pulque? ¿O me habría envenenado la Coatlicue? Tenía que escapar y la única manera de hacerlo era usando mis piernas. Tenía el cuerpo cortado, me dolían las rodillas, los brazos a la altura de los codos, la espalda, un temblor inequívoco surgía de adentro. Escuché una oleada de carcajadas. ¿Qué estaba yo esperando? Seguramente toda la concurrencia veía mis desfiguros. Conseguí deslizar mi mano fuera de la de Coatlicue y eché a correr.

Cuando ya no escuché risas ni voces humanas ni el horrible sonido de las chirimías, caminé a buen paso. ¡Qué bueno que he caminado toda la vida! El pulque me hacía tropezar con las piedras, pero no disminuí la velocidad. La Coatlicue podía alcanzarme con su escoba de varas. Mi terror me volvía ciega y sorda y casi no veía el paisaje, aunque después de una buena hora me di cuenta que hierbas de un verde sucio, opacas y duras, crecían entre mis pisadas. ¿O serían líquenes como en el principio del mundo? Mis pensamientos también avanzaban rápidamente. Iban y venían en un continuo clamor. Dialogaba con Luis, con mi madre, con mis amigos, intentaba explicarme lo que estaba yo haciendo, caminar, pero ¿a dónde? Reconstruía el pasado desde que llegué a México. ¿Por qué no permanecí al lado de Luis? Pendeja, pinche pendeja, me injurié.

Poco a poco mis ideas perdieron fuerza y se hizo el vacío. Seguí caminando aprisa y ahora sí empecé a sentir que un sudor frío corría por mi espalda, entre mis pechos. Era del ejercicio pero también del miedo. Había yo tomado algún camino, pero ¿cuál? Seguro el bueno de Luis me había seguido y me alcanzaría en algún recodo. Hasta me pareció oír su voz: "¡Marcela, Marcela! ¿Te has vuelto loca?" Me detuve un momento. Era mejor regresar pero en la tierra seca no aparecía sendero alguno. Empezaba a oscurecer y allá en el horizonte noté la luz diminuta de la primera estrella. "Va a caer la noche y yo en esta llanura. Tengo que encontrarme." Quise ahuyentar el miedo, abrí la boca para cantar: "Guadalajara en un llano, México en una laguna", pero de mi boca no salió sonido. ¿Tanto así me había paralizado el miedo? Entonces dije: "Mamá", en voz alta y pude escuchar mi voz. Vaya, no quedé muda. Nadie en el horizonte, ni un perro flaco, nada. De pronto un zopilote bajó en círculos desde la altura sobre algún animal muerto. "Eso me va a pasar a mí." El zopilote desapareció y lo extrañé. La luz en torno a mí estaba volviéndose morada, "Guadalajara en un llano, México en una laguna". La idea de la persecución de la Coatlicue se había borrado ya de mi mente, pero también la razón por la cual me encontraba yo caminando.

Por fin, distinguí un mezquite, silueta de varas en la oscuridad. Lo agradecí como don del cielo y me acerqué a él. Tenía la boca muy seca y recordé que el alcohol siempre provoca una sed enorme. Me limpié con la manga el sudor de la frente y pensé con pena que orinaría a la sombra del mezquite. Pero ¿quién podía verme si no había un alma? Debía yo de estar muy lejos, pero ¿dónde? No creía que existieran las fuerzas del mal, pero ahora mi piel se erizaba ante la presencia de espíritus que querían destruirme. Era yo una intrusa y me lo iban a cobrar. Las peñas, la tierra, las piedras rechazaban todo lo humano. "Quieren acabar conmigo." Y entonces me caí. Era fácil caerse en esta oscuridad pero me enojé conmigo misma.

En ese momento vi unas tiras plateadas brillar en el suelo con una luz verdosa, y me alegré porque pisaba suavecito, suavecito. Debería descansar aquí un momento, pero no, ya lo haría en mi cama frente al ventanal que da al Parque Hundido. Entonces empecé a sentir que mis zapatos se hundían y escuché el splash, splash de mis pasos en el fango.

Quise retroceder y mi pie izquierdo desapareció hasta el tobillo. Lo liberé como pude y moví el derecho que también se perdió en el lodo. El aire ahora olía a humedad y me maldije por no haberlo percibido antes. O quizá rechacé el olor porque me pareció feo. No tengo una sola experiencia del campo, soy una mujer de libros, imposible adivinar cuándo la tierra seca se vuelve lodo. No podía ni retroceder ni avanzar y me estaba hundiendo.

Traté de empujarme con los brazos pero sólo logré que el lodo llegara a mis pantorrillas. Intenté zafar primero una pierna, luego la otra, dejar los zapatos allá adentro y salir livianita sobre la punta de los pies. Los zapatos con agujetas pesaban y me jalaban. Me atenazó el pánico. El lodo subía ahora por encima de las rodillas y podía escuchar el mismo splash, splash, splash. De haberme quedado bajo el mezquite no estaría en peligro, pero tuve miedo a la inmovilidad, a la gran noche y sus silencios. "¡Auxilio, auxiliooo!" Mi grito hizo que me hundiera otro poco. "¡Mamá!", grité, "¡Mamáaaa!", yo no merecía esta muerte, "¡Mamá, sálvame!" Lo único que podía hacer era gritar mientras me hundía. Mi voz se oía clara en la inmensidad. "¡Mamá, mamá, mamáaaa!" Mucho antes, mi abuela había llamado a su madre a la hora de la muerte y a mi propia madre le oí el grito más terrible que he escuchado jamás, cuando murió de veintiún años mi único hermano, un grito que la partió, grito cuchillo, grito final. Desde ese día ya no sería sino ese grito.

No es justo, me rebelé, no merezco morir así, no he hecho nada contra nadie, si acaso contra mí misma, mamáaa, sollozaba yo, y sin más hice lo único que no debía hacer, doblar las rodillas e hincarme. Si rezaba me salvaría, moqueaba, las lágrimas me impedían levantar la vista al cielo para buscar a Dios. De tanto luchar tenía los brazos cubiertos de lodo, la cara salpicada de lodo, las manos enlodadas, la razón enlodada. Si es que alguna vez fui yo, ya no recordaba quién era.

Ya no tenía más gritos adentro cuando oí el ladrido de un perro. Entonces recuperé el ánimo y volví a aullar: "¡Mamá, mamá, mamáaaa!", y en ese momento oí claramente la voz de la Coatlicue que decía apremiante: "Por aquí". Las estrellas, la luz de la luna, todo daba vueltas en torno a mí. Llovía sangre. Oí otras voces y de pronto una lámpara eléctrica me iluminó. "Está aquí", volví a escuchar. Entonces Luis, que traía un palo en la mano a modo de bastón, me lo tendió y me jaló. "No te vayas a caer tú también", imploré entre sollozos. "Esto no es ningún pantano, es un mugre agujero", me sonrió, aliviado. Y empezó a jalarme hacia arriba pero ya no tenía yo fuerzas. La Coatlicue estaba a mi lado y pensé que el pantano iba a tragarla también. "Cuidado, cuidado", grité alarmada. Dos brazos pasaron sus manos debajo de mis axilas y me sacaron con facilidad. "Está toda cagada", dijo la voz infantil de Miguelina. Había yo caído en una de esas fosas en las que se fermentan desperdicios para abonar la tierra.

—Habrías podido salir con facilidad de este ridículo agujero —murmuró Luis.

La Coatlicue y su séquito me miraban como no me gusta que me miren. Parecían decir: "¡Qué loca extranjera!" Una mujer me pasó su rebozo. "Tápese, yo después lo lavo." Aguardaban a que llegara una *pick up* que me llevaría al lugar de la fiesta. Los demás regresarían a pie. El baile seguía en su apogeo. "Debes estar muerta", dijo Luis, "te pasó lo mismo que a Rosario Castellanos que fue a Acapulco sin saber nadar y en Caletilla se lanzó al seno del gran monstruo líquido. Nunca supo qué hizo con ella pero se sintió arrastrada a distancias incalculables, rodeada de tiburones hambrientos. Había llegado al límite de la asfixia cuando una mano humana le sacudió el hombro preguntándole qué le pasaba. Estaba retorciéndose en la arena rodeada de un público estupefacto."

—Eres cruel, Luis, no me encajes el puñal de mi ridiculez.

—No soy más cruel de lo que tú eres contigo misma. ¿Qué necesidad tenías de salir corriendo y dejar a la Coatlicue a media pista? Tienes una imaginación calenturienta. Se llama Emma Sánchez Pérez y piensa, con toda razón, que tú deliras. Le inventas apodos. Es una buena mujer, tú le atribuyes tus fantasías.

La voz de Luis hería mis oídos. Yo había estado a punto de morir y él no sólo ponía en entredicho mi sufrimiento, sino que me hacía sentir que toda mi vida era una equivocación.

—Luis —le dije—, quiero bañarme, vámonos, llévame a mi casa aunque ensucie tu automóvil.

En el tablado, la Coatlicue y Miguelina zapateaban, la fiesta seguía en grande. Luis se despidió con simpatía de sus nuevos amigos, fue hasta la tarima a devolver el rebozo y a advertirles a la jardinera y a la muchacha que nos íbamos. Desde lejos, como a una apestada, me dijeron adiós con la mano. El lodo sobre mi cuerpo se había secado y no respondí sino con monosílabos a los comentarios de Luis. Me estremecía de la vergüenza y la humillación. Aunque habían puesto un periódico en el asiento delantero, temía ensuciar el coche. Mi autocompasión subió a su punto más candente, pero cuando Luis dejó caer: "Han de haber pensado que todas las extranjeras están locas de remate", allí sí me entró rabia, no contra mí misma sino contra los de la fiesta. Si Luis no quería creerme, si Luis me lastimaba con tanta saña, con dejarlo de ver bastaba. "Gracias", le dije mientras él detenía la portezuela. En la regadera lloré tanto que por poco y me ahogo.

* * *

Amanecí molida y decidí mudarme y abandonar mi casa frente al Parque Hundido. Así la Coatlicue y Miguelina dejarían de torturarme. Que se fueran con Luis, los tres a la mierda. Como no quería verla ni mucho menos preguntarle a Miguelina cómo había terminado su cochina fiesta —por mí que se pudrieran todos—, decidí ir más temprano a la Facultad y desayunar en la cafetería. Compré *El Universal* por su Aviso de Ocasión. La avenida Amsterdam me gustaba, allí encontraría un departamento si fuese posible cercano a la casa de Juan Soriano o a la de Fernando Vallejo. Estas resoluciones me hicieron llevadera la mañana. "¿Buen fin de semana?", inquirían los colegas. "Muy bueno, más que bueno, descubrí muchas cosas", respondí con optimismo, aunque en el fondo sabía que nunca encontraría la paz con la que solía vivir antes de la llegada de la Coatlicue.

Canarios

Lo primero es la jaula, adentro dos temores amarillos, dos miedos a mi merced para añadir a los que ya traigo adentro. Respiran conmigo, ven, escuchan, estoy segura de que escuchan porque cuando pongo un disco, yerguen su pescuezo, alertas. Al amanecer, hay que destaparlos pronto, limpiar su jaula, cambiarles el agua, renovar sus alimentos terrestres. Luego viene la vaina que como el berro debe conservarse en un gran pocillo de agua, si no, se seca; el alpiste compuesto, las minúsculas tinas, el palo redondito y sin astillas en forma de percha sobre el cual pueden pararse, la lechuga o la manzana, lo que tenga a la mano. Nadie me ha dado a mí el palo en el que pueda parar mis miedos.

Tiemblan su temblor amarillo, hacen su cabecita para acá y para allá, frente a ellos debo ser una inmensa masa que tapa el sol, una gelatina opaca, un flan de sémola para alimentar a un gigante, alguien que ocupa un espacio desmesurado que no le corresponde. Me hacen odiar mi sombrota redondota de oso que aterroriza.

Lo que pesa es la jaula, ellos tan leves, tienen ojos de nada, un alpiste que salta, una micra de materia negra, y sin embargo lanzan miradas como dardos. No debo permitir que me intimiden.

Son perspicaces, vuelven la cabeza antes de que pueda yo hacer girar mi sebosa cabeza humana, mi blanco rostro que desde que ellos llegaron pende de un gancho de carnicería. Trato de no pensar en ellos. Ayer no estaban en mi diario trajinar, hoy puedo fingir que sigo siendo libre, pero allá está la jaula.

La primera noche la colgué, tapada con una toalla, junto a la enorme gaviota de madera a la cual hay que quitarle el polvo porque a todos se nos olvida hacerla volar. La segunda noche busqué otro sitio. El gato acecha, se tensa; alarga el pescuezo, todo el día permanece alambre de sí mismo, su naturaleza exasperada hasta la punta de cada uno de sus pelos negros. Lo corro. Regresa. Vuelvo a correrlo. No entiende. Ya no tengo paciencia para los que no entienden.

La segunda noche escojo mi baño, es más seguro. Tiene una buena puerta. A la hora del crepúsculo, los cubro y ellos se arrejuntan, bolita de plumas. Cuando oscurece soy yo la que no puede entrar al baño porque si prendo la luz interrumpo su sueño. ¿Qué dirán de la inmensa mole que se lava los dientes con un estruendo de cañería? ¿Qué dirán del rugir del agua en ese jalón último del excusado? ¿Qué dirán del pijama en el que ya llevo tres días, ridículamente rosa y pachón, con parches azules? He de parecerles taxi con tablero de peluche y diamantina. ¿Y ahora qué hago? Dios mío, qué horrible es ser hombre. O mujer. Humano, vaya. Ocupar tantísimo espacio. Mil veces más que ellos. Duermo inquieta: de vez en cuando me levanto y, por una rendija, cuelo mi mano bajo la toalla para asegurarme de que allí siguen sus plumas hechas bolita, su cabecita anidada dentro de sus hombros. A diferencia mía, duermen abrazados, como amantes.

A la mañana siguiente, los devuelvo a la terraza, al sol, al aire, a la posible visita de otros pájaros. No cantan, emiten unos cuantos píos, delgadísimos, débiles, entristecidos. No les gusta la casa. A mediodía, mi hija advierte:

—Se escapó uno.

—¿Por dónde?

—Entre los barrotes de la puerta.

—¿Qué no te dije que pusieras la puerta contra la pared?

—Ninguna puerta da contra un muro, las puertas dan a la calle.

—Tendrías que haber colgado la jaula con la puerta contra la pared.

—Ay, mamá, las puertas son para abrirse. Además, ¿cómo voy a atenderlos? Tengo que meter la mano para cambiar su agua, darles su alpiste —responde con su voz de risa atronadora.

—Ya se fue —recuerdo con tristeza.

—Pues es más listo que el que se quedó.

Como es joven, para ella morir no es una tragedia. Cuando le digo: "Partir es morir un poco", le parezco cursi. "Ay, mamá, sintonízate." Algo aprendo de ella, no sé qué, pero algo. Y añado en plena derrota:

—Estos pájaros no tienen defensas; están acostumbrados a que uno les dé en el piquito.

Busco con la mirada en el jardín, no quiero encontrarlo sobre la tierra.

—¿Hacia dónde volaría? —pregunto desolada. Y añado, lúgubre—: la vida no tiene sentido.

—Claro que lo tiene —trompetea mi hija—. Es lo único que tiene sentido.

—¿Cuál?

—Tiene sentido por sí misma.

Cuando oscurece meto al canario que no supo escapar. A pesar mío, siento por él cierto desprecio; lento, torpe, perdió su oportunidad. Cobijo la jaula.

Al día siguiente lo saco a la luz en este ritual nuevo, impuesto por mi hija. "Es tu pájaro." Trato de chiflarle pero casi no puedo. Lo llamo "bonito" mientras cuelgo la jaula del clavo, un poco suspendida en el aire para que el prisionero crea que vuela. Regreso a mis quehaceres, las medias lacias sobre la silla, el fondo de ayer, el libro que no leeré, los anteojos que van a rayarse si no los guardo, qué fea es una cama sin hacer. ¿A qué amanecí? De pronto, escucho un piar vigoroso, campante, unos trinos en cascada, su canto interrumpe la languidez de la mañana. Gorjea, sus agudos arpegios llenan la terraza, la plaza de la Conchita, qué música celestial la de sus gorgoritos, es Mozart. Otros pájaros responden a sus armonías. Al menos eso creo. Es la primera vez que canta desde que lo compré. ¿Es por su compañera de plumas más oscuras que atiborra el espacio de risas? Trato de no conmoverme. ¿Cómo una cosa así apenas amarillita logra alborotar un árbol? De niña, cuando tragaba alguna pepita, mamá decía: "Te va a crecer un naranjo adentro". O un manzano. La idea me emocionaba. Ahora es el canario el que me hace crecer un árbol. Resueno. Soy de madera. Su canto ha logrado desatorar algo. Es una casa triste, la mía, detenida en el tiempo, una casa de ritos monótonos, ordenadita; ahora suelta sus amarras; estoy viva, me dice, mírame, estoy viva.

Su canto logra que zarpe de mis ramas una nave diminuta, el viento que la empuja es energía pura, ahora sí, el tiempo fluye, me lanzo, hago la cama, abro los brazos, me hinco, recojo, doblo, voy, vengo, ya no puedo parar, su canto me anima a ser de otra manera, salgo a la terraza a ver si no le falta nada, camino de puntas, no quiero arriesgar esta nueva felicidad por nada del mundo, cuánto afán, lo saludo, "bonito, bonito", "gracias, gracias", "bonito, bonito", "gracias, gracias," río sola, me doy cuenta de que hace meses no reía, entre los muros el silencio canta, inauguro la casa que canta, el canario es mi corazón, tiembla amarillo, en su pecho diminuto silba la luz del alto cielo.

ÍNDICE

Obras reunidas I, de Elena Poniatowska,
se terminó de imprimir en junio de 2006
en Impresora y Encuadernadora Progreso, S. A. de C. V. (IEPSA),
Calz. San Lorenzo, 244; 09830 México, D. F.
En su composición, parada en el Departamento de Integración Digital del FCE,
se utilizaron tipos Berkeley Book de 11:15 y 12:15 puntos.
La edición consta de 1 000 ejemplares.

Cuidado de la edición:
Julio Gallardo Sánchez